Süßes Wasser Reihe: 21

Die Deutsche Nationalbibliothek – CIP-Einheitsaufnahme.
Die Deutsche Nationalbibliothek verzeichnet dieses Buch
in der Deutschen Nationalbibliografie;
detaillierte bibliografische Daten sind im Internet über
http://dnb.d-nb.de abrufbar.

Erste Auflage 2017

www.groessenwahn-verlag.de

ISBN: 978-3-95771-138-0
eISBN: 978-3-95771-139-7

Peter Pachel

Süßes Wasser
Glykó Neró

Katharina Waldmann ermittelt auf Paros

IMPRESSUM

Süßes Wasser

Autor

Peter Pachel

Seitengestaltung

Größenwahn Verlag Frankfurt am Main

Schrift

Constantia

Covergestaltung

Marti O'Sigma

Coverbild

Peter Pachel

Lektorat

Britta Voß

Druck und Bindung

Print Group Sp. z. o. o. Szczecin (Stettin)

Größenwahn Verlag Frankfurt am Main

Februar 2017

ISBN: 978-3-95771-138-0

eISBN: 978-3-95771-139-7

Für alle Langzeit-Griechenland-Begeisterten
und alle, die es werden wollen.

Ohne Wasser gibt es kein Leben. Wasser ist ein kostbares, für den Menschen unentbehrliches Gut.

(Europäische Wassercharta)

Obwohl unser Planet zu mehr als 70 Prozent damit bedeckt ist, wird Wasser zunehmend ein knappes Gut. Denn gerade einmal drei Prozent dieser gewaltigen Mengen sind trinkbares Süßwasser, und wiederum nur ein Drittel davon ist für die menschliche Nutzung erreichbar. Die steigende Nachfrage nach Energie, Nahrung und sauberem Wasser wird die ohnehin schon schwelende Wasserkrise noch weiter verschärfen.

(Zitat Weltwasserforum 2012 in Marseille)

SEPTEMBER 2013
PARIKÍA, PAROS

Kostas Aristidis hatte sich für den heutigen Nachmittag extra eine Stunde früher frei genommen. Er wollte pünktlich an dem vereinbarten Treffpunkt erscheinen, zu dem man ihn mit Nachdruck hin zitiert hatte. Früher wäre er einfach so aus seinem Büro in der Stadtverwaltung von Parikía verschwunden, doch diese Zeiten waren endgültig vorbei, seitdem man das Personal rigoros zusammengestrichen hatte. Einen dringenden Arztbesuch hatte er seinem Kollegen vorgegaukelt und sich auch kurz in dem immer vollen Wartebereich der städtischen Krankenstation sehen lassen. Dann hatte er sich auf den Weg nach Lefkes gemacht, zu dem kurzfristig anberaumten Termin.

Er hatte schlecht geschlafen, nachdem er gestern Abend den Anruf auf seiner Mailbox vorgefunden hatte und die ganze Nacht darüber gegrübelt, was so dringend war und keinen Aufschub zuließ. Eine vage Ahnung hatte er schon, warum man sich mit ihm so kurzfristig treffen wollte und das machte ihm ein wenig Angst, zumal der ausgewählte Treffpunkt eindeutig mit seiner Aufgabe in der Behörde zu tun hatte. Es musste mit dieser sonderbaren Nachricht zu tun haben, die er schon Anfang des Jahres erhalten hatte und mit der er zunächst nichts hatte anfangen können. Wie eine Warnung hatte sie damals geklungen, und jetzt, gute acht Monate später, bekam sie für ihn eine ganz neue Bedeutung. Kostas Aristidis war kein ängstlicher Mensch und hatte sich zu dem Treffen durchgerungen. Er wollte endlich ein paar Antworten haben, nachdem er erst neulich mehrfach vergeblich versucht hatte, den damaligen Absender zu kontaktieren.

Es war zwar nur eine Vermutung, aber vorsichtshalber hatte er umgehend seinen alten Schulfreund Sotírios beauftragt, ihm bei der Aufklärung behilflich zu sein. Morgen früh würde er ihn anrufen und ihm die Details erklären. Vielleicht war man aber auch nur auf seine Forderung eingegangen und wollte die Angelegenheit schnell und ohne große Aufmerksamkeit aus der Welt schaffen. Als technischer Angestellter kümmerte er sich seit vielen Jahren um alle Belange der öffentlichen Trinkwasserversorgung auf Paros, seiner Heimatinsel im Zentrum der Kykladen in der südlichen Ägäis. Vorbei an ein paar spielenden Kindern passierte er den Ortsausgang des idyllischen Bergdorfes und fuhr weiter in Richtung der höchsten Inselerhebung des Ágii Pantes zu der großen Zisterne. Diese hatte früher einige Ortschaften und einzelne Gehöfte mit Trinkwasser versorgt, wurde heute aber bis auf wenige Ausnahmen nur noch zur Bewässerung der Felder genutzt. Der große Wasserspeicher lag weit hinter dem letzten Wohnhaus von Lefkes und war von der ansteigenden Straße nur für Ortskundige wie ihn zu finden. Versteckt hinter mehreren großen Ginsterbüschen, die einen im Sommer grell entgegen lachten, lag der kleine Pfad, der zu dem alten Reservoir führte.

Er parkte seinen Wagen im Schatten der großen Sträucher, seine Augen suchten unruhig die unmittelbare Umgebung ab, Ausschau haltend nach dem unbekannten Anrufer, der ihm in gebrochenem Englisch die Nachricht hinterlassen hatte. Doch er konnte keinerlei Anzeichen von einem weiteren Besucher in der verlassenen Gegend entdecken, so wie meistens, wenn ihn eine Routinebegehung des großen Speichers nach hier oben führte. Diese machte er regelmäßig, um sicherzustellen, dass sich keine Vögel oder sonstiges Getier Zugang zu dem verschlossenen Behälter verschafft hatten und für eine Verunreinigung des Wassers sorgten.

Er war eine gute Viertelstunde früher zu dem Treffen erschienen, um die Ankunft des Anrufers beobachten zu können, und sein Plan schien aufzugehen, dachte er, als er den steinigen Weg bis zu dem kleinen Tor entlang lief, das den Zugang zu dem eingezäunten Areal frei gab. Doch das verwitterte, alte Holzgatter, welches normalerweise mit einer rostigen Eisenkette versperrt war, stand offen, was ihm äußerst seltsam vorkam. Außer ihm hatte nur noch sein Kollege einen Schlüssel, und der saß zweifelsohne in seinem Büro in Parikía und ärgerte sich darüber, den

Rest des Nachmittages allein die anstehenden Arbeiten erledigen zu müssen. Vorsichtig betrat er das eingezäunte Gelände, immer damit rechnend den Unbekannten anzutreffen. Er ging langsam weiter auf die beiden massiven Felsblöcke zu, hinter denen sich die dicke Stahltür, die den Zugang zu der eigentlichen Zisterne freigab, versteckte. Fast hätte es ihm den Atem verschlagen, als er erkennen musste, dass auch diese Tür offen stand, und eine innerliche Stimme drängte ihn den Rückzug anzutreten. Doch er wollte wissen, wer sich da unerlaubten Zutritt zu dem Wasserbehälter verschafft hatte und näherte sich vorsichtig der halb geöffneten Tür. Zögerlich setzte er den ersten Schritt in das dunkle Innere des großen von außen vollständig bewachsene unterirdische Gebäude. Seine Augen, noch geblendet von der hellen Sonne, konnten schwach die Umrisse der steilen Treppe erkennen, die hinunter zu der Wasseroberfläche führte. Dann nahm er noch für den Bruchteil einer Sekunde einen schwarzen Schatten seitlich von ihm wahr, und ein dumpfer Schlag auf seinen Kopf ließ ihn kopfüber die modrigen Treppenstufen hinab stürzen.

KATHARINA WALDMANN
PARIKÍA, PAROS

Katharina Waldmann schaltete gerade die Alarmanlage ein und griff nach ihrer Jacke, um nach einem langen Tag in ihrer Dienststelle endlich den Feierabend einzuläuten, als sie von einem heftigen Klopfen an der Eingangstür unterbrochen wurde. Es war ein eher ruhiger Tag gewesen in der Polizeidienststelle. Die Insel schüttelte langsam die letzten Urlauber ab, sodass nach drei überaus betriebsamen Monaten, der langersehnte Paroanische Alltag wieder einkehren konnte. Ab nächstem Montag würde der Winterfährplan gelten, und das war immer der Startpunkt für die stillere Zeit des Jahres. Zur Zufriedenheit der Bevölkerung hatte der Tourismus auch in diesem Sommer wieder zugelegt, was allen auf Paros gut tat und ein wenig über die spürbaren Folgen der Krise hinweg half. Die Presse sprach zwar davon, dass das Schlimmste überstanden sei, doch bei den normalen Leuten war bisher wenig davon zu spüren. Die hohen Steuern und das Verschwinden des staatlichen Gesundheitssystems hatten viele Inselbewohner an den Rand des Ruins getrieben.

Erneut klopfte jemand ungestüm an die Tür. Katharina stand missmutig auf. Ihr gesamtes Team, welches aus vier männlichen Polizeibeamten und einer Kollegin bestand, war schon vor einiger Zeit gegangen, und sie hatte sich daran gemacht ihren Schreibtisch zu ordnen. In der Hektik von Juli bis September war daran nicht zu denken, und dementsprechend sah das Chaos an ihrem Arbeitsplatz auch aus. Fast zwei Jahre waren jetzt schon vergangen, seit sie die Leitung der Dienststelle in der Hauptstadt von Paros übernommen hatte, und nach wie vor bereute sie es keine

Sekunde Athen den Rücken gekehrt und sich auf ihrer Lieblingsinsel neu eingerichtet zu haben. Ihr neuer Lebensmittelpunkt war jetzt Paros, ganz besonders Ambelas, der kleine Ort in der Nähe von Náoussa im Norden der Insel, der ihr so richtig ans Herz gewachsen war. Anfangs hatte sie noch etwas mit den einsamen Wintermonaten in dem beschaulichen Dorf gehadert, aber nachdem Dawid, ihr neuer Lebenspartner, bei ihr eingezogen war, hatte ihr Privatleben nach langer Durststrecke eine positive Wendung genommen. Sie war rundum zufrieden.

Sie lief die Treppe ins Erdgeschoss hinunter, um dem ungeduldigen Fremden die Tür zu öffnen. Draußen dämmerte es bereits, vor lauter Aufräumarbeiten hatte sie total die Zeit vergessen.

»Kalispera. Was gibt's so Dringendes?«

»Ich brauche Ihre Hilfe! Mein Mann ...«

»Was ist mit ihm?«

Vor Katharina stand eine Frau mit ängstlich aufgerissenen Augen. Sie trug einen schwarzen kurzen Rock und hohe Stöckelschuhe. Ihr Haar war wild zerzaust.

»Mein Mann ist weg!«

Mit einer knappen Handbewegung bat Katharina die ihr fremde Person einzutreten. »Mein Mann ist verschwunden!«, wiederholte die Unbekannte aufgebracht. Katharina zeigte ihr den Weg in das Büro ihres Stellvertreters Filippos, das als nächstes zur Eingangstür lag. »Setzen Sie sich erst einmal.«

»Ich will eine Vermisstenanzeige aufgeben«, sagte die Frau mit verzweifelter Stimme. Katharina zeigte auf den Stuhl, auf dem die Fremde Platz nehmen sollte. »Helfen Sie mir!«, flehte sie und legte ihre große rote Handtasche auf den Schreibtisch.

Katharina lies ihre Jacke auf den Bürostuhl fallen und berührte behutsam die Schulter der verängstigten Frau.

»Wie heißt Ihr Mann?« Die Stimme der Kommissarin klang professionell.

Die Frau rutschte nervös auf ihrem Stuhl hin und her.

»Kostas.«

»Und sein Nachname?«

»Aristidis.«

Katharina wurde ungeduldig.

»Wie lange vermissen Sie ihren Mann denn schon?«

»Noch nicht sehr lange«, erklärte die verunsicherte Frau verlegen, während sie aus ihrer Handtasche ein Smartphone hervorkramte und begann nach Bildern zu suchen. »Mein Kostas ...«, flüsterte sie leise und legte das Gerät auf den Tisch, um mit Hilfe ihres Zeigefingers und Daumen ein Bild zu vergrößern.

Katharina betrachtete eine Weile das Foto: Ein Mann, Anfang Fünfzig mit schwarzen Haaren und Oberlippenbart lächelte in die Kamera. Seine braunen Augen leuchteten im Sonnenlicht, ein dunkles kleines Muttermal saß markant auf seiner rechten Wange. »Kann es einen Grund für sein Verschwinden geben?« Ohne eine Antwort abzuwarten zog sie ein Formular aus einer Schublade um die Personalien aufzunehmen.

»Was für einen Grund sollte es geben?« Ein beleidigter Blick richtete sich auf die Kommissarin. »Kostas kommt immer sehr pünktlich nach Hause!«

»Wie heißen Sie?«

»Wieso fragen Sie mich nach meinem Namen?« Die Frau blickte Katharina fragend an. »Mein Mann ist verschwunden! Den sollen Sie suchen! Kostas! Kostas Aristidis, heißt er«, wiederholte sie und zeigte hektisch auf das Bild.

Katharina musste sich zusammenreißen. Dramatische Auftritte konnte sie nicht leiden, schon gar nicht um diese Zeit. »Ich muss Ihre Personalien aufnehmen, liebe Frau.«

Die Besucherin erschrak über den bestimmenden Ton der Kommissarin.

»Also! Wie ist ihr Name?«

»Rika«, antwortete die Frau und griff sich in ihr verstrubbeltes Haar. Eine wilde, blond gefärbte Mähne fiel jetzt über ihre Schultern.

»Rika?«, hinterfragte die Beamtin mit leichter Verwunderung. »Das ist doch kein Name! Höchstens ein Kosename!«

»Natürlich ist es ein Kosename!«, bestätigte die Frau aufgewühlt und fügte leise hinzu: »Eine Abkürzung von Marika, aber ich werde immer Rika gerufen.«

»So, so! Marika. Und Ihr Nachname lautet ebenfalls Aristidis?«

»Nein, Psará!«, antwortete die Frau mit brüchiger Stimme.

Die Kommissarin schrieb den Namen in das vor ihr liegende Formular. »Ihren Personalausweis bitte!«

Die Besucherin reagierte nicht, sie saß in sich versunken auf ihrem Stuhl.

Katharina schaute leicht entnervt auf die Uhr an der Wand im Hintergrund. Die Zeiger standen auf 19:10 Uhr, sie wollte endlich nach Hause. Die zierliche Frau schluchzte plötzlich ungehemmt los und betrachtete dabei mit Sehnsucht das Foto ihres Ehemanns auf dem Display ihres Handys.

»Seit wann vermissen Sie Ihren Mann schon?« Die verstörte Frau holte ein Taschentuch aus ihrer Tasche.

Katharina nahm sich zusammen und wartete geduldig, bis Marika sich ihre Nasse geputzt hatte. Danach betrachtete diese sich im Spiegel des Smartphones, schob eine blondierte Strähne aus dem verweinten Gesicht und korrigierte den verschmierten Lidschatten mit ihrem Taschentuch. Dann tippte sie mit dem rot lackierten Zeigefinger auf die Wahlwiederholungstaste ihres Telefons und hielt es ans Ohr. »Sehen Sie! Er hebt nicht ab!«

»Ihr Mann?« Katharina war irritiert von der späten Besucherin, die mit ihrem farbenfrohen Make Up, ihrer ungestümen Frisur und ihrem Sexappeal auf jede Theaterbühne gepasst hätte.

»Der Kostas, panajá mou! Der Kostas!« Sie bekreuzigte sich und blickte zur Decke, als suche sie nach Erlösung.

Katharina verdrehte ihre Augen, sie konnte es überhaupt nicht leiden, wenn Gott, oder, wie gerade geschehen, die Panajá – die Muttergottes – ins Spiel gebracht wurde. Eine typische Angewohnheit der Griechen, die sie nicht akzeptierte, immer, wenn es tragisch wurde, verlangten sie Hilfe von oben. »Wann haben Sie das letzte Mal mit Ihrem Mann gesprochen?« fragte sie und hoffte, dass das weinende Dornröschen endlich aufhören würde ihr Gesicht in ihrem Smartphone zu begutachten.

»Seit seinem Mittagessen in der Taverna Georgios. Von dort kam sein letztes Lebenszeichen. Die haben die leckerste Keftedakia auf Paros ...«

»Und am welchen Tag war dieses besagte Mittagessen?«

Die Katzenaugen von Marika nahmen einen gekränkten Ausdruck an. »Ja, heute, natürlich!«

»Heute?« Katharina legte den Stift beiseite.. »Sie vermissen Ihren Mann erst seit heute Mittag?« fragte sie erzürnt.

»Panajá mou!«, Marika bekreuzigte sich wieder mehrfach. »Ja, seit heute Mittag!«»So gegen 13:00 Uhr hat er sich bei mir gemeldet, wie gesagt, aus dem Restaurant. Danach musste er zurück ins Büro und von da an habe ich nichts mehr von ihm gehört.«

Katharina riss nun endgültig der Geduldsfaden. »Feierabend!« Sie wollte endlich nach Hause. Das Verschwinden dieses Mannes war gerade einmal ein paar Stunden her. Sie unterbrach das Geschwätz der Besucherin abrupt, was ihr einen tödlichen Blick von Rika bescherte. » Ich werde für einen erwachsenen Mann, der gerade einmal ein paar Stunden verschwunden ist, keine Vermisstenanzeige aufnehmen. Kommen Sie Morgen wieder!» Für Katharina war die Angelegenheit erledigt.

»Was fällt Ihnen ein?«, mokierte sich Marika. »Das ist ja unerhört!« »Ich verlange sofort einen anderen Beamten!«

»Sehen Sie hier jemanden außer uns? Alle sind weg, und das machen wir jetzt auch.« Sie legte das Aufnahmeprotokoll verärgert zur Seite, schnappte sich ihre Jacke und ihre schwarze Ledertasche und klickte die Tischlampe aus.

»Aber, ich will eine Vermisstenanzeige aufgeben.«, beklagte sich Marika verzweifelt und beobachtete, wie die Kommissarin mit schnellen Bewegungen einen Lichtschalter nach dem anderen ausschaltete und zum Verlassen des Büros aufforderte. »Sein Auto steht im Hafen unten auf dem Parkplatz. Verstehen Sie nicht?«

»Liebe Frau Psará«, Katharina packte nun die späte Besucherin sanft an ihrem Elenbogen und geleitete sie in Richtung Ausgang. »Sie machen sich sicher umsonst Sorgen.«

»Aber ich kenne doch meinen Kostas!« Die Frau wollte immer noch nicht aufgeben. »Er geht immer ans Telefon, wenn ich anrufe.«

»Ich kann und werde keine Vermisstenanzeige aufnehmen, weil ihr Mann sich seit fünf Stunden nicht mehr bei Ihnen gemeldet hat!«, erklärte Katharina noch einmal mit Nachdruck. Sie komplementierte die kleine Frau nach draußen und schaute noch einmal zurück ins Gebäude. Alle Lichter waren aus.

»Sie verstehen mich nicht ...«

»Nach so kurzer Zeit kann ich da leider noch nichts unternehmen.« Die Kommissarin kannte solche Situation aus Athen und konnte sich gut vorstellen, dass die gesuchte Person nach einem Rausch oder Ehekrach spätestens am nächsten oder übernächsten Tag wieder auftauchen würde. Wahrscheinlich saß ihr Gatte betrunken in einer Taverne und hatte Zeit und Raum hinter sich gelassen. Und mit einer versetzten Ehefrau wollte und konnte sie sich jetzt nicht einlassen. »Bitte telefonieren Sie zunächst alle ihre Bekannten ab«, sagte sie in aller Förmlichkeit und verriegelte die Eingangstür des Polizeigebäudes. »Wenn er bis morgen nicht zu Hause erscheint oder sich meldet, können sie gerne wieder kommen und wir nehmen den Fall auf.«

Zu diesem Zeitpunkt konnte noch niemand wissen, dass das Verschwinden dieses Mannes aus Parikía nur ein kleines Mosaiksteinchen in einem skrupellosen Verbrechen darstellte.

EIN KNAPPES JAHR VORHER – OKTOBER 2012
EUROPAZENTRALE DER AQUATOP AG, AMSTERDAM, NIEDERLANDE

Dr. Alexander Brünner hatte gegen 15:00 Uhr zu einer Videokonferenz geladen und konnte es kaum erwarten seinen neuesten Coup öffentlich zu machen. Seit Sechs Uhr in der Früh rannte er schon wie ein aufgeblasener Pfau durch seine Abteilung und raunzte seinen Mitarbeitern Anweisungen zu. Sogar sein Hemd hatte er schon wechseln müssen, so sehr hatte ihn seine innere Erregung zum Schwitzen gebracht. Alle Top-Analysten hatten zugesagt, und er würde einmal mehr zeigen, wer hier der kreative Kopf in diesem Unternehmen war. Schon dreimal hatte er die Videoanlage hoch- und runtergefahren, um absolut sicher zu gehen, dass alles funktionierte. Sogar einen Mitarbeiter aus der IT-Abteilung hatte er zur Sicherheit bestellt, damit im Falle eines Falles auch jemand mit technischem Sachverstand zur Stelle war. Schon mehrfach hatte er die gesamte Konferenz in seinem Kopf durchgespielt, und auf einen Punkt war er ganz besonders stolz. Die Eröffnung der Videokonferenz würde von Tom Polster persönlich – dem CEO der AquaTop AG – direkt live aus dem Headquarter in New York durchgeführt werden um der Bedeutung dieses Deals auch den richtigen Rahmen zu geben. Dabei würde sicherlich auch mehrfach sein Name erwähnt werden, denn er war es ja schließlich, der dieses Projekt federführend zum Abschluss gebracht hatte. Der Gedanke daran erregte ihn enorm, und er plante gedanklich schon den nächsten Sprung auf seiner Karriereleiter. Das wurde auch langsam Zeit, zumal er schon fast zwei Jahre auf seiner jetzigen Position verharrte. Davor hatte er

18 Monate die deutsche Niederlassung geführt, jetzt war es endlich Zeit für etwas Größeres. Hinter vorgehaltener Hand war schon davon die Rede, dass er die Leitung der soeben akquirierten Unternehmung übernehmen sollte, und das war genau der Job, den er brauchte, um in naher Zukunft ganz nach oben zu kommen. Es würde ein hartes Stück Arbeit werden die Firma auf den richtigen Kurs zu bringen, so wie es den Leitlinien der AquaTop AG entsprach, aber genau die richtige Aufgabe um später ins Headquarter nach New York berufen zu werden. Er berauschte sich immer wieder an dem Gedanken, aber jetzt galt es zunächst einmal die erfolgreich abgeschlossene Akquisition gebührend zu verkaufen und zu feiern. OsmoTec, so hieß das mittelständische High Tech Unternehmen mit circa 400 Mitarbeitern, welches nach zähen Verhandlungen nun, wie zahlreiche andere Firmen auch, zu dem Imperium der AquaTop AG gehörte und eine Produktlücke schloss, die dem Konzern auch die Marktführerschaft bei der Meerwasserentsalzung sicherte. Nachdem die Übernahme so gut wie sicher war, hatte man innerhalb von nur zwei Wochen eine eigene Abteilung zusammengestellt, die sich in Zukunft um den bestehenden Kundenstamm der OsmoTec kümmern sollte. Dieser bestand fast ausschließlich aus Betrieben, die ihr Geld mit der Lieferung von Trinkwasser, aufbereitet aus Meerwasser, in vielen Regionen auf der ganzen Welt verdienten. Schon lange plante die Firma in dieses lukrative Business einzusteigen, doch bislang fehlte die richtige Technik und Tom Polster hatte bereits mehrfach das für neue Zukäufe verantwortliche Management ausgetauscht. Erst mit Alexander Brünner war Bewegung in die Sache gekommen, und schnell hatte sich OsmoTec als die geeignete Firma herausgestellt, galt sie doch weltweit als Top-Hersteller von Entsalzungsmodulen zur Trinkwassergewinnung.

Besonders in Südeuropa und in Südostasien war das kreative Unternehmen in den letzten Jahren gewachsen und hatte sich dort viele Lorbeeren auf dem Gebiet der Meerwasserentsalzung verdient. Umso betroffener reagierte die gesamte Belegschaft, als sie von dem geplanten Verkauf ihres so erfolgreich geführten Familienunternehmens überrascht wurden. Zahlreiche Umstrukturierungen wurden befürchtet, so wie es bereits ähnlichen Betrieben ihrer Branche ergangen war, die im Laufe der letzten Jahre von der AquaTop übernommen worden waren. Der alte Eigentümer hätte gerne eine andere Lösung gehabt, aber es fehlte ganz einfach an einem geeigneten Nachfolger und mit seinen 82 Jahren war sein Ausstieg aus der Firma schon lange überfällig. Sein Ziel bestand in der Einbindung seines Lebenswerkes in einen liquiden, weltweit operierenden Konzern und mit diesem Konzept konnte er schließlich auch seine Mitarbeiter überzeugen. Die Verhandlungen dauerten fast ein ganzes Jahr, bis im Januar 2013 schließlich der Deal in trockenen Tüchern war. Die nächsten Schritte nach einem neuen Einkauf waren bei der AquaTop AG in einer Standardarbeitsanweisung – auch SOP genannt – genauestens dokumentiert und folgten einem festen Muster.

Als allererste Maßnahme würde die Geschäftsführung ausgetauscht und mit einem führenden Angestellten der AquaTop AG besetzt werden, der, wenn alles klappte, Dr. Alexander Brünner heißen sollte. Er rechnete mit der Ernennung innerhalb der nächsten Tage, denn Tom Polster hatte sich für Ende der Woche in Amsterdam angekündigt, und dann würden wohl alle geplanten Personalien im Zusammenhang mit dem Kauf der OsmoTec GmbH offiziell bekannt gegeben werden. Den Gedanken, dass eventuell jemand anderes für diese Position in Betracht gezogen werden könnte, ließ Dr. Brünner erst gar nicht zu, denn die Vorstellung in der zweiten Reihe zu agieren war für ihn vollkommen unakzeptabel. So wie er allgemein nur wenige in seinem direkten Umfeld akzeptierte, darunter zwangsläufig das Seniormanagement der AquaTop AG und Madame Karen, die Betreiberin eines kleinen Domina-Studios in der Kerkstraat. Zu dieser Frau pflegte er eine ganz besondere Beziehung, er war ihr bedingungslos verfallen. Sie war seine Vertraute, und bei ihr hatte er sich schon so manches Leid von der Seele geredet. Hierhin verschwand er regelmäßig, wenn sein innerer Druck wieder einmal zu groß wurde und er nach der harten Hand der resoluten Dame gierte. Sie war sein Ventil, und unter dem strengen Blick von Madame Karen konnte er sich der aufgestauten Dinge entledigen um dann, nicht nur um ein paar Hundert Euro erleichtert, wieder an sein Tagesgeschäft zu gehen. Dass er dabei neben seinen kleinen Beichtgeständnissen auch noch Lust empfand, machte einen Besuch in dem intimen Studio ganz besonders attraktiv. Das würde er vermissen, wenn er denn irgendwann einmal in die heiligen Hallen des Headquarters in New York wechseln würde. In dem neuen Unternehmen würde er freie Hand haben, um die im Vorfeld akribisch analysierten Einsparpotentiale schnellstens umzusetzen. Noch in dieser Woche würden zwei Mitarbeiter von Human Resources, der Personalabteilung von AquaTop, sich in dem ehemaligen Familienunternehmen umsehen und von allen Führungskräften ein Profil anlegen. Dabei würden schon in der ersten Runde ein paar kritische Angestellte auf der Strecke bleiben. Kein Job, bei dem man sich Freunde machte, aber das wurde auch nicht von ihnen verlangt, ganz im Gegenteil, hier setzte die AquaTop AG nur auf Köpfe, die ohne Zaudern alle erforderlichen Maßnahmen ohne Rücksicht umsetzten. Die Ergebnisse würde man Brünner sodann sofort zur Verfügung stellen, damit er sich mit seinem neuen Team alsbald an die Arbeit machen konnte. Unter strenger Beobachtung würde er dabei in den nächsten Wochen stehen, und er wusste, dass er sich keinen Fehler erlauben durfte, was das Erreichen der gesteckten Ziele betraf. Der hoch motivierte Manager war nicht zufällig für diese anspruchsvolle Aufgabe ausgewählt worden, so wie auch alle anderen wichtigen Entscheidungen bei der AquaTop AG nicht dem Zufall überlassen wurden. Entscheidend war ein kleiner Vermerk in seiner

Personalakte gewesen, dass ihn für heikle Aufgaben wie diese geradezu prädestinierte. Er gehörte zu dem Managertyp mit ausgeprägten soziopathischen Merkmalen, das hatte ein eigens für die AquaTop entwickelter Persönlichkeitstest ergeben. Der hauseigene Konzernpsychologe hatte seinerzeit sogar von einer Einstellung abgeraten, doch höchst angetan von Brünners souveränem Auftritt hatte sich die weibliche Leitung von Human Resources darüber hinweg gesetzt. Die entscheidende Stimme kam von Sonja Roberts, der globalen Direktorin der Abteilung, die in Brünner einen exzellenten Nachwuchsmanager sah, der dem Unternehmen nur zu gut tun würde. Inwieweit ihre persönlichen Präferenzen für den, von ihr mehrfach als attraktiv und sexy bezeichneten Brünner dabei eine Rolle gespielt hatten, konnte nie geklärt werden. Auf jeden Fall war er bestens geeignet für großangelegte Umstrukturierungen, bei denen die Gefühlswelt gekränkter und verunsicherter Mitarbeiter völlig ausgeblendet werden musste.

Für Dr. Alexander Brünner war es ein Problem, sich in andere Menschen hinein zu versetzen, geschweige denn in deren Seelenleben, was ihm völlig fremd war, so wie er auch äußerst selten von Schuldgefühlen ereilt wurde. Im Fokus seines Handelns stand stets er selbst, immer darauf bedacht im Sinne seiner Auftraggeber zu glänzen. Seiner narzisstischen Neigung folgend, eilte er auf die Toilette um sich im Spiegel zu mustern. Seine Krawatte saß korrekt, er sah weder zu blass aus, noch hatte er Schweißflecken auf seinem Hemd. Jetzt, um Gottes Willen keine Schwäche zeigen, dachte er. Der zugeschaltete Konzernpsychologe würde dies sofort erkennen und ihm negativ auslegen. Er betrachtet sich von allen Seiten, es gab nichts zu mäkeln und so betrat der ehrgeizige Manager mit kühlem Blick wenige Minuten vor 15:00 Uhr den Konferenzraum.

NOVEMBER 2012
KOH SAMUI, PROVINZ SURAT THANI, THAILAND

Michael Kober lehnte sich entspannt zurück und wartete auf seinen Papayasalat, den er sich bei einem seiner Angestellten bestellt hatte und den er fast jeden Mittag zur gleichen Zeit auf der großzügigen Restaurantterrasse zu sich nahm. Das Sun Flower Ressort, welches er nun schon seit gut zwei Jahren leitete, war bereits gut gebucht, obwohl es im November immer noch zu starken Wolkenbrüchen kommen konnte. Doch man spürte längst das nahende Ende der Regenzeit und für die nächsten drei Monate gab es bereits zahlreiche Reservierungen, die die Kasse klingeln ließen. Zum Glück hatten sie den Trend der Zeit früh genug erkannt und das in die Jahre gekommene Ressort zu einer Luxusherberge umgebaut. Die immer zahlreicher kommenden Touristen aus Russland und zunehmend auch aus China waren bereit, für Extravagantes kräftig in die Tasche zu greifen. Die Zeiten der mittellosen Backpacker, die lange die drittgrößte Insel im Golf von Thailand belagert hatten, waren endgültig vorbei und Fünf-Sterne-Hotels wie das Sun Flower gaben zunehmend den Ton auf Koh Samui an. Das Ressort lag ganz im Norden der Insel am weitläufigen Maenam Strand, einer der wenigen Ecken, wo es noch recht beschaulich zuging. Wem mehr nach Nightlife und Abenteuer zumute war, war am Chaweng Beach besser aufgehoben. Michael Kober liebte diesen Strandabschnitt und sein Blick schweifte stolz über den liebevoll angelegten Garten, in dem zwischen viel Grün und blühenden Gewächsen die unterschiedlichen Bungalows versteckt waren.

Als er damals beschlossen hatte nach Asien zu gehen, konnte er sich mehrere Anlagen aussuchen, denn Deutsche Führungskräfte im Hotelgewerbe wurden weltweit gesucht, man schätzte ihre Disziplin und Gründlichkeit. Seine Entscheidung war letztendlich auf das Sun Flower gefallen, denn dort hatte man dem jungen Manager viel freie Hand bei der Umgestaltung gelassen und dazu ein großzügiges Budget zur Verfügung gestellt, von dem er bei anderen Hotels nur träumen konnte. Jetzt war soweit alles auf dem neuesten Stand, bis auf eine notwendige Sanierung, aber auch die war bereits durchgeplant und sollte in der nächsten Woche in Angriff genommen werden.

Die Schattenseiten des in den letzten Jahren stark zugenommenen Tourismus auf dem als »Trauminsel« beworbenen Koh Samui machten sich in unterschiedlichster Form vor allem für die ursprünglichen Einwohner bemerkbar. So beklagten sich viele, ihr Land an Unternehmer vom Festland verloren zu haben und darüber, dass vielerorts die Kokospalmen-Haine, die früher zahlreiche Strände säumten, mehr und mehr verschwunden waren.

Doch am meisten machten ihnen die stark gestiegene Preise für Lebensmittel sowie für Trinkwasser zu schaffen. Denn unter dem rasanten Bevölkerungszuwachs hatten ganz besonders sowohl die Qualität als auch die Quantität des kostbaren Nass' gelitten. Das hatte zur Folge, dass die Insulaner heute oft auf Wasser aus Flaschen zugreifen mussten, was ein immer größeres Loch in ihren meist kargen Geldbeutel riss. Auch im Sun Flower Ressort war das ein erheblicher Kostenfaktor und Michael Kober war schon länger damit beschäftigt, eine andere, auf Dauer günstigere Lösung zur Trinkwasserversorgung zu suchen. Vor zwei Monaten war er dann auf die Anzeige einer deutschen Firma gestoßen, die in Bangkok ein Büro unterhielt und Trinkwasseraufbereitungssysteme für Hotelanlagen anbot. Sein Interesse war sofort geweckt und nach ein paar Telefonaten mit der Niederlassung in der Hauptstadt war ein Mitarbeiter zu einem Beratungsgespräch zu ihm auf die Insel gekommen.

Der entsandte Berater der OsmoTec GmbH sprach fließend Deutsch und war bestens vorbereitet, als er sein Konzept dem Hotelmanager vorstellte. Er hatte sogar eine Liste bereits abgeschlossener Projekte mit im Gepäck, die ähnliche Probleme mit der lokalen Trinkwasserqualität hatten und bereit waren sich mit dem noch unschlüssigen Manager auszutauschen. Das hatte er dann auch getan und die Rückmeldungen, die er bekam, waren durchweg positiv, was ihn in seiner Entscheidung eine hauseigene Trinkwasseraufbereitung aufzubauen, beflügelte.

Als nächster Schritt mussten gemeinsam mit dem hoteleigenen Hausingenieur die technischen Daten aufgenommen werden um die Bemessung einer geeigneten Anlage vorzunehmen und ein Angebot erstellen zu können. Laut Berechnungen der Firma OsmoTec sollte sich bei dem angegebenen Trinkwasserbedarf des Sun Flower Ressort, die Anlage schon nach knapp zwei Jahren amortisieren, eine Rückfrage bei den gelisteten Referenzen bestätigte Michael Kober diese Daten. Das überzeugte ihn schließlich, und mit diesen fundierten Informationen beantragte er die notwendigen Mittel bei der Hotelzentrale. Schon nach ein paar Tagen erhielt er grünes Licht für die geplanten Umbaumaßnahmen.

Das alles war schon vor einigen Wochen erfolgt, und jetzt war es endlich soweit und das Sun Flower Ressort würde in der nächsten Woche auf eine autarke Trinkwassergewinnung mittels mehrerer Umkehrosmose-Module der Firma OsmoTec umgestellt werden. Er hoffte, dass die ganzen Installationen in der vereinbarten Zeit über die Bühne gehen würden, denn ab Anfang Dezember begann die Hauptsaison und dann war keine Zeit mehr für die Koordination irgendwelcher Bauarbeiten.

Genüsslich widmete er sich seinem Papayasalat mit Limettendressing, den er mittlerweile sogar in der »normalen« thailändischen Schärfe essen konnte. Seine europäischen Geschmacksknospen hatten sich angepasst, so wie er sich auch an die Lebensweise der Thais gewöhnt hatte. Er mochte ihre Ruhe und Gelassenheit, eine vollkommen andere Art zu leben, als die im hektischen Deutschland, und das machte sich positiv in seinem ganzen Leben bemerkbar.

Dass es in wenigen Wochen mit der thailändischen Gelassenheit vorbei sein sollte und er an die Grenzen seiner Belastbarkeit kommen würde, konnte er an diesem entspannten Novembertag noch nicht erahnen.

KATHARINA WALDMANN
PARIKÍA, PAROS

Katharina drehte sich im Halbschlaf noch einmal auf die Seite, ihre Hand tastete nach Dawid um die letzten Minuten gemeinsam das warme Bett zu genießen. Doch sie griff ins Leere, denn er war schon vor einer Stunde aufgestanden und frühzeitig zu seiner Werkstatt aufgebrochen. Eine wichtige Arbeit musste nach Naxos geliefert werden, und somit entfiel das gemeinsame Frühstück, an das sie sich so gewöhnt hatten und - bis auf wenige Ausnahmen - auch täglich zelebrierten. Der Wecker hatte jetzt schon das zweite Mal geklingelt und es wurde Zeit aufzustehen, das gab ihr auch Karl, ihr verwöhnter Kater eindeutig zu verstehen. Sie schaltete den Alarm aus und schwang sich aus ihrem großen Bett, das Dawid kurz nach seinem Einzug gebaut hatte.

Den heutigen Tag würde sie auch wieder nutzen um ihre während der Sommerzeit liegen gebliebene Ablage zu sichten und aufzuräumen. Es war Freitag, und sie freute sich auf ihre langjährige Kollegin und Freundin Angelikí, mit der sie so lange in der Athener Mordkommission zusammen gearbeitet hatte. Ihr Besuch war schon mehrfach angekündigt, aber immer wieder verschoben worden. Diesmal schien es tatsächlich zu klappen, und sie hoffte eine Menge Neuigkeiten aus ihrer alten Dienststelle zu erfahren. Außerdem schien Angelikí ihr etwas wichtiges Privates mitteilen zu wollen, so geheimnisvoll wie sie am Telefon geklungen hatte. Katharina war schon ganz neugierig. Hektisch schaute sie auf die Uhr – für ein ausgiebiges Frühstück blieb keine Zeit mehr, wenn der Morgen ruhig verlief, könnte sie das aber vielleicht später gemeinsam mit ihrem Team nachholen. Ein gesponsertes Arbeitsfrühstück mit der ganzen Mannschaft, den drei Beamten Takis, Konstantinos und Spyros, die sie von ihrem Vorgänger und Freund Adonis Georgidis übernommen hatte, sowie ihrem Stellvertreter Filippos aus Athen und ihrer Sekretärin Xenia, war stets eine gern gesehene Geste. Eine kleine Entschädigung für die früher stattgefundene Beköstigung durch Adonis' Frau Nektaria, einer begnadeten Köchin, die es sich nicht nehmen ließ, ihren Mann und dessen Mitarbeiter regelmäßig in der Dienststelle zu bekochen. Katharina wusste von den Kochkünsten Nektarias, war sie doch während ihrer Urlaube auf Paros häufig bei den Georgidis eingeladen gewesen. Nektaria hätte an der langgepflegten Tradition auch gerne festgehalten, doch für die Kommissarin kam das nicht in Frage, sie waren ja schließlich kein Restaurantbetrieb, sondern eine Polizeidienststelle. Eine ihrer ersten Maßnahmen, um etwas frischen Wind in die behäbige Truppe zu bekommen. Die drei alteingesessenen Polizisten hatten es mürrisch zur Kenntnis genommen.

Schnell machte sie sich auf den Weg von Ambelas nach Parikía, eine Strecke, die, wenn es gut lief, in zwanzig Minuten zu schaffen war. Ihr Autoradio dudelte leise vor sich hin, und während sie die Abzweigung in Richtung Parikía nahm, hörte sie in den Morgennachrichten von erneuten Protestkundgebungen in Athen und Thessaloniki. Der Grund dafür war die geplante Privatisierung der öffentlichen Trinkwasserversorgung, und das erregte seit einigen Wochen die Gemüter. Die Bevölkerung befürchtete weitere Kostensteigerungen und wehrte sich mit allen Mitteln, aber unter dem Druck der Troika waren bereits beide großen Versorger in Aktiengesellschaften umgewandelt worden um eine Übernahme durch einen privaten Investor vorzubereiten. An vorderster Front mit dabei war auch die AquaTop AG, und das verantwortliche Management wartete schon ungeduldig auf die Unterzeichnung der entsprechenden Verträge. Katharina missfiel der Gedanke zutiefst, sie hatte Freunde in Großbritannien, die sich oft über die ständig steigenden Trinkwassergebühren beschwerten, seitdem die Thatcher-Regierung in einer großen Welle viele behördlichen Einrichtungen, so auch die öffentliche Trinkwasserversorgung, privatisiert hatte. Doch nicht nur die großen Städte in Griechenland standen auf der Einkaufsliste der AquaTop AG, auch viele Kykladen Inseln waren seit längerem im Visier des Großkonzerns. Besonders auf Mykonos war man aufmerksam geworden, nachdem die Negativschlagzeilen zu Trinkwasserengpässen in den Sommermonaten immer häufiger in der Presse erschienen. Große Tankschiffe mussten mittlerweile jedes Jahr für teures Geld gechartert werden, um den immer weiter sinkenden Grundwasserspiegel auszugleichen und eine einigermaßen ausreichende Trinkwasserversorgung auf der Touristeninsel sicherzustellen. Auch auf Paros hatte der Grundwasserspiegel mittlerweile eine kritische Grenze erreicht, und es bedurfte dringend neuer Konzepte um auch in Zukunft die Insel mit genügend Trinkwasser zu versorgen.

Sie stellte ihren Wagen auf dem für sie reservierten Parkplatz, direkt vor der Polizeistation ab und eilte an die Eingangstür. Schon beim Öffnen der Tür vernahm sie einen angenehmen Kaffeegeruch. Die gute Xenia, von Anfang an ihre Verbündete, war schon da und hatte wie jeden Morgen frischen Kaffee zubereitet. Katharina betrat mit einem fröhlichen »Kalimeraaa« ihre Dienststelle und ging direkt in Richtung Küche.

»Kakí iméra!«, hörte sie eine Stimme aus dem ersten Büroraum und Katharina schaute fragend ihre Sekretärin an, die gerade eine Tasse Kaffee einschenkte und sie ihr übereichte.

»Kaliméra, Katharina«, begrüßte Xenia ihre Chefin und deutete mit einem Kaffeelöffel in der Hand auf das benachbarte Büro.

»Wer ist da drin?«

»Xenias abfällige Handbewegung verhieß nichts Gutes. »Takis nimmt gerade eine Vermisstenanzeige auf«. Sie flüsterte fast.

»Und?« Katharina schürfte an ihrem Kaffee.

»Die Frau sucht ihren Ehemann und ... und ist sehr sauer, weil ... ja, weil ...«Sie suchte nach den richtigen Worten.

»Weil ich sie gestern weggeschickt habe!«, ergänzte Katharina.

»Genau!« Xenia war sichtlich erleichtert, dass sie keine weitere Erklärungen liefern musste »Takis gibt sein Bestes!« Sie ist seine Nachbarin.«

»Oh, je!« Katharina seufzte tief. Die Insulaner kannten sich fast alle, waren verwandt, verschwägert und vielfach trugen sie Familienfehden über Generationen aus. Sie selbst war in der Paroanischen Gesellschaft eine »Neue« und musste oft feststellen, dass die Bewohner untereinander mit einem sanfteren, manchmal recht kumpelhaften Verhalten ihre Beziehungen zueinander pflegten. Ganz anders, als sie es aus Athen gewohnt war.

»Es ist alles OK«, sagte Xenia beruhigend und lächelte. Die gute Seele der Dienststelle war wie sie, eine »Fremde« vom Festland und obwohl verheiratet mit einem Paroaner, hatte sie manchmal das Gefühl, dass sie nicht wirklich zu den Einheimischen gehörte. Sie hatte das eine oder andere Mal mit Katharina darüber gesprochen, und das verband die beiden Frauen. Katharina, die in Athen aufgewachsen und Jahre lang im Dschungel der Millionenstadt gearbeitet hatte, pflegte einen raueren Ton gegenüber Verbrechern, Straftätern oder Gesetzesbrechern im Allgemeinen als ihre Kollegen aus Paros. Takis, ihr Dienstältester Mitarbeiter war da genau das Gegenteil. Seine Art, mit den Insulanern zu sprechen, war demonstrativ brüderlich und familiär. Ausdrücke, die Katharina zum Rasen brachten und am Anfang für viel Zoff zwischen den beiden gesorgt hatte. Dabei spielte natürlich auch die Tatsache, dass Takis nicht den Posten des Stellvertreters bekommen hatte, eine große Rolle. Mittelweile hatten sich die Wogen geglättet und Katharina verstand besser, wie die Paroaner tickten. In vielen Fällen überlies sie dann Takis das Feld und agierte im Hintergrund, was der wohlwollend registrierte.

Mit der Erkenntnis, dass wieder einmal ein »Familienfall« vorlag, also ein Fall für Takis, ging sie mit großen Schritten Richtung Flur. Mit der Tasse Kaffee in der Hand lief sie weiter in ihr Büro ohne einen Blick in Takis Zimmer zu werfen, wo der mit sanfter Stimme versuchte der Frau neuen Mut zu geben. Als eine gefühlte Stunde später Takis Marika Psará bis zur Ausgangtür begleitete – rührend und fürsorglich, so als wäre sie seine Schwester – hörte sie ihn mit einer Stimme, die echte Anteilnahme vermuten ließ sagen: »Ich kümmere mich persönlich, Rika.«. »Danke, Takis« kam die gehauchte Antwort und das schnell leiser werdende Klacken der Stilettos signalisierte, dass die Psará sich entfernt hatte.

»Kalimera, Katharina« Takis blieb an der geöffneten Tür ihres Büros stehen.

»Der Ehemann ist wohl immer noch nicht aufgetaucht!«, bemerke die Kommissarin knapp, bevor er etwas sagen konnte. »Im Grunde genommen ist selbst nach einer Nacht noch kein dringender Handlungsbedarf gegeben!«

»Aber ich kenne Kostas und Rika persönlich«, protestierte der rundliche Polizist

»Dann solltest wohl auch du die Nachforschungen einleiten!«, sagte sie prompt und führte ihre Kaffeetasse an ihre Lippen.

Takis brauchte einige Sekunden um zu begreifen, dass Katharina ihm gerade offiziell den Fall zugewiesen hatte und er die Vermisstenanzeige, die er aufgenommen hatte, nun abarbeiten durfte.

»Ja, ja sofort«, sagte er zufrieden, »ich beginne bei seine Arbeitsstelle.«

»Danke, dass du dich um Frau Psará kümmerst«, erwiderte Katharina und damit war die Angelegenheit für Sie erledigt. Ein Routinefall, der sich bestimmt schnell aufklären würde.

Takis blieb mit einem merkwürdigen Gefühl im Bauch zurück. Dieses »Danke« aus Katharinas Mund irritierte ihn. Vielleicht weil er es so selten hörte, ein Danke von seiner Vorgesetzten. War es ironisch oder herzlich gemeint?

Katharina widmete sich wieder dem Chaos auf ihrem Schreibtisch. Beim Anblick des Notizzettels, auf dem die Ankunftszeit von Angelikí vermerkt war, glitt ein Lächeln über ihr Gesicht. Das Wochenende stand vor der Tür.

TAKIS PAPANDREOU
PARIKÍA, PAROS

Takis folgte der Straße entlang der Hafenpromenade in Richtung des Hotels Pandrossos, das auf einer Anhöhe am Ende der Allee lag. Dort machte die Straße eine scharfe Linkskurve, hinter der sich die Stadtverwaltung befand. Er dachte an Rika und ihre vom Weinen geröteten Augen, die sie mit ihrer Sonnenbrille versucht hatte zu verstecken, als sie heute Morgen vor ihm stand. Sie hatte an seine Tür geklopft und er war geschockt gewesen, als sie augenblicklich angefangen hatte zu weinen. Er hatte ihr einfühlsam erklärt, warum Katharina sie weg geschickt hatte. Vorschriften hin oder her, er hätte sofort gehandelt. Wie konnte man nur Rika nicht helfen! Er parkte seinen Wagen in der kleinen Einbuchtung vor dem Gebäude, das hinter einer Treppe und einem großen Vorplatz lag. Obwohl er schon unzählige Male hier gewesen war, schweifte sein Blick aufs Meer hinaus, und er genoss für einen Moment den wunderbaren Ausblick, den man von hier oben hatte. Den weitläufigen Platz schmückte ein uralter Feigenbaum, in dessen Stamm sich über die Jahre unzählige Liebespaare verewigt hatten. Plötzlich musste er sich eingestehen, dass Rikas Anblick ein Kribbeln bei ihm ausgelöst hatte. Er konnte nicht definieren, woran es lag. Waren es die traurigen Augen oder ihre blondierte Haarpracht? Das tiefe Dekolleté? Und dann noch dieser Feigenbaum! Erinnerungen wurden unweigerlich wach und er suchte an dem dicken Baumstamm, bis er die Stelle fand. Ein über die lange Zeit verwachsenes eingeritztes Herz unterlegt mit den Buchstaben »T+R«. Takis, mittlerweile Mitte Fünfzig, blickte zurück auf die Jahre, Sommer und Winter der

Vergangenheit. Gefühle überwältigten ihn für einen Moment, Gefühle, die er noch nie geäußert hatte. Rika war sein geheimes Verlangen. Rika, die für ihn Unerreichbare, verheiratet mit Kostas Aristidis, seinem Nachbarn, Schulfreund und entferntem Vetter. Rika, die seit vielen Jahren gegenüber wohnte. Takis holte tief Luft. Das Blau der Ägäis hatte die Kraft ihn zu beruhigen. Ob Kostas tatsächlich etwas zugestoßen war, fragte er sich. Oder wünschte er es sich sogar insgeheim? Er schüttelte energisch den Kopf, löste seine Hände abrupt von dem Feigenbaum und machte sich auf den Weg in Richtung der Abteilung für Trinkwasserversorgung, die in einem Nebengebäude untergebracht war.

Cháris Papadakis telefonierte gerade lautstark, als Takis sein Büro betrat. Er wirkte gestresst, und auf seinem Schreibtisch stapelten sich unzählige Aktenordner. Inmitten der Berge von Papier versteckten sich ein halbleeres Glas Frappé, ein volles Glas Wasser, ein seit Tagen nicht geleerter Aschenbecher, ein Päckchen Assos Filter, Kugelschreiber und ein Foto seiner zwei Kinder. Takis und Cháris kannten sich, waren fast gleichaltrig und pflegten wenig Sympathie zueinander. Der Polizist mochte den angeberischen Ton nicht, den Cháris häufig an den Tag legte. Als sich die Blicke der zwei Männer trafen, wurde Cháris Stimme spontan lauter und prahlender. Er gab ihm ein Handzeichen sich auf den Stuhl an dem zweiten Schreibtisch in dem engen Büro, der nicht besetzt war, zu setzen. Der Polizist nickte dankend, bevorzugte es aber zu stehen. Weder der Raum, noch der Stuhl luden dazu ein Platz zu nehmen oder sogar hier zu verweilen. Das klingelnde Telefon auf dem leeren Schreibtisch nervte dazu gewaltig, und Cháris lautstarkes Telefongespräch über die politischen Auswirkungen in seinem Job interessierten ihn nicht.

»Mensch, Takis!«, rief Charis schließlich als er endlich den Telefonhörer aufgelegt hatte. »Finde um Gottes Willen schnell Kostas!« Eine theatralische Handbewegung unterstrich seine Worte und erst danach reichte er ihm seine Hand. »Rika ist außer sich!«, fügte er noch hinzu.

»Dafür bin ich da!« Takis schüttelte nur widerwillig die angebotene Hand. »Aber dazu brauche ich deine Mithilfe«, sagte er und bewegte sich Richtung Fenster. »Wann hast du Kostas Aristidis das letzte Mal gesehen?«

»Gestern ...«

»Und? Was hat er gemacht?«

»Nichts, also nichts Besonderes.«

»Ist er ganz normal zur Arbeit erschienen?«

»Ja, doch ...«Charis versuchte sich den Tagesablauf gedanklich in Erinnerung zu rufen. Takis beobachtete, wie sein Gesprächspartner mehrfach den Kopf schüttelte und ein plötzliches Aufblitzen in dessen Augen signalisierte, dass es vielleicht doch etwas Außergewöhnliches gegeben hatte. »Es war eigentlich ein Tag wie jeder andere.« Seine Stimme wirkte künstlich. »Stress pur!«, ergänzte er und zeigte auf die Stapel von Anträgen und Bauzeichnungen, die überall herum lagen. »Kostas ist etwas früher weg, weil er einen Arzttermin hatte.«

Takis horchte auf.

»Er hatte Probleme mit seinem Magen, hat er mir erzählt und wollte das abklären lassen.«

»Ist das sein Schreibtisch?«

»Ja, wir sind zu zweit hier.« Cháris war es unangenehm, als der Polizist in der Unordnung auf Kostas Schreibtisch herumblätterte. Er seufzte. »Wer weiß, ob wir nächstes Jahr unseren Job überhaupt noch haben! Jetzt wollen die auch noch die gesamte Trinkwasserversorgung privatisieren!«

»Das Schicksal Griechenlands ...«, murmelte der Polizist resigniert eine Antwort. »Und sonst ist dir nichts aufgefallen?«

»Doch, doch ... Wenn ich so überlege, war er irgendwie anders«

»Wie ›anders‹?«

»Anders als gewohnt!«

»Erzähl!« Takis merkte wie sein Gegenüber angestrengt überlegte. .

»Er schien furchtbar nervös und gereizt, so kannte ich ihn eigentlich nicht. Ich habe das auf seine Magenprobleme geschoben und ihn in Ruhe gelassen« .Ansonsten ist mir nichts weiter aufgefallen.«

Takis blickte auf. »Wusste seine Frau von den Magenproblemen?«

»In Gottes Namen!«, rief Cháris und verdrehte die Augen. »Du kennst doch Kostas! Er ist nicht der Typ, der seiner Frau alles erzählt.

»Hatte er denn Geheimnisse?«

»Du meinst Frauengeschichten?«, Cháris lächelte schelmisch. »Nee! Wirklich nicht! Du weißt doch, Rika war der Glücksgriff seines Lebens. Die hätte der nie betrogen. Takis hielt seinen Notizblock fest umklammert, seine Gedanken flogen davon. Er hatte sich oft gefragt, was die wunderbare Rika an Kostas fand. Kostas sah vergrämt aus, gezeichnet von den Jahren. Sie dagegen strahlte auch mit Anfang 50 noch voller Lebensfreude und Sexappeal. Rika, die Göttliche ...

»Hey! Takis! Hörst du überhaupt zu?«

Cháris anmaßende Stimme unterbrach Takis sehnsüchtige Ausflüge. Seine wenige Notizen waren bisher mehr als dürftig, er wollte sich noch nicht zufrieden geben.

»Gab es Vorfälle mit Kunden oder Vorgesetzten?«, fand Takis wieder in das Gespräch zurück.

»Aber nein«, entrüstete sich der Arbeitskollege. »Kostas ist eine ganz treue Seele. Er kann doch keiner Fliege was zu Leide tun! Bis auf...«, er stockte einen Augenblick, »ich weiß nicht, ob das relevant ist...« Cháris unterbrach seinen Redefluss. Er zündete sich eine Zigarette an.

»Erzähl!« Takis hasste das dramatische Verhalten von diesem Chauvi. »Was ist passiert?«

»Vor knapp zwei Jahren, da gab es Gerüchte.« Cháris pustete den Rauch in Richtung Takis. »Ich sage bewusst Gerüchte. Er nahm einen Schluck von seinem Frappé.

Der Polizist brodelte innerlich.

»Das hat den beiden damals ganz schön zugesetzt.«

»Was für Gerüchte? Mensch Cháris, von was redest du?«

»Cháris druckste herum. »Es ist mir unangenehm über einen Kollegen etwas Negatives preis zu geben.«

»Wir wollen Rika helfen! Alles kann relevant sein. Nun sag schon!«

Cháris nahm einen tiefen Zug an seiner Zigarette. »Kostas soll Schmiergelder von einer großen Baufirma erhalten haben, hieß es hartnäckig eine ganze Zeit, aber er hat das vehement abgestritten.«

»Wer hat ihn beschuldigt?«

»Offiziell keiner! Ich habe auch nie daran geglaubt.«

Takis schaute skeptisch.

»Es gab dieses Gerede. Ich sagte ja bereits, ich habe nie daran geglaubt«. Wieder nahm er einen Schluck von dem Frappé und drehte Takis seine Schulter zu.

»Du sagtest ›das hat den beiden damals ganz schön zugesetzt‹. Was meinst du damit?«

»Ach, Takis!«

»Du meinst wohl Rika und Kostas hatten damals Probleme?« Takis wartete gespannt.

»Wie es wohl bei allen verheirateten Pärchen üblich ist ... Aber du kannst dir solche Problemen ja schlecht vorstellen!«

»Warum? Nur weil ich nicht verheiratet bin?« Takis Stimme wurde lauter »Also!« Wütend stellte er sich vor Charis Schreibtisch. »Was ist damals zwischen Rika und Kostas passiert?« Seine Augen blitzten vor Wut.

Die beiden ungleichen Männer schauten sich abschätzend in die Augen. Viele Jahre, Jahrzehnte, Sommer wie Winter verbrachten sie schon auf der Insel. Sie teilten unzählige Erinnerungen aus der vergangenen Zeit. Das Leben auf Paros war ein stetiges Fest, insbesondere im Sommer. Wenn die Sommersaison jedoch zu Ende ging, wenn die Herbststürme über die Inseln fegten, wenn die Schiffe häufig nicht anlegen konnten und die Insulaner wieder unter sich blieben, eine eingeschworenen Gemeinschaft, dann nahm die Insel ihren rauen Charakter an und die Bewohner folgten ihrem wahren Naturell. Hart, härter, am härtesten. Felsen und Herzen wurden eins. Die Wintermonate auf einer Insel waren immer hart. So hart wie die Erinnerung an ein gemeinsames Fest in jenem Sommer:

Es war der 23. August, ganz Paros hatte sich im Hafen von Naoussa versammelt, der Wind wehte, die Wellen brachen sich gewaltig, die jungen Männer der Insel waren alle als Piraten verkleidet. Man feierte wie jedes Jahr das traditionelle Dorffest *Enneamera* zur Erinnerung an den heroischen Seesieg der Griechen und Venezianer gegen den türkischen Piraten Barbarossa. Die Dorfjugend spielte diese Schlacht nach, Takis, Cháris und Kostas waren mit dabei, alle um die 18 Jahre jung. Viel Wein wurde getrunken und zu später Stunde, mussten die, während des Angriffs verschleppten Frauen der Insel, zurückerobert werden. Es folgte ein Kampf, bei dem jeder Jüngling seiner Auserwählten imponieren wollte, ein Brauch der seit Generationen gepflegt wurde. Mut und Ausdauer, Glück und Willenskraft, Jungen die zu Männern werden. Und dann passierte es: Rika war zum Greifen nahe, alle drei hatten sich in das zauberhafte Mädchen verguckt, als zwei der verliebten Burschen den Halt verloren und über Bord gingen. Ein letztes Aufbegehren im aufgepeitschten Wasser begann, doch nur einer schaffte es, und im Hintergrund des Meeresrauschens applaudierte bereits das begeisterte Publikum. Verzweiflung und Trauer standen in den Augen der Verlierer und einer triumphierte. Aber es war weder Takis noch war es Cháris. Es war Kostas! Kostas hielt Rika fest in seinem Arm, so als wolle er sie niemals wieder frei geben.

Die Menge tobte, Takis und Cháris sollten diesen 23. August 1976 im Hafen von Naoussa nicht vergessen. Lebenslang sollte er zwischen ihnen stehen. Nur Kostas hatte das große Los gezogen. Sein eher zufälliger Sieg bescherte ihm die Aufmerksamkeit des schönsten Mädchens von Paros und Marika, die von allen nur Rika gerufen wurde, sollte einige Jahre später seine Frau werden. Wie ein einziger Tag das ganze Leben beeinflussen kann! Alle Jungs waren damals verliebt in Rika, nicht nur Cháris und Takis. Cháris würde später eine holländische Touristin heiraten, sich scheiden lassen und die zwei gemeinsamen Kinder jedes Jahr nur für einige Wochen zu sich nehmen dürfen. Takis sollte in einer lauen Vollmondnacht halbbetrunken am Feigenbaum ein Herz mit den Buchstaben »T+R« einritzen und sein eigenes Herz für immer verschlossen halten. Und immer wieder würden die beiden Männer Rika bewundern, die mit den Jahren immer hübscher, immer blonder und begehrenswerter wurde. Was ebenfalls immer blieb, war der Neid auf Kostas. Cháris jeden Tag mit ihm im gleichen Büro. Takis jeden Tag mit ihm als sein Nachbar. Und jetzt sollte er plötzlich verschwunden sein? Hatte Charis vielleicht sogar etwas mit dem Verschwinden seines ehemaligen Rivalen zu tun? Takis Gedanken rasten. Für Charis wäre es ein Wink des Schicksals, nach so langer Zeit eine neue Chance mit Rika! Er erschrak über seine Fantasien und wusste, dass dieses Scenario genauso gut auf ihn zutraf. In seinem Innersten loderte die alte Leidenschaft wieder auf.

»Du liebst sie immer noch! Nicht wahr?« , sagte Cháris überrascht.

»Sei nicht blöd!«, gab Takis zurück und schlug mit der Faust auf den Schreibtisch. »Ich suche Kostas!« Seine Hände packten plötzlich Cháris Kragen und am liebsten hätte er diesem arroganten Fatzke den Hals herum gedreht. »Und jetzt sprich!«

»Ist ja gut! Ist alles gut, Mensch!« Cháris Ton wurde weicher. »Lass los! Ich sage dir, was ich weiß, aber lass mich los!«

Takis löste langsam den Griff, ließ Charis aber nicht aus den Augen.

Cháris ordnete sein Hemd, sammelte die heruntergefallenen Akten wieder auf und erzählte von einer Baufirma. »Name und Adresse«, verlangte Takis. Außerdem erfuhr er noch von einer Verleumdungsklage, die Kostas angeleiert hatte und von der Zeit, als Rika immer wieder nach Athen fuhr und es nach einer Krise in deren Beziehung »roch«.

»Wieso roch?« Takis konnte diese Art von Sprache nicht ausstehen.

»Weil Kostas nie offen darüber sprach«, erklärte Cháris. »Aber ich rieche Beziehungsprobleme von weitem!«

»Da sprichst du wohl aus eigener Erfahrung«, bemerkte Takis ironisch und notierte alles, was Charis außerdem noch preisgab: genaue Details zu den Gerüchten, wann die Vorwürfe erstmals bekannt wurden, an welchen Projekten Kostas in der letzten Zeit gearbeitet, wann er Urlaub und wer alles dieses Büro betreten hatte.

Takis verließ trotzdem unzufrieden das Gebäude. Er hatte auf mehr Konkretes gehofft und das Gespräch als äußerst zäh empfunden. ›Du liebst sie immer noch! Nicht wahr?‹ – Dieser Satz bohrte sich in sein Gehirn, und der Gedanke brannte wie Feuer. Wie konnte Cháris das nur zu ihm sagen? Warum wusste dieser kleine Beamte mehr, als er sich selbst eingestehen konnte? War dieser 23. August nicht längst Vergangenheit?

Takis setzte sich seine dunkle Sonnenbrille auf und bedeckte eine Träne, die ungewollt aus seinem linken Auge rann. Fürchterliche Wut auf sich selbst und Charis bescherte ihm diesen Ausbruch. Der unverschämte Typ hatte ihn durchschaut, es ihm frech ins Gesicht gesagt. Er wusste bis zum heutigen Tag nicht genau, was es bedeutete »nah am Wasser gebaut zu haben«. Er wunderte und schämte sich zugleich – mit 55 Jahren den alten Feigenbaum im Rücken, an der Promenade weinen zu müssen. Sollte Kostas doch für immer verschwunden bleiben! Er erkannte sich selbst nicht mehr.

Schnell stieg er in sein Auto. Radio an, Motor an, Fenster zu, die Musik ganz laut. So konnte er sein eigenes Weinen und Schluchzen übertönen.

EIN KNAPPES JAHR VORHER – OKTOBER 2012
EUROPAZENTRALE DER AQUATOP AG, AMSTERDAM, NIEDERLANDE

Dr. Alexander Brünner hatte gegen 19:00 Uhr berauscht die Europazentrale der AquaTop AG verlassen, nachdem er von vielen Kollegen zu seinem erfolgreichen Coup beglückwünscht worden war. Wie erhofft, war während der Videokonferenz mehrfach von Tom Polster erwähnt worden, dass man im Headquarter jetzt ganz auf ihn setze, das frisch erworbene Familienunternehmen auf den richtigen Kurs zu bringen. Schon für Montag der kommenden Woche war ein erster Kaizen angesetzt worden, früher hätte man das als Workshop zur kontinuierlichen Verbesserung bezeichnet, der zur Analyse der möglichen Einsparpotentiale dienen sollte. Denn obwohl OsmoTec ein überdurchschnittlich profitables Unternehmen war, reichte das der AquaTop AG bei weitem nicht aus. Erste vorsichtige Berechnungen waren bereits durchgeführt worden und im strategischen Plan des Global Players hatte man eine fünfprozentige Steigerung des operativen Profits in den nächsten zwei Jahren vorgesehen. Eine auf höchster Ebene getroffene Entscheidung, die keine Diskussionen zuließ und Brünner war sich dieses anspruchsvollen Zieles voll bewusst.

In einer E-Mail mit dem Hinweis – Streng Vertraulich - hatte man ihm bereits die durchleuchteten Bereiche, in denen man Optimierungsbedarf witterte, mitgeteilt. Ganz oben an stand wie immer in solchen Fällen das Personal. Human Resources hatte bereits alle Mitarbeiter ab einem bestimmten Einkommen durchleuchtet und Vorschläge zu denjenigen gemacht, auf die man ihrer Meinung nach verzichten könne. Auf Platz zwei der Liste stand ein Produktionsstandort in Deutschland, der schnellstens nach China verlagert werden sollte. Es folgten weitere Hinweise auf andere Abteilungen des Familienunternehmens, die längst nicht das Potenzial wie die beiden ersten Segmente boten, aber durchaus einer Prüfung unterzogen werden sollten. So hatte man unter anderem alle Materialien, die zur Herstellung der Module eingesetzt wurden, in Frage gestellt. Eine Aufgabe des Kaizen-Teams würde darin bestehen, nach billigeren, alternativen Werkstoffen zu suchen. Des Weiteren hatte man alle Verbrauchsmaterialien aufgelistet, die im Routinebetrieb der Anlagen und zur Wartung der Entsalzungsmodule regelmäßig benötigt wurden. Dazu gehörten einige Ersatzteile, die regelmäßig getauscht werden mussten und eine Reinigungslösung, um Kalkablagerungen und andere Partikel aus den teuren Aggregaten zu entfernen. Einige dieser Verbrauchsstoffe waren teuer, weil sie eine spezielle Zertifizierung erforderten, die erst den Einsatz in der Trinkwasseraufbereitung erlaubte. Fast schon zur Routine gehörte die Überprüfung aller Lieferanten von OsmoTec, mit denen man die bestehenden Verträge dringend nachverhandeln musste.

Brünner überflog die aus dem Headquarter geschickte Liste und ging im Kopf die Teilnehmer des anstehenden Kaizens durch. Insgesamt waren 12 Mitarbeiter dafür abgestellt worden, und diese würden sich ab Montag 09:00 bis Freitag 16:00 ausschließlich damit beschäftigen alle Vorschläge, der von Tom Polster persönlich erstellten Übersicht unter die Lupe zu nehmen. Ziel war es, eine Priorisierung aller Punkte festzulegen um zu erkennen, wo am schnellsten möglichst viel Geld eingespart werden konnte. Zunächst einmal Erfolge aufzeigen, belegen dass was geht, dachte Alexander Brünner euphorisch. Er würde das Kaizen-Team nächste Woche schon richtig fordern. Wenn die Bereiche mit den Top-Einsparungen dann schließlich feststanden, würde es zahlreiche Folge-Kaizen geben, in denen alle Details der einzelnen Maßnahmen erarbeitet werden würden.

Die in Japan entwickelte Methode war Gesetz bei der AquaTop AG sowie in vielen anderen Betrieben auch und wurde zur Qualitätssteigerung und zur Kostensenkung eingesetzt. Fast jede Woche fand eine dieser Veranstaltungen in den unterschiedlichen Niederlassungen des Konzerns statt, und sie hatten meistens einen militärischen Charakter. Es herrschte häufig ein Kasernenton während der drei bis fünf Tage dauernden Meetings, weil die Mitarbeiter unter enormen Druck am letzten Tag ein Resultat präsentieren mussten. Dieses Ergebnis würde bis zum Erreichen der gesteckten Ziele akribisch kontrolliert werden, und für viele Angestellten war es ein Graus, in eine der ständig stattfindenden Arbeitsgruppen einberufen zu werden. Nicht nur, weil die alltägliche Arbeit während eines Kaizen einfach liegen blieb, was zur Folge hatte, dass viele weit über das normale Maß hinaus täglich arbeiteten, um den Arbeitsstau nicht zu groß werden zu lassen. Nein, auch der einem Ritual gleichende Ablauf dieser Kaizens bereitete einigen Mitarbeitern erhebliche Probleme.

Alexander Brünner war sich darüber im Klaren, welche Erwartungen an ihn in den nächsten Monaten gestellt wurden, aber er liebte diese Herausforderungen. Sein Adrenalinspiegel war auf einem extrem hohen Level, und er brauchte jetzt dringend eine Gegenmaßnahme, um wieder auf ein gesundes Niveau herunter zu kommen. In der großen Lobby der AquaTop AG scrollte er die Kontakte auf seinem Handy durch und nach wenigen Sekunden hatte er die Nummer seiner geschätzten Domina im Display. In der Regel bekam er einen kurzfristigen Termin, um bei ihr vorstellig zu werden. Die Dame hatte einen guten Riecher für finanzstarke Kunden. Schon mehrfach hatte er sich während der normalen Arbeitszeit aus seinem Büro gestohlen, um sich in dem kleinen Studio von Madame Karen kurzfristig Erleichterung zu verschaffen.

Er suchte sich eine Nische vor dem großen Eingangsportal, wählte die Nummer des Studios und schon nach wenigen Sekunden vernahm er die raue Stimme seiner Meisterin. Flehend bat er um ein rasches Date, seine Stimmlage hatte jetzt nichts mehr mit dem knallharten Manager zu tun, den die AquaTop AG so sehr schätzte. Mit einem kurzen »Ja, Madame!« nahm er die Anweisungen seiner Herrin entgegen, und schon das kurze Telefonat mit ihr bescherte ihm eine heftige Erregung. Sie hatte ihm einen Termin in einer Stunde zugesagt, bis dahin sollte er in der winzigen Gasse am Ende der Kerkstraat unmittelbar neben ihrem Etablissement in einer Ecke auf ihren Anruf warten. Das gehörte zum Vorspiel der cleveren Lady, denn von ihrem Studio aus hatte sie Einblick in den dunklen Durchgang und zeigte sich ihren brav wartenden Kunden gelegentlich am Fenster. Für Alexander Brünner war das bereits Teil des Spiels, und zu wissen dass seine Gebieterin ihn von oben herab aus ihrem Reich beobachten konnte, steigerte seine Lust auf ihr Treffen ins Unermessliche.

Wie ein bestrafter Schuljunge stand er an der alten Backsteinwand und wartete sehnsüchtig auf den Anruf seiner Domina. Doch er musste sich gedulden, sie ließ ihn zappeln und seine Erregung war kaum noch unter Kontrolle zu halten. Schließlich erhielt er den erlösenden Befehl, zu ihr hinauf zu kommen.

Die roten Lackstiefel waren immer das Erste, was er sah, wenn er die nur angelehnte schwarze Eingangstür zu ihrem Playroom öffnete. Mit gesenktem Blick betrat er den engen Flur, das vollkommen in rot und schwarz gestaltete Studio befand sich dahinter. Madame Karen erwartete ihn, sie stand mit dem Rücken zu ihm gewandt. Ohne etwas zu sagen legte er den vereinbarten Geldbetrag in eine Schale und schritt zu seiner Meisterin in ihre Folterkammer. Mit flinken Fingern legte sie Alexander Brünner ein schwarzes Lederband um seinen Hals, das an einer langen Kette befestigt war. Dann befahl sie ihm sein Hemd auszuziehen. Seine Hände zitterten vor Lust, als er sich geschwind Knopf für Knopf vor ihr entblößte und seine geschundenen Brustwarzen zum Vorschein kamen. Madam Karen ließ ihn nun niederknien und zog das Halsband stramm. Seine Hand glitt in seinen Schritt und er öffnete seine Hose, als ihm seine Gebieterin mit einem strengen Blick und einem heftigen Peitschenhieb Einhalt gebot. Er keuchte vor Lust und streckte ihr erwartungsvoll seine Brust entgegen.

Er wusste was jetzt kam und konnte es kaum noch aushalten. Die Domina stellte einen ihrer Lackstiefel zwischen die Schenkel ihres ergebenen Opfers und ließ langsam heißes Kerzenwachs auf den Körper des Managers tropfen. Unterstrichen wurde das Ganze mit heftigen Peitschenhieben auf den Rücken ihres Kunden. Alexander Brünner stieß laute Schreie vor Erregung aus und war kurz vor dem Gipfel, als sie mit der Spitze ihres Stiefels seine Beine weiter auseinander schob und ihn wiederum mit einem strammen Hieb ihrer Peitsche kurz vor der Explosion in die Schranken wies. Diesen Ritus wiederholte sie noch einige Male, bis er schließlich in äußerster Ekstase zu seiner langersehnten Erleichterung gelangte. Herrisch zog Madame Karen den Kopf des verschwitzten Managers zu ihren roten Stiefeln hinunter und forderte ihn auf diese sauber zu lecken, dann war für sie die Sache beendet. Ohne ein weiteres Wort verschwand sie und ihr erschöpftes Opfer blieb alleine mit sich zurück. Alexander Brünner blieb noch einen Moment lang liegen, bevor er sich grob das erhärtete Wachs von seinem Brustkorb kratzte, sich anzog und das Haus in der Kerkstraat verließ. Jetzt konnte er wenigstens entspannt in seinen Feierabend starten.

GEORGIOS APOSTOLÓPOULOS
NÁOUSSA, PAROS

Georgios Apostolópoulos fand den Zettel von Sophia auf dem großen Küchentisch liegend. Er möge noch Gurken und Tomaten holen, damit sie das Abendessen für ihre Pensionsgäste zubereiten konnte. Das war eigentlich nicht ihre Art, denn normalerweise hätte sie das schnell selbst erledigt, aber Georgios wusste, dass sie seit ein paar Tagen Probleme mit ihrem Rücken hatte. Er übernahm das gerne, denn er fand zunehmend Gefallen an seinem prächtig gedeihenden Nutzgarten, der mittlerweile eine beträchtliche Ernte hervorbrachte. So sehr er das elterliche Anwesen noch vor nicht allzu langer Zeit verachtet hatte, empfand er es jetzt nach der umfangreichen Umgestaltung als einen wahren Glücksfall. Jeden Tag mehr genoss er es, diesen Schritt gewagt zu haben. Besonders das Einbringen von eigenem Obst und Gemüse hatte für ihn eine ganz neue Bedeutung bekommen.

Das mit dem Gemüse passte gut, so konnte er außerdem noch schnell nach dem Bewässerungssystem seines Gartens schauen. Seine alte Kinderfrau hatte ihm schon heute Morgen von einem verstopften Ventil berichtet. Mittlerweile hatte sich zwischen den beiden wieder alles sehr gut eingespielt, nachdem sie im Sommer dieses Jahres endlich ihr Gästehaus nach aufwändigen Umbauarbeiten eröffnet hatten. Fast ein Jahr lang hatte es gedauert, bis alle sechs Zimmer des großen Hauses so hergerichtet waren, wie es ihren Vorstellungen entsprach. Im Juni 2012 hatten die Arbeiten in seinem Elternhaus begonnen. Zusammen mit Louis hatte er fast zwei Monate an dem Konzept gewerkelt. Für den Architekten war es eine große Herausforderung gewesen, einen großzügigen separaten Wohnbereich für sich und seinen Lebensgefährten zu gestalten, sowie neben den sechs Gästezimmern noch genügend Platz für ihre alte Perle Sophia zu schaffen. Gemäß dem Testament seiner verstorbenen Mutter Maroula hatte sie lebenslanges Wohnrecht auf dem Apostolopoúlou-Anwesen.

Dank seines Erbes war zum Glück genügend Geld vorhanden, sodass sie sogar in eine neue Küche investieren konnten. Das war eines der schwierigsten Kapitel bei dem Großprojekt gewesen, denn Sophia die ehemalige Haushälterin des Apostolopoúlou-Clans, konnte und wollte nicht einsehen, warum ihre über die Jahre so liebgewonnene Küche nun einer neuen weichen sollte. Sie war doch fast vierzig Jahre so gut in der alten zurechtgekommen. Wie ein störrischer Maulesel hatte sie auf die Nachricht reagiert und nur der geduldigen Art von Louis war es zu verdanken, dass sie schließlich einlenkte und einer Veränderung zustimmte. Er war der Vermittler zwischen den beiden und die neue Küchenanschaffung war nicht die einzige Meinungsverschiedenheit gewesen, die er souverän geschlichtet hatte. Die alten Wunden zwischen Georgios und Sophia rissen in der ersten Zeit immer wieder auf, und es dauerte manchmal eine ganze Weile, bis man wieder zu einem normalen Miteinander fand. Das war nicht einfach für die betagte Dame, jahrelang hatte sie zwischen Georgios mit seinem exzessiven Lebensstil und seiner Mutter gestanden. Erst nach deren Tod und nachdem Georgios zur Besinnung gekommen war, hatte es eine langsame Annäherung gegeben. Jetzt liebte sie es für die Urlaubsgäste und ihre beiden Männer zu kochen. Das war schon immer ihre Leidenschaft gewesen und sie spürte, dass sie auch mit ihren 67 Jahren noch gebraucht wurde.

»Es kommt kein Wasser am hinteren Verteiler,« hatte sie Georgios in der Früh zugerufen, als dieser gerade nach Parikía fahren wollte um ein paar Besorgungen zu machen. Der große Garten, der ganz in der Nähe des zum Grundstück gehörigen weitläufigen Olivenhains angelegt worden war, war von Anfang an ein wesentlicher Teil ihres Konzeptes, denn nur so konnten sie ihren Gästen auch schmackhaftes Obst und Gemüse aus eigenem Anbau anbieten. Für eine ausreichende Bewässerung der Nutzpflanzen sorgte ein weit verzweigtes Rohrnetz, welches von einem großen in der Erde verbauten Kunststofftank am oberen Bereich des Geländes gespeist wurde. Dieser wurde zwei bis dreimal im Jahr von einer alten Zisterne befüllt, die früher das große Anwesen auch mit Trinkwasser versorgt hatte. Zu diesem Zeitpunkt lag das Apostoulópoulos-Areal noch weit weg von dem öffentlichen Trinkwassernetz und Georgios Vater hatte seinerzeit viel Geld investiert, um die lange Versorgungsleitung bis zu dem alten Wasserspeicher bauen zu lassen.

Im Zuge der Umbaumaßnahmen von ihrem Gästehaus hatten sie sich auch Gedanken über ein neues Trinkwasserversorgungskonzept gemacht, zumal sie jetzt Touristen zu versorgen hatten und ihnen hygienisch einwandfreies Wasser zur Verfügung stellen mussten. So standen sie vor der schwierigen Entscheidung, entweder das Gehöft an das öffentliche Versorgungsnetz anzuschließen, oder in eine eigene autarke Wasseraufbereitung zu investieren. Nach reiflicher Überlegung hatten sie sich für Letzteres entschieden, zumal auch mehr und mehr durchsickerte, dass die öffentliche Trinkwasserversorgung auf den Kykladen in Kürze privatisiert werden sollte. Als dann noch der Vertreter der Firma OsmoTec einige Referenzen aufweisen konnte, war das Projekt besiegelt und wurde als eine der ersten Baumaßnahmen umgesetzt. Das war bereits im letzten Jahr erfolgt, und Louis war nach einer umfangreichen Schulung in der Lage, die Umkehrosmose-Anlage zu bedienen. Sie waren zufrieden mit ihrer Entscheidung, und bisher hatte es keinerlei Ausfälle gegeben. Die letzte Wartung bescheinigte ihnen einen einwandfreien Betrieb der Anlage, und das erwarteten sie auch von der zweiten Wartung, die in dieser Woche durchgeführt werden sollte. Die Module waren ausschließlich für die Hausversorgung ausgelegt, für die Bewässerung des großen Gartens und der Olivenhaine hatten sie ja noch den Anschluss an die alte Zisterne.

Das neu verlegte Bewässerungssystem für den Garten hatte vier Verteiler, von denen jeweils kleinere Leitungen in die verschiedenen Bereiche der Anpflanzungen führten. Systematisch lief er von unten beginnend die einzelnen Verteilerstationen ab und musste schnell feststellen, dass an beiden unteren Knotenpunkten nur ein schwaches Rinnsal tröpfelte. Sophia hatte also Recht und demnach musste die Ursache wohl weiter oberhalb liegen, überlegte Georgios, während er schnell ein paar Tomaten und Gurken abpflückte, auf die Sofia bestimmt schon ungeduldig wartete. Aber auch die Überprüfung der oberen Verteiler brachte ihn nicht weiter, also konnte es eigentlich nur an dem großen Zwischenspeicher liegen, der bestimmt nur neu befüllt werden musste.

Kurzerhand lief er zu dem großen kreisförmigen Deckel, welcher einen Zugang zu dem unterirdischen Tank zuließ und holte sich einen Maulschlüssel aus dem nahe gelegenen Geräteschuppen um die schwere Stahlklappe zu öffnen. Er löste die vier großen Schrauben und klappte schwerfällig den Deckel nach oben. Mit Hilfe eines langen Stabes konnte er recht schnell erkennen, dass tatsächlich der gesamte Tank leer gelaufen war, was zunächst für ihn kein größeres Problem darstellte. Jetzt kannte er die Ursache und musste nur noch den großen Schieber öffnen, um den Zwischentank mit frischem Wasser aus der alten Zisterne neu zu befüllen. Das würde eine ganze Weile in Anspruch nehmen, aber dann hätte er wieder genügend Wasser für die nächsten Monate. Geschwind holte er den klobigen Vierkant aus dem alten Schuppen.

Es wurde langsam heiß und er begann zu schwitzen, als er mit Kraft begann den verrosteten Schieber aufzudrehen. Ächzend drehte er Umdrehung um Umdrehung und der Spalt des schweren Ventils wurde langsam größer, während Georgios auf das zischende Geräusch des einströmenden Wassers wartete. Doch es tat sich nichts, selbst als er den Absperrschieber vollständig geöffnet hatte, hörte er nur ein leichtes Glucksen, keine Spur eines rauschenden Wasserschwalls. Georgios wischte sich die Schweißperlen von der Stirn. Verdammt, hier musste etwas anderes vorliegen, was außerhalb seines Grundstückes lag. Vielleicht führte man gerade Wartungsarbeiten durch und hatte nur kurzfristig die Wasserversorgung unterbrochen, dachte er, als er ansetzte das schwergängige Ventil wieder zu schließen. Er würde sogleich in Parikía bei der zuständigen Behörde anrufen um den Grund der Unterbrechung zu erfahren, jetzt musste er aber zunächst schnellstens zurück um Sofia das angeforderte Gemüse zu bringen.

DEZEMBER 2012
KOH SAMUI, PROVINZ SURAT THANI, THAILAND

Michael Kober stand in der geschäftigen Lobby des Sun Flower Ressorts und winkte einen Kofferboy heran, der seinen Eltern bei dem Transport ihres Gepäcks behilflich sein sollte. Sie waren gerade eingetroffen, und er freute sich riesig, dass sie sich endlich einmal dazu durchgerungen hatten den Jahreswechsel
bei ihrem Sohn auf Koh Samui zu verbringen. Gut gelaunt hatte er seine alten Herrschaften persönlich an dem liebevoll angelegten Inselflughafen abgeholt. Der lange Flug von Deutschland nach Bangkok mit anschließendem Weiterflug auf die Insel hatte das Ehepaar deutlich geschafft, und sie wollten sich zunächst etwas hinlegen, um sich von den Strapazen der langen Anreise zu erholen.

Fast ein Jahr war seit ihrem letzten Treffen vergangen, und Michael Kober hatte viel Zeit eingeplant, um ihnen seine Wahlheimat etwas näher bringen zu können. Irgendwie würde er das schon in seinem vollgestopften Terminkalender unterbringen, denn von Dezember bis Februar herrschte Hochsaison in Thailand, und in seinem Ressort gab es kein einziges freies Bett mehr. Die letzten Handwerker hatten wider allen Befürchtungen – Gott sei Dank – alle Renovierungsarbeiten fristgerecht abgeschlossen, sodass er sich jetzt voll auf das Wohlbefinden seiner Gäste konzentrieren konnte. Das gesamte Team war auf Spur, und sie hatten sich zum Ziel gesetzt, in diesem Jahr bei den Hotelbewertungen mindestens eine 9,0 einzufahren, was für alle eine riesige Herausforderung bedeutete. So war dann auch die neue Trinkwasseraufbereitungsanlage pünktlich Ende November in Betrieb genommen worden, und seitdem konnten sie ihre Gäste mit frischem Wasser aus eigener Produktion versorgen. Daran hatte Michael Kober bis zuletzt nicht geglaubt, denn der Installationstermin war von Seiten der Firma OsmoTec mehrfach nach hinten verschoben worden. Es gäbe umfangreiche Umstrukturierungen, hatte man ihm per Mail mitgeteilt und alle Projekte wären um wenige Wochen verzögert. Diese Mitteilung traf den Hotelchef hart, hatte man ihm doch noch bei den Verkaufsverhandlungen fest zugesagt, bis Anfang Dezember mit allen Arbeiten fertig zu sein. Er hatte es sogar schriftlich und erst nach mehreren Telefonaten mit der Zentrale in Hamburg und der Androhung von dem Auftrag zurück zu treten, lenkte OsmoTec schließlich ein, und man einigte sich auf den zugesagten Termin. Nun lief das Aggregat reibungslos, und der hoteleigene Haustechniker war nach einem zweitägigen Training in der Niederlassung in Bangkok auch in der Lage, die moderne Umkehrosmose-Anlage selbstständig zu bedienen. Stolz hatte ihm sein Mitarbeiter das während der Schulung erworbene Zertifikat präsentiert, das ihm eine erfolgreiche Teilnahme an der Fortbildung bescheinigte. Jedem gegenüber, der sich seinem neuen Spielzeug näherte, gab er dann auch gern das gelernte Fachwissen ungefragt zum Besten, so auch seinem Chef, der von technischen Anlagen wie dieser wenig verstand.

»Osmose basiert auf einem natürlichen Vorgang«, begann er, als würde er aus einem Lehrbuch vorlesen, und Michael Kober ahnte schon Schlimmes.

» Das weiß ich. Erklär mir ganz einfach, wie das Ding funktioniert!«, unterbrach er den Techniker daher sofort, für wissenschaftliche Referate hatte er weiß Gott keine Zeit.

»Pflanzen nehmen so über ihre Wurzelzellen Feuchtigkeit aus dem Boden auf«, setzte der unbeirrt seinen Vortrag fort. »Der gleiche Vorgang findet auch im menschlichen Körper statt und bewirkt einen Austausch von Stoffen über die Zellmembran.«

Kober nickte mechanisch, obwohl es ihn kein Stück interessierte. Naturwissenschaften hatte er schon in der Schule gehasst. »Hört sich ziemlich kompliziert an«, er schaute den Techniker ratlos an.

»Ist eigentlich ganz simpel.« fuhr der Angestellte begeistert fort. »Bei der Trinkwasseraufbereitung aus Meerwasser setzt man salzhaltiges Wasser einem Druck aus, sodass nur die Wassermoleküle über eine Membran austreten können und Verschmutzungen oder Salze wie zum Beispiel Natriumchlorid zurück gehalten werden.«

»So wie ein Filter.«

»Ja genau, nur mit viel Druck drauf, je nachdem wie salzhaltig das Wasser ist«, sein Mitarbeiter freute sich über die Rückmeldung und verbuchte das als Ansporn für weitergehende Erklärungen.

Der Hotelmanager winkte schnell ab, es reichte ihm, mehr brauchte er nicht zu wissen. Die Hauptsache war, dass sein Techniker die Details kannte, dazu hatte er ihn ja schließlich eingestellt. Aber eine Frage lag ihm noch auf den Lippen. »Wenn das denn alles so einfach ist, warum ist die Anlage dann so teuer?«

Als hätte der Handwerker auf diese Frage gewartet, legte er jetzt richtig los, um doch noch ein Teil seines Fachwissens loszuwerden. »Das Herzstück einer solchen Aufbereitungsanlage ist die Umkehrosmose-Membrane, deren Qualität von entscheidender Bedeutung ist«, antwortete er begeistert.

»Und die ist so teuer?«, hakte Kober nach.

»Genau! Diese Membrane, oder nennen wir es Filter, macht auf jeden Teil einen großen Teil der Investition aus, weil die zur Herstellung benutzten Polymere in unterschiedlichen Ausführungen angeboten werden. Dabei spielen die Porenweite, der

Durchsatz des produzierten Trinkwassers und die reduzierte Salzfracht eine große Rolle.«

Michael Kober klopfte seinem Mitarbeiter lobend auf die Schulter, die Trainer der Firma hatten einen guten Job gemacht, so begeistert hatte er seinen Haustechniker bislang noch nicht erlebt. OsmoTec sei der Marktführer auf diesem Gebiet, sie hätten die beste Membrane weltweit und das hätte natürlich auch seinen Preis, ergänzte sein Mitarbeiter noch, bevor Kober wieder in seinem Büro verschwand.

Zu dem Modul gehörte ein Servicepaket, welches eine regelmäßige Wartung durch Techniker der Firma OsmoTec vorsah, die erstmalig vier Wochen nach Inbetriebnahme und dann nur noch alle sechs Monate durchgeführt werden musste. Diese erste Wartung stand nun an, und der Servicetechniker von OsmoTec hatte sich für den heutigen Tag bei ihnen angekündigt. Neben dem Sun Flower Ressort gab es bereits drei weitere Hotelanlagen auf Koh Samui, die mit den Aggregaten der Firma betrieben wurden, und so konnte der Wartungstechniker während seines Besuchs auf der Insel direkt mehrere Anlagen betreuen.

Eigentlich nichts von besonderer Bedeutung für den Hotelmanager, gab es doch zahlreiche technische Einrichtungen in seinem Hotel, die einer regelmäßigen Überprüfung bedurften, die komplexe Poolanlage stellte dabei das größte Arbeitspaket dar. Doch diese Anlage war neu und teuer und somit war Kober schon sehr an dem Ergebnis interessiert. Die Koordination dieser Arbeiten überließ er stets seinem Haustechniker, eine verantwortungsvolle Aufgabe, deshalb hatte er bei der Besetzung dieses Postens besonders kritisch hingeschaut und sich schließlich für John Rigby entschieden. Der Mann hatte bereits in verschiedenen großen Hotels in Europa gearbeitet und konnte erstklassische Zeugnisse vorweisen. Er war nicht nur ein exzellenter Techniker, sondern wusste auch, wie man in einem First Class Hotel mit technischen Problemen umging, ohne dass die verwöhnten Gäste etwas davon mitbekamen.

Die Überprüfung der Aufbereitungsanlage würde circa zwei Stunden in Anspruch nehmen und war für den frühen Nachmittag geplant. Die meisten Gäste befanden sich zu dieser Zeit entweder am Pool oder am Strand. An diesem Tag hatte Michael Kober nichts weiter geplant, seine Eltern sollten sich akklimatisieren, und er würde mit ihnen den Abend im Hotel verbringen. Sie waren das erste Mal in ihrem Leben in Asien, und an die vielen exotischen Eindrücke sollten sie sich langsam gewöhnen. Den schönsten Tisch auf ihrer Sonnenterasse hatte er reservieren lassen, und vorher würden sie zusammen mit einer Pina Colada oder einem Mai Tai auf ihr Wiedersehen anstoßen.

Bis dahin blieb noch etwas Zeit, und er wollte sich gerade in sein Appartement zurückziehen, als ihm John Rigby mit dem Servicetechniker der Firma OsomTec entgegen kam. »Alles klar mit der Anlage«, rief John ihm entgegen und zeigte breit grinsend mit seinem Daumen nach oben.

Gegen 18:00 Uhr war der Hotelchef schließlich mit seinen alten Herrschaften an der Poolbar verabredet, er war schon etwas früher dort und beobachtete, wie vier seiner Mitarbeiter Obst und kleine Blumenarrangements für die anstehende Happy Hour vorbereiteten. Diese bunten Verzierungen machten die süffigen Cocktails zu einem sinnlichen Vergnügen, und zahlreiche Gäste nutzten das Event, um den bevorstehenden Abend einzuläuten. Eine leichte Brise wehte vom Meer hinüber, die Sonne stand schon tief, trotzdem zeigte das Thermometer immer noch dreißig Grad. Der Manager hoffte, dass seine Eltern nicht allzu große Probleme mit dem tropischen Klima hatten. Seine Befürchtungen wurden rasch zerstreut, als er das ergraute Ehepaar freudig winkend Richtung Bar kommen sah. Ganz in Weiß gekleidet, machte das alte Paar einen weitaus jüngeren Eindruck als es tatsächlich war. Sie lächelten beide, als sie an der Poolbar eintrafen, waren sie doch glücklich, dem so fernab der Heimat arbeitenden Sohn für eine kurze Zeit etwas näher zu sein. Michael Kober machte ein kurzes Handzeichen und sofort erschien ein Kellner mit einem großen Tablett in der Hand, darauf drei Cocktails, liebevoll dekoriert mit Orchideen und frischen Ananasstückchen.

»Na dann, auf ein paar schöne Tage hier bei mir!« Er drückte den beiden je eine Glas in die Hand und sog kräftig an seinem Strohhalm. Seine Mutter nahm ihn in den Arm und gab ihm einen Kuss auf die Wange, sein Vater griff gierig nach dem eisgekühlten Drink, trank einen großzügigen Schluck und verzog verzückt seinen Mund.

Es war voll geworden an der Bar und nachdem alle Gäste mit Cocktails versorgt waren, wurde es immer fröhlicher in der internationalen Runde. Gäste aus allen Ecken der Welt kamen hierhin, unter ihnen auch zwei Tauchcrews, die von Koh Samui aus regelmäßige Trips zum Angthong Marine National Park unternahmen. Eine hoteleigene Tauchschule gehörte von Anfang an mit zu dem Ressort und man konnte zahlreiche Tauchgänge mit und ohne Equipment buchen. Sotírios Kourzounáris gehörte zu einer der beiden Gruppen und genoss bereits seit einer Woche zum wiederholten Mal das Ambiente des Sun Flower Ressorts. Ein passionierter Taucher, der in den vergangenen Jahren schon zahlreiche bekannte Tauchreviere in aller Welt bereist hatte und mit dem Hotelmanager im Sun Flower Ressort eine lockere Freundschaft pflegte. Die Gruppe, zu der er gehörte, bestand aus fünf Tauchern, die sich alle einen alkoholfreien Drink bestellt hatten, da sie am frühen Morgen zu einem weiteren Tauchgang aufbrechen wollten. Sotírios hatte am heutigen Abend zunächst gezögert an der Happy Hour teilzunehmen, aber der Rest seiner Truppe hatte ihn schließlich überredet. Ihm war übel und er hatte das Gefühl, dass mit seinem Magen etwas nicht stimmte. Ganz plötzlich war es da gewesen, aber noch hatte er die Hoffnung, dass es genauso schnell auch wieder verschwinden würde. Doch nachdem er mehrmals lustlos an seiner Fruchtsaftmischung genippt hatte, gab er diesen Gedanken auf. Sein Magen revoltierte, und er wurde überraschend von heftigen Krämpfen geschüttelt. Der kräftige Grieche krümmte sich vor Schmerzen und seine Tauchkollegen blickten ihn erschrocken an. Sotírios versuchte sich zusammenzureißen und grübelte, was ihm wohl diesen Zustand eingebrockt haben konnte, als er plötzlich einen fürchterlichen Druck in seiner Darmgegend verspürte. Mit gebückter Haltung rannte er zu der nahe an der Bar gelegenen Toilette und schaffte es gerade noch die Tür hinter sich zu schließen. Verärgert über seinen elenden Zustand und mit schweißnasser Stirn hakte er den für morgen geplanten Tauchgang ab und schlich erschöpft zu seinem Zimmer davon.

Michael Kober hatte mittlerweile mit seinen Eltern an dem reservierten Tisch Platz genommen, nachdem er mit ihnen einen kurzen Rundgang durch die Anlage unternommen hatte. Zur Einstimmung erwartete die drei ein frisch zubereiteter Larb Gai, ein knackiger scharf zubereiteter Hühnchensalat sowie eine große Platte mit gegrillten Tiger Prawns über die sich seine Mutter und er freudestrahlend hermachten. Sein Vater hingegen pickte nur lustlos zwischen den Speisen herum, irgendwie schien er wenig Appetit zu haben. Es folgten verschiedene Currys, alle mit extra zurückhaltender Schärfe angerichtet, seine Eltern kamen schließlich direkt aus Europa.

»Warum isst du nichts?«, fragte Michael Kober seinen alten Herren, während er sich hungrig eine große Portion Gemüse auf seinen Teller lud.

»Ich glaube, ich habe den kalten Cocktail zu schnell getrunken«, gab sein Vater leise zur Antwort und hielt sich dabei eine Hand auf seinem Bauch. »In meinem Alter sollte man doch etwas vernünftiger sein...« Er sah blass aus, und seine Augen schauten gequält in die Runde. Seiner Mutter machte der Zustand ihres Gatten schon einige Minuten länger Sorgen. Dann ging alles furchtbar schnell. »Ich glaube mir wird übel«, stöhnte Kobers Vater plötzlich und schwankte gefährlich, als er sich aus seinem Stuhl erheben wollte. »Lass dir helfen! Du bist ja kreidebleich«, bemerkte seine Frau, und mit einem leichten Schubs bugsierte sie ihn zurück in seinen Stuhl. Michael Kober erschrak, als er in das fahle Gesicht seines Vaters blickte. Alle Warnungen ignorierend versuchte dieser erneut aufzustehen um zu der im hinteren Teil des Restaurants gelegenen Toilette zu gelangen. Er wankte, klammerte sich mit beiden Händen an der Tischkante fest. Instinktiv ließ Kober sein Besteck fallen, sprang auf um ihm zur Hilfe zu eilen. »Vorsicht«, rief er und riss einen Teller mit sich. Aber es war schon zu spät. Der angeschlagene Mann sackte seitlich weg und schlug hart auf dem steinernen Terrassenboden auf.

»Oh Gott!« Fassungslos hatte Kobers Mutter den Zusammenbruch ihres Gatten miterlebt Sie schlug ihre Hände vors Gesicht und schrie: »Einen Arzt! Wir brauchen einen Arzt«. Blut sickerte aus einer Wunde am Kopf des Gestürzten und bildete eine langsam größer werdende Lache. Michael Kober war einen Moment lang wie gelähmt, so schnell hatte sich alles abgespielt, doch dann besann er sich schnell auf seine Erste-Hilfe-Ausbildung. Mit sicherem Griff brachte er seinen Vater in die stabile Seitenlage. Einer seiner Angestellten rief unterdessen eine Kollegin hinzu, eine ehemalige Krankenschwester, die sich sogleich daran machte die blutende Kopfwunde notdürftig zu versorgen. Der alte Mann röchelte, und sein Körper wurde von starken Krämpfen geschüttelt, sein Puls war schwach, und der Hotelchef machte sich schwere Vorwürfe. War es ein Fehler gewesen, seine betagten Eltern hierher zu holen? Er hatte sie immer wieder bedrängt, ohne dabei ihr hohes Alter zu berücksichtigen. Nun hoffte er, dass es sich nur um ein Kreislaufproblem handelte. Hektisch suchte er nach seinem Handy und wählte die Nummer eines im Ort ansässigen Arztes, der stets zur Stelle war, wenn einer seiner Gäste medizinische Hilfe benötigte.

»Gibt es hier denn keinen Krankenwagen?« In Frau Kobers Augen stand die pure Verzweiflung.

»Mutti wir sind nicht in Europa!«. Er nahm sie in den Arm und versuchte sie zu trösten, noch einen Zusammenbruch konnte er jetzt nicht gebrauchen. »Der Arzt ist schon unterwegs, mach dir keine Sorgen.«

KATHARINA WALDMANN
PARIKÍA, PAROS

Katharina sah Angelikí schon von weitem, wie sie ihr vom Oberdeck ungestüm zuwinkte, als die Blue Star Naxos sich scheppernd der großen Kaimauer in Parikía näherte. Es war kurz vor zwölf am Mittag und die Kommissarin hatte vom ersten Stock des Polizeigebäudes die Fähre kommen sehen, wie sie majestätisch Kurs auf die Inselhauptstadt nahm. Ein lautes Tuten der Schiffssirene kündigte das Anlegemanöver an. Sie war zu Fuß zu der nahe gelegenen Anlegestelle gegangen, um ihre einstige Kollegin persönlich in Empfang zu nehmen. Freudig winkte diese ihr zurück. Angelikí war immer schon ein Geheimnis für sich, allein durch ihre Arbeit in der Gerichtsmedizin, aber diesmal hatte sie noch geschickter als sonst die Spannung bei Katharina hochgeschraubt. Es gab wohl einige Neuigkeiten und die Kommissarin war voller Erwartungen. Das ganze Wochenende hatten sie Zeit zum Quatschen, nur sie beide und der Wetterbericht sah fabelhaft aus. Auch einen Strandbesuch hatten sie eingeplant. Im September war das Wasser angenehm warm, und an den Stränden ging es wieder etwas geruhsamer zu als in den heißen Sommermonaten Juli und August.

Angelikí sah total verändert aus, bemerkte Katharina, als ihr die schlanke Gerichtsmedizinerin aus dem dunklen Bauch des Schiffes entgegen kam. »Ich glaub es nicht, das ist nicht die Angelikí, die ich kenne!« Sie umarmte ihre langjährige Kollegin und Freundin. »Mein Gott siehst du gut aus, bei welcher Typberatung bist du denn gewesen?« Sie blickte sie von oben bis unten an und staunte. Angelikí löste sich aus der Umarmung, trat einen Schritt zurück und drehte sich keck einmal um ihre eigene Achse.

»Gefällt es dir?« Sie deutete auf ihre Frisur. Der frische Kurzhaarschnitt und ihre modische Kleidung ließen sie um Jahre jünger aussehen.

»Cool, einfach nur cool! Du siehst spitze aus. Wenn ich das gewusst hätte, wäre ich auch noch zum Frisör gegangen. Ich wirke jetzt neben dir wie eine alte Schachtel.« Katharina griff sich in ihr vom Wind zerzaustes Haar und lachte.

»Nu lass mal gut sein, meine starke Frau Kommissarin. Bei mir wurde eine Typveränderung ja höchste Zeit und nun…« Angelikí strahlte wie ein Honigkuchenpferd, die Komplimente taten ihr erkennbar gut.

»Ein neuer Lover?« unterbrach Katharina ihre Kollegin. »Ich habe da so eine Vermutung nach deinen geheimnisvollen Andeutungen. Oder steckt da vielleicht etwas Anderes dahinter?« Sie lachte laut los und blinzelte.

»Alles zu seiner Zeit.« Die dunkle markante Stimme von Angelikí klang mystisch, und sie spannte ihre Freundin geschickt weiter auf die Folter. »Jetzt lass uns erst einmal hier raus aus dem Trubel.«

»O.K., ich kann es kaum erwarten. Komm erst mal mit ins Büro, später fahren wir zu mir.«

Sie hatte sich bereits umgedreht und war zielstrebig in Richtung ihrer Dienststelle losgegangen, vorbei an ein paar Touristen, die von zahlreichen Griechen mit den Angeboten ihrer Unterkünfte umworben wurden. Angelikí folgte ihr leichten Schrittes, den kleinen Schalenkoffer hinter sich herziehend.

Xenia, gerade in einem Gespräch mit der Bezirksverwaltung auf Syros, beendete sofort ihr Telefonat mit dem Hinweis später noch einmal durchzurufen. Auch sie hatte sich auf den Besuch aus Athen gefreut. »Aha, die Grand Dame des Verbrechens. Schön dich wieder einmal hier begrüßen zu dürfen«, empfing sie

Angelikí. »Und diesmal ganz privat, so ganz ohne Mord.« In ihrem Gesicht spiegelte sich eine leichte Unsicherheit, es lag wohl daran, dass die Medizinerin so verändert aussah. Ohne zu fragen schenkte sie den beiden Frauen ein Glas kaltes Wasser ein.

Die Athenerin nahm einen Schluck, lächelte zurück, bevor sie mit ihrer rauen Stimme entgegnete: »Ja, kaum zu glauben, aber ich bin tatsächlich ganz privat hier, und wollen wir mal hoffen, dass es auch dabei bleibt«.

Gut gelaunt zogen sich die drei Frauen auf die großzügige Terrasse im ersten Stock des Gebäudes zurück. Lautes Gelächter ließ in keinster Weise vermuten, dass sie sich in einem Polizeirevier befanden. Bislang hatte die Sekretärin mit der Medizinerin immer nur dienstlich zu tun gehabt, zum ersten Mal als es den Mord an Jannis Kostatidis, dem Kellner aus dem Aliportas, aufzuklären galt und zu Ostern im letzten Jahr, als ihr Team von der Spurensicherung zu einem mysteriösen Todesfall im alten Hafen von Náoussa gerufen wurde. Bei diesen beiden Einsätzen hatte sie Katharinas Mannschaft mit ihren Technikern von Athen aus unterstützt und sich durch ihr couragiertes Auftreten großen Respekt verschafft. Xenia hing an den Lippen der Kollegin aus der Mordkommission in Athen, sie war fasziniert und gleichzeitig verängstigt, wenn diese ein paar spektakuläre Szenen aus ihrem Arbeitsleben mit rauer Stimme preisgab. »Mein Gott, ich könnte nachts nicht mehr schlafen. Das ist ja furchtbar!«, entglitt es ihr mehrfach. Trotzdem hätte sie noch stundenlang den schaurigen Geschichten zuhören können.

»So, jetzt machen wir aber Feierabend und fahren nach Ambelas!« Katharina unterbrach die Dreierrunde und machte Anstalten langsam aufzubrechen.

Angelikí nickte zustimmend. »Gute Idee, ich freue mich schon auf was Leckeres von dir. Endlich wieder frisch Gekochtes!« Angeliki machte keinen Hehl aus ihren bescheidenen Kochkenntnissen.

»Na dann, bis auf bald, mit vielen neuen Gruselstories«, verabschiedete sich Xenia von den beiden Kriminalbeamtinnen und begleitete sie zur Tür, als Filippos vorgefahren kam. Sportlich sprang er aus dem Wagen und lief laut pfeifend auf Angelikí zu.

»Habe mich extra beeilt. Wollte dir hallo sagen, bevor ihr euren Mädelsabend startet.« Er gab Angelikí einen Kuss auf die Wange. »Ich muss ja leider arbeiten...«Mit nach Mitleid heischendem Blick schaute er zu seiner Chefin. »Aber mich könnt ihr ja wohl auch nicht dabei gebrauchen?«

»Gut erkannt«, bemerkte Katharina. »Du hältst hier schön die Stellung!« Sie drängte zum Aufbruch.

»Du siehst top aus!« Filippos wandte sich wieder Angelikí zu. »So ganz anders. Willst wohl hier auf Paros jemanden aufreißen?«, scherzte er und seine Augen musterten die ehemalige Kollegin von Kopf bis Fuß.

»Hallo!?« Angelikí stemmte entrüstet ihre Arme in die Hüften. »Ich möchte nicht wissen, wie vielen Damen du hier schon den Kopf verdreht hast! Schon in Athen hast du nichts anbrennen lassen, und daran hat sich doch bestimmt nichts geändert?« Sie hatte sich fragend zu Katharina umgedreht, die spontan ihre Augen verdrehte.

»Die ganzen Namen kann ich mir schon gar nicht mehr merken, ganz zu schweigen von den unterschiedlichen Nationalitäten«.

Filippos wurde leicht verlegen, dann legte Katharina noch nach.

»Und frag mal Xenia, die Arme, die muss die ganzen Verflossenen ständig am Telefon vertrösten.« Sie legte ihren Arm um Filippos Schulter und tätschelte ihn wie einen kleinen Jungen. »Aber solange mein Dandy seine Arbeit gut macht, will ich mich nicht beklagen.«

Der wesentlich jüngere Kollege warf seinen Wuschelkopf in den Nacken und grinste nur frech zurück. »Nur kein Neid Mädels! Das Leben ist kurz und hier auf Paros wird einem schon so Einiges geboten. Ganz besonders im Sommer!«

Er löste sich aus Katharinas Umarmung und ging in Richtung seines Büros. Er hatte Bereitschaft an diesem Wochenende und würde sich um eventuell anstehende Einsätze kümmern. Die Kommissarin hatte ihn schon kurz nach ihrem Dienstantritt auf Paros zu ihrem Vertreter ernannt, und seitdem hatte ihr ehemaliger Zögling aus Athen sich sehr zu Katharinas Zufriedenheit entwickelt. »Macht ihr euch nur ein schönes Wochenende, und lasst es richtig krachen«, rief er den beiden Frauen noch hinterher, als sie das Polizeigebäude in Richtung Katharinas Wagen verließen.

»Filippos vermisse ich total in Athen, da hast du einen wirklich guten Fang gemacht«, sagte Angelikí zu Katharina, als sie in den Wagen einstieg. »Der brachte immer Schwung in unsere verkrusteten Strukturen, aber ich gönne ihn dir. Ihr wart ja schon in Athen ein gutes Team.«

Die Kommissarin nickte zustimmend und startete ihren Dienstwagen. »Der hat die Truppe gut im Griff, auch wenn das am Anfang nicht ganz einfach war für ihn.«

Sie passierten den Kreisverkehr nahe dem Krankenhaus.

»Besonders Takis, unser Dienstältester, hat es ihm in der ersten Zeit nicht gerade leicht gemacht. Spyros und Konstantinos haben sich weitgehend raus gehalten.« Sie fluchte über einen ausscherenden Mopedfahrer und musste scharf abbremsen. »Der hatte die Stelle fest für sich verbucht, hat es mir bis heute nicht verziehen.« Sie zog ihre Schultern hoch. »Aber das war Filippos' Bewährungsprobe und mittlerweile hat jeder seine Position gefunden.«

»Oh, je! Personalgeschichten! Ganz schön kniffelig«, pflichtete Angelikí ihr bei. Sie wusste, wovon sie redete.

»Und mit seinen Frauengeschichten, das hat sich auch gelegt. Er scheint da jetzt etwas Ernsteres kennen gelernt zu haben.« Katharina grinste. »Auch junge Polizisten werden irgendwann einmal erwachsen.« Sie gab Gas und schon nach wenigen Minuten waren sie auf der Hauptstraße nach Náoussa unterwegs.

»Was hältst du davon, wenn wir noch kurz dem Aliportas einen Besuch abstatten? Von da aus haben wir unzähligen Male telefoniert, als wir damals den Mord an dem Kellner bearbeitet haben.« Katharina kam dieser Vorschlag ganz spontan.

Angelikí erinnerte sich und war sofort Feuer und Flamme, hatte sie doch schon so viel von dem bekannten Café im Herzen von Náoussa gehört. Sie war neugierig, wie es dort wohl aussehen würde. Kurzerhand ließ Katharina den Abzweig auf die Ortsumgehung passieren und fuhr weiter zum Hafen hinunter. Vor der Fußgängerbrücke schwenkte sie nach rechts auf den großen Parkplatz, von hier aus waren es nur ein paar Meter bis zum Aliportas. Es war früh am Nachmittag, und es war ruhig im Ort, vorbei der ganze Trubel der letzten beiden Monate, wo sich Scharen von Touristen durch das beliebte Hafenstädtchen im Norden von Paros schoben. Im Café hatten wieder viele bekannte Gesichter das Ruder übernommen, nachdem im Juli und August das Aliportas fast ausschließlich mit Pauschaltouristen belagert wurde. So wie fast in jedem Jahr kamen zahlreiche Besucher der berüchtigten »Touristenfamilie«, die Ende Mai bis Mitte Juni immer auf Paros verweilten, auch im September noch einmal für ein paar Tage auf die Insel, um den zeitlichen Abstand bis zum nächsten Sommer nicht zu groß werden zu lassen.

So wurde die Kommissarin gleich beim Betreten des Lokals freudestrahlend von Matt und Patsy, dem lebenslustigen Londoner Ehepaar, sowie von Seelchen und dessen Gatten Paul begrüßt. Die vier saßen wild gestikulierend um ein Back Gammon Spiel und schienen sich uneinig über die Spielregeln zu sein. Ein paar Tische weiter saßen Mark und Adrian, ein Männerpaar aus Kanada, die auch schon im zehnten Jahr nach Paros kamen. Genau wie Matt und Patsy hatten sie sich in diesem Jahr zum ersten Mal für das neue Gästehaus bei Louis und Georgios entschieden. Adrian, so erfuhr Katharina alsbald von Patsy, hatte vor zwei Tagen für reichlich Gesprächsstoff in Náoussa gesorgt, nachdem er nur mit einem Handtuch bekleidet völlig aufgelöst am Straßenrand nahe des Lageri Strandes stand und um eine Mitfahrgelegenheit bat. Was war passiert?

Angelockt von einem griechischen Schönling, war er diesem in die hinter dem Strand liegenden Tamarisken gefolgt, während ein zweiter Grieche schon auf der Lauer lag, um mit Adrians gesamtem Strandgepäck das Weite zu suchen. Die Geschichte sprach sich in dem kleinen Ort herum wie ein Lauffeuer und hinter vorgehaltener Hand wurde Adrian nur noch »Die Tamarisken-Schlampe« genannt.

Angelikí lachte laut los, als sie die Story hörte und beneidete ihre ehemalige Kollegin einmal mehr um ihren Job auf der Ferieninsel. Angelos, der Besitzer des beliebten »Familiennestes«, wie das Aliportas von den immer wiederkehrenden Urlaubern liebevoll genannt wurde, winkte Katharina freudestrahlend zu. Er hatte Thekendienst, der Job, den er am liebsten machte. »Hier habe ich schon Stunden während meiner Urlaube verbracht und ein Vermögen für Frappé und Wein gelassen«, erzählte Katharina ihrer Freundin, als der Kellner die Getränke brachte. Ein Stück Gelassenheit war an diesen zentralen Platz zurück gekehrt, unterbrochen wurden sie nur durch das laute Kreischen spielender Kinder, die um die beiden großen Eukalyptusbäume ausgelassen herum sprangen. Nachdem die beiden einen Aperitif getrunken hatten, machten sie sich auf nach Ambelas, es wurde höchste Zeit für ein gutes Essen.

»Ein Traumhaus und dann dieser Blick«, schwärmte Angelikí berauscht von der wundervollen Aussicht, als sie Katharinas Heim betraten. Ihr Blick schweifte sehnsüchtig über das Meer hinüber zu der Nachbarinsel Naxos. Als eingefleischte Stadtfrau gab sie jedoch klar zu verstehen: »Für mich viel zu einsam, dieses Nest, ich brauchte den Trubel der Großstadt und den Geruch des

Verbrechens.« »Und jetzt hat sich sowieso alles geändert...« In Angelikís Augen lag etwas Verschmitztes, in ihre Stimme schwang Rätselhaftes mit.

Katharina blickte auf. Ließ die Freundin so langsam die Katze aus dem Sack? »Warte, warte! Lass mich zuerst das Essen zubereiten.« Obwohl sie gespannt wie eine Feder war, befand sie, dass es sich bei einer guten Mahlzeit und einem Glas Wein besser plaudern ließ. Flink deckte sie die Terrasse ein und verschwand in der Küche. Sie hatte schon vorgekocht und brauchte die Gerichte nur noch warm zu machen.

Angelikí knurrte schon lange der Magen, und sie machte sich mit Heißhunger über die luftigen Hackbällchen in Tomatensoße her, mit der erneuten Erkenntnis, dass sie selbst nie in der Lage sein würde so fantastisch zu kochen. »Ich beneide dich, dass du neben deinem Beruf noch diese Gabe hast.« Sie sog die mit Zimt geschwängerte Luft ein, strich sich über ihren Bauch und kratzte mit einem Kanten Brot den letzten Rest der Tomatensoße aus der Keramikschale. »Aber meine Qualitäten liegen halt woanders.« Sie warf kokett ihren Kopf in den Nacken. »Mensch war das lecker, deine Keftedes sind unschlagbar, ich platze gleich.« Sie goss sich ein weiteres Glas Wein ein. Die erste Flasche neigte sich bereits dem Ende zu und Katharina schien es, als ob ihre Kollegin sich Mut antrinken wollte.

»Deine äußerlichen Veränderungen...!« Katharina griff den Faden wieder auf. »Ich wäre dann soweit für deine große Geschichte!« Sie hatte ihren Kopf in beide Arme gestützt und schaute erwartungsvoll zu der Gerichtsmedizinerin.

»Na ja, angefangen hat es schon im letzten Jahr...«

»Was hat da angefangen?« Katharina setzte ihr Glas so heftig auf den Tisch, dass es überschwappte. »Und ich erfahre es erst jetzt?«

»Ich habe dir doch von dem chemischen Institut an der Uni in Athen erzählt, erinnerst du dich?«

Die Kommissarin überlegte einen Moment, dann klingelte es. »Die dir bei der Analyse im Fall Pantoulis geholfen haben, meinst du die?«

»Genau! Da habe ich Sotírios das erste Mal getroffen und...« Sie nahm einen großen Schluck Wein. »... es hat gefunkt vom ersten Augenblick an.« Ihre Augen strahlten. »Er arbeitet dort als Chemiker.«

»Aha, Sotírios heißt also der Typ, der dich so viel jünger aussehen lässt. Das hätten wir dann ja schon einmal geklärt.« »Professor Sotirios Koutzunaris!« betonte Angeliki gekünstelt.

Katharina lächelte und hob ihr Glas um mit Angelikí anzustoßen. »Auf Sotírios... Entschuldige, auf Professor Sotirios! Und auf die Liebe.« Sie stießen an.

»Und wie ist er so? Nun erzähl doch endlich. Du musst hier keinen Autopsiebericht erläutern.«

Sie kicherten beide wie zwei verliebte Teenager.

»Es ist einfach nur schön, und wer hätte gedacht, dass ich noch einmal so richtig Schmetterlinge im Bauch haben würde!« Ihr Gesicht wurde ernst. »Ich hatte das längst abgehakt.«

Die Kommissarin umarmte ihre Freundin. »Das kann ich gut verstehen, das ging mir vor zwei Jahren genauso. Ich freue mich für dich, oder sagen wir, für uns. Dass wir zwei alten Weiber am Ende doch noch unsere Prinzen gefunden haben!«

Sie nickten beide und Angelikí erzählte ausgiebig von ihrem neuen Partner. Auch dass er ihr Leben in so kurzer Zeit vollkommen umgekrempelt und sie sogar schon zu einem Tauchkurs überredet hätte. »Das ist ihm ganz wichtig, er hat mir ein unvergessliches Abenteuer versprochen und du kennst mich ja, für Abenteuer bin ich immer zu haben. Wir planen sogar im nächsten Winter einen gemeinsamen Tauchurlaub in Thailand, daran hätte ich nicht im Traum gedacht.«

»Thailand! Das klingt doch spannend!« Katharina griff nach einer CD und legte sie in den Player. »Das müssen wir feiern!«.

Sie war begeistert, denn mit so viel Enthusiasmus hatte Angelikí bisher noch nie von einem Mann gesprochen, und da kamen schon einige zusammen. Bei Musik und Wein vergaßen die beiden Freundinnen vollkommen die Zeit und verquatschten fast die ganze Nacht, bevor sie gegen vier am Morgen stark angeheitert in ihre Betten stiegen und tief und fest bis weit in den Vormittag hinein schliefen. Dass Filippos mehrfach versucht hatte sie telefonisch zu erreichen, war der Kommissarin vollkommen entgangen.

CHÁRIS, PAPADAKIS
PARIKÍA, PAROS

Cháris Papadakis freute sich auf das bevorstehende Wochenende. Es war Freitag und die beiden letzten Tage waren verdammt anstrengend für ihn gewesen, ganz alleine, ohne seinen Kollegen, der nun schon fast zwei Tage vermisst wurde. Nicht nur die zusätzliche Arbeit belastete ihn, es war auch die Ungewissheit, was Kostas Aristidis zugestoßen war, die ihn nicht zur Ruhe kommen ließ. Obendrein kam dann noch der Auftritt von Takis und die Erinnerung an die alte Geschichte aus dem Sommer 76. Es war schone eine Ironie des Schicksals, dass gerade Takis mit der Suche nach seinem einstigen Konkurrenten beschäftigt war. Der hatte bestimmt nicht zum letzten Mal bei ihm vorgesprochen. Nachts fand Charis keinen Schlaf und zermarterte sich sein Gehirn, warum sein langjähriger Kollege so plötzlich verschwunden war. Immer und immer wieder versuchte er die beiden letzten Tage Revue passieren zu lassen, versuchte sich an ein verändertes Verhalten von Kostas oder außergewöhnliche Vorkommnisse zu erinnern, kam aber zu keiner Lösung. Bis auf ... Ja! Da war was! Er glaubte sich zu erinnern, dass Kostas von etwas »Wichtigem« gesprochen hatte, das er noch zu erledigen hätte, aber der genaue Wortlaut fiel ihm nicht mehr ein. Und? Ja, da war noch etwas. Der Anrufer, der Anfang der Woche zwei Mal nach Kostas gefragt und selbst nach mehrmaligen Nachfragen seinen Namen nicht genannt hatte. Er hatte in gebrochenem Englisch gesprochen, das war ihm sonderbar vorgekommen.

Ein Anruf riss ihn aus seinen Gedanken. Ein Blick auf seine Uhr zeigte 16:30 Uhr. Sollte er noch rangehen? Fast hatte er sich schon dagegen entschieden, als er es sich in letzter Sekunde doch noch anders überlegte. Vielleicht war es ja die Polizei oder Rika, die ihm etwas mitteilen wollten? »Nai«, hob er den Hörer ab und bereute schon wenige Sekunden später seinen Entschluss. Der Anrufer beschwerte sich, dass kein Wasser aus der alten Zisterne käme und fragte, ob ihm die Probleme bekannt wären. Cháris überlegte einen Augenblick. Nein, bislang hatte er keine Klagen von anderen Verbrauchern gehört. »Ich werde der Sache nachgehen, sobald ich kann«, wimmelte er den Anrufer ab und legte auf. Dabei fiel ihm eine kleine Notiz inmitten seines vollkommen überfüllten Schreibtisches ins Auge, darauf eine Telefonnummer und der Vermerk: *Kunde bittet dringend um Rückruf. Es kommt kein Wasser aus der alten Zisterne.* Den Zettel musste er wohl übersehen haben, er war den ganzen Tag auf verschiedenen Baustellen unterwegs gewesen, bestimmt hatte einer seiner Kollegen die Nachricht dorthin gelegt.

Cháris registrierte verärgert, dass es hier tatsächlich ein Problem gab und schlussfolgerte genervt, dass er dem alten Wasserreservoir noch an diesem Wochenende einen Besuch abstatten musste. Er entschied das am nächsten Morgen anzupacken, jetzt wollte er nach einer anstrengenden und sehr aufreibenden Woche sein wohlverdientes Wochenende einläuten.

Früh am Samstagmorgen brach Cháris dann auf in Richtung *Ágii Pantes*, um dem Übel auf den Grund zu gehen. Es war nicht das erste Mal, dass es eine Verstopfung des Abflusses gab, schon vor einigen Jahren hatte sich einmal eine verendete Ratte im Ventil des unterirdischen Behälters verkeilt. Erst nachdem einer seiner Arbeiter in den circa fünf Meter tiefen Speicher getaucht war, waren sie der Ursache auf die Spur gekommen. Er vermutete einen ähnlichen Vorfall und hatte vorsichtshalber den zuständigen Arbeiter von der Bereitschaft mit zu der Zisterne beordert.

»Lass uns zunächst den außen liegenden Ablaufschieber überprüfen, ob tatsächlich nichts durchgeht«, begrüßte er den bereits wartenden Techniker, der schon ahnte, was auf ihn zukam. Nachdem sie sich vergewissert hatten, dass wirklich nur ein kleines Rinnsal aus dem Reservoir floss, zog sich der Arbeiter einen Neoprenanzug an und sie gingen gemeinsam zum Eingang der unterirdischen Zisterne. Nichts deutete darauf hin, was ihn in wenigen Minuten dort unten erwarten würde.

Cháris suchte nach dem passenden Schlüssel an dem großen Schlüsselbund und wollte gerade aufschließen, als er stutzte. Das schwere Schloss sah beschädigt aus, glänzende Stellen an dem ansonsten korrodierten Metall verrieten, dass mit einem Bohrer nachgeholfen worden war. Intuitiv drückte er die Türklinke nach unten und erschrak, als sich die Tür öffnete. Hier stimmte etwas nicht, aber er konnte sich noch keinen Reim darauf machen. Sein Mitarbeiter hatte wortlos zugeschaute und trat als Erster in das dunkle Innere der Zisterne. Er suche nach dem Drehschalter, der ein wenig Licht in den Wasserspeicher bringen sollte. Nachdem er ihn gefunden hatte, entdeckte er etwas auf der nach unter führende Treppe.

»Hier, schau dir das an! Hier liegt ein ... ein einzelner Schuh«, schrie er laut in Richtung Cháris, der daraufhin sofort in den modrigen Innenraum gelaufen kam. Mit weit aufgerissenen Augen starrte er auf den Halbschuh und stammelte: »Mein Gott! Das wird doch wohl nicht...«Er stockte und inspizierte den Schuh genauer. »Das ist Kostas Schuh. Wie kommt der hierher?« Er wurde kreidebleich und seine Gedanken rotierten: Vermisst - ein Schuh - kein Wasser! Sein Gehirn verwehrte ihm weiter zu denken, als plötzlich sein Mitarbeiter stöhnte: »Das kann ich nicht! Ich kann da nicht runter!« Er war einen Schritt zurück getreten.

Einen Moment herrschte tiefe Stille.

»Du musst!«, erwiderte Cháris mit Nachdruck. »Wir müssen wissen, was da unten den Ablauf versperrt. Und lass uns beten, dass es nicht Kostas ist.« Er bekreuzigte sich mehrfach und Schweiß rann ihm den Rücken hinunter.

Der Arbeiter setzte sich widerwillig seine Tauchermaske auf. An seinem rechten Bein trug er eine Unterwasser-Taschenlampe und das Messer, das er immer mit hatte, wenn er auf Oktopus-Jagd ging. Dann stieg er vorsichtig die rutschigen Stufen bis zur Wasseroberfläche hinab. Das Wasser in der Zisterne hatte immer eine konstante Temperatur von ca. 10 °C, weil das Bauwerk komplett in der Erde verbaut war. Ohne Anzug wäre das für jeden Körper eine außerordentliche Belastung gewesen, mit Anzug stellte es jedoch kein Problem dar. Schritt für Schritt stieg der städtische Angestellte in das klare Wasser des Speichers und war nach wenigen Augenblicken bis zum Kopf abgetaucht. Er holte noch einmal tief Luft, bekreuzigte sich und tauchte mit einem gurgelnden Geräusch in die tiefe Dunkelheit ab.

Cháris stand derweil an der Treppe und wartete nervös auf das Wiederauftauchen des städtischen Arbeiters.

Plötzlich schoss der gerade erst abgetauchte Mann zurück an die Oberfläche, riss sich die Maske vom Gesicht und schrie: »Er ist es! Er ist es! Kostas liegt da unten.«

Cháris drehte sich der Magen um. Was nun? Er musste die Polizei rufen. Brauchten sie einen Arzt? »Wir müssen ihn rauf holen!«, schrie er, noch während seine Gedanken sich überschlugen. »Hol ihn rauf! Ich helfe dir dabei.« Er rannte zu seinem Wagen, holte einen Strick, den er dem Techniker zuwarf. »Binde den Strick an Kostas fest, dann helfe ich dir von hier oben.« Ohne zu antworten setzte sich der Arbeiter wieder seine Tauchermaske auf und verschwand erneut in der Tiefe. Es dauerte gut 40 Sekunden, bis er wieder hoch kam. »Wir können ihn jetzt hochziehen.« Zitternd kletterte er aus dem Becken und warf Cháris den Strick zu. Schweigend zogen sie mit vereinten Kräften den leblosen Körper an die Oberfläche. Ihre Arme zitterten nicht nur von der Kraftanstrengung, die es kostete, den schlaffen Leib Kostas' vollständig aus dem Wasser zu ziehen. Vorsichtig legten sie den vermissten Kollegen auf den Boden der Zisterne ab und drehten angewidert ihre Köpfe zur Seite, als sie das dunkelrot angelaufene Gesicht und die aufgedunsene Handinnenflächen des Toten sahen. Dann griff Cháris zu seinem Handy und wählte die Nummer der Polizeistation in Parikía.

FILIPPOS PANOS
PARIKÍA, PAROS

Filippos hatte die eingehenden Telefonate aus der Dienststelle auf sein privates Smartphone umgestellt, das machten alle Kollegen so, wenn sie am Wochenende Bereitschaft hatten. Der Freitagabend war ruhig verlaufen, und bis auf eine Streitigkeit wegen einer angeblich falschen Rechnung in einer Taverne in Parikía hatte es keine weiteren Einsätze gegeben. Schließlich war er nach Náoussa gefahren und hatte die Nacht bei seiner neuen Flamme Irini verbracht, mit der er nun schon seit fast drei Monaten zusammen war. Irini hatte an diesem Samstagmorgen frei und musste erst wieder ab 16:00 Uhr in ihr kleines Reisebüro, wo sie für verschiedene Fährlinien Tickets verkaufte und in den Sommermonaten Touren für Touristen anbot. Sie hatten also Zeit, und er schmiegte sich liebevoll an ihren Rücken während seine Hand hinunter zwischen ihre Schenkel glitt. Sie lagen engumschlungen in ihrem Bett und seine Erektion war so stark, dass sie fast schmerzte. Irini genoss es und zog ihn noch enger an ihren nackten Körper, drehte sich sehnsüchtig zu ihm um und begann ihn leidenschaftlich zu küssen. Das Klingeln seines Telefons unterbrach jäh ihr beginnendes Liebesgefecht. »Verflucht! Gerade jetzt!« Filippos zögerte eine Weile, aber er war im Dienst, also zog er schließlich doch das Mobiltelefon zu sich herüber. Schnell erkannte er an der Rufumleitung, dass der unbekannte Anrufer die Polizeidienststelle angewählt hatte, schwang entschlossen seine Beine aus dem Bett und nahm den Anruf entgegen.

»Haben Sie schon einen Arzt verständigt?« Seine Stimme klang alarmiert. »Lassen Sie alles so, wie es ist. Ich bin gleich bei Ihnen.« Er war jetzt ganz aus dem Bett aufgestanden.

Irini ahnte bereits, dass ihr Liebhaber nicht beenden würde können, was er begonnen hatte. »Hat das nicht Zeit? Nur ein halbes Stündchen?«, fragte sie dennoch, aber Filippos war schon in seine Hose geschlüpft.

»Es gibt einen Toten in der alten Zisterne, und da muss ich sofort hin.« Er warf ihr einen Luftkuss zu und verschwand im Bad. Einige Minuten später saß er bereits in seinem Wagen und fuhr in Richtung Lefkes, unsicher ob er seine Chefin informieren sollte. Sie hatte sich ein freies Wochenende verdient, aber ein Toter in einer Zisterne, weit abgelegen von der nächsten Ortschaft, war keine Kleinigkeit. So beschloss er Katharina von dem Vorfall zu berichten und sprach ihr auf die Mailbox, nachdem sie auch nach fünfmaligem Klingeln nicht abgehoben hatte.

Die Kommissarin schlief noch fest zu dieser Uhrzeit, erst als sie sich später in die Küche begab, erkannte sie Filippos Nummer und ihre Schläfrigkeit schlug in Besorgnis um. Um 09:04 Uhr war der Anruf eingegangen und das an ihrem freien Wochenende. Filippos hätte sie um diese Uhrzeit nie gestört, wenn es sich nicht um einen dringenden Einsatz handeln würde. Sofort drückte sie die Anhörtaste und setzte sich unruhig auf einen Küchenstuhl, als Angelikí mit verkatertem Gesicht ebenfalls die Küche betrat.

»Wie kannst du nur schon telefonieren?«, stöhnte sie auf und hielt sich ihren Brummschädel, während sie sich ein Glas Wasser einschenkte.

»Es gibt einen Toten in der Einöde.« Katharina suchte in der Tischschublade nach einer Schachtel Aspirin. »Da werde ich wohl hinmüssen.« Sie goss Wasser in die Kaffeemaschine. »Bleib du nur hier und mach es dir gemütlich, vielleicht bin ich ja schnell zurück.«

Angelikí trank einen großen Schluck Wasser und schüttelte sich. »Das hört sich ja fast nach einem neuen Fall an, da kann ich dich doch unmöglich alleine hinfahren lassen.« Ihre Stimme klang, als hätte sie die ganze Nacht in einer schummrigen Bar gesungen. Trotzdem war für sie klar, dass sie mitkam. Es war ja nicht ihr erster Einsatz auf der beliebten Ferieninsel, schon zweimal hatte die Polizei auf Paros sie und ihr Team von der Spurensicherung angefordert, um sie vor Ort mit ihrem Fachwissen zu unterstützen. Für Angeliki war das nichts Besonderes, wurde sie in Athen doch ständig zu den unpassendsten Zeiten an einen Tatort gerufen. »Verbrechen kennen halt kein freies Wochenende, das wissen wir in unserem Job doch wohl am besten«, bemerkte sie beiläufig und war schon unter die Dusche verschwunden.

Katharina war für einen Moment lang traurig darüber, dass ihr gemeinsames Wochenende nun von Arbeit – sogar von einer Leiche – durchkreuzt wurde. Schnell bereitete sie ein kleines Frühstück, dann begaben sich die beiden Kriminalistinnen zu dem abgelegenen Wasserspeicher.

Dr. Spanopoulos, der eiligst herbeigerufene Arzt, war schon vor ihnen eingetroffen und gerade dabei, sich den Leichnam genauer anzuschauen. Er konnte seine Überraschung nicht verbergen, als er neben Katharina auch die Kollegin aus Athen erblickte. »Wegen einer Wasserleiche gleich die Gerichtsmedizin«, wunderte sich der Doktor und begrüßte die beiden Beamtinnen.

»Reiner Zufall, bin gerade auf Urlaub hier, aber ich scheine das Verbrechen ja förmlich anzuziehen. Was steht denn an?« Angelikís rauchige Stimme hallte gespenstisch durch das unterirdische Gebäude. Ohne eine Antwort abzuwarten beugte sie sich zu dem toten Kostas Aristidis hinunter, um ihn aus der Nähe zu betrachten. »Kann noch nicht lange da unten gelegen haben, zeigt erst wenige Anzeichen von Waschhaut«, stellte sie fachkundig fest. Sie ließ sich von Dr. Spanopoulos Handschuhe und eine

Taschenlampe geben, hob den Kopf der Leiche etwas an und inspizierte den Rachenraum des Toten eine Weile. »Sieht dem ersten Anschein nach nicht nach Ertrinken aus.« Sie legte den Kopf wieder auf dem Boden ab. »Eher scheint hier ein Badetod vorzuliegen.«

Filippos verstand nur Bahnhof. »Badetod? Was soll das sein?« Zum Baden war der doch bestimmt nicht hier!

»Das typische oder unmittelbare Ertrinken ist der eigentliche Ertrinkungstod durch massive Wassereinatmung, man spricht auch vom Erstickungstod im Wasser«, begann Angelikí, jetzt ganz die Gerichtsmedizinerin. »Dann müssten wir bei der Leiche nach Bergung aus dem Wasser einen Schaumpilz vor dem Mund erkennen können, haben wir hier aber nicht.« Sie deutete auf die Lippen des Toten. »Der Badetod, auch mittelbares oder atypisches Ertrinken, ist ein Tod im Wasser, der grundsätzlich nicht durch Ertrinken verursacht wird.« Sie hörte sich jetzt an wie bei einer Vorlesung. »Beim Badetod sind im Gegensatz zum Ertrinkungstod die Lungen und der Magen-Darm-Trakt im Wesentlichen frei von Wasser. Das heißt, dass es vor dem Tod zu keiner oder nur wenig Wassereinatmung gekommen ist.«

Sie machte eine längere Pause und schaute eindringlich in die Runde. »Das ist dann der Fall, wenn das Opfer bereits tot oder bewusstlos ins Wasser eingetaucht ist.«

Alle hatten gespannt zugehört, und Katharina reagierte als Erste: »Was willst du uns damit sagen?«

Angelikí hatte die Leiche umgedreht und beugte sich noch tiefer zu dem dunkelrot angelaufenen Kopf des toten Mannes hinunter. Dann winkte sie die restliche Truppe zu sich heran. »Schaut euch das an!« Sie zeigte auf eine aufgequollene Erhebung am rechten Hinterkopf. »Diese Verletzung scheint sich der Tote entweder bei einem Sturz zugezogen zu haben oder ...«Sie zögerte und blickte entschlossen in die Runde. »... hier hat jemand nachgeholfen.«

Katharinas Augen verengten sich. »Du meinst hier liegt ein Mord oder zumindest Totschlag vor?«

Ungeduldig warteten alle auf eine Antwort, dann sagte Angelikí mit Grabesstimme: »Ich bin mir relativ sicher, dass hier ein Verbrechen vorliegt. Der Tote muss umgehend in die Gerichtsmedizin.«

NOVEMBER 2012
EUROPAZENTRALE DER AQUATOP AG, AMSTERDAM, NIEDERLANDE

Dr. Alexander Brünner war an diesem Montagmorgen schon früh unterwegs. Es war winterlich kalt und die meisten Menschen blieben, solange es irgendwie möglich war, in ihren warmen Betten, doch Brünner folgte seinen Prinzipien, und da gab es keine Ausreden. Er hatte seine alltägliche Joggingrunde sogar um ein paar Kilometer erweitert, um sich den zusätzlichen Adrenalinkick zu holen, den er brauchte, um wenig später das von ihm ausgewählte Kaizen-Team mit dem erforderlichen Elan auf seine Aufgaben einzustimmen. Es stand viel auf dem Spiel für ihn und alle Beteiligten hatten dabei ihren Beitrag zu leisten. Bis zum kommenden Freitag mussten für alle auf der Agenda gelisteten Themen eindeutige Ergebnisse erarbeitet werden. Er alleine trug die Verantwortung für die Umsetzung der hochgesteckten Ziele, er hatte abzuliefern und das entfesselte in ihm ungeheure Energien.

Die Präsentation der erarbeiteten Resultate, sollte um 16:00 Uhr stattfinden, und bis dahin gab es noch verdammt viel zu tun. Jetzt galt es zunächst einmal die einzelnen Arbeitsgruppen einzuteilen und ihnen jeweils ihr Thema zuzuweisen. Als er gegen 08:00 Uhr in der Firma eintraf, begann er umgehend damit, die drei Top-Aufgaben auf ein Flipchart zu schreiben. Dann ordnete er jedem Thema einen Teamleiter aus dem zwölfköpfigen Team zu, der während der gesamten Veranstaltung die Gruppenleitung übernehmen sollte. Das erste Team würde sich mit den Kosteneinsparungen bei der Verlagerung des Produktionsstandortes beschäftigen, Team zwei sollte alle Lieferanten von OsmoTec unter die Lupe nehmen, und die dritte Arbeitsgruppe würde eine Analyse der in der Produktion eingesetzten Werkstoffe sowie aller Verbrauchsmaterialien vornehmen.

Pünktlich um 09:00 Uhr waren dann auch alle Mitarbeiter erschienen und Alexander Brünner schaltete den Beamer ein. »Ich hoffe ihr seid euch alle über die Bedeutung dieses Meetings bewusst und habt euch nichts Anderes für diese Woche vorgenommen«, startete er in den Kaizen ohne Umschweife. »Tom Polster persönlich wird sich jeden Abend von mir die Tagesergebnisse vorstellen lassen und erwartet höchsten Einsatz.« Er machte eine längere Pause und blickte aggressiv in die Runde, um eventuelle Kritiker umgehend zu entlarven. »Ihr seid alle mit den Spielregeln eines Kaizen vertraut und ich habe bereits die Teamleader definiert. Ab jetzt wird keine Ablenkung mehr geduldet. Ich erwarte höchste Disziplin.« Er strotzte vor Energie und drehte sich zu dem Beamer hin, um die von ihm am Wochenende ausgearbeiteten Fakten seinen Leuten zu präsentieren. Binnen weniger Minuten erhielt jede Arbeitsgruppe einen ersten Überblick zu ihren jeweiligen Aufgaben, präzise vorbereitet, um möglichste vielen Fragen zuvorzukommen. Dann händigte er jeder Arbeitsgruppe schriftliche Unterlagen aus, die weitere Details zu den einzelnen Punkten enthielten. Diese Detailinformationen hatte eine eigene Abteilung bereits im Vorfeld zusammengetragen, ansonsten wäre wahrscheinlich ein Ergebnis bis zum kommenden Freitag nicht zu erzielen gewesen.

Henrik Speelmann, ein Mitglied der zwölfköpfigen Arbeitsgruppe, musste mit Erschrecken feststellen, dass ihm die Rolle eines Teamleiters zugewiesen worden war und wäre am liebsten auf dem Absatz wieder umgekehrt, als er den Meeting-Raum betrat. Er wusste genau, was das bedeutete und dass es nur ein Ziel gab, wie schon unzählige Male vorher: Kosteneinsparungen, Kosteneinsparungen und nochmals Kosteneinsparungen. Und er wusste auch, warum Brünner gerade ihm diese Rolle zugewiesen hatte, war er doch über seine privaten Probleme bestens informiert. Er hatte sich verzockt bei einem Aktiendeal und war dadurch hoch verschuldet. Das war dem ehrgeizigen Manager zu Ohren gekommen. Solche Mitarbeiter liebte Dr. Brünner ganz besonders, weil sie in der Regel sehr gefügig waren und alles taten, um ihren Job nicht aufs Spiel zu setzen. Er war sich sicher, Henrik Speelmann würde alles daran setzen möglichst viele Einsparpotentiale aufzuzeigen. Er würde glänzen und Brünner hatte ihm die Analyse der Werkstoffe und Verbrauchsmaterialien zugeteilt. Eine vergleichbare Aufgabe hatte Henrik Speelmann bereits in einem Kaizen vor zwei Jahren sehr erfolgreich bearbeitet und keiner in der gesamten Unternehmung wusste besser, wo es in China Alternativen geben würde. Auch wenn die damaligen Umstellungen verschiedener Werkstoffe zu unzähligen Ausfällen und Rückrufaktionengeführt hatten, so war in den Köpfen der Chefetage zunächst die kurzfristige Gewinnsteigerung hängen geblieben, exzellent analysiert von Dr. Alexander Brünner und seinen Söldnern. Henrik Speelmann hatte diese Misere mit allen unangenehmen Folgen noch gut in Erinnerung, und der Gedanke, dass er erneut mit einer ähnlichen Aufgabenstellung betraut war, bereitete ihm Unbehagen.

»Ich setzte auf Ihre Erfahrung«, wurde er von Brünner aus seinen Gedanken gerissen, als er ihm die Mappe mit den Details auf den Tisch schmiss. »Nutzen sie ihr Netzwerk in China! Die werden uns schon was Passendes anbieten.« Er warf ihm dabei einen fordernden Blick zu, der Speelmann heiß und kalt werden ließ.

Nachdem auch die beiden anderen Teamleiter gebrieft waren, zog sich jede Arbeitsgruppe in einen separaten Raum zurück, um die ausgehändigten Daten zunächst zu sichten und erste Analysen zu starten. Henrik Speelmann schlug die Unterlagen auf und überflog mit geschultem Blick die aufgelisteten Werkstoffe sowie deren Preise und markierte die drei teuersten Produkte mit einem Textmarker.

Auf Platz eins standen mit weitem Abstand die Membranfolien, das Herzstück einer jeden Umkehrosmose-Anlage, die in den Wickelmodulen der Entsalzungsanlagen zum Einsatz kamen. Das zweiteuerste Produkt war ein Absperrventil aus Metall, welches laut den Konstruktionszeichnungen mehrfach in einem Entsalzungsmodul verbaut wurde, gefolgt von einer zertifizierten Reinigungslösung, die regelmäßig zur Entkalkung der Module benötigt wurde. Mit diesen drei Produkten würden sie anfangen und er begann bereits in seinem Rechner nach den alten Firmenadressen in China zu suchen, sich wohl bewusst, dass es in diesem Gewerbe einen ständigen Wechsel gab und er sich sicher auf eine neue Recherche einstellen musste.

Den verbleibenden Tag würde er mit seinen drei Mitarbeitern damit verbringen, die vorhandene chinesische Firmenliste zu sichten und in Frage kommende Unternehmen auf eventuelle Alternativprodukte anzuschreiben. Gegen vier Uhr am Nachmittag sollte jedes Team die ersten Ergebnisse unterbreiten, mit denen dann Brünner bei Tom Polster vorstellig werden würde. Es war bereits kurz vor Mittag, von daher bestand wenig Chance in Frage kommende chinesische Firmen heute noch telefonisch zu erreichen. Dazu war es schon zu spät, sie würden sich auf die Anfrage per E-Mail begnügen müssen. Es war eine lange Liste, die er vor gut zwei Jahren erstellt hatte, ein Kollege in Schanghai hatte ihm damals dabei geholfen. Dieser hatte gute Kontakte zu unzähligen kleinen Firmen in ganz China, die für alle erdenklichen Sparten Produkte anboten, mit deren Preisen in Europa keiner mithalten konnte. Henrik Speelmann war sich der Risiken gefälschter Produkte durchaus bewusst und hatte vor der damaligen Umstellung auch mehrfach gewarnt, doch das wollte zu diesem Zeitpunkt niemand hören. Ganz im Gegenteil, es wurde ihm sogar negativ ausgelegt und man hatte ihm dringend geraten mit etwas mehr Optimismus an die Sache heran zu gehen. Jetzt stand er erneut vor dieser pikanten Aufgabe, und seine innere Unruhe, die ihn schon die letzte Nacht nicht hatte schlafen lassen, stieg mit jeder Minute.

DEZEMBER 2012
KOH SAMUI, PROVINZ SURAT THANI, THAILAND

Schweiß gebadet wartete Michael Kober auf das Eintreffen des herbeigerufenen Inselarztes, während seine Mutter ihren immer schwächer atmenden Mann nicht mehr aus den Augen ließ. Sein Puls war kaum noch zu fühlen. Sie hatten den zusammengebrochenen Mann vorsichtig auf eine Trage gebettet und ihn in sein Hotelzimmer gebracht. Man wollte das Aufsehen möglichst gering halten.

»Wo bleibt denn nur der Arzt?«, fragte der ansonsten sehr besonnene Hotelmanager telefonisch in der Lobby nach und musste zu seinem Entsetzen erfahren, dass sein Vater nicht der einzige Patient an diesem Abend war. Während er mit seinen Eltern auf der Terrasse gesessen hatte, waren mehrere Anrufe an der Rezeption eingegangen, mit der dringenden Bitte einen Arzt zu rufen. Diese Nachricht brachte ihn nun gänzlich aus der Fassung.

»Warum hat mich keiner früher informiert?«, schrie er ungehalten in das Telefon und wischte sich die Schweißperlen von der Stirn. »Ich erwarte, dass ich bei Vorfällen dieser Art umgehend informiert werde. Hier läuft was aus dem Ruder, und ich werde nicht informiert!« Er war außer sich und machte sich auf den Weg in Richtung Lobby.

Dr. Chai Khumpai war unterdessen gerade bei einer größeren Familienfeier, als ihn der Notruf aus dem Sun Flower Ressort erreichte und machte sich ohne besondere Eile auf den Weg. Es hörte sich nach einem Routineeinsatz an, zu so einem war er in den letzten Jahren immer wieder einmal in das Ressort einbestellt worden. Das Hotelpersonal war ihm bestens vertraut, wahrscheinlich galt es wieder einmal einen Sonnenstich oder einen verstimmten Magen zu kurieren. Somit sah er keinerlei Notwendigkeit zu einem überhasteten Aufbruch.

Nachdem er den alten Herren dann aber untersucht, ihm ein kreislaufstabilisierendes Medikament gespritzt und seine Platzwunde am Kopf versorgt hatte, änderte er seine Meinung. Er musste sich eingestehen, dass es sich diesmal nicht um eine Lappalie zu handeln schien. Besorgt entschied er sofort den stark angeschlagenen Mann in die nächstgelegene Klinik nach Nathon bringen zu lassen. Sein Zustand stellte sich als äußerst kritisch dar, und er bat den Hotelmanager jemanden mit in die Klinik zu schicken, um im Notfall anwesend zu sein.

Michael Kober konnte es kaum glauben. Seine Eltern waren doch gerade erst angekommen, was sollte er seiner verzweifelten Mutter jetzt sagen? Außerdem konnte er jetzt unmöglich das Hotel verlassen, es gab, wie sich zwischenzeitlich herausgestellt hatte, noch weitere sechs Gäste, die um einen Arztbesuch gebeten hatten, und da war er als verantwortlicher Chef des Hauses gefordert. Unter den Erkrankten war auch Sotírios-Kourzounáris, der auf Drängen seiner Tauchkollegen nach Medikamenten gefragt hatte, um möglichst schnell wieder auf die Beine zu kommen. Bei lediglich zwei Wochen Urlaub zählte jede Stunde, und die wollte er möglichst viel unter Wasser und nicht im Bett in diesem Zustand verbringen. Alle Patienten zeigten die gleichen Symptome: Sie wurden von starken Koliken und heftigen Brechdurchfällen gequält, was in kürzester Zeit zu einem erheblichen Flüssigkeitsverlust führte. Das hatte weiterhin zur Folge, dass bei den Erkrankten der Kreislauf zusammenbrach und sie vollkommen geschwächt in ihren Betten dahin vegetierten. Michael Kober war hoch konzentriert und versuchte trotz der ganzen Misere den Überblick zu bewahren. Er griff zu seinem Handy und rief seinen Haustechniker eilig in die Lobby, der sollte seine Mutter mit in die Klinik begleiten und ihr als Übersetzer dienen. Er sprach neben Thai fließend Englisch und auch ein paar Brocken Deutsch, das musste reichen bis die Situation geklärt war. Später wollte Kober dann in die Klinik nachfahren.

Er musste jetzt erst einmal für Ruhe sorgen und wollte außerdem von dem Mediziner eine erste Prognose hören, was denn wohl zu diesen Vorfällen geführt haben könnte. Dr. Khumpai war noch unterwegs zu den einzelnen Bungalows, die weit verstreut auf dem großen Gelände des Ressorts lagen, was eine geraume Zeit in Anspruch nahm. Neben Michael Kobers Vater fand er noch einen weiteren Hotelgast in einem besorgniserregenden Zustand vor, sodass sich die Zahl der Klinikeinweisungen auf zwei Personen erhöhte. Bei den verbleibenden fünf Patienten sah es nicht so dramatisch aus, und Dr. Khumpai gab ihnen eine Elektrolytlösung sowie die Order ihn sofort zu rufen, falls sich ihr Zustand verschlechtere. Dann begab er sich mit dem besorgten Manager in dessen Büro, um in Ruhe die Lage zu besprechen.

Jetzt bloß nicht die Nerven verlieren, versuchte sich der Hotelmanager zu beruhigen. Die Ereignisse der letzten Stunden hatten ihn an seine Grenzen gebracht. Er erhoffte sich von dem thailändischen Mediziner eine plausible Erklärung und goss den beiden zunächst einmal einen üppigen Mekong ein.

»Das sieht fast nach einer Lebensmittelvergiftung aus, Salmonellen vielleicht.« Dr. Khumpai schüttelte ratlos den Kopf, nachdem er sich intensiv seine Hände gewaschen hatte. »Aber das werden die in der Klinik schnell heraus bekommen, das wird als erstes untersucht werden.« Er überlegte einen Moment, bevor er weiter sprach: »Hattet ihr irgendwelche Speisen mit rohen Eiern auf der Karte?« Fragend schaute er zu Michael Kober und nahm einen Schluck des starken Thai Whiskeys. Der Hotel Manger erschrak. Eine Lebensmittelvergiftung in seinem Ressort – um Gottes Willen – wenn das die Runde machte, konnte er die angestrebte 9,0 bei den Kundenbewertungen abhaken.

»Das weiß ich nicht, aber ich lasse das umgehend prüfen«, antwortete er gereizt. »Aber bitte jetzt keine voreiligen Schlüsse, das könnte den Ruin meines Hauses bedeuten.«

Dr. Khumpai wiegelte ab, um den Manager zu beruhigen. »Keine Sorge, das bleibt ganz unter uns, aber wie schon gesagt, die Klinik wird das schnellstens heraus bekommen.« Er machte eine längere Pause. »Und falls es so ist, wird es weitere Untersuchungen geben.« Seine Stirn zog sich in Falten, als er weiter sprach und Michael Kober dabei direkt anschaute: »Mehr Angst macht mir im Moment Ihr Vater, ich hoffe nur, dass er durchkommt. Sein Zustand ist wirklich kritisch.«

Michael Kober blickte erschüttert auf. Erst jetzt wurde ihm klar, wie es um seinen alten Herren wirklich stand. Hastig dankte er dem Mediziner und verabschiedete sich. Bis zur Klinik waren es knappe fünf Kilometer, er raste mit hoher Geschwindigkeit die Ringstraße zur nahegelegenen Inselhauptstadt entlang. Atemlos erreichte er die Intensivstation des kleinen Krankenhauses, wo man mit mehreren Ärzten um das Leben seines bewusstlosen Vaters rang. Gegen Vier in der Früh gaben sich die Ärzte schließlich geschlagen, und Michael Kober stand mit seiner Mutter fassungslos vor dem soeben verschiedenen Familienmitglied. Erst einige Stunden später teilte man ihm den Verlust eines weiteren Gastes aus dem Sun Flower Ressort mit.

GEORGIOS APOSTOLÓPOULOS
NÁOUSSA, PAROS

»Sie können wieder Wasser aus dem Reservoir entnehmen, die Ursache der Verstopfung ist ermittelt und behoben.« Der Anrufer klang gehetzt und kurz angebunden. Georgios war gerade aus Parikía zurück, als ihn das Telefonat des städtischen Mitarbeiters erreichte.

»Und was war der Grund für das Problem?«

Der Beamte schien einen Augenblick ratlos, ignorierte die Frage, dann antwortete er nur gereizt:« Falls Sie das Wasser zu Trinkwasserzwecken nutzen, kochen Sie es vorher ab.« Schon hatte er aufgelegt.

Georgios stutzte einen Moment über die unwirsche Art, wie ihn der technische Angestellte abgefertigt hatte. Danach hatte er doch gar nicht gefragt? Verwirrt schüttelte er den Kopf, war aber froh, dass er nun endlich wieder seinen Garten bewässern konnte und ließ es dabei bewenden. Trinkwasser entnahmen sie ja bereits seit mehreren Monaten schon nicht mehr aus dem alten Speicher, von daher machte er sich an diesem Samstag keine weiteren Gedanken. Seine Meerwasserentsalzungsmodule arbeiteten einwandfrei, und das zweite Wartungsprotokoll vom gestrigen Nachmittag bescheinigte erneut eine voll funktionsfähige Anlage.

Jetzt musste er sich nur noch um die Befüllung des Erdtanks in seinem Garten kümmern, und dann konnte er sich endlich wieder mit anderen Aufgaben beschäftigen. Und davon gab es reichlich in der jungen Pension. Neben den beiden bereits besetzten Gästezimmern reisten heute zwei weitere Pärchen an, die zum ersten

Mal die »Villa Lageri«, auf diesen Namen hatten sie sich für ihr Gästehaus geeinigt, gebucht hatten. Er profitierte von dem Netzwerk der »Familie«, jener Touristengemeinschaft, die seit Jahrzehnten immer wieder nach Paros kam und zu der auch Matt und Patsy gehörten. Die beiden hatten für die Pension intensiv die Werbetrommel gerührt, und es schien zu funktionieren.

Georgios kannte die beiden Pärchen flüchtig und es würde bestimmt ein langer Abend werden, dabei wäre er am liebsten heute zeitig ins Bett gegangen. Schon während der Nacht hatte er eine aufkommende Übelkeit verspürt, die ihn immer wieder hatte wach werden lassen. Bereits in aller Frühe hatte er sich einen Tee zubereitet, in der Hoffnung auf Linderung, aber bisher ohne erkennbaren Erfolg. Es war eher schlimmer geworden, und zu der Übelkeit gesellten sich nun auch noch schmerzhafte Krämpfe, die ihm stark zu schaffen machten. Er biss die Zähne zusammen und wollte gerade aufbrechen um den Wassertank zu füllen, als Louis in die Küche kam. Er sah fahl aus und sein gequälter Gesichtsausdruck belegte, dass auch er nicht auf der Höhe war.

»Gut, dass du zurück bist.« Er setzte sich erschöpft auf einen Stuhl. »Ich mache mir Sorgen um Sophia, wir werden wohl heute in der Küche selber Hand anlegen müssen.« Er schaute mit zusammengekniffenen Augen zu seinem Partner.

Georgios fluchte laut und seufzte tief. Das hatte ihm gerade noch gefehlt. Sophia war eine äußerst verlässliche Person, und er hatte noch nie erlebt, dass sie irgendwelche Anzeichen von Schwäche zeigte. »Was ist mit ihr? Streikt ihr Rücken wieder?« Er hielt sich dabei seinen angeschlagenen Bauch.

»Nein, sie scheint sich einen Virus eingefangen zu haben, sie hat sich wieder hingelegt und hat sogar schon nach Dr. Spanopoulos gefragt.« Louis machte eine besorgte Minne. »Das habe ich bei Sophia noch nie erlebt, aber es scheint etwas Ernsteres zu sein, und mir geht es auch nicht gut.« Er stand auf, schenkte sich ein Glas Wasser ein und bemerkte, dass auch Georgios sich unwohl fühlte. »Na dann können wir die Villa Lageri wohl wegen Krankheit schließen, denn auch ich habe Probleme mit meinem Magen«, gab er schließlich mit geschwächter Stimme zurück. »Verflucht! Und das gerade heute, wo wir neue Gäste erwarten, es muss noch so viel vorbereitet werden. Wir müssen uns da alle etwas eingefangen haben.« Er begann behäbig seine Einkaufstüten auszupacken. »Wie steht es denn um unsere Urlauber? Hat es die auch erwischt?« Seine Stimme klang sorgenvoll.

»Wie es Matt und Patsy geht, kann ich dir nicht sagen. Die sind gestern für zwei Tage nach Koufonissi aufgebrochen, und unsere Kanadier habe ich den ganzen Tag noch nicht gesehen. Das bedeutet nichts Gutes. Vielleicht sollten wir mal nachfragen.«

Georgios schüttelte energisch den Kopf. Louis hatte Recht, die beiden Männer waren immer früh unterwegs, und es war mittlerweile schon weit nach Mittag. »Das werde ich gleich erledigen, und ich werde auch noch einmal nach Sophia sehen. Rufe du vorsichtshalber schon einmal Dr. Spanopoulos an.«

Er raffte sich auf, um bei den beiden Herren anzuklopfen und sich nach deren Wohlbefinden zu erkundigen. Ein heftiger Krampf ließ ihn aber zurück in seinen Stuhl fallen. »Was ist das bloß? Ob mit dem Essen gestern etwas nicht in Ordnung war?«, rief er, bevor er eiligst im Bad verschwand.

Adrian, der ältere der beiden Gäste, öffnete leichenblass die Tür zu dem geräumigen Gästezimmer. Seine Mimik verriet nichts Gutes, auch hier schien etwas nicht in Ordnung zu sein. Sie hätten sich fürchterlich den Magen verdorben, und Mark ginge es richtig schlecht, bemerkte der Kanadier mit sorgenvoller Miene, und er überlege ernsthaft einen Arzt zu konsultieren. »Es kam ganz plötzlich und hat uns förmlich umgehauen,« ergänzte er und fragte nach der Adresse eines Mediziners.

»Genau deswegen bin ich hier, das organisieren wir gerade.« Georgios hatte es schon geahnt. »Unser Hausarzt ist benachrichtigt, denn so wie es aussieht, hat es uns alle erwischt, unsere Sophia eingeschlossen. Vielleicht hat er schon eine Ahnung, was es sein könnte, falls hier ein Virus grassiert und er schon andere Patienten behandelt hat.« Er lächelte gequält, um ein wenig Mut zu machen. »Der kriegt das schnell wieder hin, der kennt sich aus mit so was.« Er lächelte aufmunternd. »Falls ich noch etwas für euch tun kann, lasst es mich wissen. Ich melde mich gleich, wenn ich weiß, wann Dr. Spanopuolos vorbei kommt.« Er drehte sich um und machte kehrt, um noch bei Sophia vorbei zu schauen. Dass er sich selbst kaum auf den Beinen halten konnte, hatte man ihm nicht angemerkt.

Die alte Haushaltshilfe schlurfte langsam zur Tür, nachdem Georgios bei ihr angeklopft hatte, und ihm fiel ein Stein vom Herzen als er erkannte, dass sie wenigstens aufstehen konnte. »Das habe ich noch nie erlebt«, begrüßte sie ihn und bat ihn herein, in der Hand hielt sie einen alten Emaillebecher. »Aber ich habe das Gefühl, dass es schon wieder aufwärts geht, meine alten Hausmittel haben doch immer schon geholfen.« Sie nahm einen beherzten Schluck aus dem antiken Trinkgefäß, dann setzte sie sich auf ihren Küchenstuhl und zeigte auf eine große Kanne mit einer dunkelbraunen Flüssigkeit. Georgios' Gesichtsausdruck entspannte sich ein wenig. So kannte er sie, das war Sophia. Die zähe Frau war so schnell nicht unterzukriegen, und sie hatte für alle Wehwehchen ein altes Geheimrezept parat. »Ich grübele schon die ganze Nacht, was der Auslöser ist, aber ich komme einfach nicht weiter«, sagte sie und nahm noch einen Schluck ihres dunklen Gebräus. »Bitte rufe Dr. Spanopoulos an, damit ich schnellstens wieder auf die Beine komme. Wir erwarten neue Gäste, da gibt es alle Hände voll zu tun.«

Georgios drückte sie und legte seinen Arm um ihre Schulter. »Du denkst schon wieder an Arbeit, das gefällt mir. Wenigstens haben wir dann keinen Totalausfall. Ein tiefer Seufzer bekundete seine Erleichterung. »Es wäre nur schön, wenn ich das auch von uns und unseren Gästen behaupten könnte. Hier liegt alles darnieder und ich schlage vor, du kochst jetzt einen großen Kessel von deinem Zaubertee, vielleicht wirkt der ja auch bei uns, bis der Hausarzt kommt.«

Eine gute Stunde später war Dr. Spanopoulos auf dem Weg zu dem Apostolópoulos Anwesen. Als er in den schmalen Weg zu dem Grundstück einbog, kamen bei ihm sofort die Begebenheiten von vor zwei Jahren wieder hoch. In dieser Zeit war er häufig hier oben gewesen und hatte sich aufopferungsvoll um seine alte Freundin Maroula gekümmert, bis sie schließlich ihrem Krebsleiden erlag. Und dann noch dieser mysteriöse Todesfall, zu dem er auf das Grundstück gerufen wurde. Ein Kellner aus Naoussa war tot in dem alten Schuppen im Olivenhain gefunden worden, eine große Familientragödie, von der er so viel mitbekommen hatte. Das war noch gar nicht so lange her, und trotzdem schien sich Vieles seitdem verändert zu haben, stellte er erstaunt fest, als er den Kies gedeckten Weg zu dem Haus hoch lief. Mit gemischten Gefühlen ging er weiter und bewunderte die üppigen Blumen, die schon damals so liebevoll angelegt waren. Er zögerte, als er vor dem großen Haus stand und überrascht die ganzen Veränderungen an dem Gebäude wahrnahm. Vor allem schauderte er vor der Begegnung mit Georgios, dessen schlechtes Verhältnis zu seiner todkranken Mutter er stets verurteilt hatte. Er war ja nun der neue Hausherr. Seit dem schrecklichen Vorfall im Sommer 2011 war er nicht mehr hier gewesen, jetzt erkannte er das große Haus kaum noch wieder.

Es war frisch herausgeputzt, mit viel Liebe zum Detail, und es lud förmlich zu einem Besuch ein. Das große von Bougainvillea-Büschen umrankte Schild mit der Aufschrift »Villa Lageri« sprang ihm entgegen. Auch der Eingang schien verlegt worden zu sein, stellte er fest, als ihm Sophia gebückt entgegen kam. Gestützt auf einem Gehstock, musste sie schon auf ihn gewartet haben.

»Hier geht's lang«, rief sie dem überrascht drein blickenden Arzt entgegen und riss ihren Stock nach oben. Dann humpelte sie in Richtung der Eingangstür voran, gefolgt von Dr. Spanopoulos. »Das hätten Sie nicht gedacht, oder?« Sie drehte sich fragend zu dem Mediziner um, als könne sie Gedanken lesen. »Die Jungs haben hier richtig was draus gemacht, und es gefällt unseren Gästen. Wir müssen nur schleunigst wieder auf die Beine kommen, damit es auch so bleibt.«

Sie hatten die Küche des Hauses erreicht, in der Georgios und Louis auf den Arzt warteten. Reserviert begrüßte Dr. Spanopoulos das Männerpaar, zu viele negative Gedanken hatte er noch in seinem Kopf, obwohl er die positiven Entwicklungen durchaus registrierte. Er verdrängte die Gedanken und konzentrierte sich auf seine Rolle als Arzt, deswegen war er schließlich gerufen worden, und so ließ er sich zunächst die Symptome ausführlich beschreiben. Dann begann er mit seiner Untersuchung.

»Ich war heute schon in Márpissa bei einem ähnlichen Fall«, berichtete er. »Dort hat es eine Frau so heftig erwischt, dass ich sie ins Krankenhaus eingeliefert habe. Sie hatte neben der Übelkeit noch starke Herzrhythmusstörungen, die ich mir nicht erklären konnte. So schlimm scheint es hier aber nicht zu sein.« Er schaute in die Runde und wartete ab, bis alle drei Patienten ihm zustimmten. Dann wollte er genau wissen, was sie am gestrigen Tag gegessen und wie und wo sie den Tag verbracht hatten. Minutiös forderte er diese Informationen von allen ein, um eventuelle Parallelen zu dem Fall in Márpissa, dem kleinen Dorf im Osten der Insel, zu entdecken. Aber trotz intensiver Nachforschungen musste er schließlich ernüchtert feststellen, dass er keinerlei Anzeichen einer gemeinsamen Quelle der Infektion ausmachen konnte.

Sophia hatte sich während der Befragung daran gemacht eine weitere Kanne ihres Kräutertees zu kochen, als sie plötzlich von lautem Klopfen an der Tür unterbrochen wurde. Adrian stand mit weit aufgerissenen Augen in der Tür. »Kommen Sie schnell, bitte kommen Sie mit! Mark geht es furchtbar schlecht, er braucht dringend Hilfe!«

Dr. Spanopoulos griff hastig nach seinem Arztkoffer und lief, so schnell er konnte, hinter ihm her.

Mark war schweißüberströmt und lag mit verdrehten Augen in seinem Bett. Der gesamte Körper bebte, sein Atem kam stoßweise, sein Puls war flach. Dr. Spanopoulos zog eiligst eine kreislaufunterstützende Spritze auf.

»Helfen Sie mir!«, wies er Louis und Georgios an, die dem Mediziner besorgt gefolgt waren. Gemeinsam legten sie ihm die Beine hoch und warteten auf die Wirkung des Medikaments. »Ihr Freund ist in ernsthaften Schwierigkeiten«, erklärte er Adrian und war sich dabei bewusst, dass dies schon der zweite Fall an diesem Tag war. Seinen Patienten ließ er dabei keine Sekunde aus den Augen. »Ich kann nicht sagen, was es ist, aber nach einem Virus sieht es nicht aus.« Er tupfte Mark den Schweiß von der Stirn, fühlte erneut seinen Puls und schob sein T-Shirt nach oben. »Hat ihr Freund schon einmal Herzprobleme gehabt?« Er setzte das Stethoskop an und hörte den röchelnden Kranken ab.

»Warum?» Adrian erschrak. »Nein, ganz im Gegenteil«, stammelte er. »Er treibt jede Menge Sport ... Was heißt denn ›in ernsthaften Schwierigkeiten?‹« Seine Augen blickten voller Furcht zu dem Mediziner, und er machte sich Vorwürfe den Arzt nicht früher gerufen zu haben.

»Ich muss ihn in die Klinik bringen. So wie es aussieht, liegt eine schwerwiegende Herzrhythmusstörung vor, die verschiedene Auslöser haben kann.«

Georgios hatte die ganze Zeit angestrengt zugehört, bei dem Wort Klinik zuckte er unweigerlich zusammen. Warum musste das gerade hier bei ihm passieren, wo sie doch gerade erst anfingen ihr neues Geschäft aufzubauen? Für weitere Überlegungen blieb keine Zeit, denn Dr. Spanopoulos forderte sie auf den Patienten in seinen Wagen zu verfrachten, damit er ihn schleunigst nach Parikía fahren konnte. »Ich werde ihn selbst in die Klinik fahren, denn es gibt mittlerweile nur noch einen funktionstüchtigen Krankenwagen auf Paros«, stellte er verbittert fest. »Die Krise ist nun auch voll im Gesundheitswesen angekommen.«

Sie legten Mark auf den Rücksitz seines Wagens und Adrian raffte schnell ein paar Sachen zusammen. Trotz seines eigenen schlechten Zustandes ließ er es sich nicht nehmen seinen Partner in die Klinik zu begleiten. Eine richtige Entscheidung, wie sich schnell herausstellen sollte.

MARIKA PSARÁ
PARIKÍA, PAROS

Marika Psará hatte nun endlich Gewissheit. Am späten Nachmittag, nachdem man ihren Mann gefunden hatte, standen die Polizeibeamten vor ihrer Tür und überbrachten ihr die schreckliche Wahrheit. Mit verquollenem Gesicht und viel zu dick aufgetragener Schminke nahm sie verstört die Botschaft entgegen. Tränen rannen unaufhaltsam aus ihren kindlichen Augen, ein Anblick, der an einen Clown erinnerte, der nach seiner Vorstellung in den Regen gekommen war. Obwohl sie schon mit dem Schlimmsten gerechnet hatte, begriff sie erst jetzt richtig, was passiert war, nachdem sie die Kommissarin in die nahegelegene Klinik begleitet hatte um ihren Mann zu identifizieren. Hier hatte man den Toten untergebracht, bevor er nach Athen in die Gerichtsmedizin geflogen werden sollte. Gestützt wurde sie bei diesem schweren Gang von Eleni, einer engen Vertrauten von Rika, die alles hatte stehen und liegen lassen um Marika in dieser schweren Stunde zur Seite zu stehen. Eleni war eine schlanke, mittelalte Frau mit streng zurück gekämmten schwarzen Haaren, ein ungleiches Paar wie Katharina bei der Begrüßung feststellte. Ihre Freundin fest im Griff, reichte sie der Kommissarin die Hand.

»Eleni Kripou, wir kennen uns schon seit der Schulzeit.« Sie blickte verlegen auf ihre Hausschuhe herab, bei ihrem hastigen Aufbruch hatte sie vergessen sich richtige Schuhe anzuziehen. »Ich kann es noch gar nicht glauben, das mit Kostas ...«

Arm in Arm stiegen sie die Treppe ins Untergeschoss hinunter.

Als Rika schließlich ihren wächsernen toten Gatten auf der Bahre im Keller des kleinen Krankenhauses liegen sah, holte sie die Wirklichkeit mit einem Schlag ein, und sie brach schreiend zusammen. Dabei stieß sie laute Vorwürfe gegen die Kommissarin aus, die ihre Vermisstenmeldung so lapidar abgewiesen und sie so rabiat aus ihrem Büro geworfen hatte. »Ich habe es gewusst, und Sie haben mir nicht geglaubt!« Sie schlug mit ihrer übergroßen Handtasche nach Katharina, in ihren Augen der pure Hass. »Mein Mann könnte noch leben, wenn Sie nicht...« Ihre Stimme versagte, sie war mit ihrer Kraft am Ende und ließ sich erschöpft in einen Stuhl fallen.

Eine anwesende Ärztin verabreichte ihr daraufhin ein starkes Beruhigungsmittel, und Katharina brachte die verstörte Frau zusammen mit Eleni nach Hause. Diese versuchte beruhigend auf Rika einzuwirken, und dem Anschein nach hatte sie auch Erfolg damit. Die Kommissarin begleitete die beiden Frauen ins Haus, sie wollte versuchen ein paar dringend anstehende Fragen noch heute zu klären.

»Was hatte Kostas an jenem Tag veranlasst zu der einsamen Zisterne zu fahren?«, versuchte sie vorsichtig ein erstes Gespräch nach dem Gefühlsausbruch von Rika. »Laut Angabe seines Kollegen wäre ein Revisionsbesuch erst wieder in zwei Wochen nötig gewesen.«

Rika schaute sie benebelt aus ihren verweinten Augen an. »Gehen Sie!«, lallte sie. »Gehen Sie! Ich will Sie nicht länger hier in meinem Haus haben.« Ihr Kopf neigte sich schläfrig zur Seite.

»Warum hat er seinen Kollegen darüber nicht informiert? Wie ist er überhaupt zu dem abgelegenen Wasserspeicher gelangt?« Die Kommissarin versuchte es weiter, sie wollte unbedingt Antworten haben.

Den Wagen hatten sie später im Hafen von Parikía gefunden und nicht, wie zu erwarten gewesen wäre, an der alten Zisterne. Doch Rika reagierte kaum noch, das Beruhigungsmittel entfachte seine volle Wirkung und ließ die Frau immer schläfriger werden, an ein Verhör war in dieser Situation nicht zu denken.

Eleni verabschiedete die Beamtin, brachte Marika in ihr Bett und richtete sich auf eine Nacht bei ihrer Freundin ein. In diesem Zustand konnte sie Marika auf keinen Fall alleine lassen. Es dämmerte bereits und auch sie war furchtbar müde, der Tod von Kostas hatte auch bei ihr seine Spuren hinterlassen. Das großzügige Sofa im Wohnzimmer des Erdgeschosses würde für diese Nacht ihre Schlafstätte sein, morgen würde sie weiter sehen. Sie schaute noch einmal nach Rika, die tief schlafend in dem großen Ehebett lag, und Tränen schossen ihr in die Augen. Im Moment konnte sie nichts weiter tun, so schlich sie leise ins Wohnzimmer zurück und machte sich auf die Suche nach einer Decke. Erschöpft und traurig legte sie sich auf das Sofa, und schon nach kurzer Zeit war auch sie entkräftet eingeschlafen. Der plötzliche Tod ihres langjährigen Freundes ließ sie in unruhige Träume verfallen, und sie wälzte sich rastlos auf ihrem Notlager hin und her.

Es war so gegen vier, als sie durch ein leises Klirren aus ihrem Dämmerzustand aufgeschreckt wurde. Anfangs war sie sich nicht sicher, ob es nur ein Traum war oder ob sie tatsächlich etwas gehört hatte. Sie lauschte konzentriert ins Dunkel und erstarrte. Da war es wieder, diesmal aber kein Klirren, sondern das Knarren einer Tür. Es musste aus dem Keller kommen, der einen Ausgang nach draußen hatte. Sie zog die Decke bis zum Kinn und wartete. Ob Rika wach geworden war und im Haus herum lief? Sie schwang leise die Decke zur Seite. Irgendetwas stimmte hier nicht. Sie huschte flink die Treppe zu Marikas Schlafzimmer hinauf. Schon auf der Treppe hörte sie das leise Röcheln von Rikas Atem und realisierte, dass sich außer ihnen beiden noch jemand in dem dunklen Haus befand. Sie verharrte am Treppengeländer, von hier aus hatte sie einen guten Überblick auf das Wohnzimmer und konnte sich zur Not in das Schlafzimmer zu Marika flüchten. Da war es wieder! Diesmal gedämpfte Schritte, die sich von unten her dem Wohnzimmer näherten. Ihr stockte der Atem, als sich langsam die Tür zum Wohnzimmer hin öffnete und sich eine dunkle Gestalt, bekleidet mit einer schwarzen Kapuze, in den Wohnraum stahl. In der Hand hielt die Person eine starke Taschenlampe mit der sie geschwind alle Bereiche des Zimmers ableuchtete. Eleni duckte sich und traute sich kaum zu atmen, als der Fremde auf leisen Sohlen das gesamte Zimmer systematisch abging. Er schien etwas zu suchen, aber was? Unfähig einen klaren Gedanken zu fassen, sah Eleni wie der Eindringling in der Küche verschwand, aber nach nur wenigen Sekunden wieder heraus kam. Er ging in das nächste Zimmer, Kostas kleines Arbeitszimmer.

Dann ging alles ganz schnell. Ein klickendes Geräusch war zu hören. Eleni konnte es zunächst nicht zuordnen, es hatte sich angehört, als hätte man einen Stecker aus einer Steckdose gezogen. Bevor sie weiter darüber nachdenken konnte, sah sie die dunkle Gestalt mit einem Laptop unter dem Arm in den Keller verschwinden. Ohne sich zu rühren blieb sie noch einige Minuten in ihrer gebückten Stellung hocken, bevor sie sich zögerlich nach unten wagte. Der Fremde war weg, er schien gefunden zu haben, wonach er suchte. Er war aus dem Büro von Kostas geradewegs in den Keller entschwunden. Eleni überlegte, schaute auf ihre Uhr, es war noch keine halb Fünf, das Ganze hatte nicht mehr als zehn Minuten gedauert. Trotz der frühen Uhrzeit entschloss sie sich, unmittelbar die Kommissarin über diesen Vorfall zu informieren.

NOVEMBER 2012
EUROPAZENTRALE DER AQUATOP AG,
AMSTERDAM, NIEDERLANDE

Es war Freitagnachmittag und das Team um Dr. Alexander Brünner war äußerst angespannt. Gegen 16:00 Uhr war die WebEx Konferenz mit Amerika angesetzt. Die Ergebnisse einer harten Woche Arbeit wurden schon mit Spannung von Tom Polster, dem CEO der AquaTop AG, und einigen ausgewählten Kollegen aus der Finanzabteilung erwartet. Brünner war folglich außerordentlich nervös und hatte schon den ganzen Tag aggressiv darauf gedrängt endlich mit den Präsentationen fertig zu werden. Jedes Team hatte zehn Minuten Zeit, die erarbeiteten Resultate zu erläutern. »Und haltet euch an die Vorgaben«, hatte er schon mehrfach gemahnt. »Nicht mehr als drei Folien, auf denen die Ausgangssituation und die errechneten Einsparungen klar und deutlich erkennbar werden«, war seine Forderung und daran hatte sich jeder zu halten. »Einfach und selbsterklärend muss es sein, damit wir die kostbare Zeit unserer Chefetage nicht überstrapazieren.« Darauf legte er besonderen Wert.

Henrik Speelmann hatte seine Präsentation bereits zum vierten Mal geändert, nachdem Brünner immer wieder etwas auszusetzen gehabt hatte. Er hasste diese Art von Bevormundung durch seinen Chef, aber der schien seine Überlegenheit förmlich auszukosten. Anstatt sein Team auf Ruhe und Gelassenheit einzustimmen, bescherte Brünner ihnen Stress pur so kurz vor der Konferenz, jegliches Gespür für heikle Situationen schien diesem Mann zu fehlen. Es roch nach Testosteron in dem Video-Konferenzraum und Brünner wurde immer unausstehlicher, je näher der angesetzte Termin rückte. Alle drei Arbeitsgruppen hatten hoch konzentriert die ganze Woche gearbeitet und sehnten sich nach dem wohlverdienten Wochenende. So hatte das erste Team einen Produktionsstandort in Rumänien aufgetan, der schon länger für die AquaTop produzierte und in dem man nach einigen Analysen noch freie Kapazitäten ermittelt hatte. Das war eins der einfacheren Themen gewesen, und die Verlagerung des deutschen Produktionsstandortes war schon längst beschlossene Sache. Auch die zweite Gruppe, die sich die Liste aller Zulieferfirmen von OsmoTec genauer angeschaut hatte, konnte entspannt der Konferenz entgegen sehen. Sie hatten recht schnell alternative Lieferanten gefunden, nachdem sie alle zur AquaTop gehörigen Firmen auf ähnliche Produkte gescannt hatten. Ihre Analyse zeigte fast 25% Einsparungen auf und obwohl das zu diesem Zeitpunkt reine Spekulationen waren, würde das Team damit in wenigen Minuten glänzen. Nur die Truppe um Henrik Speelmann hatte sich recht schwer getan, und er war extrem unter Druck geraten, als sie selbst am zweiten Tag des Kaizen noch keine konkreten Ansätze abliefern konnten.

»Was ist los mit Ihnen? Sie scheinen nicht recht bei der Sache zu sein«, hatte Brünner ihm vorgeworfen, und das eiskalte Blitzen in seinen Augen ließ nichts Gutes erahnen. Er hatte sich festgebissen und würde alle Fakten genauestens hinterfragen. Doch dann am dritten Tag fand Henrik Speelmann endlich eine lang ersehnte Antwort in seinem Postfach, verschickt von seinem früheren Kontaktmann in China. Er schlug verschiedene Firmen vor, die ähnliche Ventile und Verbrauchsmaterialien anboten, grob geschätzt zu einem Drittel der Kosten, die sie zurzeit aufzubringen hatten. Alle Produkte würden sogar mit einem Zertifikat ausgeliefert, so wie es bei einem Einsatz im Trinkwasser vorgeschrieben war, hatte der Informant ausdrücklich versichert. Diese Vorschläge hatte er in seiner Präsentation übernommen und darauf aufbauend seine Einsparungen errechnet. Für kritische Rückfragen hätte er auch gar keine Zeit gehabt.

»Gut gemacht, Speelmann, ich wusste doch das ich mich auf Sie verlassen kann«, sagte Brünner jovial, als er sich die Berechnung ansah und frohlockte: »Wenn wir das hochrechnen auf die geplanten Stückzahlen der kommenden fünf Jahre...« Seine Augen glänzten. »Das kann sich wirklich sehen lassen. Das werden wir direkt nächste Woche umsetzen. Bitte überlegt euch schon, in welchen Regionen wir damit anfangen.«

Speelmann atmete durch, erleichtert darüber, dass sein Chef endlich von ihm abließ, obwohl ihm hundeelend zu Mute war. Er hatte zwar ein paar alternative Firmen aufgetan, aber das war auch schon alles. Weder wusste er, ob diese wirklich in der Lage waren die geforderten Produkte zu fertigen, noch hatte er auch nur die leiseste Ahnung von deren Qualität. Hauptsache Brünner kam bei der Konferenz jetzt erst einmal gut weg und konnte die Erfolge seines Kaizen feiern. Alles andere war an diesem Nachmittag von zweitrangiger Bedeutung.

Punkt 16:00 Uhr stand die Leitung ins Headquarter und Tom Polster mit seinem hochkarätigen Kreis hörte sich aufmerksam die erarbeiteten Fakten an. Bestimmt war noch am selben Tag eine Analystenkonferenz vorgesehen, in der man stolz den Mehrwert der neu gewonnenen Unternehmung sowie deren strategische Bedeutung für die AquaTop AG zelebrieren würde. Es wurden reichlich Notizen gemacht und nachdem alle Teams berichtet hatten, überschlug man flink die gesamten Kosteneinsparungen für die kommenden fünf Jahre.

»Gratuliere, meine Herren«, hörten sie dann die erlösenden Worte von Tom Polster, und ein kollektives Aufatmen der gesamten Mannschaft rauschte wie eine Welle durch den Konferenzraum. Der große Boss schien zufrieden mit ihrer Arbeit. »Für den Anfang haben wir alle Eckdaten, jetzt gilt es die theoretischen Ansätze auch in die Praxis umzusetzen. Bei unseren wöchentlichen Reviews, werden wir uns gemeinsam die Umsetzung dazu ansehen.« Der große Videobildschirm flackerte kurz, dann wurde er schwarz, Amerika hatte sich verabschiedet.

Dr. Alexander Brünner triumphierte. Es hatte so gut wie keine Rückfragen gegeben, das deutete er als ein sehr gutes Zeichen. Jetzt musste er nur noch seine Mitarbeiter darauf einstimmen, die präsentierten Versprechungen auch tatsächlich in die Tat umzusetzen. Langsam ließ seine Aufregung nach und in Gedanken war er schon bei seiner Herrin in der Kerkstraat, die ihm heute unbedingt noch eine wirkliche Entspannung bescheren musste.

Henrik Speelmann hingegen ging teilnahmslos zurück in sein Büro und war glücklich, dass es vorbei war. Die Anspannung der ganzen letzten Woche hatte ihn an den Rand seiner Belastbarkeit gebracht, er war todmüde, nachdem er in den vergangenen Nächten so gut wie nicht geschlafen hatte. Seine Gedanken kreisten ständig um die von ihm präsentierten Optimierungen und er wusste, dass Brünner peinlich alle Fakten nachverfolgen würde. Unendlich erschöpft machte er Feierabend und fuhr nach Hause. Brünner hatte ihn in der Hand, er wusste von seiner verfahrenen finanziellen Situation, und er war angewiesen auf seinen Job bei der AquaTop AG. Wie sollte er aus diesem Dilemma bloß jemals wieder heraus kommen? Jetzt wollte er zunächst nur noch schlafen. Schlafen und abschalten, am liebsten ohne jemals wieder aufzuwachen. Entkräftet ließ er sich auf sein Bett fallen, ohne einen Ausweg aus der für ihn so schwierigen Lage zu erkennen.

KATHARINA WALDMANN
PARIKÍA, PAROS

Nur im Unterbewusstsein nahm Katharina das Vibrieren ihre Handys wahr, bevor sie in ihrem Bett aufschreckte und verwirrt auf ihren Wecker schaute. Wer störte zu so früher Stunde? Sie griff geistesgegenwärtig zum Telefon, während neben ihr Dawid sanft vor sich hin schnarchte. Mit einem Satz schwang sie sich aus dem Bett und schlich aus dem Schlafzimmer, sie wollte Dawid nicht wecken. Dann drückte sie die Annahmetaste. »Und Sie sind auch ganz sicher, dass der Einbrecher nicht mehr im Haus ist?« erwiderte sie der aufgebrachten Anruferin. »Bleiben Sie in der oberen Etage und rühren Sie nichts an. Ich bin in zehn Minuten bei Ihnen.« Schon war sie auf dem Weg ins Bad. Hektisch wählte sie die Nummer von Filippos und wies ihn an zu dem Haus des vermeintlichen Mordopfers zu kommen. Der Anruf hatte die Kommissarin aufgebracht, das konnte doch kein Zufall sein! Der tote Kostas Aristidis und jetzt auch noch ein Einbruch. Das Ganze erschien ihr äußerst mysteriös und ihr klangen wieder die Vorwürfe von Kostas Ehefrau in den Ohren. Der Einbruch in das Haus der Psará könnte vielleicht entscheidende Hinweise liefern, hier würde sie ansetzen, auch wenn sie erst in ein bis zwei Tagen eindeutige Ergebnisse aus der Gerichtsmedizin erhalten sollte.

»Was machst du so früh?«, fragte Angelikí überrascht, als sie sich auf dem Flur begegneten.

»Es wurde eingebrochen und ein Computer gestohlen, und rate mal bei wem?« Sie winkte Angelikí mit zu sich in die Küche.

»Ich habe dir doch gleich gesagt, dass der ermordet wurde. Jetzt hast du den Beweis«, sagte sie. »Aber ich weiß, du brauchst Fakten, und die werde ich dir morgen liefern. Ich nehme die Leiche heute mit nach Athen und werde mir den Toten morgen früh genauer ansehen.«

Die Kommissarin nickte ernüchtert, das Wochenende mit ihrer Freundin hatte sie sich etwas anders vorgestellt. Jetzt waren sie schon wieder mitten in einen Kriminalfall verwickelt, und eigentlich konnte sie froh darüber sein, dass Angelikí gerade auf Paros verweilte.

»O.K! Dann leg dich erstmal wieder hin, Dawid wird dich später zum Flughafen bringen. Ich treffe mich mit Filippos bei der Psará.« Sie umarmte Angelikí betrübt zum Abschied und machte sich auf den Weg nach Parikía, in ihrem Kopf ständig die Frage, warum Kostas Aristidis, ein scheinbar unbescholtener Bürger, sterben musste.

Filippos, der von Náoussa aus gestartet war, wartete schon vor dem Haus des getöteten städtischen Angestellten auf seine Chefin, mit ihm Eleni, die das Eintreffen der beiden vom Fenster aus beobachtet hatte. Kreidebleich an ihrer Seite, Marika Psará, die noch stark benebelt von dem verabreichten Beruhigungsmittel wirkte. Ihre wilde blonde Haarpracht hatte sie mit zwei Klammern willkürlich hochgesteckt und ihre ansonsten recht aufreizende Kleidung gegen eine graue Jogginghose ausgetauscht. Eleni hatte es vorgezogen sie zu wecken, damit sie nicht unvorbereitet zu dieser ungewöhnlichen Uhrzeit von der Polizei überrascht wurde. Auch hatte sie auf ihre Freundin eingeredet und ihr geraten, besser mit der Polizei zu kooperieren. Sie schien es akzeptiert zu haben.

Die beiden Polizeibeamten ließen sich zunächst die Kellertür zeigen, wo sich der Eindringling Zugang ins Innere verschafft hatte. Sofort erinnerte sich Katharina an die Einbruchserie im April des letzten Jahres, die ihr Einiges an Ärger beschert hatte.

Eine clevere Diebesbande hatte es auf verwaiste Ferienhäuser gut situierter Besitzer abgesehen, und einer ihrer früheren Mitarbeiter war darin verwickelt gewesen. Das war nun schon wieder mehr als ein Jahr her. »Es wurde ganz klar der Laptop gestohlen ...« Eleni holte die Kommissarin zurück in die Gegenwart, sie hatte jetzt zum widerholten Male darauf hingewiesen. »Marika hat es bestätigt und ich habe es mit eigenen Augen gesehen.« Die Hausherrin nickte abwesend, sie tat sich schwer damit zu begreifen, was da gerade alles über sie hereinbrach.

»Haben Sie eine Idee was der Einbrecher auf dem Laptop gesucht haben könnte?« Die Kommissarin wagte einen neuen Versuch der verstörten Frau Fragen zu stellen. »Oder hat Ihr Mann Ihnen gegenüber irgendwelche Andeutungen gemacht, dass er bedroht wurde?«

Rika schüttelte energisch ihren Kopf. »Nein. Ich zermartere mir schon den Kopf, seitdem ich das erste Mal in Ihrem Büro war, aber mir fällt nichts ein.«

»Er wird auf der Suche nach Informationen gewesen sein«, schaltete sich Filippos ein, der sich gerade in dem kleinen Arbeitszimmer des Getöteten umsah. »Würde es sich um einen normalen Einbruch handeln, hätte der Täter doch bestimmt auch diese Armbanduhr hier mitgenommen, oder?« Er zeigte auf eine Herrenuhr, die in unmittelbarer Nähe zu der leeren Dockingstation lag. Katharina musste ihm beipflichten, als sie das wertvolle goldene Stück da liegen sah. Die Kommissarin versuchte sich an die Aussage von Takis zu erinnern, als dieser nach der Befragung von Papadakis, dem Kollegen von Kostas, zurück in die Dienststelle gekommen war.

»Wir haben von Cháris Papadakis vage Andeutungen zu einem Korruptionsverdacht gegen Ihren Mann erhalten«, konfrontierte sie Rika und schaute ihr dabei fest in die Augen. »Was waren das für Vorwürfe, und könnte das mit dem Tod Ihres Mannes zu tun haben?«

Marika blickte zornig auf, die Frage hatte sie überrascht und ihre Wut auf die Kommissarin war wieder voll zu spüren.

»Ach, diese alte Sache, das ist doch längst vergessen. Man hat meinem Mann nie etwas nachweisen können! Das Ganze ist zwei Jahre her. Wie kann Cháris nur so etwas sagen?« War er wohlmöglich Kostas gar nicht so verbunden gewesen, wie er immer tat? Sie fing an zu schluchzen.

Katharina war geneigt nachzugeben. »Von wem kamen die Vorwürfe?«, bohrte sie dann aber weiter nach. »Bitte schreiben Sie mir die Namen auf. Wir müssen jetzt jedem kleinsten Hinweis nachgehen. Danach lasse ich Sie in Ruhe.«

Marika Psará nahm widerwillig den Notizblock und notierte einige wenige Namen. »Diese Verbrecher haben meinem Mann damals vorgeworfen Bestechungsgelder von einer großen Bauunternehmung erhalten zu haben, die den Zuschlag zum Bau des neuen Flughafens bekommen hat.« Ihre Hand zitterte vor Erregung. »Das Ganze nur, weil sie selber gerne den Auftrag eingesteckt hätten, aber nicht zum Zuge gekommen sind.« Sie griff nach einem Taschentuch. »Es hat lange gedauert, bis die Vorwürfe entkräftet wurden, und es war eine verdammt harte Zeit für uns.«

Eleni legte ihren Arm um Marikas Schultern.

»Zum Glück haben sie für die Anschuldigungen eine gerechte Strafe erhalten«, sagte sie trotzig. »Die Firma ist kurz danach Pleite gegangen.«

Katharina horchte auf. »Das heißt, wenn sie das Projekt gewonnen hätten, dann würde die Firma heute noch existieren?«

»Das kann ich Ihnen nicht sagen, da müssen Sie die Herren schon selber fragen.« Rika schnäuzte in ihr Taschentuch und tupfte sich die Tränen ab.

Die Kommissarin hatte einige brauchbare Information erhalten und ließ von der angeschlagenen Frau ab. Es war auf jeden Fall eine Recherche wert, auch wenn ihr eine so späte Rache als

Tötungsmotiv eher unwahrscheinlich vorkam. Bevor sie aufbrach, fragte sie Rika noch, ob sie Polizeischutz benötigte, aber Eleni kam ihr spontan dazwischen. »Ich nehme sie für die nächsten Tage mit zu mir nach Hause. Wer weiß, ob der Einbrecher nicht noch einmal wieder kommt, und da ist sie bei uns besser aufgehoben.« Die beiden Beamten verabschiedeten sich und fuhren nach Hause um den Rest des unterbrochenen Sonntags noch zu nutzen.

NOVEMBER 2012
EUROPAZENTRALE DER AQUATOP AG,
AMSTERDAM, NIEDERLANDE

Für Henrik Speelmann war das Wochenende zu kurz um sich nach der vergangenen Kaizen-Woche gebührend zu erholen. Abgespannt erschien er am Montagmorgen in seinem Büro, Brünner erwartete ihn schon ungeduldig. Er trug vollkommen unüblich einen großen Schal um seinen Hals, eine Erkältung beim morgendlichen Joggen hätte er sich eingefangen. Für Speelmann sah es eher nach einer Verletzung aus, fast wie ein Würgemal, als der Schal für einen Moment verrutschte und einen Blick auf den lädierten Brünnerschen Hals freigab. Er konnte sich keinen Reim darauf machen. Der ehrgeizige Manager, eifrig auch am Wochenende, hatte bereits aus den Ergebnissen des Kaizens für alle drei Arbeitsgruppen einen groben Aktionsplan entwickelt.

»Wir haben keine Sekunde zu vergeuden und werden diese Woche anfangen die ersten Maßnahmen umzusetzen«, gab er Speelmann klare Anweisungen. »Kontaktiert die von euch ausgesuchten chinesischen Firmen und schickt ihnen unsere Produktspezifikationen, mit der Bitte umgehend ein Muster aus deren Produktion zu erstellen. Ich will bis Ende der Woche jeweils ein Alternativprodukt bei mir auf dem Schreibtisch sehen.« Er strotzte vor Energie und schien sich an den beiden freien Tagen gut regeneriert zu haben, ganz im Gegenteil zu Speelmann. »Falls die nicht in die Puschen kommen, muss gegebenenfalls einer hin, das Budget dafür haben wir. Also los.« Er klatschte in die Hände.

Es war der zwölfte November, ein grauer verregneter Herbsttag, der so ganz den Gemütszustand von Henrik Speelmann widerspiegelte, als er begann eine Mail an Xeng Chemicals zu schreiben. Eine der Firmen, die sich als Hersteller von unzähligen chemischen Produkten anboten und von seinem Kontaktmann in China empfohlen worden war. Präzise formulierte er die Anforderungen und den Einsatzbereich der auszutauschenden Erzeugnisse und fügte im Anhang die Sicherheitsdatenblätter sowie ein Beispiel eines Zertifikats bei, welches den Einsatz in Trinkwasseraufbereitungssystemen erlaubte.

Eine zweite Mail setzte er kurz danach an Hung Valve Technologies ab, zusammen mit dem Werkszeugnis einer Materialprüfanstalt, in dem die Spezifikationen des eingesetzten Absperrventils genauestens dokumentiert waren. Beide E-Mails enthielten den Hinweis – Urgent Request – um die Dringlichkeit der Anfragen zu unterstreichen. Außerdem bat er in der Rückantwort um ein aussagekräftiges erstes Angebot, zu den von ihm bezifferten Abnahmemengen. Er hatte zwar bereits eine vage Preisangabe der Hersteller erhalten, doch für eine genauere Kalkulation brauchte er konkrete Einkaufspreise. Falls es später dann tatsächlich zu einer Zusammenarbeit kommen sollte, würde der Einkauf der AquaTop AG sowieso noch einmal knallhart nachverhandeln. Er konzentrierte sich im ersten Schritt auf diese beiden Produkte, denn was die Membranen betraf, die mit Abstand als die teuerste Komponente bei der Herstellung der Module von OsmoTec identifiziert worden waren, sah er wenige Möglichkeiten zur weiteren Optimierung. Außerdem waren sie das Herzstück der Entsalzungssysteme, und da würde er nur als allerletzte Maßnahme Änderungen vornehmen.

Es war noch recht früh an jenem Montagmorgen und wenn er Glück hatte, läge vielleicht sogar noch heute eine erste Rückmeldung aus China vor. Speelmann brauchte jetzt dringend einen Kaffee, er fühlte sich unausgeschlafen und insgesamt nicht wohl in seiner Haut. In seinem Kopf kreisten die Gedanken um die zahlreichen Fälschungen, mit denen der gesamte Weltmarkt aus

China überflutet wurde. Besonders stark zugenommen hatten Plagiate im Medizinbereich, teure Medikamente wurden zu Hauf gefälscht, das zog sich durch alle Bereiche der Pharmabranche. Nach Schätzungen der WHO wurden mittlerweile weltweit 10% aller Medikamente gefälscht, in Entwicklungsländern sogar 30%. Und dabei handelte es sich längst nicht mehr nur um Lifestyle-Produkte, wie etwa potenzsteigernde Präparate. Er musste auf der Hut sein, das war ihm voll bewusst und die aus China angepriesenen Produkte zunächst auf Herz und Nieren prüfen, bevor sie einen Austausch wagen konnten. Dazu würde er nur schwerlich die Unterstützung von Brünner erhalten, denn jede weitere Überprüfung würde eine Verzögerung bei der Umstellung und somit eine Verschiebung des gesamten Projektes zur Folge haben. Aber Speelmann hatte schon eine Idee, wie er das anstellen konnte, das würde er in Angriff nehmen, sobald die ersten Muster aus China eingetroffen waren.

Dr. Alexander Brünner hingegen schwebte auf Wolke Sieben und feierte seinen Erfolg, in Gedanken sah er sich schon im Headquarter der AquaTop AG in New York sitzen. Er hoffte nur, dass die Zahlen, die seine Teams in der letzten Woche präsentiert hatten auch belastbar waren, denn es gab nichts Schlimmeres, als bei einer der nächsten Reviews auch nur geringfügige Korrekturen nach unten vornehmen zu müssen. Das konnte und würde er nicht dulden, denn das käme einer Katastrophe gleich und hätte gravierende Folgen, was seinen Aufstieg in die Vorstandsetage des Unternehmens betraf. Er betastete gedankenverloren seinen Schal, den er nur aus der Not heraus umgebunden hatte. Das Ganze war ihm etwas unangenehm. Bei seinem letzten Besuch im Studio von Madam Karen, hatte ihn die resolute Dame nach heftigem Flehen etwas zu hart angefasst, das schwarze mit Nieten besetzte Lederhalsband hatte entsprechende Spuren an seinem Hals hinterlassen.

Jeden Nachmittag war in dieser Woche ein Meeting angesetzt, in dem die Fortschritte der Aktionspläne besprochen werden sollten, und schon am darauffolgenden Tag konnte man ihm ein paar erste wichtige Fortschritte aufzeigen.

Ein baugleiches Ventil sollte in den nächsten drei bis vier Tagen verschickt werden, hatte Hung Valve Technologies umgehend geantwortet und auch Xeng Chemicals versprach einige Produktmuster für die kommenden Tage. Alle Artikel wurden nochmals billiger angeboten, was Brünners Herz direkt zu Freudensprüngen veranlasste. Sowohl für das Ventil wie auch für die übrigen Erzeugnisse war weit weniger als die Hälfte zu zahlen, und der Einkauf würde bestimmt noch einiges mehr herausholen. »Das sieht ja richtig gut aus«, ließ er sich zu einem euphorischen Kommentar hinreißen. »Dann können wir zügig mit der Umstellung beginnen. Ziel ist es in allen Standorten die entsprechenden Produkte im Laufe der nächsten zwölf Monate auszutauschen. Bereiten sie schon einmal eine Information an alle betroffenen Standorte vor.«

Ohne eine Antwort von Speelmann abzuwarten, war er auch schon wieder verschwunden, im Kopf nur noch die Einsparungen, mit denen er seinen nächsten Karriereschritt besiegeln wollte.

DEZEMBER 2012
KOH SAMUI, PROVINZ SURAT THANI, THAILAND

Im Sun Flower Ressort herrschte der Ausnahmezustand. Die Nachricht, dass zwei Gäste unter mysteriösen Umständen gestorben waren, eilte wie ein Buschfeuer durch die gesamte Anlage. Bei vielen Hotelgästen brach pure Panik aus. Das gipfelte darin, dass mehrere Touristen das Hotel noch am gleichen Tag verließen und Michael Kober mit Schadenersatzforderungen drohten. Das kam zu der familiären Tragödie, die er zu meistern hatte, noch obenauf und er empfand die letzten Tage als einen wahren Alptraum. Er musste den Rücktransport seines verstorbenen Vaters planen, nachdem man den Leichnam endlich nach umfangreichen Untersuchungen freigegeben hatte. Totales Nierenversagen einhergehend mit starken Herzrhythmusstörungen hatte man im Totenschein vermerkt, aber die Ursache, wie es dazu gekommen war, konnte keiner benennen. Auch bei dem zweiten Toten, einem vierzigjährigen Schweden aus Stockholm, wurden diese Symptome eindeutig als Todesursache ausgemacht. Ein kleiner Trost bei all diesen schrecklichen Ereignissen war die Genesung der anderen erkrankten Hotelgäste. Darunter auch Sotírios Kourzounáris, der nach weiteren zwei Tagen im Bett und reichlicher Zufuhr von Elektrolytlösung langsam wieder zu Kräften kam und in den verbleibenden Tagen seines Urlaubs sogar noch einen Tauchgang unternehmen konnte. Doch all das half Michael Kober nicht wirklich, zudem er weitere Herausforderungen an den folgenden Tagen zu meistern hatte. So erhielt er Besuch von einer Kommission des Gesundheitsministeriums aus Bangkok, die seine komplette Küche lahm legten und Proben unzähliger Lebensmittel nahmen. Das hatte zur Folge, dass er sich auch noch um ein externes Cateringunternehmen kümmern musste, um die Versorgung der verbliebenen Urlauber im Ressort sicherzustellen.

Ein wenig Entspannung zeichnete sich erst ab, nachdem sie seinen Vater bestattet und er nach nur drei Tagen Aufenthalt in seiner Heimatstadt zurück aus Deutschland war und sich die Verhältnisse im Hotel wieder langsam normalisierten. Es schmerzte ihn sehr, dass er nicht länger bleiben und seine Mutter trösten konnte, aber das hätte ihn zweifelsohne seinen Managerposten im Sun Flower Ressort gekostet. Ein anschließendes Gutachten der Gesundheitsbehörde konnte keinen klaren Verursacher und auch kein Fremdverschulden feststellen, was einerseits recht unbefriedigend für alle Beteiligten war, aber den Druck auf Michael Kober etwas reduzierte. Nur Sotírios Kourzounáris wurde stutzig, als er bei seinem letzten Tauchgang von einem anderen Taucher erfuhr, dass es einen ähnlichen Vorfall in einer Hotelanlage am Chaweng Beach gegeben hatte. Auch im Sun Flower Ressort hatte man davon erfahren, es jedoch für besser befunden, die ohnehin schon aufgeheizte Stimmung nicht weiter anzufachen.

CHÁRIS PAPADAKIS
PARIKÍA, PAROS

Der plötzliche Tod seines Kollegen Kostas Aristidis hatte einen anderen Menschen aus Cháris Papadakis gemacht. Er fand keine Ruhe mehr und brütete unentwegt, was Kostas wohl an der alten Zisterne verloren hatte. Warum hatte er ihm nichts davon erzählt, was hatte er zu verbergen? Genau diese Frage beschäftigte auch die Polizei, und die hatte sie ihm inzwischen auch schon mehrfach gestellt. Doch so sehr er auch nachdachte, er fand keine Antwort und das ärgerte ihn, hatte er doch immer geglaubt seinen langjährigen Arbeitskollegen ganz gut zu kennen. Weit gefehlt, im Grunde genommen wusste er recht wenig, das wurde ihm zunehmend klar. Wie stand es wirklich um Kostas und Rika? Hatten sie sich wieder zusammen gerauft nach der Krise, von der er erst nach langem Bohren erfahren hatte? Welche Rolle spielte Rika selbst? War die trauernde Witwe echt oder gaukelte sie der Polizei nur etwas vor? Sie war schon immer eine gute Schauspielerin gewesen. Seine Überlegungen drifteten in alle Richtungen davon. Auch immer wieder hin zu Takis, dem vergrämten Polizisten, der ihn jetzt unter Druck setzte. Wie aggressiv er auf seine Behauptung reagiert hatte, als er ihn mit seinen verborgenen Gefühlen konfrontiert hatte. Die heftige Reaktion war entlarvend, nie hatte er aufgehört Marika zu begehren. Was sollte sonst der Grund dafür gewesen sein, dass alle seine Bekanntschaften nie von Dauer waren?

Das mit dem unbekannten Anrufer hatte er beim letzten Verhör der Kommissarin gesagt, doch Kostas Handy, wo man eventuell diesen Anrufer gefunden hätte, war seit dessen Tod spurlos verschwunden. Dann waren da noch die alten Korruptionsvorwürfe, die er nur ungern ins Spiel gebracht hatte, aber darauf konnte die Polizei keine Rücksicht nehmen. Den Namen der Pleite gegangenen Baufirma hatte sich die Kommissarin längst besorgt, und dem würde sie schnellstens nachgehen. Das war alles, was er im Moment beitragen konnte, resümierte er und begab sich wieder an seine Arbeit.

Davon hatte er in diesen Tagen reichlich, so sah er sich mit ständig neuen Fragen der AquaTop AG konfrontiert, die lieber heute als morgen die Trinkwasserversorgung auf Paros übernehmen würde. Obwohl überhaupt noch nichts entschieden war, spielten sie sich schon auf wie die neuen Eigner und verlangten die unterschiedlichsten Zahlen und Statistiken von ihm, wie Abnahmemengen, Anzahl neuer Hausanschlüsse und so weiter. Es schien kein Ende zu nehmen. Bisher war Kostas immer ihr Kontaktmann gewesen, Cháris tat sich schwer mit der Beschaffung dieser Daten.

Zusätzlich belastend kam hinzu, dass er schon kurz nach Kostas Tod eine Nachricht aus der Bezirksverwaltung in Syros erhalten hatte, in der man ihm knapp mitteilte, dass die Stelle ersatzlos gestrichen worden war und er die Aufgaben seines verstorbenen Kollegen mit zu übernehmen hätte. Per Mail war das eingegangen, sie hatten es noch nicht einmal für nötig befunden, ein persönliches Gespräch mit ihm zu suchen. Und dann auch noch die täglich steigende Zahl von Kundenbeschwerden, denn die Bezirksregierung in Syros hatte kurzer Hand die Preise für Trinkwasser um 18% angehoben und damit für Empörung bei der hiesigen Bevölkerung gesorgt. Es gäbe einen riesigen Sanierungsstau und man solle sich auf weitere Preiserhöhungen einstellen, war die lapidare Antwort, als er um Argumentationshilfe gebeten hatte. In Wirklichkeit hatte man auf Druck der AquaTop AG gehandelt, die zwar noch nichts zu sagen hatte, aber nach ersten

Recherchen den Trinkwasserpreis als viel zu niedrig eingestuft hatte.

Er wusste nicht mehr, wo ihm der Kopf stand, und jetzt hatte ihm die Stadtverwaltung auch noch den Umzug in ein anderes Büro aufs Auge gedrückt, nachdem er dort fast fünfzehn Jahre mit Kostas zusammen gearbeitet hatte. Sein Arbeitszimmer war für zwei Mitarbeiter ausgelegt und das würde jetzt nach dem Tod von Kostas anderweitig benötigt. Er musste raus, und man hatte ihm 24 Stunden Zeit gegeben, seine Unterlagen zusammen zu packen. Wenigstens hatten sie ihm zwei Angestellte aus der Verwaltung zugewiesen, die ihm beim Umzug helfen sollten. Außerdem möge er sich bitte noch um die Auflösung von Kostas Schreibtisch kümmern, zumal er ja dessen Projekte übernehmen würde. Mit Widerwillen begann er die Unterlagen seines toten Kollegen zu sichten und die privaten Dinge auszusortieren, um sie später Rika zu übergeben.

Die ganze Packerei hatte schon geraume Zeit in Anspruch genommen, als die angekündigten Kollegen aus der Verwaltung eintrafen, um seinen Schreibtisch in sein neues Büro zu transportieren. Beherzt packte er mit an, um das große Pult von Kostas zur Seite zu rücken, als er mit seiner rechten Hand unterhalb der schweren Schreibtischplatte einen kleinen Schlüssel ertastete. Unbemerkt von den beiden Helfern löste er vorsichtig die beiden Klebestreifen die den Schlüssel dort fixiert hielten und ließ ihn unauffällig in seiner Hosentasche verschwinden. Erst nachdem er später wieder alleine war, sah er sich das Fundstück etwas genauer an. Es sah nach einem Schlüssel zu einem Schließfach aus, aber warum hatte Kostas ihn hier in seinem Büro versteckt?

GEORGIOS APOSTOLÓPOULOS
NÁOUSSA, PAROS

Der Schock saß tief bei allen Bewohnern der Villa Lageri, als sie vom Ableben des Kanadiers erfuhren. Eine große Verunsicherung stand ihnen allen ins Gesicht geschrieben, sie hatten Angst ein ähnliches Schicksal zu erleiden. Doch der Zustand der verbliebenen Patienten verbesserte sich stündlich, was man auch dem abscheulich schmeckenden Gesöff Sophias zuschrieb. Kein guter Anfang für das frisch gestartete Gästehaus, und Georgios hoffte, dass dieser Vorfall nicht die Runde machte. Die von Dr. Spanopoulos diagnostizierten Herzrhythmusstörungen hatten sich nach der Einlieferung des Kanadiers in die Klinik derartig verschlimmert, dass der Tourist letztendlich an einem schweren Kammerflimmern verstorben war. Da man in Parikía nur eingeschränkte Möglichkeiten einer Obduktion hatte, wurde kurzerhand ein plötzlicher Herztod in den Totenschein geschrieben. Der behandelnde Arzt sah keinerlei Veranlassung für weitergehende Untersuchungen. Der Vorfall wurde zu den Akten gelegt.

So hatte in den folgenden Tagen eine der kleinen Dash Propellermaschinen, die in Paros startete, wieder einen Toten an Bord, der später von Athen aus weiter nach Vancouver überführt werden sollte. Matt und Patsy hatten von alledem nichts mitbekommen, erst als sie von ihrem Kurztrip von Koufonissi zurückkamen, wurden sie von der traurigen Botschaft überrollt. Es herrschte einen Tag lang tiefste Trauer in der Pension und Sophia war es schließlich, die alle Bewohner zurück aus ihrer Lethargie holte. Sie hatte den ganzen Tag gekocht, es gab Imam Baildi, dazu gekochten Oktopus in Vinaigrette und Lamm-Keftedes. Zum

Nachtisch servierte sie ein großes Blech Galaktoboúreko und nach Tagen der Abstinenz genossen alle Gäste der Villa Lageri den gemeinsamen Abend.

»Wir müssen nach vorne schauen, das Leben geht weiter«, versuchte Louis die Runde aufzuheitern. »Wer weiß, ob Mark nicht tatsächlich Herzprobleme hatte.«, berichtete er von der Vermutung Dr. Spanopoulos'. Georgios würde das helfen, besser über die Sache hinweg zu kommen. Dieser fühlte sich für den Tod seines Pensionsgastes mit verantwortlich, hatte aber keinerlei Erklärung, warum.

Sophia pflichtete Louis bei. »Jetzt lasst uns das Trübsalblasen beenden, wir können daran nichts mehr ändern.« Sie war aufgestanden um die Weinkaraffe erneut aufzufüllen.

Das Klirren der Gläser signalisierte die Zustimmung aller Beteiligten, nur Georgios blieb nachdenklich, da er immer noch einen Zusammenhang ihrer Magenprobleme und dem Tod des Gastes aus Vancouver vermutete. Was hatte Dr. Spanopoulos bei seinem Krankenbesuch noch gesagt? In Márpissa hätte es einen Patienten mit ähnlichen Symptomen gegeben. Er beschloss den Inselarzt in den nächsten Tagen darauf anzusprechen.

PROF. DR. SOTÍRÌOS KOURZOUNÁRIS
ATHEN, KAPODISTRIAS UNIVERSITÄT

Im Chemischen Institut der Kapodistrias Universität im Herzen von Athen hielten sich nur noch wenige Studenten auf und Sotírios Kourzounáris bereitete sich langsam auf seinen Feierabend vor. Er musste pünktlich weg, denn wie jeden Donnerstag fand auch heute wieder das wöchentliche Treffen seines in Glyfada ansässigen Tauchvereins statt. Immer wenn es seine Zeit zuließ, nahm er regelmäßig an diesen Zusammenkünften teil, denn Tauchen war seine große Leidenschaft und das nun schon seit mehr als 25 Jahren. Er hatte es in dieser langen Zeit zum Tauchinstruktor geschafft und gehörte zu den Gründungsmitgliedern des bekannten Clubs. Seine Urlaubsziele wählte er danach aus, dass renommierte Tauchreviere in der Nähe waren, um auch dort seinem Hobby nachgehen zu können. Er hatte keine Familie auf die er Rücksicht nehmen musste.

In den letzten Monaten jedoch war sein Terminkalender etwas durcheinander geraten, nachdem er nach fast zehn Jahren Singledasein nun wieder eine feste Beziehung eingegangen war. Das musste mit seiner Lieblingsbeschäftigung unter einen Hut gebracht werden. Angelikí war seine neue Flamme und das schon seit dem letzten Sommer. Lange Jahre war das Tauchen bei ihm immer an erster Stelle gekommen, jetzt hatten sich seine Prioritäten etwas verschoben. Doch auf sein geliebtes Tauchen wollte er trotzdem nicht verzichten und so hatte er seine neue Freundin langsam an seine Leidenschaft heran geführt. Für den »Open Water Diver Grundschein« hatte sie sich längst angemeldet. Jetzt planten sie sogar schon einen ersten gemeinsamen Urlaub im kommenden Dezember. Nach Thailand sollte es gehen, ins Sun Flower Ressort. Ungern erinnerte sich Sotírios zwar an seine Magenprobleme, die er dort im vergangenen Jahr überstanden hatte, aber das Hotel und die dort vorhandenen Tauchmöglichkeiten fand er ideal, um mit Angelikí ein paar erholsame Tage zu verbringen.

Er musste langsam los und drängte die verbliebenen Studenten endlich das Labor zu verlassen.

Seit Jahren leitete der studierte Chemiker das analytische Labor der Universität und begleitete viele Hochschüler durch ihre Diplom- und Doktorarbeiten. Um das Labor zu finanzieren gab es viele internationale Kooperationen mit Firmen und Instituten aus der ganzen Welt. Zusätzlich nahm sein Team immer wieder externe Aufträge an, weil sie über ein umfangreiches Untersuchungsspektrum verfügten. Sie waren als Dienstleistungslabor gelistet und wurden von vielen Firmen immer wieder angefragt, wenn spezielles chemisches Knowhow gefragt war. So hatte er auch Angelikí kennen gelernt, als sie im Rahmen einer Autopsie um fachlichen Beistand gebeten hatte. Es war im April des letzten Jahres gewesen, als er mit Hilfe einer GCMS-Analyse bei der Aufklärung einer Mordserie behilflich gewesen war. Die Auftraggeber für sein Labor kamen aus den unterschiedlichsten Branchen, so hatte seine Labormannschaft häufig Parameter in Lebensmittel- oder Gewässerproben zu untersuchen, oft waren es aber auch Anfragen aus der Industrie, wenn es um die Bestimmung von Substanzgemischen ging. Über Arbeit konnten sie sich nicht beklagen, die Kühlschränke waren überfüllt, und er hatte sein Team angewiesen bis auf weiteres keine neuen Aufträge mehr anzunehmen.

Und jetzt hatte ihm sein alter Schulfreund Kostas Aristidis auch noch ein Paket mit vier Proben zugeschickt, zwei Metallarmaturen und zwei Flaschen mit einer gelblichen Flüssigkeit. Es handele sich jeweils um Produktmuster der Firma AquaTop und er möge diese bitte miteinander vergleichen, stand auf einem handgeschriebenen Zettel, der dem Paket beilag. Ein paar Informationen hatte er ihm zusätzlich noch auf seiner Mailbox hinterlassen, nachdem er mehrfach vergeblich versucht hatte Sotírios persönlich zu erreichen. Er wolle es später nochmal versuchen und ihm die ganze Angelegenheit erklären, die Sache sei äußerst brisant, war sein Kommentar. Auf diesen Anruf hatte der Chemiker nun schon länger gewartet, denn um eine ausgiebige Materialuntersuchung zu starten, benötigte er dringend noch ausführlichere Angaben. Seit fast einer Woche standen die Proben nun schon unberührt in seinem Institut und warteten auf ihre Bearbeitung, aber bislang hatte ihn kein Telefonat von seinem alten Kumpel erreicht.

Er nahm sich vor seinen langjährigen Freund direkt am nächsten Morgen anzurufen, während er den Labortrackt abschloss und sich auf dem Weg zu seinem Auto machte. Die ganze Zeit überlegte er dabei, wo ihm der Name AquaTop schon einmal begegnet war. Und plötzlich es fiel ihm ein.

KATHARINA WALDMANN
PARIKÍA, PAROS

Müde betraten Filippos und seine Chefin an diesem Montagmorgen ihre Dienststelle. Der unvorhergesehene frühe Besuch bei Marika Psará am gestrigen Sonntag hatte ihnen ihr ganzes Wochenende verhagelt. Xenia, mit ihrem feinen Gespür für schlechte Laune, bereitete ihnen einen starken Kaffee.

»Was lässt euch denn so missmutig drein schauen?« Sie goss ihnen den heißen Muntermacher ein.

»Ein Einbruch bei der Psará, gestern in aller Herrgottsfrühe. Du weißt schon, das ältere Blondchen, deren Mann tot aufgefunden wurde. Eine verdammt merkwürdige Geschichte.« Katharina gähnte ungehemmt.

Filippos hatte nur mit einem Ohr zugehört und surfte bereits nebenbei im Internet nach den zwei Geschäftsführern der Bauunternehmung, die ihnen die Psará gestern Morgen genannt hatte. »Die Firma scheint es tatsächlich nicht mehr zu geben«, rief er erstaunt und nippte an seinem Kaffee. »Insolvenz in 2011, aber der eine von den beiden scheint zusammen mit einem anderen Compagnon eine neue Firma für Straßenbau gegründet zu haben. Hier ist eine Adresse in Piso Livadi angegeben.« Er notierte sich die Anschrift. »Zu dem zweiten Namen kann ich nichts finden.«

»Gut, dann können wir dort ja anfangen, aber lass uns zunächst die Fakten besprechen, wenn Takis hier ist.« Der Kommissarin war wichtig, dass alle auf dem gleichen Stand waren. »Die restlichen Kollegen möchte ich zum jetzigen Zeitpunkt noch aus dem Fall heraus halten.« Ganz ungewöhnlich für Katharina schon so frühzeitig mit intensiven Ermittlungen zu beginnen, denn bislang gab es noch keine definitive Bestätigung für einen Mord. Ihr Engagement war einzig Angelikis klarer Ansage zu verdanken, bisher hatte sie noch nie falsch gelegen.

Kurz vor acht erschien Takis, und sie zogen sich in den kleinen Besprechungsraum zurück. Katharina begann damit die drängendsten Fragen auf die schwarze Wandtafel zu schreiben: Warum Besuch bei der alten Zisterne? Wie kam Fahrzeug in den Hafen von Parikía? Warum Diebstahl des PC? Was ist dran an den Korruptionsvorwürfe aus 2011? »Zu diesen vier Fragen brauchen wir schnellstens Antworten um der Frage nach dem Tod von Kostas Aristidis auf die Spur zu kommen.« Sie überlegte, ob sie nichts Wichtiges vergessen hatte.

»Was ist mit den Ergebnissen der Obduktion?«, fragte Filippos.

Katharina machte einen Vermerk auf der Tafel. »Die ersten Resultate sollten heute noch vorliegen, wenn Angelikí sich an ihren Zeitplan hält.« Katharina begutachtete ihre Notizen und trommelte mit dem Stück Kreide gegen die Wand. »Dann müssen wir uns unbedingt diesen Kollegen noch einmal vornehmen. An was hat Aristidis gearbeitet?« Sie schaute Takis dabei eindringlich an. »Vernehmt den Kollegen ein zweites Mal. Du hast doch von einem unbekannten Anrufer gesprochen, den dieser Cháris mehrfach an der Strippe hatte. Der seinen Namen nicht nennen wollte.« Sie machte eine weitere Anmerkung auf der Tafel: Unbekannter Anrufer. »Bitte frag da noch einmal genau nach. Und lass dir den Dienstcomputer zeigen. Wenn wir schon seinen privaten PC nicht mehr haben, finden wir ja vielleicht dort einige Hinweise.«

Takis nickte zögerlich, er scheute vor einer erneuten Konfrontation mit diesem arroganten Papadakis zurück, aber ihm würde wohl nichts anderes übrig bleiben. Filippos stimmte Katharinas Vorschlag zu, er selbst würde dem Bauunternehmer in Piso Livadi einen Besuch abstatten. Katharina plante den gesamten Tag im Büro zu verbringen, um auf den Anruf aus der Gerichtsmedizin zu warten. Um vier wollten sie sich dann alle zu einem Informationsaustausch wieder treffen. Eigentlich hätte sie sich in dieser Woche mit weiteren Aufräumarbeiten in ihrem chaotischen Büro beschäftigen müssen, aber ihr Gefühl sagte ihr, dass dieser Fall größere Ausmaße annehmen würde. So ganz falsch lag sie mit dieser Einschätzung nicht.

Die erste Bestätigung dazu erhielt sie gegen Mittag durch einen Anruf aus Athen. Wie immer machte es Angelikí spannend, bevor sie auf den Punkt kam. »Ich hatte mal wieder den richtigen Riecher«, hörte die Kommissarin die markante Stimme ihrer Freundin aus der Hauptstadt. »Ich habe schon gestern, kaum dass ich zurück war, ein paar Untersuchungen gemacht. Das Ganze hat mir keine Ruhe gelassen.« Sie machte eine Pause und nahm einen langen Zug an ihrer Zigarette, die Kommissarin musste sich zwingen ruhig zu bleiben. »Wie ich schon am Tatort vermutet hatte, war Kostas Aristidis schon tot oder zumindest bewusstlos, als er ins Wasser eintauchte« Sie ließ das Gesagte wirken.

»Und?«, platzte Katharina der Kragen. »Nun sag schon! Ich bin nicht eine deiner Studentinnen.«

»Das haben die Checks seiner Lunge und seines Kehlkopfes ganz klar ergeben.« Angelikí reagierte leicht beleidigt.

»Mist, dann hattest du mal wieder Recht«, lenkte die Kommissarin ein, sie wollte ihre Freundin nicht noch weiter verärgern. »Und kann das nicht durch einen Sturz auf der Treppe verursacht worden sein? Vielleicht ist er ja ausgerutscht.« Sie wollte auf Nummer sicher gehen und ein Fremdverschulden ausschließen.

»Mit Sicherheit nicht«, war die prompte Antwort von Angelikí. »In der Wunde am Hinterkopf haben wir Spuren von Rost gefunden. Da muss jemand mit einer Eisenstange kräftig zugeschlagen haben. Du hast es hier mit einem Mord oder wenigstens mit Todschlag zu tun«, unterstrich sie energisch ihre Aussage.

Katharina seufzte, nun hatte sie endlich die Bestätigung.

Am Nachmittag gesellte sich die Nachricht vom Fund des Schließfachschlüssels als weiteres merkwürdiges Detail hinzu. Charis Papadakis hatte sie unmittelbar nach der Entdeckung des Schlüssels darüber informiert, obschon er anfänglich mit dem Gedanken gespielt hatte Recherchen auf eigene Faust zu unternehmen. Der Tod von Kostas Aristidis in der Zisterne nahe Lefkes hatte eine neue Dimension angenommen.

Gegen vier waren alle pünktlich zurück, und die Kommissarin sprach Klartext. »Es handelt sich zweifelsfrei um einen Mord. Und so wie es aussieht, werden wir weitere Unterstützung aus Athen benötigen.« Sie dachte dabei an den Wagen des Toten, der seit seinem Verschwinden unberührt nahe dem Fähranleger in Parikía stand. Katharina hatte vorsichtshalber das Fahrzeug versiegeln lassen, nun da sie Gewissheit hatten, war das ein Fall für die Spurensicherung.

Filippos berichtete von dem Treffen mit dem Bauunternehmer, das ihm jedoch keine verwertbaren Erkenntnisse gebracht hatte. »Der Mann war die ganze letzte Woche in Athen, das habe ich überprüft. Er kommt also für uns als Täter nicht in Betracht«, war die nüchterne Bestandsaufnahme seines Besuchs in Piso Livadi. Zu seinem früheren Geschäftspartner befragt, konnte oder wollte er nichts sagen. »Der scheint nach dem Zusammenbruch der Firma völlig abgerutscht zu sein. Er soll sich irgendwo in Athen aufhalten, man hat aber schon lange nichts mehr von ihm gehört. Da werde ich wohl noch einmal einsteigen müssen.«

Blieb der geheimnisvolle Schlüssel, mit dem Takis aufwarten konnte. Er hatte den Anruf entgegen genommen. »Versteckt unter einem Schreibtisch, nur durch einen Zufall entdeckt«, gab er preis. »Hätten die dort nicht umgeräumt, wäre der vielleicht nie gefunden worden. Alle schauten überrascht auf.

»Das macht doch nur einer, der was zu verbergen hat«, mutmaßte Filippos. »Aber was und vor wem?« Takis blickte ratlos drein. »Vielleicht vor seiner Frau? Es soll doch zwischen den beiden gekriselt haben?«

»Keinen vorschnellen Schlüsse.« Katharina rückte sich ihre Brille zurecht. »Damit machen wir morgen weiter, wir müssen das passende Schließfach dazu finden. Takis bitte übernimm du das.«

Damit waren die nächsten Schritte im Fall Aristidis besprochen und gegen 18:00 Uhr verließen alle gemeinsam die Dienststelle in den Feierabend.

Am Abend hatte sich die Kommissarin mit Filippos und dessen neuer Freundin Irini in Náoussa zum Essen verabredet. Auch wenn ihr der aktuelle Mord nicht mehr aus dem Kopf ging, wollte sie daran festhalten, denn sie freute sich schon die ganze Woche auf ein paar leckere Mezedes bei Vassili. Darauf hatte sie lange verzichten müssen, aber jetzt konnte man dort endlich wieder hingehen. Im Juli und August war daran nicht zu denken. Menschenmassen schoben sich in dieser Zeit durch die kleine Gasse inmitten von Náoussa und versuchten einen der begehrten kleinen grünen Metalltische zu ergattern. Für 21.00 Uhr war reserviert und Dawid würde mitkommen. Er verstand sich blendend mit Filippos, da dieser in der ersten Zeit nach seinem Wechsel von Athen nach Paros, bei Katharina gewohnt hatte.

Vassili hatte ihnen die Ecke direkt an der kleinen Kapelle freigehalten, der beste Platz rund um die urige Ouzerie und ein Magnet für viele Touristen, nachdem verschiedene Reiseportale wie Tripadvisor darauf aufmerksam geworden waren. Filippos saß schon hungrig auf der Steinstufe der Kapelle, eng an sich gedrückt seine neue Flamme. Die Kommissarin musterte das junge Glück aus der Ferne, der Anblick gefiel ihr. Auch Filippos schien in seiner neuen Wahlheimat angekommen zu sein, und sie wusste, dass man zufriedene Mitarbeiter meistens nur dann hatte, wenn auch ihr Privatleben in Ordnung war. Seine neue Liebschaft kannte sie flüchtig aus dem Reisebüro direkt neben dem

Aliportas, in dem sie arbeitete. Mehrfach hatte Katharina dort ihre Fährtickets gekauft. Irini war eine rassige Griechin mit langen schwarzen Haaren, die souverän das Büro schmiss, selbst wenn unzählige drängelnde Touristen ihr Office belagerten. So gar nicht der Typ Frau, mit dem ihr Zögling sonst unterwegs war, bislang hatte sie ihn immer nur mit Blondinen angetroffen. Vielleicht tatsächlich etwas Ernstes, überlegte sie und fragte sich, ob Irini von den zahlreichen Affären Filippos' wusste.

Mit geschickter Hand deckte Michalis, der Sohn von Vassili, die beiden Tische mit den typisch griechischen Papiertischdecken ein und stellte unaufgefordert eine Karaffe Ouzo sowie einen Becher mit Eis auf den Tisch. Es folgten kleine Weingläser und größere für Wasser. Damit waren die beiden spartanischen Tische fast schon voll und es würde wie jedes Mal eine logistische Herausforderung werden, die zahlreich bestellten Speisen dort zusätzlich noch unterzubringen. Die ersten Mezedes wurden gebracht, alle frisch zubereitet auf einem zweiflammigen Gaskocher im Innenraum der Ouzerie, der eher an einen Campingplatz als an ein Restaurant erinnerte. Dahinter regierte den ganzen Abend Vassilis Frau Despina und wirbelte zwischen den einzelnen Zutaten hin und her, um sie in dem winzigen Küchenbereich kulinarisch weiter zu verarbeiten. Zucchinifrikadellen gefolgt von Keftedes, dazu Anchovis in Vinaigrette mit einem großen Bauernsalat ließen die Herzen der Runde höher schlagen, weitere Leckereien sollten folgen. Die große Frage war nur, wo die einzelnen Gerichte auf den winzigen Tischen noch platziert werden sollten. Michalis, davon völlig unberührt, überließ mit aller Seelenruhe seinen Gästen die Aufgabe, Platz für die nachfolgenden Gerichte zu organisieren. Zum Glück hatte die Ecke an der Kapelle noch einiges an Abstellfläche zu bieten und war daher von Stammgästen stets heiß begehrt. Es wurde ein ausschweifender Abend an diesem zauberhaften Ort, an dem man nicht nur gut essen, sondern auch das gesamte Panoptikum der zahlreichen Náoussa-

Besucher beobachten konnte. Ein Modezirkus aus der ganzen Welt wurde hier geboten, dabei fehlten weder der deutsche Sandalenträger mit dicken Wollsocken, noch die Gruppe Chinesen, die alles, was ihnen vor die Linse kam, fotografierten. Der Abend war kurzweilig, es wurde viel gelacht und der aktuelle Mordfall für einige Stunden ausgeblendet. Nur als Irini vom Besuch Georgios' mit einem seiner Pensionsgäste in ihrem Reisebüro berichtete, kippte für einen Moment die Stimmung. Von dem plötzlichen Herztod des Kanadiers in der Villa Lageri hatten sie bislang noch nichts mitbekommen.

DEZEMBER 2012
EUROPAZENTRALE DER AQUATOP AG,
AMSTERDAM, NIEDERLANDE

Das Labor, das Speelmann sich für seine Untersuchungen ausgesucht hatte, lag in einer der vielen Seitenstraßen rund um den Leidseplein, mitten im Herzen von Amsterdam. Das renommierte Institut einer europäischen Laborkette betrieb verschiedene Abteilungen, die allen Fragen der vielschichtigen Auftraggeber gerecht wurden. So gab es den Bereich der Lebensmittel- und Umweltanalytik, eine Spezialabteilung für Bodenuntersuchungen sowie mehrere Feststofflabors, die Metalle und Kunststoffe in ihre Bestandteile zerlegen konnten. Er hatte sich telefonisch angekündigt und musste einige Stationen mit der Tram fahren, um von der AquaTop AG dorthin zu gelangen. In seiner Aktentasche mehrere Muster der bisher von OsmoTec eingesetzten Materialien, sowie die frisch aus China eingetroffenen Alternativprodukte. Rein äußerlich konnte man keinerlei Unterschiede feststellen, er hoffte, dass ihm das auch für die Zusammensetzung der Muster von dem ausgewählten Fachlabor in Kürze bestätigt wurde. Speelmann wollte sich absichern, bevor er den Austausch dieser Produkte einleiten würde. Innerhalb der nächsten zwölf Monate sollte alles umgestellt werden, so war Brünners Vorgabe, und damit würde bereits in den nächsten Tagen begonnen werden. Der Start erfolgte in ausgewählten Testregionen, die von der AquaTop AG sorgsam ermittelt wurden, später würden dann alle weiteren Abnehmer step by step folgen. Für die Auswahl der Regionen hatte sich Dr. Alexander Brünner aus allen Logistikzentren weltweit die aktuellen Lagerbestände schicken lassen. Dort, wo in den nächsten Tagen Neubestellungen anstanden, sollte es losgehen. Ein Standort war das Lager in Bangkok, er hatte es auf der Liste mit einem Edding fett markiert. Der Computer zeigte einen Lagerbestand nahe Null, dort würden die ersten Alternativprodukte eingeführt werden. Bangkok war eine der größten Verteilerstationen, weil von hier aus fast der gesamte asiatische Raum mit allen Komponenten der AquaTop versorgt wurde, dazu gehörte auch Koh Samui. In Europa wurden im Vergleich zu Asien bislang erst wenige Module verkauft, für die nächsten Jahre erwartete man aber einen Boom, ganz besonders auf den Touristen-Inseln in Griechenland. Ein großes Zentrallager, betrieben auf Mykonos, befand sich noch im Aufbau, von dort aus plante man alle anderen Inseln mit den Produkten der AquaTop AG zu bedienen. Auch diesen Standort hatte Brünner mit einem Filzmarker auf der Liste angestrichen.

Das Labor, das Speelmann beauftragt hatte, sollte die jeweiligen Produktmuster miteinander vergleichen, sowohl was ihre Inhaltsstoffe, als auch was deren physikalischen Eigenschaften betraf. Als erste Informationsquelle diente den Chemikern dazu ein Ausdruck der Sicherheitsdatenblätter und das Zertifikat einer Materialprüfanstalt, das Speelmann für alle Produkte mitgeliefert hatte. Mit diesen Basisinformationen konnten die umfangreichen Analysen begonnen werden. Es eilte, und er drängte auf ein schnelles Ergebnis, was zur Folge hatte, dass man von ihm einen Blitzzuschlag verlangte. Innerhalb von 24 Stunden würde dann – so die Laborleiterin – der Analysenbericht vorliegen. Das war ihm die Sache wert, denn er wusste, wie Brünner tickte. Seitdem der ehrgeizige Manager die Zahlen gesehen hatte, war er nicht mehr aufzuhalten, und es bedurfte schon starker Argumente, ihn von seinem eingeschlagenen Kurs abzubringen.

So wartete Speelmann am darauffolgenden Tag ungeduldig auf den Bericht des Instituts. Kurz vor Dienstschluss war er schon geneigt dort anzurufen, wozu hatte er überhaupt den Eilzuschlag bezahlt, als die mit Spannung erwartete Mail bei ihm einging. Mit einem Doppelklick öffnete er die angehängte PDF-Datei. Schnell überflog er die Gegenüberstellung der Ergebnisse. Dort stand es Schwarz auf Weiß. Er war zutiefst beunruhigt. Eilig machte er sich auf zu Brünner. Es brannte noch Licht, er musste also noch da sein. Ohne zu zögern öffnete er die Tür zu dessen Büro.

»Speelmann, so spät noch aktiv?« Brünner musterte ihn mit einem abschätzigen Blick, vor ihm die Liste mit den weltweiten Logistikzentren. »Was führt Sie zu mir? Ich habe wenig Zeit, kann das nicht bis morgen warten?« Er blätterte unbeeindruckt weiter in einem Aktenordner.

»Die Zeit sollten Sie sich nehmen.« Speelmanns Ton war scharf, ungewöhnlich scharf, und Brünners Augen blitzten gefährlich auf. Dann hörte er sich ohne jegliche Regung die Ausführungen seines aufgebrachten Mitarbeiters an, nur das Zucken seiner Backenmuskulatur zeugte von seiner Anspannung.

Speelmann war sein Anliegen los und noch etwas erschrocken über seine direkte Art, als Brünner zornig aus seinem Stuhl hochschnellte und eiskalt sagte: »Es war Ihr Kontaktmann. Es war Ihre Berechnung. Dahinter steht Ihr Name.« Er fixierte seinen Mitarbeiter, seine Augen sprühten Feuer. »Wir können hier nicht mehr zurück. Ich erwarte von Ihnen, dass Sie eine Lösung finden.« Er beugte sich weit nach vorne, und mit einem bedrohlichen Unterton flüsterte er: »Ändern Sie den Prozess oder was auch immer, lassen Sie sich etwas einfallen! Ich verlasse mich auf Sie, Speelmann. Und jetzt lassen Sie mich alleine, ich muss eine wichtige Telefonkonferenz führen.« Er setzte sich wieder an seinen Schreibtisch und begann, als wäre nichts gewesen, sich in besagte Konferenz einzuwählen.

Speelmann stand noch ein paar Sekunden wie erstarrt in Brünners Büro, trat dann aber unfähig einen klaren Gedanken zu fassen den Rücktritt an. Er schwitzte, obwohl es kalt war an jenem Dezembertag in Amsterdam, und plötzlich überfiel ihn wieder diese unsägliche Müdigkeit. Deprimiert und verzweifelt fuhr er nach Hause, wo ihn, wie schon so oft in der letzten Zeit, ein schwarzes Loch erwarten sollte. Was sollte er bloß tun, Brünner hatte ihn in der Hand und das wusste dieser Verbrecher ganz genau. Schon auf dem Heimweg graute ihm vor der bevorstehenden Nacht, stundenlanges Herumwälzen und Grübeln war wieder einmal vorprogrammiert. Seine Wut gegenüber Brünner war kaum noch zu zügeln. Er musste dringend etwas unternehmen, das konnte er auf keinen Fall so akzeptieren. Er fasste den Plan, die betroffenen Kunden über die kurzfristige Umstellung zu informieren. Die Kontaktpersonen konnte er sich aus der Kundendatei besorgen, um sie dann in einer Mail über das Vorhaben der AquaTop zu benachrichtigen. Für den bevorstehenden Jahreswechsel hatte er sich eine Auszeit genommen, er wollte in Ruhe darüber nachdenken. Nachdenklich griff er nach einem starken Schlafmittel und fiel in einen traumlosen Schlaf.

Brünner, der die Telefonkonferenz nur vorgetäuscht hatte um Speelmann los zu werden, war fassungslos. Wie konnte dieser kleine Angestellte es wagen, die gerade erst präsentierten Fakten nach so kurzer Zeit in Frage zu stellen? Es brodelte gewaltig in ihm. Vor lauter Wut hatte er ein Trinkglas auf den Boden geschmettert und die Splitter minutenlang mit seinen Schuhen traktiert. Abweichungen jedweder Art konnte und durfte er nicht zulassen, er musste abliefern, was er präsentiert hatte. Der Gedanke, die kalkulierten Einsparpotentiale nach unten zu korrigieren, bescherte ihm heftige Schweißausbrüche, sein Herz begann zu rasen. New York – Headquarter – ganz oben, nur das hatte er im Blick. Speelmann würde er schon in den Griff bekommen.

GEORGIOS APOSTOLÓPOULOS
NÁOUSSA, PAROS

Louis hatte den nervigen Wecker schon zwei Mal abgestellt und schmiegte sich ein letztes Mal eng an seinen Partner. Er wollte noch nicht aufstehen, obwohl die Uhr bereits kurz nach sechs zeigte. Ein leises Klirren aus der Küche verriet, dass Sophia bereits in ihrem Refugium herum werkelte. In der Villa Lageri war wieder Normalität eingekehrt, und für Mitte September waren sie noch gut gebucht. Ihr Plan schien aufzugehen, die meisten ihrer Gäste kamen über Mundpropaganda. In den ersten Wochen hatten sie sich schwer getan, was den Arbeitsablauf in ihrer Pension betraf, mittlerweile waren sie ein eingespieltes Team und jeder wusste, was er zu tun hatte. Für sie beide blieb fast keine Zeit, aber das würde sich ab Ende Oktober wieder ändern, wenn die letzten Touristen Paros verlassen hatten. Nicht eine Sekunde hatten sie ihre gemeinsame Entscheidung bisher bereut, für große Überlegungen in diese Richtung fehlte aber auch schlichtweg die Muße.

»An was denkst du?« Louis, dem das Verhalten Georgios' schon länger aufgefallen war, löste sich widerwillig aus der Umarmung seines Lebensgefährten. »Du wirkst die letzten Tage so nachdenklich.« Er schwang sich aus dem Bett und zog langsam das Laken weg.

»Mir geht einfach die Sache mit Mark nicht aus dem Kopf, und ich muss das dringend klären.« Georgios Stimme war schläfrig aber entschlossen, er folgte Louis ins Bad. In der Tat plante er schon länger Dr. Spanopoulos auf die Parallelen in Márpissa anzusprechen. Er musste das für sich tun, um endlich wieder zur

Ruhe zu kommen. Er nahm sich fest vor, noch heute den Mediziner anzurufen. Georgios war sich zwar unsicher nach was er fragen sollte, aber sein Bauchgefühl riet ihm zu einem Besuch bei den Leuten, die laut Spanopoulos unter den gleichen Symptomen gelitten hatten.

Sophia wirbelte schon durch die Küche, es musste Frühstück für acht Feriengäste zubereitet werden, und ihre beiden Chefs hatten auch noch nichts gegessen. Tomaten, Gurken, Oliven sowie der stets frisch angemachte Frühstücksfeta, den sie schon zu Lebzeiten ihrer früheren Chefin Maroula Apostolopoúlou jeden Morgen zubereitet hatte, waren stets auf dem reichlich gedeckten Tisch zu finden. Daneben bot sie verschiedene, den Essgewohnheiten der internationalen Gäste entsprechende Lebensmittel an. Es war für alle etwas Passendes dabei, und die Urlauber lobten das mit Liebe hergerichtete Frühstücksbuffet. Offiziell gab es Frühstück bis 11:00 Uhr, aber auch für Spätaufsteher hatte Sophia ein Herz. Gegen 13:00 Uhr kehrte in der Regel etwas Ruhe ein, Zeit zum Verschnaufen, wenn die Urlauber zum Strand oder zu anderweitigen Aktivitäten aufgebrochen waren.

Georgios nutzte die Zeit und tippte die Nummer von Dr. Spanopoulos ein. Er war nervös, sein Verhältnis zu dem früheren Leibarzt seiner Mutter war immer noch belastet, und er war nicht sicher, wie dieser reagieren würde. Der Arzt hob ab, und noch bevor Georgios sein Anliegen überhaupt vorbringen konnte, erkundigte er sich nach dem Wohlbefinden in der Villa Lageri. Georgios entspannte sich. »Es scheint, dass wir alles gut überstanden haben, dank Ihres schnellen Eingreifens.« Dann kam er auf den Punkt. »Ich hoffe, den Erkrankten in Márpissa, geht es ähnlich.« Er wartete gespannt auf eine Bestätigung des Doktors. Oder gab es dort auch Tote? Dieser Gedanke belastete ihn schon länger.

»Mittlerweile geht es den Patienten auch dort wieder besser.« Georgios hörte die Erleichterung in Spanopoulos‘ Stimme. »Aber die Hausherrin des Hofes hat ein paar Tage im Krankenhaus verbringen müssen. Ich war gestern noch da.«

Georgios atmete auf. »Dann können Sie mir bestimmt weiter helfen. Ich würde gerne Kontakt zu den Betroffenen in Márpissa aufnehmen und brauche die Adresse.«

Spanopoulos schien irritiert, erkannte aber Georgios Anliegen. »Wie ich schon sagte, habe ich alles hinterfragt, konnte aber leider keinen gemeinsamen Nenner erkennen.« »Was gedenken Sie weiter zu unternehmen?«

»Ich habe noch keine Idee, aber ich muss es tun um endlich Gewissheit zu finden.«

Ein lauter Seufzer schallte durchs Telefon. »Gut, das kann ich verstehen, auch wenn ich nicht glaube, dass es etwas bringt.«

Georgios empfand seine Reaktion eher belehrend als verständnisvoll.

»Es handelt sich um die Familie Stella und Stavros Sifakias, bestellen Sie ihnen einen schönen Gruß von mir!« Spanopoulos legte auf.

Nur wenig später wählte Georgios die Nummer der Familie Sifakias. Er sei auf der Suche nach Parallelen, berichtete er von dem Vorfall in der Villa Lageri. Stavros, zunächst irritiert von Georgios' Anliegen, sagte schnell jede Unterstützung zu, sie seien ja schließlich eine Schicksalsgemeinschaft, und sie vereinbarten ein Treffen in dem circa neun Kilometer entfernten Márpissa für den Nachmittag.

Das verschlafene Nest mit seinen 500 Einwohnern lebte fast ausschließlich von der Landwirtschaft, einzelnen Gehöfte lagen weit verstreut um den eigentlichen Ortskern. So auch der Hof von der erkrankten Familie. Der Empfang war herzlich. Stella, seit zwei Tagen aus der Klinik entlassen, bereitete sofort einen Frappé zu.

»Das war eine verdammt harte Woche. Für uns alle«, begrüßte die gedrungene immer noch recht blass aussehende Frau ihren

Besucher. Doch ihre fröhlichen Augen funkelten vor Zuversicht. Stella Sifakia wirkte nicht wie eine Frau, die man so schnell unterkriegen konnte. Sie zog sich ihre Schürze aus und stellte einen Teller mit Gebäck auf den Küchentisch. »Zum Glück haben uns unsere Nachbarn geholfen, während ich im Krankenhaus war.« Sie zeigte durch das Fenster auf ein in größerer Entfernung stehendes Gehöft. »Das ganze Vieh musste versorgt werden. Und ob das wirklich nötig war mit dem Krankenhaus...« Sie verdrehte die Augen.

»Der Doktor hat das schon richtig entschieden«, schaltete sich resolut der Hausherr ein. Seine Frau machte eine abwehrende Handbewegung. »Und zum Glück hat uns Dr. Spanopoulos ja wieder hin gekriegt. Auf den Mann ist Verlass!«, lobte er und strich sich über seinen rundlichen Bauch. Stavros Sifakias, den es nicht so schlimm erwischt hatte, trug ähnlich wie seine Gattin ein paar Pfund zu viel auf den Rippen und sein blauer Arbeitsanzug zeugte davon, dass er schon wieder voll im Arbeitsleben stand.

Georgios hatte auf einem kleinen Zettel alle Fragen vorbereitet, die er nun endlich loswerden konnte. Akribisch fragte er ab, welche Lebensmittel sie gegessen hatten, die nicht aus dem eigenen Garten geerntet worden waren und glich seine Liste mit der des Bauern ab. Außerdem fragte er, wo und wann sie während dieser Zeit auswärts gegessen oder getrunken hatten. Stavros lachte laut los.

»Wir sind arme Leute, wir gehen so gut wie nie auswärts essen, höchstens auf einen Kaffee ins nahegelegene Kafenion. Außerdem kocht Stella viel zu gut.« Ein Klaps auf den prallen Po seiner Frau unterstrich seine Aussage.

Georgios konnte wie schon Spanopoulos vor ihm keine Gemeinsamkeiten ausmachen, auch nicht, als er danach fragte, wo sich die Familienmitglieder vor der Infektion aufgehalten hatten, um hier eventuelle Übereinstimmungen zu entdecken. Er gab schließlich enttäuscht auf und schlenderte zurück zu seinem

Wagen, den er etwas abseits vor dem Hof geparkt hatte. Auf dem Weg dorthin passierte er einen kleinen Schuppen, aus dem ein leises Schnurren zu hören war, so als liefe ein Generator. Das Geräusch kam ihm seltsam vertraut vor. Er wusste aber in diesem Moment nicht woher.

PROF. DR. SOTÍRÌOS KOURZOUNÁRIS
ATHEN, KAPODISTRIAS UNIVERSITÄT

Ein Doktorand, den Sotírios seit gut sechs Monaten betreute, war schon im Labor, als er gegen 08:30 Uhr in der Uni eintraf. Das längst überfällige Analyseprogramm zu den Produktmustern seines Schulfreundes Kostas Aristidis sollte an diesem Morgen besprochen werden. Der hatte sich zu der Angelegenheit immer noch nicht bei ihm gemeldet, und langsam kam dem Chemiker die ganze Angelegenheit seltsam vor. Irgendetwas stimmte hier nicht, er konnte doch unmöglich diese, wie er geschrieben hatte, »brisante Sache« vergessen haben. Die beiden Naturwissenschaftler brauchten dringend noch ein paar ergänzende Angaben, besonders zu den beiden Metallproben, die er ihm geschickt hatte. So einfach ins Blaue hinein konnte er keinen Analyseauftrag an das auf Feststoffuntersuchungen spezialisierte Nachbarlabor weiter geben, es bedurfte vorher eines klärenden Gesprächs mit seinem Bekannten. Was genau sollte da verglichen werden? Die Legierung oder vielleicht die Temperaturbeständigkeit? Viele unterschiedliche Ansätze fielen ihm dazu ein, aber das würde Kostas ihm sicher sagen. Schon häufig hatte Sotírios in den letzten Jahren ein paar Wasseranalysen für den Behördenvertreter durchgeführt, doch vorher hatten sie immer telefonisch besprochen, was gemacht werden sollte, auf dem kleinem Dienstweg, ohne großen bürokratischen Aufwand. Vielleicht hatte er den Anruf ja auch einfach nur verpasst.

Er überlegte einen Moment, was er tun sollte und suchte in seinem Rechner nach der Büronummer von Kostas. Es war schon wieder einige Zeit her, dass er mit seinem alten Kameraden telefoniert hatte, und ab und zu kam der auch selbst nach Athen, wenn er dringende Bankgeschäfte zu erledigen hatte. Was das genau war, wusste Sotírios nicht, darüber hatte sich Kostas nie ausgelassen. Der Ruf ging durch, es dauerte aber eine ganze Weile, bis jemand abhob.

»Ne, Parakaló«, meldete sich ein Mann, dessen Stimme ihm bekannt vorkam, aber es war nicht die von Kostas. Flink überprüfte Sotírios die gewählte Nummer im Display und verglich sie mit seinem Eintrag.

»Ich scheine eine falsche Nummer zu haben ...« Er war verunsichert. »Ich wollte Kostas Aristidis sprechen, hat er vielleicht eine neue Telefonnummer?« Sotírios wartete auf eine Antwort, doch es tat sich nichts. »Hallo!? Ich habe gefragt, ob Kostas Aristidis eine neue Nummer hat?«

»In welcher Angelegenheit wollen Sie ihn denn sprechen und wer sind Sie?«, fragte der unbekannten Mann aus Parikía in einem sonderbaren Ton und jetzt erkannte Sotirios die Stimme von Kostas' Arbeitskollegen Charis, den auch er noch flüchtig aus der gemeinsamen Schulzeit kannte.

» Ich bin es, Sotirios, du weißt schon«, erwiderte er. »Und ich würde wirklich gerne mit Kostas sprechen.«

»Kostas Aristidis ist tot!« Die Nachricht traf den Chemiker wie einen Keulenschlag. Ermordet! »Seitdem liegen bei uns hier die Nerven blank, wie du dir sicher vorstellen kannst.« Sotírios spürte wie ihm das Blut aus dem Gesicht wich, seine Beine schienen zu versagen, und er ließ sich rückwärts in seinen alten Schreibtischstuhl fallen.

»Ermordet ...«, flüsterte er.

»Ja, es ist furchtbar und die Polizei sucht fieberhaft nach einem Motiv. Mich hat man auch schon mehrfach verhört.« Charis, schilderte dem verstummten Anrufer, wie er Kostas gefunden hatte. Sotírios hörte sich schweigsam die Ausführungen des Beamten an, seine Gedanken schweiften unwillkürlich zurück in seine Kindheit, die er lange Zeit zusammen mit Kostas verbracht hatte. Er war fassungslos als Cháris Papadakis mit seinen Schilderungen fertig war, die Nachricht, dass ihr gemeinsamer Schulfreund ermordet worden war, machte ihn unendlich traurig. Er bedankte sich bei dem Beamten, legte auf und spielte mit dem Gedanken Kostas' Frau Marika anzurufen. Wer konnte so etwas tun? Wer hatte es auf einen normalen Beamten abgesehen'? Dann fiel ihm plötzlich ein, dass Angelikí am Wochenende auf Paros gewesen war. Sie musste von dem Vorfall etwas mitbekommen haben, zumal sie ihre alte Freundin, Kommissarin Waldmann, besucht hatte. Er sprang auf und der angehende Doktor der Chemie, der seit geraumer Zeit auf Anweisungen zu dem geplanten Analysenprogramm wartete, zuckte erschrocken zusammen.

»Das mit den Analysen muss warten. Es ist etwas Unvorhergesehenes dazwischen gekommen«, rief er ihm über die Schulter hinweg zu und verschwand aus dem Labor. Er brauchte frische Luft nach diesem Schock, lief hinaus aus dem Gebäude und wählte unverzüglich Angelikís Nummer. Nervös wartete er darauf, dass sie den Anruf entgegen nahm, aber es sprang nur die Mailbox an. »Verdammt«, zischte er ungehalten, sollte sie bei einer Autopsie sein, konnte es dauern, das wusste er nur allzu gut. Er beschloss eine Nachricht zu hinterlassen, bat um dringenden Rückruf und schlug ein Restaurant in Glyfada vor, in dem sie sich zum Mittagessen treffen könnten. In dem Vorort von Athen hatte er am späten Nachmittag noch einen Termin in seinem Tauchclub, und er würde heute sowieso früher frei machen, nach dieser Horrormeldung. Der Tod von Kostas hatte seinen ganzen Terminplan durcheinander gewirbelt. Er hatte noch eine Vorlesung, die er unmöglich absagen konnte, danach würde er sich für heute verabschieden.

Aufgewühlt ging er zurück ins Unigebäude zu dem großen Hörsaal, der bereits gut gefüllt war. Der Chemiker war beliebt bei seinen Studenten und seine anschaulichen Vorlesungen waren immer gut besucht. Stets darum bemüht ein praktisches Beispiel zu präsentieren, hangelte er sich locker selbst durch trockene Themen, und die gab es, weiß Gott, zu Genüge in einem Chemiestudium. Heute war das anders, sein Blick war finster und nach einer knappen Begrüßung stieg er sofort in das Thema der Analytischen Chemie ein. Die Stimme des Dozenten klang monoton und müde, er wollte nur fertig werden. Während der Pausen schaltete er ständig sein Handy ein, in der Hoffnung, dass Angelikí sich zwischenzeitlich gemeldet hatte. Dann traf sie endlich ein, die lang erwartete SMS: »*Komme gegen 13:00. Habe viel zu erzählen. Bis gleich.*«

Kurz vor halb Eins hatte der letzte Student den Hörsaal verlassen, und der Chemiker lief schnell zu seinem Büro um seine Tasche zu holen. Voller Ungeduld bewegte er sich durch das Unigebäude in Richtung des großen Parkplatzes, wo er seinen alten Volvo V70 Kombi geparkt hatte. Ein ideales Gefährt, wie er befand, obwohl der schwere Wagen mittlerweile schon zwölf Jahre auf dem Buckel hatte. In dem großzügigen Ladebereich hatte er stets einsatzbereit seine komplette Tauchausrüstung untergebracht, was ihm viel Platz in seiner kleinen Wohnung einsparte. Wenn alles glatt lief, würde er gegen Eins den südlich von Athen gelegenen Vorort Glyfada erreichen, der wegen seiner bevorzugten Lage am Meer und seiner eleganten Cafés und Restaurants zu einer der begehrtesten Wohnlagen in Athen gehörte. Als Ort der »Schönen und Reichen« wurde dieser Stadtteil auch gerne bezeichnet und mit seinem modernen Jachthafen bildete er einen Hauptort an der Attischen Riviera.

Schnell hatte Sotírios das Unigelände verlassen und steuerte den Volvo geschickt durch die geschäftigen Straßen von Athen. Der Verkehr war kollabiert, und er brauchte fast eine Viertelstunde, bis er die mehrspurige Posidonos erreicht hatte. Es wurde langsam eng, wenn er noch pünktlich zu ihrem Treffen erscheinen und Angelikí nicht zu lange warten lassen wollte. Die breite

Ausfallstraße bot jetzt jedoch Gelegenheit mit höherer Geschwindigkeit zu fahren, und Sotírios lenkte den großen Wagen hupend und mit riskanten Überholmanövern in Richtung Küste. Kein Stop and Go mehr, sondern Tempo war jetzt angesagt. Immer wieder, so wie es der Verkehrsfluss zuließ, beschleunigte er das Fahrzeug und seine Geschwindigkeit betrug zwischen 70 und 100 Km/h. Unterbrochen wurde seine kühne Raserei nur von starken Bremsmanövern, wenn vor ihm ein langsamer fahrendes Auto auf die linke Spur ausscherte. Er hatte schon die Hälfte der Strecke hinter sich gebracht, war in Gedanken schon ganz bei Angelikí, als es geschah. Der Chemiker hatte seinen Wagen gerade wieder beschleunigt, als ganz plötzlich vor ihm ein Golf die Fahrbahn wechselte. Fluchend trat er heftig auf das Bremspedal und erstarrte. Leere, einfach nur Leere tat sich auf, obwohl sein Fuß mit aller Macht das Pedal malträtierte. Hektisch trat er ein weiteres Mal das Bremspedal durch, doch wieder gab es keine Reaktion. Sein Körper wurde von Wellen heftiger Adrenalinausschüttungen überflutet. Nichts schien den alten Volvo stoppen zu können. Sotírios verlor zunehmend die Kontrolle über sein Fahrzeug. Eine panische Lenkbewegung ließ den Wagen gegen die linke Leitplanke schlittern. Dann schleuderte der Wagen quer über die drei Fahrspuren auf die, auf dem Mittelstreifen stehenden Platanen zu.

KATHARINA WALDMANN
PARIKÍA, PAROS

Filippos hatte einiges zu erzählen im Fall Kostas Aristidis, es gab Neuigkeiten zu dem zweiten Bauunternehmer, der seit der Pleite seiner Firma wie vom Erdboden verschluckt war. »Ich habe mit seiner Schwester gesprochen, die lebt hier auf Paros, in Pródomos«, leitete er seinen Bericht ein und wedelte mit seinen Aufzeichnungen. »Abgetaucht soll er sein, der gute Mann, nachdem er bei ein paar Demonstrationen aufgefallen war. Soll sich der Syriza-Partei angeschlossen haben. Scheint fasziniert zu sein von Alexis Tsipras.«

Katharina warf ihren Kopf in den Nacken. »Politisch aktiv! Daran ist doch zunächst nichts Verwerfliches. Sagt jemandem sein Name denn etwas?« Sie schaute in die Runde.

»Nein, Fotis Nikiforos, so heißt der Gute. Habe ich vorher noch nie gehört, aber wie gesagt, er soll schon mehrfach durch seine äußerst radikale Vorgehensweise bei einigen Demos aufgefallen sein. Das sagt auf jeden Fall seine Schwester.« Er schaltete seinen Rechner ein. »Ein Hitzkopf sei er immer schon gewesen, aber jetzt mache sie sich richtige Sorgen. Seit der Insolvenz seiner Firma habe sich ihr Bruder total verändert.« Ein Bild baute sich auf seinem Display auf. »Die müssen viel Geld in die Firma investiert haben, um den geplanten Neubau des Flughafens stemmen zu können. Waren sich ziemlich sicher, dass sie den Auftrag bekommen.« Filippos drehte sein Notebook in Richtung seiner Kollegen und zeigte ein Foto des Gesuchten.

Die Kommissarin war neugierig geworden. »Radikale Vorgehensweise? Was versteht man denn darunter?« Sie musterte den Mann auf dem Bildschirm eine Weile.

»Na, er soll wiederholt mit Pflastersteinen geworfen haben, und das wird wohl noch ein Nachspiel haben, wenn sie ihn denn kriegen.«

»Kommen wir nochmal zu dem Flughafenneubau. Wie weit ist eigentlich das Projekt?« Sie biss genüsslich in einen Apfel.

»Wenn das einer genau wüsste ...«, meldete sich Takis mit ironischem Unterton. »Die Planung läuft schon einige Jahre und wurde immer wieder gestoppt, aber seit gut einem Jahr wird wieder daran gearbeitet.« Takis schien über den Stand gut informiert zu sein. »Es gibt viele Paroaner, die sich schon lange einen größeren Flughafen wünschen, damit größere Flieger landen können und mehr Touristen kommen, aber auch wegen der Sicherheit. Die alte Landebahn ist viel zu kurz.«

Die Kommissarin schaute interessiert auf.

»Voll beladen können die Flieger nur ganz selten landen, nur dann wenn es vollkommen windstill ist«, erklärte Takis. »Doch es gibt auch viele Insulaner, die einen größeren Flughafen ablehnen, weil sie dadurch große Veränderungen auf Paros befürchten.«

Katharina biss wieder in ihren Apfel. »Wird er denn jetzt gebaut, oder nicht?« fragte sie nach.

»Es scheint so, aber es gibt widersprüchliche Meldungen in welchem Umfang, besonders was die Länge der Start- und Landebahn betrifft. Neueste Gerüchte besagen, dass die neue Bahn mehr als 2100 m lang werden soll und das würde bedeuten, dass dort die gleichen Flieger wie auf Mykonos und Santorin landen könnten.«

»Das wäre ja schrecklich, die ganzen Pauschaltouristen....«, prustete Katharina mit vollem Mund.

»Andererseits hält sich hartnäckig die These, wonach in einer Entfernung von 100 Meilen zum Athener Flughafen kein neuer internationaler Flughafen gebaut werden darf. Hängt wohl mit dem Vertrag der bewirtschaftenden Firma ›Hochtief‹ zusammen.« Er zuckte mit den Schultern.

»O.K.! Das werden wir hier und jetzt nicht klären«, lenkte die Kommissarin das Gespräch zurück zum Fall. »Aber wenn eindeutig Gewaltpotential bei dem Mann vorhanden ist, dann solltest du da weiter dran bleiben. Bitte überprüfe, wo der Krawallmacher am Todestag von Kostas Aristidis war.«

Sie war aufgestanden und machte einen weiteren Vermerk auf der Übersichtstafel: Alibi von Fotis Nikiforos prüfen.

Dann legte Takis den gefundenen Schließfachschlüssel auf den Besprechungstisch, die gesamte Mannschaft wartete gespannt auf seine Erläuterungen.

»Ich kann nicht viel Neues berichten«, dämpfte er direkt die hohen Erwartungen. »Weder Cháris Papadakis noch Kostas‘ Frau Marika scheinen von dem geheimnisvollen Schlüssel etwas gewusst zu haben.«

Filippos nahm den Schlüssel in die Hand und betrachtete ihn von Nahem. »Aber du bist dir ganz sicher, dass es sich um einen Schließfachschlüssel handelt? Und wenn ja, welches Schließfach kommt da überhaupt in Frage?«

»Genau«, Xenia lächelte, ihr lag die gleiche Frage auf der Zunge. »Ich kenne Schließfächer entweder vom Bahnhof oder von einer Bank.«

Takis seufzte tief und blickte in die Runde. »Sigá, sigá, ganz untätig war ich ja nicht. Ich habe mich bei der Filiale der Alpha Bank einmal schlau gemacht. Ihr wisst, die Alpha Bank ist mit ihren fast 600 Niederlassungen in ganz Griechenland eine der größten Banken und die Filiale in Parikía ist in unmittelbarer Nähe zur Polizeistation angesiedelt. Dort hat man mir ganz klar bestätigt, dass es sich um den Schlüssel zu einem Bankschließfach handelt. Nur...« Er unterbrach seine Ausführungen, schaute allen in die Augen. »Hier auf Paros kennt man keine Bank, die überhaupt einen solchen Service anbietet. Das Schließfach muss sich also irgendwo anders befinden. Ich tippe auf Athen.«

Katharina schlug mit der Faust auf den Tisch. »Das wäre ja auch zu einfach gewesen. Hast du sonst noch etwas heraus bekommen?«

»Laut Aussage des Bankmitarbeiters muss es einen Mietvertrag dazu geben, ohne den wird kein Schlüssel heraus gegeben. Das habe ich Marika Psará mit auf den Weg gegeben. Sie möge bitte alle Unterlagen ihres verstorbenen Gatten durchforsten und danach suchen. Auf die Antwort warte ich jetzt.«

Die Kommissarin blickte etwas ratlos zu ihrem Team. »Gut, Takis, dann warten wir das Ergebnis zunächst einmal ab. Falls sich nichts findet, sollten wir ein Foto mit dem Schlüssel und dessen Nummer an alle Banken in Athen schicken in der Hoffnung, dass Aristidis das Schließfach in der Hauptstadt angemietet hat. Ansonsten sehe ich schwarz.« Für die Kommissarin war dieses Thema erst einmal erledigt. »Bleibt noch der unbekannte Anrufer, der mit dem gebrochenen Englisch«, wechselte sie zu der nächsten Notiz auf der Tafel. Wieder waren alle Blicke auf Takis gerichtet, er hatte darüber schon mehrfach mit Cháris Papadakis gesprochen. Richtig voran war er allerdings dabei nicht gekommen. »Fremd soll er sich angehört haben und ich habe bereits bei OTE – der Griechischen Telefongesellschaft – veranlasst, alle eingegangenen Telefonate an den betreffenden Tagen zu rekonstruieren. Musste mir dazu eine Genehmigung von der Bezirksverwaltung in Ermoupoli einholen.«

Filippos nippte an seinem Frappé. »Manchmal ist die umstrittene Vorratsdatenspeicherung ja doch zu was Nutze, oder?«, bemerkte verächtlich.

»Wir werden sehen, ob was dabei herauskommt. Auf jeden Fall hat mir OTE bestätigt, dass alle Anrufe bis zu sechs Monate gespeichert werden, und da müssten die doch etwas finden.«

Auch in diesem Punkt war also Geduld angesagt, aber so war nun einmal polizeiliche Ermittlungsarbeit. Puzzleteil für Puzzleteil mussten die einzelnen Informationen zusammengetragen werden und das konnte einige Zeit in Anspruch nehmen. Für den heutigen Tag waren nun alle Teammitglieder auf dem neuesten Stand und nachdem Katharina noch von dem Eintreffen der Spurensicherung aus Athen berichtet hatte, löste sie die Besprechung auf. Das Fahrzeug von Kostas Aristidis sollten sich die Kollegen aus Athen genauer ansehen. Es war immer noch nicht geklärt, wie der Wagen in den Hafen nach Parikía gelangt war, und sie erhoffte sich durch die Spurensicherung neue Erkenntnisse. Die Kommissarin zog sich in ihr Büro zurück um ihre Gedanken zu sortieren. Es gab verdammt viele offenen Fragen, zu viele, wie sie uneingeschränkt zugeben musste. Ihr ging das alles zu langsam.

Unvermittelt klingelte ihr Telefon und sie wurde mit einer schockierenden Nachricht aus ihren Gedanken gerissen.

JANUAR 2013
EUROPAZENTRALE DER AQUATOP AG,
AMSTERDAM, NIEDERLANDE

Henrik Speelmann hatte den Silvesterabend bei seinen Eltern an der Küste in Zandvoort verbracht und ein paar Tage angehängt um seine Überstunden abzufeiern, aber auch, um endlich wieder einen freien Kopf zu bekommen. Der endlose Strand mit seiner kalten frischen Nordseeluft hatte ihm schon immer gut getan, und seine Energiereserven füllten sich von Tag zu Tag. Die arbeitsfreie Zeit hatte ihn in seinem Entschluss gefestigt, die Betreiber der Entsalzungsanlagen über die bevorstehenden Änderungen zu unterrichten, und am 14. Januar war sein erster Arbeitstag im neuen Jahr.

Henrik Speelmann war einer der Ersten, der die Firmenzentrale an diesem Morgen betrat. In seinem Kopf kreiste nur ein Gedanke, und das war die Liste der Kunden, bei denen man mit der Umstellung auf die billigeren Alternativprodukte beginnen wollte. Die Mitteilung musste schnellstens raus, denn er wusste, dass bereits im Dezember Austauschaktionen stattgefunden hatten. Einige dieser Kunden kannte er bereits von früheren Gesprächen oder Verhandlungen, in denen AquaTop als privater Trinkwasserversorger in Erscheinung getreten war, dazu gehörten auch einige Behördenvertreter aus Griechenland. Damit würde er beginnen, an die restlichen Kontaktdaten würde er über eine umfangreiche Auswertung ihres CRM-Programms gelangen. Dort wurden alle Kundeninformationen sorgfältig gesammelt.

Schnell holte er sich aus der Kaffeeküche einen starken Kaffee, er brauchte einen Muntermacher, dann schaltete er sein Notebook ein. Sein Rechner war extrem langsam an diesem Morgen, so als wäre auch der für einige Tage in Urlaub gewesen, aber das passierte häufiger. Wahrscheinlich gab es wieder einmal Probleme mit dem Server. Wartend starrte Speelmann auf den Bildschirm. Er war extra früher aufgebrochen, damit er vor dem Eintreffen seiner Kollegen mit der Auswertung fertig war, doch der Rechner hing. Es tat sich nichts. Er brach den Bootvorgang ab, startete den Computer erneut und endlich erschien die Eingabemaske, die sein Passwort verlangte. Blind gab er sein Kennwort ein und begann mit der Suche nach den Kundenadressen. Während er an diese Standorte die Information über den Austausch verschicken würde, konnte die geplante Auswertung im Hintergrund laufen, das würde einige Zeit in Anspruch nehmen. Er öffnete das umfangreiche CRM-Programm, ein eigens für die AquaTop entwickeltes Vertriebsprogramm, in dem alle Informationen zu jedem einzelnen Kunden zusammen liefen. Dieses Programm stand allen Vertriebsmitarbeitern zur Verfügung und war das Herzstück für deren tägliche Vertriebsarbeit. Ein exzellentes Werkzeug für die tägliche Besuchsplanung der Vertriebsmitarbeiter, aber auch für das aktuelle Kundenprofil um abweichendes Bestellverhalten oder vorliegende Kundenbeschwerden schnell zu erkennen. Neben dem vertrieblichen Teil des Programms gab es noch ein Auswertemodul, das wiederum aber nur einem ausgewählten Managerkreis zugänglich war. Es diente zur Analyse der Vertriebsaktivitäten und der Kundenhistorie. So konnte man den gläsernen Kunden von allen Seiten durchleuchten, aber auch genauesten verfolgen, welche Aktionen und Erfolge durch den zugehörigen Außendienstsmitarbeiter bei diesem Kunden erzielt wurden.

Letzteres interessierte Speelmann nicht im Geringsten, er wollte nur schnell die Liste der von der Umstellung berührten Kunden generieren und gab dazu die notwendigen Abfragekriterien ein. Dann startete er die Auswertung und während das Programm im Hintergrund rotierte, holte er sich die Adressen der bereits bekannten Kunden auf seinen Bildschirm. Einen kurz gehaltenen, unverfänglichen Hinweis als Vorsichtsmaßnahme hatte er sich als Text dazu überlegt. Dieser sollte die betroffenen Kunden auf die Umstellung aufmerksam machen und somit auf mehr Achtsamkeit einstimmen. Daraus konnte ihm keiner einen Strick drehen, dachte er und setzte die erste Mail an einen Kunden in Südeuropa ab. Die Formulierung hatte er sorgfältig zuhause vorbereitet und schnell von einem USB Stick kopiert. Nachdem die erste Mail verschickt war, zog er sich die nächste bekannte E-Mail Adresse in das betreffende Fenster. Im Hintergrund lief weiter unbemerkt seine Auswertung und durchforstete Kunde um Kunde auf die von Speelmann eingegebenen Daten. Doch noch ehe er die zweite Mail verschickt hatte, brach ganz plötzlich die Leitung zu seinem Mailserver zusammen. Henrik Speelmann fluchte wütend. Musste das denn gerade jetzt passieren? In wenigen Minuten würden seine Kollegen kommen und die sollten davon möglichst nichts mitbekommen. Hektisch startete er noch einmal seinen Rechner neu, sich wohl bewusst, dass er nun zum zweiten Mal die ganzen Abfragekriterien eingeben musste. Er klickte auf Neustart doch sein Rechner reagierte nicht. Was war denn da bloß los? Jetzt tat sich überhaupt nichts mehr. Henrik Speelmann spürte, dass ihm heiß wurde, kleine Schweißperlen auf der Stirn erschienen. Das hatte ihm jetzt noch gefehlt! Verzweifelt klickte er mehrfach auf den Neustart-Button, aber der Bildschirm blieb eintönig blau. Für einen kurzen Moment überlegte er, ob das wohl mit seiner gerade verschickten Mail zu tun haben könnte, und ihn durchlief ein kalter Schauer. Er drückte jetzt länger die Einschalttaste um endlich den blauen Bildschirm loszuwerden, aber selbst das funktionierte nicht mehr. Dann fiel ihm nichts mehr ein, er würde wohl die IT in Anspruch nehmen müssen. Die Kundenliste konnte er für den heutigen Tag vergessen. Resigniert klappte er sein Notebook zusammen und wählte die Nummer einer Kollegin aus der betreffenden Abteilung in der Hoffnung, dass diese schon da war. Der Ruf ging durch und Moniek, so hieß die Computerfachfrau, hob tatsächlich ab.

»Henrik, so früh schon hier und schon Probleme?«, klang es heiter aus der Leitung. Sie hatte ihn anhand seiner Nummer direkt erkannt. Speelmanns Gesicht erhellte sich leicht. Wenigstens musste er jetzt nicht stundenlang auf Hilfe warten, denn ohne Rechner ging in dieser Firma schon lange nichts mehr.

»Gott sei Dank, du bist schon da.« Er war höchst erfreut. »Mein Rechner macht gar nichts mehr, und ich brauche dringend eine Auswertung. Hoffe, du kriegst das schnell wieder hin!« Er hörte, wie sie im Hintergrund auf ihrer Tastatur herum hämmerte und ihn aufforderte sein O.K. zu geben. Er solle den Zugriff auf seinen PC bestätigen, wenn das Fenster ihn dazu auffordere, erklärte Moniek, dann war es still in der Leitung und das für ungewöhnlich lange Zeit.

»Moniek, bist du noch da?« Speelmann hatte jetzt schon zum dritten Mal nach der Eingabemaske gefragt. »Bei mir kommt nichts, was soll ich tun?«

Die IT-Spezialistin schien sich im Flüsterton mit einem Kollegen auszutauschen, dann war sie zurück: »Henrik, da scheint es größere Probleme zu geben. Dein Rechner ist komplett gesperrt. Bitte bring dein Notebook sofort zu mir.« Der letzte Satz klang wie ein Befehl, Speelmann war die Veränderung in Morieks Stimme nicht entgangen.

»Was heißt ›komplett gesperrt?‹ Wie kann das passieren?« Ihm wurde heiß und kalt.

»Das kann ich dir im Moment nicht erklären, bring mir den Rechner, dann kann ich nachsehen«, war die knappe Antwort bevor sie auflegte.

Wenige Minuten später hatte er seinen Computer in der IT-Abteilung abgegeben, Moniek selber war in dem Großraumbüro nirgends aufzufinden, keiner konnte ihm sagen, wohin sie verschwunden war. Man wolle alles überprüfen und sich melden, sobald der Rechner wieder in Ordnung sei, gab man ihm mit auf den Weg, das war nun fast zwei Stunden her. Ungeduldig wartete er auf die Rückmeldung von Moniek. Doch vergeblich, erst als er nach Mittag endlich seine Kollegin an der Strippe hatte, gab sie ihm eine Erklärung. »Dein Computer ist mit einem Virus infiziert, wir müssen einen vollständigen Scan fahren und das dauert. Ich denke, das wird heute nichts mehr.«

Speelmann beschlich ein ungutes Gefühl, ihre ansonsten so fröhliche Stimme war distanziert. Doch was sollte er tun? Er musste abwarten und nachdem man ihm erklärt hatte, dass alle Ersatzrechner zurzeit für eine Schulung benötigt wurden, entschloss er sich früh den Feierabend einzuleiten. Mit grummelndem Magen machte er sich auf den Heimweg, morgen wollte er es mit der Auswertung erneut versuchen.

Er entschloss sich zu einem Besuch im Fitnessstudio. Er hatte freie Zeit, wenn auch ungewollt, und das würde ihn auf andere Gedanken bringen. So verdrängte er die Computer-Misere mit Erfolg, bis es Zeit wurde zu Bett zu gehen. Unverzüglich erschienen wieder die Gedanken, dass die heutigen Probleme vielleicht mit seiner abgesetzten Mail zu tun haben könnte. Diese Vorstellung ließ ihn nicht zur Ruhe kommen, und je mehr er darüber nachdachte, desto nervöser wurde er. An Schlaf war so erfahrungsgemäß nicht zu denken. Ohne lange zu zögern nahm er zwei seiner starken Schlaftabletten, und schon nach wenigen Minuten schlief er ein. Zunächst traumlos aber ruhig, bis er ganz plötzlich von starken Alpträumen geschüttelt wurde. Er stöhnte laut, fühlte sich bedrängt, verfolgt von einem Mann der eine schwarze Kapuze trug. Sein Herz stolperte, es schien zu explodieren. Er rang nach Luft, es roch plötzlich sonderbar chemisch. Er glaubte zu ersticken, seine Lungen gierten nach Atemluft. Tief sog er den seltsamen Geruch ein, dann wurde er schlagartig ruhiger. Schemenhaft, unfähig sich zu bewegen erkannte er jetzt eine dunkle Gestalt, sie setzte ihn aufrecht hin, er spürte, wie ihm etwas in den Mund geschoben wurde. Er wollte sich wehren, doch seine Kräfte versagten. Der Kapuzenmann hielt etwas in der Hand, es war ein Glas mit einer Flüssigkeit. Dann wurde sein Kopf nach hinten gedrückt, er schluckte reflexartig, als der Fremde ihm langsam die Flüssigkeit in den Rachen goss. Seine Lider flatterten, er taumelte zwischen Wachsein und Bewusstlosigkeit, als der Mann ihn wieder flach in sein Bett legte. Eine unendliche Müdigkeit umfing ihn, in seinem Mund ein bitterer Nachgeschmack, verfiel er in einen tiefen, endlosen Schlaf.

GEORGIOS APOSTOLÓPOULOS
NÁOUSSA, PAROS

Die Strecke zurück von Márpissa zur Villa Lageri war in fünfzehn Minuten zu schaffen und Georgios war erleichtert sich zu dem Besuch bei der Bauernfamilie entschlossen zu haben. Obwohl dabei nichts Greifbares heraus gekommen war, ging es ihm jetzt besser. Er hoffte, dass seine Selbstvorwürfe wegen des Todes des Kanadiers nun langsam nachließen. Heute Morgen hatte Adrian ihm eine Mail aus Vancouver geschickt und sich trotz aller Tragik für den rührenden Einsatz bei ihm bedankt. Das half etwas über das Unglück hinweg, und er musste sich wohl oder übel damit abfinden, keine plausible Erklärung für die so plötzlich aufgekommene Epidemie gefunden zu haben. Es gab keinen einzigen Anhaltspunkt, keine einzige Parallele, die er im Gespräch mit den Sifakias erkannt hatte, so deprimierend das auch war. Bis auf ... Jetzt fiel es ihm wieder ein: bis auf dieses Geräusch in dem kleinen Schuppen, das ihm irgendwie vertraut vorgekommen war.

Er war bereits in den Wirtschaftsweg zur Villa eingebogen, als ihm das Surren dieses Aggregates wieder zu Bewusstsein kam. Ein Blick auf die Uhr mahnte zur Eile, er musste noch in den Garten ein paar Auberginen und Zucchini einholen. Sophia würde bestimmt schon darauf warten. Er verdrängte den Gedanken an das Geräusch und lief schnell ins Haus um sich einen Korb zu holen. Louis hatte er bereits über das spärliche Ergebnis seines Treffens informiert. Dann begab er sich in Richtung des Olivenhains um das Gemüse zu ernten. Es war windig an diesem heißen Nachmittag, der Meltemi hatte kräftig aufgedreht. Ihm kam es vor, als wolle er frische Luft in die gebeutelte Villa Lageri blasen, und der Wetterbericht versprach eine weitere Zunahme bis auf sechs Beaufort. Auf diese frische Brise war Verlass, sie blies regelmäßig zwischen April und Oktober vom griechischen Festland aus in Richtung Kreta und wurde meistens als angenehm kühl empfunden. Für die Restaurants im alten Hafen bedeutete das immer viel Arbeit, mussten sie doch die mit viel Liebe eingedeckten Tische immer wieder neu aufbauen, wenn ihnen der Wind das gesamte Arrangement durcheinander gewirbelt hatte. Viele Tavernen hatten sich vorsorglich mit einem Windschutz ausgerüstet, den man in Form von großen durchsichtigen Kunststoffplanen schnell herunterkurbeln konnte, so wie bei Miki. Einer urigen, familiären Ouzerie am Kiesstrand östlich vom alten Hafenbecken, in die sie heute Abend von Matt und Patsy zum Essen eingeladen waren. Das würde eine lustige Runde werden, sogar Sophia hatte nach langem Überreden zugestimmt, nachdem Matt ihr angedroht hatte ansonsten bei ihr in der Küche zu kochen.

Georgios war auf halbem Weg zu den Gemüsebeeten, als er abrupt stehen blieb und lauschte. Da war es wieder! Dieses Surren, endlich wusste er auch, wo es herkam. Versteckt hinter zwei großen Oleanderbüschen stand ein kleiner noch recht neuer Holzverschlag, extra hergerichtet um die Trinkwasseraufbereitungsanlage unterzubringen. Genau wie auf dem Gelände der Familie Sifakias schnurrte das Modul leise vor sich hin. Ob ihm diese Erkenntnis irgendwie weiterhalf? Einen Anruf war es zumindest wert. Er würde sich bei den Sifakias danach erkundigen, ob sie die gleiche Anlage hätten und dann? Das wusste er noch nicht, aber vielleicht würde ihm der städtische Beamte, der ihm damals zu dieser Firma geraten hatte, weiterhelfen können. Er versuchte sich an den Namen des Mannes zu erinnern, es war schon wieder eine ganze Weile her, dann fiel es ihm ein: Kostas Aristidis hieß der Beamte, und er hatte seinerzeit auch die Kontakte zu OsmoTec hergestellt. Womöglich gab es ja einen Zusammenhang, den er nur im Moment noch nicht erkennen konnte.

Zurück im Haus suchte er sofort die Dokumente zu der Entsalzungsanlage und wählte erneut die Nummer der Sifakias. Es dauerte ein paar Minuten, bis Stavros, der Hausherr, verstand, worum es ging und die Unterlagen seiner Aufbereitungsanlage gefunden hatte. Dann bestätigte er ihm den Einbau genau desselben Gerätetyps.

Bingo! Damit konnte er jetzt weiter machen, und er nahm sich vor, im Tiefbauamt in Parikía anzurufen.

Der Wind hatte, wie vorausgesagt, weiter zugelegt und Georgios kümmerte sich an diesem verbleibenden Nachmittag darum, die Terrassen auf ungesicherte Gegenstände abzusuchen. Gegen acht machte er sich auf nach Náoussa. Im Reisebüro gab es den neuen Winterfährplan, einige seiner Gäste hatten schon danach gefragt. Gegen neun waren sie alle bei Miki verabredet.

Als er die kleine Taverne erreichte, war sie komplett von allen Seiten mit jenem Windschutz abgesichert, das bedeutete nichts Gutes. Dahinter saßen dicht gedrängt die Gäste, wie in einem Wintergarten, was eine anheimelnde Atmosphäre erzeugte, da man draußen aber trotzdem drinnen saß. Miki selbst, dem die Taverne seinen Namen verdankte, saß wie immer an der Eingangstür zur Küche und begrüßte die vielen Stammgäste, die immer wieder zu ihm kamen. Ein Schlitzohr, so schätze Georgios ihn ein. Die Taverne hatte sich zu einem Hot Spot in Náoussa entwickelt und Georgios war sich nicht sicher, ob es am Essen oder an der wunderbaren Lage direkt am Meer und der markanten Erscheinung des Besitzers lag. Den bärtigen Mann mit weißgrauem Haar hätte man für Werbeaufnahmen buchen können, in denen ein typisch griechischer Fischer gebraucht wurde. Dieses Image pflegte er beharrlich. Von Zeit zu Zeit erzählte er von seiner früheren Tätigkeit als Musiker, während seine Frau den ganzen Abend in der Küche stand. Lautes Gelächter erklang vom

Tisch, an dem sich das englische Pärchen mit Sophia und Louis eingerichtet hatte, die erste Kanne Wein neigte sich schon ihrem Ende zu. Georgios gesellte sich dazu, die ersten Mezedes wurden gerade geordert. Darunter mehrere Portionen eines speziell angerichteten Kartoffelsalates, der bei einem Besuch im Miki nicht fehlen durfte. Er bestand aus lauwarmen gekochten Kartoffeln, Surimi - einem Krebsfleischimitat - und viel frischer Petersilie, angemacht mit einer Marinade aus reichlich Olivenöl, Zitrone und ganz viel Senf. Danach wurde für alle gegrillter Seebarsch serviert, ein Klassiker, bei dem man nichts falsch machen konnte. Das Essen war einfach aber schmackhaft, nur Sophia mäkelte: »Dem ist sein Erfolg auch schon zu Kopfe gestiegen, wenn ich mir die Preise so ansehe. Ein ganz cleverer Hund ist das, mit seiner Masche.« Sie schaute verächtlich in seine Richtung. »Sitzt den ganzen Tag da und palavert, während seine Frau Tag für Tag in der Küche schuftet. Das sollte der mal mit mir machen!« Matt lachte laut los, nachdem Louis ihm die Aussage von Sophia übersetzt hatte und prostete der launischen Haushälterin zu. Der Meltemi hatte an Kraft zugenommen und sie waren froh geschützt hinter den großen Plastikwänden zu sitzen. Eng zusammengedrängt wie eine Schicksalsgemeinschaft, die sich vor den Launen der Natur in Sicherheit gebracht hatte. Matt und Patsy orderten weiter reichlich Wein, endlich schien die ganze Last der letzten Woche von allen abzufallen. Auch Georgios wirkte gelöst und genoss den gemeinsamen Abend, mehr und mehr zu der Erkenntnis kommend den Todesfall nun komplett abhaken zu können. Morgen früh würde er entscheiden, ob er noch bei diesem Aristidis anrufen würde oder ob er es dabei belassen wollte.

ANGELIKÍ KARAFOULIDOU
ATHEN, GLYFADA

Angelikí schaute genervt auf ihre Uhr, Sotírios war lange überfällig. Der Aschenbecher quoll schon über, und der Kellner war bereits zum dritten Mal an ihrem Tisch erschienen um eine weitere Bestellung aufzunehmen. Das war nicht Sotírios' Art, erst drängte er auf ein eiliges Treffen, und jetzt saß sie da wie bestellt und nicht abgeholt. Hals über Kopf war sie aufgebrochen, um pünktlich zu diesem Mittagessen zu erscheinen, jetzt war er schon fast eine dreiviertel Stunde über der Zeit. Seltsam war nur, dass er selbst über sein Handy nicht erreichbar war, langsam machte sie sich Sorgen. Sie versuchte es in der Uni, aber auch da wusste man nur, dass er sich für den heutigen Nachmittag frei genommen hatte. Es wäre etwas Unvorhergesehenes dazwischen gekommen. Sie fluchte, ihr würde wohl nichts anderes übrig bleiben, als zurück zum Institut für Rechtsmedizin zu fahren ohne mit ihrem Partner gesprochen zu haben. Und dabei hatte sie so Vieles zu erzählen. Sie winkte den Kellner herbei, zahlte und gab ihm kurze Anweisungen für den Fall, dass ihr Freund doch noch auftauchen sollte. Sie startete zurück in Richtung des Athener Zentrums, ihre Laune kippte, sie hasste Unzuverlässlichkeiten. In ihrem Innersten wusste sie aber, dass hier etwas nicht stimmte. Sotírios hätte ihr eine Nachricht zukommen lassen, wenn er sich derart verspätete, es musste ein triftiger Grund vorliegen.

Mit einem unguten Gefühl bog sie auf den Posidonos-Boulevard, der wie immer stark befahren war. An diesem Mittag ganz besonders und auf halber Strecke brach der Verkehrsfluss jäh ab. Schon von Weitem konnte sie erkennen, dass sich ein

Unfall auf der Gegenfahrbahn ereignet hatte. Im Stop and Go näherte sie sich langsam der Unfallstelle, ein Rettungswagen war gerade dabei die Unglücksstelle zu verlassen. Plötzlich wurde ihr klar, was hier passiert war. Ein fürchterlicher Schrei entfuhr ihrer Kehle, sie trat abrupt auf die Bremse, wollte anhalten, aber sie befand sich auf der linken Spur und musste dem zäh fließenden Verkehr weiter folgen. Verzweifelt versuchte sie die Bahn zu wechseln, zunächst auf die mittlere Fahrbahn, bis es ihr schließlich glückte ganz nach rechts zu gelangen, um in die erste freie Lücke auf dem Seitenstreifen zu fahren. Zitternd sprang sie aus ihrem Wagen und rannte einige hundert Meter zurück. Dann sah sie den alten Volvo direkt vor sich. Es war unverwechselbar Sotírios' Wagen, der mit zerknautschter Motorhaube an der dicken Platane klebte. Wild gestikulierend bahnte sie sich einen Weg auf die andere Straßenseite, wäre dabei selber fast angefahren worden. Fassungslos stand sie vor dem zertrümmerten Fahrzeug, wütend darüber nicht mehr den Rettungswagen erreicht zu haben. Zwei Polizisten, die die Unfallstelle abgesichert und Angelikí beobachtet hatten, rannten ihr entgegen und hielten sie fest. Erst jetzt erblickte sie das weiße Leinentuch, welches unterhalb der Fahrertür lag, darunter den leblosen Körper, ein Schuh lugte hervor. Dann begriff sie. Mit der resoluten Ansage das Unfallopfer zu kennen, löste sie sich aus dem Griff der Polizisten und schritt auf den toten Körper ihres Freundes zu. Sie war nicht zartbesaitet, und Konfrontationen mit Mordopfern und auch Unfallopfern gehörten zu ihrem Alltag, so schnell konnte sie nichts umhauen. Dass es sich bei diesem Unfall um ihr ganz persönliches Schicksal handelte, blendete sie aus. Ohne lange zu fackeln schlug sie das abdeckende Tuch zur Seite, sie wollte das Gesicht von Sotirios sehen. Kein schöner Anblick, aber das hatte sie schon unzählige Male erlebt. Sie beschäftigte nur eine Frage, wie es zu dem Unfall gekommen war. Sie drehte sich zu den beiden wartenden Polizisten um, die angespannt die Szene verfolgt hatten. Instinktiv wollte sie ihren Dienstausweis zücken, doch den hatte sie in der Hektik in ihrem Wagen zurück gelassen. Wortfetzen der beiden Beamten drangen an ihr Ohr, von absichtlichem Verschulden hörte sie die beiden sprechen, verstand aber nicht, was die Polizisten damit meinten. Erst als sie ihre Beziehung zu dem Toten geschildert hatte, klärte man sie schonend auf. Einer der beiden Verkehrspolizisten nahm sie an die Hand und deutete auf die dreispurige Fahrbahn, über die der Volvo in hohem Tempo in Richtung der Bäume geschleudert war.

»Fällt ihnen nichts auf? Sie sind doch vom Fach«, hörte sie den Beamten sagen. Er schaute sie dabei eindringlich an. Sie begriff nicht und schüttelte den Kopf. »Es gibt keinerlei Bremsspuren, das ist vollkommen ungewöhnlich. Der ist vollkommen ungebremst vor den Baum geknallt«, erlöste sie der Polizist. Angelikí starrte den Mann einen Moment ungläubig an, dann wurde ihr klar, dass es sich hier um keinen normalen Unfall handelte. »Hat ihr Freund Selbsttötungsabsichten geäußert«, fragte sie der Polizist jetzt tatsächlich. Angeliki machte eine abwehrende Handbewegung. »Niemals! Der Mann stand mitten im Leben. Was reimen Sie sich da zusammen?« Sie wurde laut. »Das kann viele Ursachen haben und muss untersucht werden. Der Wagen muss in die KTU.« Sie holte ihren Dienstausweis aus ihrem Wagen und wies die Beamten an, sie über alle weiteren Schritte zu informieren. Dann verließ sie todtraurig den Unfallort.

JANUAR 2013
EUROPAZENTRALE DER AQUATOP AG,
AMSTERDAM, NIEDERLANDE

»Wo bleibt dieser Speelmann denn heute?«, hörten sie den Manager toben. Brünner brodelte und war jetzt schon zum zweiten Mal in dem Büro von Speelmanns Kollegen aufgetaucht. »Ich brauche dringend seine letzten Ergebnisse«, blaffte er ungehalten los, ging zu einem Telefon und wählte die Nummer der Firmenzentrale. Die Dame an der Rezeption musste doch wissen, ob Speelmann das Gebäude schon betreten hatte und vielleicht irgendwo in dem großen Bürokomplex umherschwirrte. Aber auch dort konnte man ihm nicht weiterhelfen, was seine Ungeduld noch weiter steigerte. Henrik Speelmann fehlte häufig auf Grund seiner ständigen Schlafprobleme, aber spätestens gegen acht hatte er dann angerufen und sich krank gemeldet. Heute hatten sie jedoch noch nichts von ihm gehört. »Kann mir denn vielleicht jemand von Ihnen helfen?«, raunzte Brünner die Mannschaft an. Doch ein allseitiges Achselzucken signalisierte ihm, dass er so nicht weiter kam. Wutentbrannt rannte er aus dem Büro und schleuderte seiner Sekretärin im Vorbeigehen an den Kopf: »Wenn dieser Speelmann bis neun nicht auftaucht oder sich meldet, schicken Sie jemanden hin und werfen diesen Penner aus dem Bett.« Dann schmiss er seine Bürotür hinter sich zu, seine bestürzte Sekretärin zog die Augenbrauen hoch. Was war denn in den gefahren? Dass ihr Chef unnagenehm werden konnte, wusste sie nur allzu gut, aber bisher war sie von seinen launischen Ausbrüchen weitgehend verschont geblieben. Das sorgte bei vielen Mitarbeitern in der Firma für Verwunderung und so mancher Kollege hatte ihnen schon ein Verhältnis angedichtet. Der wahre Grund war, dass sie einen Trumpf gegen den Choleriker besaß und das auch klar zu verstehen gegeben hatte. Er war unvorsichtig gewesen und hatte eine Visitenkarte seiner strengen Lady verloren, die seine Sekretärin prompt gefunden und ihm mit einem süffisanten Lächeln am nächsten Tag persönlich übergeben hatte. Ihr Blick sprach Bände, sie wusste wo er sich von Zeit zu Zeit herumtrieb. Gewundert hatte sie nur, mit welcher Selbstverständlichkeit Brünner die Karte entgegengenommen hatte, keine Spur von Verlegenheit. Ein entfernter Bekannter hätte das Studio eingerichtet, so was sieht man ja nicht alle Tage, war sein einziger Kommentar gewesen. Heute schien er sich nicht im Griff zu haben, und sie hörte, wie man sich auch aus dem Nachbarbüro über den Auftritt des launischen Managers echauffierte. Auch dort hatte er die Belegschaft in Auffuhr versetzt.

Brünner selbst bereitete sich, als er allein war, in aller Seelenruhe einen Kaffee zu, die kurze Ansage hatte gesessen, daran würden sich die Mitarbeiter noch lange erinnern. Er nahm einen großen Schluck seines Ristrettos, und seine Gedanken schweiften zurück zum gestrigen Abend. Ein extrem geiles Treffen, wie er befand, selten hatte er es so genossen, und sogleich stellte sich bei ihm eine leichte Erregung ein. Madame Karen hatte ihn ganz besonders hart ran genommen und ihn bis zum Äußersten getrieben. Er war danach vollkommen fertig gewesen. Was würde er nur machen, wenn irgendwann seine Berufung ins Headquarter anstand, er konnte ja unmöglich nur wegen seines Verlangens ständig von New York nach Amsterdam fliegen. Selbstverständlich gab es auch dort vergleichbare Etablissements, aber er tat sich schwer bei dem Gedanken von einer anderen Domina bedient zu werden. Sie war für ihn zu einer wichtigen Bezugsperson geworden, und da war sie eine große Ausnahme. Sein gesamtes übrige Umfeld privater und beruflicher Natur interessierte Brünner nicht im Geringsten, das waren nur Marionetten in seinem

Plan, dem gewünschten Ziel auf seiner Karriereleiter näher zu kommen. Madame Karen hatte ihn gestern mehrfach einen »bösen Jungen« genannt und ihn kräftig mit der schlanken Ledergerte bearbeitet. So heftig hatte sie lange nicht mehr zugeschlagen, aber neben seiner Erregung kam auch ein Gefühl von Unsicherheit auf. Hatte er ihr vielleicht zu viel von sich erzählt? Sie wollte gestern so einiges von ihm wissen, und sie wusste genau, wie sie das hin bekam. Beharrlich hatte sie Stück für Stück mit immer kräftigeren Schlägen der schwarzen Reitgerte seine Lust gesteigert, so lange, bis er ihr vollkommen willenlos gehorchte. Dann hatte sie zu fragen begonnen. Brünner versuchte sich krampfhaft an den Dialog zwischen den Peitsch-Exzessen zu erinnern, dabei wurde ihm heiß und kalt. Er hatte sich gehen lassen, und sie hatte einige Details aus ihm herausgekitzelt, aber... Er beruhigte sich wieder. Was sollte sie schon anfangen mit seinen Wortfetzen, die er unter heftigem Stöhnen preisgegeben hatte? Außerdem erhielt sie reichlich Schweigegeld, und sie würde einen Teufel tun, einen ihrer besten Kunden zu vergraulen.

Es war kurz vor zehn, als er abrupt aus seinen Gedanken gerissen wurde. Seine Sekretärin stürmte aufgelöst in sein Büro. »Sie haben Speelmann gefunden. Es ist furchtbar«, stammelte sie. »Er ist tot.« Bleich stand sie vor Brünners Schreibtisch und schilderte, dass ein Kollege bei ihm vorgefahren sei und, nachdem nach mehrmaligen Klingen nicht geöffnet worden war, den leblosen Speelmann durchs Schlafzimmerfenster entdeckt hatte. Die Polizei war schnell vor Ort erschienen und hatte den Tod des vermissten Kollegen festgestellt. »Neben seinem Bett lagen mehrere leere Schachteln eines starken Schlafmittels, er scheint sich wohl selbst getötet zu haben«. Das Entsetzen stand ihr im Gesicht geschrieben. »Aber das muss eine Obduktion noch bestätigen.«

»Das ist alles andere als gut.« Brünner war aufgestanden und ging auf seine Sekretärin zu. »Labil war er ja, unser Speelmann, aber Selbstmord?« Er legte einen Arm um seine Angestellte. Fast wäre sie erschrocken zurück gewichen, solch menschliche Anwandlungen war sie von ihrem Chef nicht gewohnt. Dass er sie anfasste, hatte sie noch nie erlebt, selbst an eine Begrüßung mit Handschlag konnte sie sich kaum erinnern.

»Veranlassen Sie eine Anzeige und ... Hatte Speelmann eigentlich Angehörige?«

»Ich kümmere mich darum.« Mit diesen Worten löste sich die Sekretärin aus seinem Arm und ging zurück zu ihrem Schreibtisch.

Dr. Alexander Brünner wählte sich nur wenige Sekunden später in eine weitere Telefonkonferenz ein. Für ihn war der Vorfall erledigt.

KATHARINA WALDMANN
PARIKÍA, PAROS

Katharina vernahm ein herzzerreißendes Weinen, als sie den Hörer abhob. Es war eine Frau, schnell erkannte sie die unverwechselbare Stimme ihrer Freundin. »Angelikí! Was ist los? Was ist mit dir?« Katharina wartete angespannt auf eine Reaktion.

»Sotírios ist tot!« Sie schluchzte hemmungslos ins Telefon. »Tot. Verstehst du? Weg, für immer ...« Sie schnappte nach Luft. Bruchstückartig berichtete sie von dem tragischen Unglück. »Es war kein normaler Unfall, ganz ohne Bremsspuren ... Und diese Idioten von Polizisten haben sogar die Vermutung geäußert, er habe den Unfall bewusst verursacht. Ich muss mich dringend um die Untersuchung seines Fahrzeugs kümmern.« Sie hörte sich entschlossen an. Die Kommissarin, geschockt von der bitteren Botschaft, rang nach Worten. »Es gibt keine Bremsspuren? Das ist in der Tat merkwürdig.«

»Er hatte mich zu einem Treffen bestellt. Es sei etwas Dringendes. Das macht doch keiner, der vorhat sich umzubringen!«

»Absolut nicht.« Katharina dachte kurz nach. »In welchem Zustand war das Fahrzeug? Du selbst hast mir von der alten Rostlaube erzählt.«

»Sotírios war sehr sorgfältig was die Sicherheit betraf, das galt insbesondere für seinen Tauchsport, aber auch für alle anderen technischen Dinge«, sagte sie überzeugend. »Vielleicht sollte ich mir den Wagen einmal persönlich vorknöpfen. Verdammt, ich habe noch nicht einmal gefragt, wo die den hingebracht haben.« Ihr alter Kampfgeist war zurück. »Das muss ich heute noch klären.« Sie machte eine kurze Pause, dann sagte sie leise: »Es war gerade so schön, und in unserem Alter ist es schon wie ein Sechser im Lotto, noch einmal die Liebe seines Lebens zu finden.« Sie weinte jetzt wieder, und Katharina wünschte sich zu ihrer langjährigen Freundin hin versetzt.

Das war wirklich hart, sie hatte ja gerade am letzten Wochenende die positive Veränderung ihrer Freundin erlebt. Ihre Gedanken schweiften zu Dawid, um den sie von Frauen wie Angelikí oft beneidet wurde. »Du musst jetzt stark sein, ich werde am Wochenende zu dir kommen, und ruf mich an, wann immer du willst.« Angelikí holte tief Luft, bedankte sich und legte auf.

Der Kommissarin standen die Tränen in den Augen, Freud und Leid lagen so eng aneinander. Gerade eben hatten sie noch das fröhliche Wochenende gemeinsam verbracht, auch wenn ihnen der Mord von Kostas Aristidis dazwischen gekommen war. Und jetzt das ... Sie wählte unwillkürlich Dawids Nummer, sie wollte seine Stimme hören und ihm die traurige Botschaft vermitteln.

Kurze Zeit später betrat sie gefasst den Besprechungsraum ihrer Dienststelle. Es gab weitere Details zum Fall Kostas Aristidis.

»Der Fall wird immer mysteriöser«, startete Takis und hatte sofort alle Augen auf sich gerichtet.

»Na, das klingt ja spannend, nun schieß schon los.« Katharina rückte sich ihre Brille zurecht und schaute Takis erwartungsvoll an.

»Die OTE hat den Standort ermittelt, von wo aus der unbekannte Mann Aristidis angerufen hat. Erinnert ihr euch? Die beiden Telefonate, die sein Kollege Cháris entgegen genommen hat«, half er ihnen auf die Sprünge. »Sie kamen beide aus dem Ausland. Von wo konnten sie mir aber leider nicht sagen.« Enttäuschung machte sich breit. »Doch der letzte Anruf kam eindeutig aus Athen.« Er blickte auf.

»Und woher?« Filippos drängte nach weiteren Informationen.

» Vom Flughafen, das hat die OTE ganz klar bestätigt.«

Die Kommissarin war aufgesprungen und griff nach einem Stück Kreide. »Danke, Takis, gut gemacht! Bitte ruf Marika Psará an, und frag nach, ob ihr Mann jemanden aus dem Ausland erwartet hat, und frag vorsichtshalber auch noch einmal seine Kollegen.« Sie machte einen neuen Vermerk auf der Tafel. »Auch ich habe ein paar interessante Neuigkeiten, die uns zwar im Moment nicht weiter helfen, aber vielleicht später. Die Spurensicherung aus Athen hat in dem Wagen unzählige Fingerabdrücke von Marika und Kostas Aristidis gefunden, was nicht wundert, aber sie haben am Lenkrad und am Schaltknüppel einen weiteren recht frischen Abdruck entdeckt, der nicht zugeordnet werden kann.«

Spyros, den die Kommissarin mittlerweile mit in den Fall eingebunden hatte, meldete sich zu Wort: »Was soll das schon bedeuten, in jedem Fahrzeug findet man unzählige Fingerabdrücke, oder?«

»Ja, mein Lieber, das habe ich auch gedacht. Aber der Abdruck ist erst kürzlich dort hinterlassen worden, und man hat weiterhin ermittelt, dass der Fahrersitz sehr weit nach hinten gerückt war. Das passt nicht zu Kostas Aristidis. Der Mann war klein, und mit dieser Sitzeinstellung wäre er kaum an die Pedale gekommen. Und was schließen wir daraus?« Sie schaute fragend in die Runde. »Der anonyme Fahrer, der den Wagen im Hafen abgestellt hat, muss groß sein und könnte, so wie es aussieht, aus dem Ausland angereist sein.« Katharina griff nach einer Tasse und goss sich einen Kaffee ein. »Spyros, hör dich im Hafen um, in den Fährbüros und lass dir die Passagierlisten zeigen. Vielleicht hat sich der Unbekannte ja mit einem ausländischen Namen registrieren lassen.«

»So blöde wird er nicht gewesen sein«, warf Filippos ein und grinste.

»Wahrscheinlich hast du Recht, aber vielleicht ist er ja anderweitig aufgefallen. Was hat Cháris Papadakis noch gesagt? Er hätte in gebrochenem Englisch gesprochen! Wir müssen jeder

Kleinigkeit nachgehen. Also nichts wie ran!« Sie nippte an ihrem Kaffee. »Und noch was. Gib die unbekannten Fingerabdrücke in die zentrale Datenbank ein. Vielleicht haben wir Glück und finden eine Übereinstimmung.«

Ihre Gedanken schweiften immer wieder ab, hin zu Angelikí. Am liebsten wäre sie unverzüglich aufgebrochen um ihrer Freundin beizustehen, aber Takis wartete mit einem weiteren Mosaiksteinchen auf, das ihre Aufmerksamkeit einforderte.

»Ich bin nochmal in Kostas' früherem Büro gewesen und habe mich ein weiteres Mal dort umgeschaut.« Er schaute aus den Augenwinkeln zu Filippos hinüber, er schien sich immer noch nicht ganz damit abgefunden zu haben, dass man ihm den jungen neuen Kollegen so einfach vor die Nase gesetzt hatte.

»Und hat es was gebracht?« Die Kommissarin drängelte. Sie wollte sich in ihr Büro zurückziehen und alleine sein.

»Das kann man so sagen. Nachdem seine Frau keinen Beleg über ein Schließfach zu Hause gefunden hat, bin ich, wie gesagt, noch einmal ins Büro ...«

»Ja, das sagtest du bereits, und ...?«

»In dem Stapel von Kostas Schreibtischunterlagen lag der Mietvertrag, versteckt in einem alten Aktenordner. Und ich hatte verdammtes Glück, der sollte am nächsten Tag vernichtet werden.« Er griff in seine Mappe, zog einen großen Zettel hervor und wedelte damit. »Es ist ein Fach bei der Alpha Bank in Athen. Die muss irgendwo in der Nähe der Kapodistrias Universität sein, das habe ich im Stadtplan schon recherchiert. Werde morgen sofort dorthin fahren und mir den Inhalt anschauen.« Er war aufgestanden und reichte den Beleg seiner Chefin, der Stolz in seinen Augen war unverkennbar. Filippos nickte Takis wohlwollend zu.

»Das sind doch Resultate. Gut gemacht. Dann schlage ich ein nächstes Treffen vor, wenn du in Athen warst.« Katharina beendete die Sitzung und hatte augenblicklich wieder Angelikís verzweifelte Stimme im Ohr.

GEORGIOS APOSTOLÓPOULOS
NÁOUSSA, PAROS

Georgios fühlte sich entsetzlich, als er am frühen Morgen aufwachte. Der viele Wein hatte seine Spuren hinterlassen, und es ärgerte ihn, dass er so reichlich davon getrunken hatte. Immer wieder hatten ihm die beiden unverwüstlichen Engländer nachgeschenkt, die Nachwirkungen würde er den ganzen langen Tag spüren. Selbst auf Sophia hatten sie unentwegt eingeredet, und sie hatte sich schließlich zu einem Glas Wein überreden lassen, was ganz selten vorkam. Die alte Haushälterin trank so gut wie nie Alkohol, und sie hatte nur zugestimmt, damit Matt und Patsy von ihr abließen. Es war ein ausgelassener Abend bei Miki gewesen, unbeschwert wie lange nicht mehr, und der hatte allen Beteiligten gutgetan. Das war für ihn die Hauptsache, und der schlimme Kater würde schon vorbei gehen. Er schwang sich vorsichtig aus seinem Bett, neben ihm Louis noch im Tiefschlaf leise vor sich hin schnarchend. Auch er hatte reichlich ins Glas geschaut. Der Gemüsegarten wartete, das würde ihn schon in Schwung bringen.

Sophia, längst in der Küche aktiv, stellte ihm unaufgefordert einen Kaffee hin, an dem er zögerlich nippte. Sie musste schon länger auf den Beinen sein, denn vom Küchentisch aus lachte ihn ein riesiger Berg grüner Bohnen an, die noch geputzt werden mussten. Ein paar Gäste hatten sich Fasolakia gewünscht, dieses verdammt leckere Bohnengemüse in Tomatensoße. Das ließ sich Sophia nicht zweimal sagen. Jetzt brauchte sie nur noch die dazu benötigten Tomaten, aber die würde Georgios aus dem Garten mitbringen. Für ein ausgiebiges Frühstück war sein Magen an diesem frühen Morgen noch nicht bereit, und so begab er sich auf direktem Wege in seinen großen Nutzgarten.

Die kühle klare Luft wirkte erfrischend, und er spielte mit dem Gedanken eine Runde ins Meer zu gehen. Das half einen klaren Kopf zu bekommen, und das Wasser hatte im September stets eine wohlige Temperatur. Der hellblaue Himmel strahlte ihm entgegen, der Wind war abgeflaut, ein wunderbarer Tag, wären da nur nicht diese fürchterlichen Kopfschmerzen. Er lief zurück, holte sich ein Handtuch und schlug den engen Pfad in Richtung des Olivenhains ein, der ihn auf kürzestem Weg zum Lageri führte. In wenigen Wochen würde es hier wieder viel zu tun geben, wenn die Olivenernte anstand, es wurde langsam Zeit sich um ein paar fleißige Saisonarbeiter zu bemühen. Auf halber Strecke zum Strand kam er an dem steinernen Geräteschuppen vorbei, in dem die Gerätschaften für die Ernte untergebracht waren. So auch die zahlreichen Netze, die zum Auffangen der Früchte benötigt wurden und fein säuberlich unter der hohen Decke hingen. Wie schon so oft zuvor ereilte ihn auch dieses Mal wieder dieses unheimliche Gefühl, als er das in einer tieferen Mulde gelegene Steinhaus passierte. Die schrecklichen Ereignisse, die sich hier im Sommer 2011 abgespielt und ihn in seine schlimmste Lebenskrise gestürzt hatten, waren sofort wieder da. Er beschleunigte automatisch seine Schritte, um möglichst schnell wieder von dort weg zu kommen. In dem Lagerhaus hatte man seinerzeit den toten Kellner gefunden, und jene Begebenheit hatte ihn damals völlig aus der Bahn geworfen.

Nur wenige Meter weiter atmete er auf, das Rauschen des Meeres drang in seine Ohren, und er rannte das letzte Stück zum Wasser, was das Pochen in seinem Kopf noch verstärkte. Weit und breit keine Menschenseele, so kannte er zu dieser frühen Tageszeit seinen geliebten Lageristrand. Ohne zu zögern streifte er sich T-Shirt sowie Hose ab und sprang nackt in das glasklare türkisfarbene Wasser. Mit kräftigen Kraulschlägen durchpflügte er die spiegelglatte Bucht, schwamm zu den beiden alten verwaisten Steinhäusern und mit jedem Zug verspürte er Linderung in seinem alkoholisierten Hirn. Der Nebel aus seinem Kopf verschwand, je länger er sich in den Fluten bewegte und nachdem er sich frei von den Nachwirkungen der Nacht geschwommen hatte, legte er sich mit ausgestreckten Armen in den noch kühlen Sand. Sein Herz klopfte wild, die Wasserperlen auf seiner Haut glitzerten zwischen seiner schwarzen Körperbehaarung. Zufrieden blickte er in den tiefblauen, ägäischen Himmel und dachte an Louis, den er nun mit seinem kühlen Körper überraschen würde. Er griff nach seinem Handtuch, trocknete sich dürftig ab, zog seine Shorts an und lief zurück. Er konnte es kaum erwarten sich an den warmen Körper seines Partners zu schmiegen.

Seine Gedanken hingen dem gestrigen Abend nach, als er an dem Holzverschlag mit der Meerwasserentsalzungsanlage vorbei trottete. Ohne Vorwarnung drang dieses seltsame Geräusch – genau wie in Márpissa – wieder an seine Ohren. Die einzige Gemeinsamkeit zur Villa Lageri, die er bei dem Besuch der Bauernfamilie herausgefunden hatte. Er blieb einen Moment stehen, lauschte dem typischen Ton des Moduls, und überlegte. Eigentlich hatte er für sich entschieden es auf sich beruhen zu lassen und dem sonderbaren Vorfall keine weitere Bedeutung zu schenken, aber jetzt kamen ihm wieder Zweifel. Könnte er das überhaupt aushalten, die Sache nicht weiter zu verfolgen? Jetzt wo er endlich einen gemeinsamen Nenner gefunden hatte! Er brauchte einen Augenblick um sich die Frage zu beantworten und kam zu einem klaren Nein. Noch heute würde er bei dem technischen Beamten anrufen und ihn zu der Anlage befragen. Zunächst aber musste die Tagesarbeit erledigt werden, er ging weiter zu dem großen Absperrventil, welches das Wasser zur Bewässerung seines Gartens freigab. Ächzend drehte er den großen Schieber auf, und glucksend verteilte sich das Zisternenwasser in das weitverzweigte Rohrnetz. Die Versorgung des Gemüses musste stets am Morgen stattfinden, bevor die Sonne zu hoch stand und alles verbrannte. Zum Glück lief das Wasser wieder, und vielleicht hatte er ja heute sogar die Chance etwas mehr zu der Verstopfung von vor ein paar Tagen in Erfahrung zu bringen. Wie hatte der Mann noch geheißen, der ihn so unfreundlich am Telefon abgewiesen hatte? Auf jeden Fall war das nicht Kostas Aristidis gewesen, der sie damals betreut und ihm zum Einbau der Entsalzungsanlage geraten hatte. Dessen Nummer hatte er eigentlich gewählt, war aber dann bei diesem übellaunigen Typen gelandet. Der Korb füllte sich langsam, neben den Tomaten stach er noch Zwiebeln aus und sammelte die reifen Zucchini ein. Dann schritt er stolz seine jungen Weinstöcke ab, sie brauchten besonders viel Wasser, und es würde noch einige Zeit brauchen, bis er auch dort eine ertragreiche Ernte einbringen konnte. Seine Kopfschmerzen waren fast weg, so langsam regte sich sein Magen. Es wurde Zeit für ein gutes Frühstück, doch vorher wartete da noch Louis auf ihn. Später würde er dann in der Stadtverwaltung anrufen.

In der Küche waren aus dem großen Berg grüner Bohnen mittlerweile zwei mittlere Haufen entstanden, einer mit den noch unbearbeiteten Hülsenfrüchten und ein zweiter mit dem bereits geputzten Gemüse. Die riesige Portion reichte für die nächsten Wochen, Sophia kochte gerne vor, den Rest würde sie einfrieren. Gut, einen Vorrat im Haus zu haben, denn Fasolakia waren einfach nur köstlich und man konnte sie gut zu Fleischgerichten oder auch einfach mit einem Stück Brot genießen. Heute würden sie mit Lammkoteletts serviert werden, die er auf dem Grill zubereiten würde. Die Gäste sollten sich nicht nur an die besondere Fürsorge in der Villa Lageri erinnern, sie sollten auch die vorzüglichen Kochkünste von Sophia im Kopf behalten. Hoffentlich blieb die gute Perle noch lange gesund.

Georgios suchte nach der Telefonnummer, die er erst vor einigen Tagen gewählt hatte um die Verstopfung seiner Leitung zu melden. Das war eindeutig die Nummer von Kostas Aristidis, und er hoffte heute nicht wieder bei dessen schlecht gelaunten Kollegen zu landen.

JANUAR 2013
EUROPAZENTRALE DER AQUATOP AG, AMSTERDAM, NIEDERLANDE

Der Tod von Speelmann hatte in der Europazentrale in Amsterdam für großen Aufruhr gesorgt. Viele Kollegen machten sich Vorwürfe nichts von dem offenbar desolaten Gemütszustand ihres langjährigen Mitarbeiters mitbekommen zu haben. Einige wussten zwar von seinen Schlafproblemen, aber brachte man sich deswegen um? Allgemeine Beklommenheit machte sich breit.

Dr. Alexander Brünner beteiligte sich auffallend teilnahmsvoll an den Gesprächen rund um den Verstorbenen. Er mischte sich unter die Teams und wollte Details wissen, die ihm angeblich bei all der Hektik in der letzten Zeit entgangen waren. Das löste Erstaunen aus, so gesprächig hatten sie ihn bisher noch nicht erlebt, und zögerlich machte sich Sympathie für den verhassten Manager breit. Brünner hingegen ging es nicht um Speelmann, vielmehr war ihm daran gelegen heraus zu bekommen, mit wem der engere Kontakte gepflegt hatte, die über die beruflichen Zusammenkünfte hinausgingen. Ein Anruf aus der IT-Abteilung hatte ihn in der vergangenen Woche in Alarmbereitschaft versetzt, nachdem er das Department schon längere Zeit auf Speelmann angesetzt hatte. Unverzüglich hatte er daraufhin den Rechner seines Mitarbeiters sperren lassen und zum Glück damit Schlimmeres verhindert. Es folgte die Anforderung des gesamten Mail-Verkehrs der letzten sieben Tage, er wollte minutiös wissen, mit wem er zuletzt kommuniziert hatte. Er hatte an jenem Morgen alle Termine abgesagt und sich mit der Flut an Informationen in sein Büro zurückgezogen um Speelmanns Schriftverkehr pedantisch zu durchforsten. Jetzt war er äußerst gespannt, mit wem sich Speelmann sonst noch ausgetauscht hatte, doch bisher konnte er keine Vertrauenspersonen bei seinen vermeintlich einfühlsamen Plaudereien ausmachen.

Er hatte den renitenten Mitarbeiter unterschätzt, war immer der Meinung ihn im Griff zu haben, aber da hatte er sich wohl getäuscht. Ihm würde nichts anderes übrig bleiben, als ein paar der eingeleiteten Maßnahmen schnellstens wieder zurück zu nehmen, ansonsten könnte ihn das teuer zu stehen kommen, wohlmöglich sogar seinen berufliche Werdegang negativ beeinflussen, ein Gedanke, der ihn schier verrückt werden ließ. Anhand der von Speelmann abgesetzten Mails konnte er genauestens rekonstruieren, was sein Mitarbeiter bisher alles unternommen hatte und war somit in der Lage einzelne Aktionen auch wieder rückgängig zu machen. Noch am selben Tag hatte er einen lückenlosen Aktionsplan erstellt und nachdem er glaubte alle wichtigen Punkte erfasst zu haben, besprach er jede einzelne Maßnahme mit den verantwortlichen Mitarbeitern. Vereinzelte Nachfragen, warum es denn jetzt schon wieder Änderungen gab, wurden schroff mit dem Hinweis »Keine unnötigen Fragen jetzt« abgewiesen. Diese außerordentliche Aktion kostete ihn einige Überstunden, aber als er schließlich alles in die Wege geleitet hatte, konnte er den Vorfall Speelmann ad acta legen. Die Gespräche im Kollegenkreis hatten zu seiner Zufriedenheit nichts Neues ergeben, er hatte die Situation wieder unter Kontrolle. Er war ausgelaugt, sein Körper lechzte nach Entspannung, und er wusste, wo und wie er die bekommen sollte.

Kurze Zeit später stand er wieder in der winzigen Gasse mit Blick auf das Studio von Madame Karen. Sie schien die Dringlichkeit seines Besuches erkannt zu haben, denn er stand jetzt schon fast fünfzehn Minuten in der schmuddeligen Passage zwischen den zwei großen Häuserblöcken. Sie ließ ihn zappeln, und das steigerte wie immer sein Verlangen, endlich Einlass in die Gemächer der harten Lady zu erhalten, ins Unermessliche. Sein Nacken schmerzte schon von dem ständigen Hinaufschauen zu dem kleinen Fenster, hinter dem er schemenhaft die Frau seiner Begierde erahnen konnte. Dann endlich ein kurzer aber eindeutiger Wink mit der Reitgerte, was bedeutete, dass ihm nun Einlass gewährt wurde. Mit gesenktem Blick sprang er die Treppe zu Madame Karens's Gemächern hoch, holte tief Luft und öffnete die angelehnte schwere Tür. Der Flur war leer, nur der markante Geruch – einer Mischung aus Rauch und Leder – drang in seine Nase. Er berauschte sofort seine Sinne. Seine Herrin schien bereits in ihrem Playroom auf ihn zu warten, er hörte deutlich, wie sie kräftig mit ihrer Ledergerte auf eine der beiden Lederbänke einschlug. Bei jedem Hieb zuckte er instinktiv zusammen, wusste er doch, dass in wenigen Augenblicken seine nackten Arschbacken gegen die kalte Lederbank ausgetauscht werden würde. Der Gedanke erregte ihn ungemein, und er begann damit sich seine Hose aufzuknöpfen. Morgen würde er wahrscheinlich wieder nur an seinem Stehpult arbeiten können, es würde zwei Tage dauern, bis die Verletzungen abgeheilt sein würden. Er brauchte diese Behandlung heute mehr denn je, nach dem ganzen Theater um diesen verfluchten Speelmann. Bei Madame Karen konnte er sich ausleben. Vielfach hatte er in den letzten Jahren versucht seine ständig wechselnden Partnerinnen für diese Spielchen zu begeistern, doch bisher waren alle Versuche eine festere Beziehung einzugehen an seiner besonderen Veranlagung gescheitert.

Seine Domina stand mit dem Rücken zu ihm gewandt, die eng zugeschnürte Korsage drohte jeden Moment zu platzen. Ganz plötzlich drehte sie sich um, in der einen Hand die schlanke schwarze Ledergerte in der anderen das stachelbesetzte Halsband, das sie ihm ohne Ankündigung vor die Füße warf. Gesprochen wurde nicht, zumindest jetzt nicht. Brünner hatte seinen Blick zum Boden gesenkt. Gierig griff er nach dem Halsband, legte es mit zitternden Händen um seinen Hals und reichte die

Leine seiner strengen Gebieterin. Sogleich zog diese fest daran und Brünner machte einen Satz in ihre Richtung.

»Knie dich hin«, befahl sie ihm und ihre Reitgerte suchte sich einen Weg zwischen seinen Schenkeln bis hin zu seinem erigierten Penis. Er stöhnte laut auf, als sie einen ersten festen Schlag auf sein Hinterteil niederfahren ließ und er nach weiteren Hieben lechzte. Unterwürfig schaute er sie dabei von unten her an. Ihr Blick war eisig, und sie holte zu einem nächsten Schlag aus, doch platzierte sie den Hieb ganz knapp neben Brünners Gesäß, wohlwissend dass sie damit dessen Begierde weiter steigerte.

»Mach weiter, bitte«, Brünner keuchte, verlangte nach der harten Hand, doch Madame Karen wartete und hielt die Gerte hoch in die Luft.

»Bestimmt willst du mir erst wieder etwas aus deinem Büroalltag erzählen, so wie du deine Mitarbeiter schikanierst, oder?« Sie holte erneut aus, tat so als käme sie seinem Flehen nach, aber wieder verfehlte die Gerte ganz knapp Brünners Hinterteil.

Er schrie auf, aber nicht vor Schmerz, sondern vor Verlangen. Warum tat sie ihm das an? »Nun mach schon«, bettelte er. »Ich brauche es heute ganz besonders, bitte! Nun schlag schon zu!« Seine Stimme krächzte, das enganliegende Halsband nahm ihm die Luft zum Atmen. Karen spielte mit ihm, sie hatte ihn jetzt vollkommen in der Hand und zog ihn mit einem Ruck bis vor ihre hochhackigen Stiefel.

»Und jetzt erzähl mir von dir! Welche Bosheiten hast du mir heute zu berichten?« Mit einem kräftigen Hieb traf die Ledergerte jetzt Brünner da, wo er es verlangte. Er stöhnte ungehemmt vor Lust. Dieses Spielchen trieb die clevere Studiobesitzerin noch weiter auf die Spitze, solange, bis Brünner ihr restlos ergeben war und alles getan hätte, was Madame von ihm verlangte. Der erlösende Orgasmus erreichte ihn, als sie in einer nicht endenden Schlagorgie auf sein malträtiertes Hinterteil eindrosch. Danach sackte er schweißnass und erschöpft auf dem kalten Fußboden zusammen. Madame Karen warf ihm ein frisches Handtuch hin und deutete kurz aber mit Nachdruck auf die silberne Schale, in den Brünner den vereinbarten Obolus für seine Behandlung zu entrichten hatte. Ihr Job war für heute erledigt.

Sie verschwand, den keuchenden Brünner allein lassend, in ihr modern eingerichtetes Büro, lockerte ihre Korsage und zog sich bequeme Hausschuhe an. Nachdem die Tür ins Schloss gefallen und sie sich alleine in ihrem lukrativen Etablissement wähnte, startete Miriam van Veen, so hieß die Dame mit richtigem Namen, ihr Macbook Air und suchte nach der Datei mit der Bezeichnung »Pfau«, die sie speziell für den Manager der AquaTop AG angelegt hatte. Dort trug sie sorgfältig die von Brünner während ihrer Session entlockten Informationen ein. Das tat sie bei allen Kunden, die mindestens zweimal ihre Dienste in Anspruch genommen hatten und die Dossiers ihrer ergebenen Jünger bargen mittlerweile Stoff für ein paar abendfüllende Spielfilme.

ANGELIKÍ KARAFOULIDOU
ATHEN

Angelikí war lange genug bei der Polizei beschäftigt und verfügte über ein gutes Netzwerk an Kollegen, daher bedurfte es nur wenige Telefonate und sie wusste, wohin der Unfallwagen von Sotírios gebracht worden war. Bevor sie jedoch ihren Techniker von der Spurensicherung darauf ansetzen konnte, benötigte sie noch die Genehmigung des diensthabenden Beamten, den sie leider nicht persönlich kannte. Ein kurzer Anruf bei ihrem Chef löste auch dieses Problem, und wenige Stunden später befand sich der schrottreife Volvo Kombi in der Werkstatt der kriminaltechnischen Untersuchungsabteilung, um ihn einer genaueren Begutachtung zu unterziehen. Karis, ihr bester Mann, und schon in der Abteilung beschäftigt, als Katharina Waldmann noch die Leitung der Mordkommission in Athen inne hatte, ließ alles stehen und liegen und stand seiner Chefin unverzüglich zur Seite.

»Du hast Sotírios doch auch gekannt, niemals hätte er den Unfall selbst verschuldet«, empfing sie den Techniker. »Ich verlasse mich auf dich. Prüf alles ganz genau nach, die Lenkung, die Bremsen, halt alles, was zu so einem Unfall geführt haben könnte.« Sie sah blass aus und stützte ihren Kopf in ihre Hände.

Karis nickte nur stumm und riet ihr dann in der Cafeteria auf die Ergebnisse zu warten, damit er in Ruhe mit den Checks beginnen konnte. Mit der Hilfe von vier weiteren Mechanikern manövrierte er das demolierte Fahrzeug auf eine Hebebühne, positionierte die Ausleger an den geeigneten Stellen unter dem Fahrzeug und betätigte den Schalter der Hebebühne um den Wagen nach oben zu fahren. Ächzend bewegte sich der alte Volvo aufwärts und der Kriminaltechniker schaltete eine Handlampe ein, mit der er sorgfältig den Unterboden inspizierte. Systematisch leuchtete der erfahrene Beamte die vier Radkästen aus. Sein besonderes Interesse galt dabei dem Zustand der Bremsleitungen, und er brachte an den beiden Vorderrädern zusätzliches Gerät an, um die demolierten Kotflügel soweit auseinander zu ziehen, damit er einen Blick darauf werfen konnte. Am linken Vorderrad wurde er fündig. Ein dunkler öliger Fleck an der Bremsscheibe deutete auf ausgetretene Bremsflüssigkeit hin, was aber noch nichts zu bedeuten hatte. Das konnte auch bei dem Unfall passiert sein, ausgelöst durch den Aufprall auf den massiven Baum. Als er jedoch das kurze flexible Stück der Leitung direkt an der Bremsscheibe näher betrachtete, wurde er skeptisch.

»Schaut euch das an!«, rief er die in der Halle arbeitenden Kollegen zu sich. »Das sieht sehr merkwürdig aus.« Er leuchtet die besagte Stelle noch besser aus. Ein herbeigeeilter Techniker kroch fast in den Radkasten, um ganz nah das Stück Schlauch begutachten zu können. »Die Bremsleitung ist nicht abgerissen, nie und nimmer.« Er war sich nach eingehender Betrachtung ganz sicher.

»Das sieht aus, als hätte jemand mit einer Zange oder einer Säge einen kleinen Schnitt durchgeführt. So groß, dass es nur bei einem größeren Druckaufbau, was zwangsläufig bei einer Vollbremsung der Fall ist, zu einem Austritt von Bremsflüssigkeit kommt.« Das war eine klare Aussage.

Karis war jetzt fest davon überzeugt, dass hier jemand Hand angelegt hatte und ließ sich von einem Mechaniker den beschädigten Teil der Bremsleitung ausbauen. Eine Bestätigung würde er sich unter dem Mikroskop verschaffen, dort konnte er anhand der Schnittkante genau festlegen, mit welchem Werkzeug an der Leitung manipuliert worden war. Seine Chefin schien den richtigen Riecher gehabt zu haben. Doch zuerst brauchte er die Bestätigung aus dem Labor. Schnellen Schrittes begab er sich dorthin, er wollte Angelikí umgehend Ergebnisse liefern. Die standen nach wenigen Minuten fest, nachdem er die Schnittkante mit Aufnahmen aus einer Datenbank abgeglichen hatte. Sofort lief er zur Cafeteria, wo seine Chefin auf ihn wartete.

»Du hattest Recht, es hat jemand nachgeholfen«, eröffnete er das Gespräch ohne Umschweife. »Mit einer kleinen Säge wurde die Bremsleitung beschädigt, das hat dann zu einem Totalausfall der Bremsen geführt.«

»Ich hab's gewusst!« Angelikís Stimme überschlug sich beinahe. » Ich werde sofort die Ermittlungen einleiten. Schick mir den Bericht! Und Danke, Karis.« Trotz aller Trauer über den Verlust ihres Freundes war sie erleichtert nun endlich Gewissheit zu haben. Sie wählte unverzüglich die Nummer der Mordkommission. Gedanklich ging sie immer und immer wieder den Inhalt der letzten Nachricht durch, die Sotírios kurz vor seinem Tod auf ihrem Handy hinterlassen hatte. »*Wir müssen uns dringend treffen, ich muss unbedingt mit dir reden. Versuch am Mittag nach Glyfada zu kommen. Ich warte bei Andreas auf dich. Du weißt schon, das Restaurant direkt neben dem Palmyra Hotel. Gib kurz durch, ob es klappt. Küsschen Sotírios.*«

Mehrfach hatte sie sich diese Nachricht in den vergangenen Stunden angehört. Es war Sotírios letztes Lebenszeichen, und sie erhoffte sich eine Botschaft aus dem kurzen Text herauszuhören. Ein kleiner Hinweis, um was es sich handeln könnte. Es gab keinerlei Anhaltspunkte, was den Chemiker so in Auffuhr versetzt hatte, dass er fluchtartig die Uni verlassen und nach Glyfada aufgebrochen war. Was hatte der Student in der Uni noch gesagt? »Es wäre etwas Unvorhergesehenes dazwischen gekommen?« Vielleicht sollte sie hier ansetzen? Sie musste unbedingt mit seinem Doktoranden reden, und zwar persönlich. Sie wollte genau wissen, was ihr Freund am Vormittag in der Uni gemacht hatte und hoffte auf erste verwertbare Informationen.

Der Name des Mitarbeiters war ihr vertraut, den hatte Sotírios mehrfach erwähnt, seit einigen Monaten betreute er bereits dessen Doktorarbeit. Ohne lange zu überlegen wählte sie die Nummer des Labors an der Kapodistrias Universität. »Gut, dass ich Sie erreiche.« Erleichtert begrüßte sie den Mann und stellte sich vor. »Sie haben bestimmt schon von Sotírios Unfall gehört.« Ihre Stimme bebte. »Es scheint, dass Sie der Letzte sind, der meinen Freund lebend gesehen hat. Ich muss dringend mit Ihnen sprechen. Am besten, ich komme gleich zu Ihnen ins Labor. Ich muss wissen, was mein Freund zuletzt gemacht hat, an was er gearbeitet hat, mit wem er gesprochen hat...« Sie holte tief Luft, ihr Herz raste. »Geht das in Ordnung? Kann ich kommen?«

»Ja... ja, es tut mir furchtbar Leid. Man hat uns gestern noch vom ... von dem Unfall informiert. Wir sind alle zutiefst betroffen.« Der Doktorand stotterte, es fiel ihm offensichtlich schwer über den tragischen Fall zu reden. »Kommen Sie, wann immer Sie wollen. Hier ist eh der Teufel los. Letzte Nacht wurde hier eingebrochen und wir überprüfen gerade, was gestohlen wurde.« Der junge Mann machte einen verstörten Eindruck. Die ganze Unruhe wegen des Einbruchs und der plötzliche Tod seines Mentors hatten ihn aus der Bahn geworfen. »Ich will alles tun, um Ihnen behilflich zu sein. Und mein aufrichtiges Beileid«, fügte er leise hinzu.

»Danke, ich bin schon unterwegs.« Angelikí hatte aufgelegt und war schon auf dem Weg zu ihrem Wagen.

Es herrschte dichter Verkehr in Athen und voller Ungeduld schlängelte sich die Gerichtsmedizinerin durch die vielbefahrene Innenstadt. Entnervt erreichte sie schließlich die Fakultät für Chemie, die sich im Stadtteil Illísia befand, der nach dem Fluss Illisós benannt wurde. Hier waren fast alle naturwissenschaftlichen Fakultäten angesiedelt. Sie parkte ihren Wagen auf dem Parkplatz von Sotírios, ein abgelegenes verwahrlostes Stück Brachland, welches von der Uni für ihre Angestellten angemietet worden war. Ein glühender Schmerz durchfuhr sie, als sie den Platz verließ, von wo aus ihr Partner seine letzte Fahrt angetreten hatte. Mühsam versuchte sie ihre Trauer unter Kontrolle zu bringen. Sie kannte sich aus auf dem Universitätsgelände, hier hatten sie sich schließlich kennengelernt, als sie die Uni um Hilfe bei einem mysteriösen Mordfall auf Paros gebeten hatte. Ein Giftmord musste damals aufgeklärt werden und in ihrem Institut verfügte man nicht über die entsprechenden Analysengeräte. Sofort war ihr der hochgewachsene sympathische Chemiker ins Auge gefallen, und sie hatte sich höchst persönlich um die weitere Zusammenarbeit gekümmert. Sie schüttelte energisch die Erinnerungen ab, doch in ihren Augen standen Tränen, als sie das Labor, in dem Sotírios viele Jahre seines Lebens gearbeitet hatte, betrat.

Ein Polizist verabschiedete sich gerade von einem Laborangestellten, der einen weißen Kittel trug. »Falls Ihnen doch noch etwas einfällt, melden Sie sich bitte umgehend.« Er schien vom Einbruchsdezernat zu sein, aber das interessierte Angeliki im Moment nicht. Zielstrebig ging sie auf den jungen Mann zu, das musste der Doktorand sein, mit dem sie telefoniert hatte. Sie blickte in ein verunsichertes Gesicht. Man merkte ihm an, dass er Mühe hatte mit Angeliki über den Tod seines Chefs zu sprechen, sein Blick wanderte ständig hilflos zu Boden.

So gefasst wie möglich versuchte Angeliki alle Einzelheiten in Erfahrung zu bringen, mit denen sich ihr Freund vor dem Verlassen der Universität beschäftigt hatte.

»Wir wollten an diesem Morgen ein Analyseprogramm abstimmen, was schon länger überfällig war«, begann der Doktorand. »Soweit ich das richtig verstanden habe, brauchte er dazu noch ein paar Angaben und ...«

»Moment, Moment ...«, unterbrach Angelikí ihn. »Warum war das schon lange überfällig?«

»Ich sagte ja schon, weil wir dazu noch Angaben brauchten, von dem Auftraggeber. Was genau in den Proben untersucht werden sollte.«

Angelikí schaute ihn fragend an.

»Ich habe mitbekommen, dass Sotírios ein Telefonat darüber geführt hat und ...«

Wieder unterbrach sie den jungen Chemiker. »Das ist aber doch nichts Ungewöhnliches, oder?«

»Nein, nein, das ist überhaupt nichts Ungewöhnliches, da haben sie schon Recht, aber Sotírios wirkte danach vollkommen verändert, um nicht zu sagen völlig durcheinander.«

»Was heißt das? Was meinen Sie mit durcheinander?« Angelikí war alarmiert. »Nun sagen Sie schon!«

»Na ja, er hat alles stehen und liegen lassen, mir nur die kurze Erklärung gegeben, das Analyseprogramm müsse warten und dass er sich den Nachmittag frei nehmen werde. Anschließend hat er noch seine Vorlesung gegeben und war weg.«

Die Medizinerin schloss ihre Augen um sich zu konzentrieren. »Wissen Sie, mit wem er telefoniert hat?« Ihre Gedanken rasten. Es könnte etwas mit diesem Telefonat zu tun haben. Sie musste wissen, mit wem Sotírios gesprochen hatte.

»Das hat er mir nicht gesagt. Er sprach von einem alten Schulfreund, aber das lässt sich ja einfach feststellen.« Der Doktorand war aufgestanden und ging zu dem Telefon, das auf dem Schreibtisch seines verstorbenen Doktorvaters stand. Er tippte ein paar Mal auf die Tasten. »Hier das muss die Nummer sein, die Uhrzeit passt. Es ist auf jeden Fall keine Nummer aus Athen.«

Die Rechtsmedizinerin war aufgesprungen. Mit einem Satz stand sie neben ihm und schaute gebannt auf das Display. Eindeutig war das keine Nummer aus Athen und irgendwie kam ihr die Vorwahl vertraut vor. Sie überlegte fieberhaft. »Das ist eine Telefonnummer von Paros! Das sehe ich!« Ohne zu überlegen drückte sie die Wahlwiederholung.

Cháris Papadakis wurde von der Medizinerin förmlich überrannt, und er verstand im ersten Augenblick überhaupt nicht, was die Anruferin von ihm wollte. Ein Anruf aus Athen? Selbst nachdem er sie mehrfach zur Ruhe ermahnt hatte, war er sich über das Ansinnen der Frau nicht im Klaren. Erst als sie den Zeitpunkt des Telefonats erwähnte, horchte er auf. Das Datum war ihm präsent, er selbst hatte das Telefonat entgegen genommen und erinnerte sich noch genau an den geschockten Anrufer. Es war Sotirios gewesen, einer von vielen Anrufern, denen er vom Tod seines Kollegen berichten musste.

»Ich habe den Anruf entgegen genommen, aber an diesem Platz saß bis vor einigen Tagen ein Kollege von mir. Der ist mittlerweile leider tot«, erklärte er. »Ermordet!«

»Ermordet?« Angelikí wurde bleich, sie suchte Halt an einem Bürostuhl.

»Ja, ermordet und das unter sehr mysteriösen Umständen.«

Der letzte Satz ließ Angelikí schwindelig werden, für einen Moment setzte ihr Herz aus, sie atmete mehrfach tief durch. Dann dämmerte es ihr langsam. Sie selbst hatte den Toten auf Paros gesehen und sogar obduziert. Es konnte sich nur um den Leichnam in der alten Zisterne handeln. Ihre Worte kamen stoßweise, als sie sich wieder gefangen hatte.

»Ich tippe auf Tod durch Ertrinken in einem Wasserspeicher«, überraschte sie den erstaunten Beamten mit ihren Details zu dem Mord.

Als dieser seine Sprache wieder gefunden hatte und alles bestätigte, erklärte sie ihm die Zusammenhänge. Angelikí bat ihn sich für weitere Fragen zur Verfügung zu halten. Dann wählte sie unverzüglich die Nummer von Katharina Waldmann.

KATHARINA WALDMANN
PARIKÍA, PAROS

Katharina hatte kurzentschlossen ihr Team zu einem Arbeitsessen eingeladen. Die sich überschlagenden Ereignisse im Mordfall Aristidis mussten neu beleuchtet werden. Der Anruf von Angelikí hatte den gesamten Tagesablauf durcheinander gewirbelt, und in einer neutralen Umgebung wollte sie ihre Mitarbeiter von der sich abzeichnenden Verbindung des Mordopfers zu Sotírios informieren. Takis, der jeden Moment aus Athen zurück erwartet wurde, hatte sie telefonisch auf eine weitere Sensationsnachricht vorbereitet, auf die er bei seinen Recherchen in der Hauptstadt gestoßen war. Die Kommissarin hatte eine kleine Fischtaverne an der Hafenpromenade von Parikía, unweit des großen Fähranlegers, ausgewählt, und ihre Mannschaft war gerade damit beschäftigt ein paar Mezedes zu bestellen. Der Windschutz der vergangenen Tage war eingeholt, und auf der langen Leine, mit der das gemütliche Lokal eingerahmt war, baumelten zahlreiche Oktopusse im Wind, darauf wartend verspeist zu werden. Es gab nur wenige Tische, im Hintergrund trällerte leise Musik, es klang nach Rembetiko, den die Touristen gerne als »Griechischen Blues« bezeichneten. Keiner hätte vermutet, dass an diesem lauschigen Ort über ein brutales Verbrechen geredet wurde. Mehrere Portionen Halumi, zwei Teller mit Auberginenpüree, einen großen Marouli-Salat, Mousaká und gegrillten Oktopus hatten ihre Kollegen ausgewählt. Das laute Horn einer Fähre kündigte das Eintreffen von Takis an, in der Ferne sah man die Blue Star, wie sie in einem weiten Bogen den Hafen von Parikía ansteuerte. Wenige Minuten später erreichte Takis abgehetzt die Runde, voller Tatendrang seine Neuigkeiten kund zu tun. Katharina kam ihm zuvor.

»Es gibt eine brisante neue Wendung in unserem aktuellen Fall, und die möchte ich euch nicht vorenthalten.« Ihre Stimme war ernst, alle blickten sie erwartungsvoll an. In kurzen Sätzen schilderte sie den Anruf ihrer Freundin Angelikí, und ein Raunen ging durch die Runde. »Wir müssen unbedingt herausfinden in welchem Zusammenhang die beiden Toten zueinander standen. Bisher wissen wir nur, dass sie zusammen zur Schule gegangen sind und Aristidis seinen alten Schulfreund um Hilfe gebeten hat. Das hat jetzt höchste Priorität. Es sollten irgendwelche Proben untersucht werden, was immer das bedeutet! Klärt ab, was Kostas Aristidis da analysiert haben wollte.«

»Wasserproben denke ich mal, was sonst? Der hatte doch mit der Wasserversorgung zu tun«, entgegnete Filippos und nahm eine erste Portion des Halumi entgegen.

»Das liegt auf der Hand. Aber lasst es euch bestätigen. Vermutungen helfen uns hier nicht weiter.« Die Kommissarin warf ihrem Vertreter einen eindringlichen Blick zu. »Es muss etwas geben, was die beiden verbindet. Ich kann mir nicht vorstellen, dass beide unabhängig voneinander durch Fremdverschulden ums Leben gekommen sind.« Katharina schüttelte den Kopf. »Es gibt so viele Ungereimtheiten, das Ganze ist mir unheimlich. Schon zwei Tote, der Einbruch bei Aristidis, der gestohlene Laptop, der Wagen im Hafen und ...«, sie machte eine hilflose Geste mit den Armen. »Hier scheint sich eine größere Sache aufzutun«. Unmut, den man bei Katharina selten sah, sprach aus ihren Augen.

»Ist ja fast wie in Athen.« Filippos grummelte vor sich hin. »Und ich dachte, hier geht es geruhsamer zu.« Er schnitt sich noch ein großzügiges Stück des gegrillten Käses ab.

Takis, der die ganze Zeit geschwiegen hatte und immer unruhiger wurde, konnte sich nun nicht mehr zurück halten. »Und das Ganze wird noch Mysteriöser«, überraschte er seine Kollegen. »Ich bin da auf ein paar sehr pikante Hinweise gestoßen.« Die anderen horchten auf.

»Nun komm schon auf den Punkt!« Katharina drängelte, doch Takis kostete genüsslich seinen Wissensvorsprung aus.

»Ich habe mir den Inhalt des Schließfaches angeschaut, und ich muss sagen, nicht schlecht…« Wieder machte er eine längere Pause und pickte sich ein großes Stück Oktopus auf die Gabel.

»Geht's noch? Nun sag schon!« Die Kommissarin wurde ungeduldig.

»In dem Schließfach liegen 50.000 Euro!«.

Filippos hätte sich fast verschluckt.

»Und eine seltsame Botschaft«, fügte Takis hinzu.

Die Anwesenden schauten ihn verwundert an.

»Ich habe mir eine Kopie davon gemacht.« Er holte ein gefaltetes Papier aus seiner Jackentasche, öffnete es zu einem A4 Bogen und hielt es hoch.

»Was für eine Botschaft?« Xenia war neugierig, so wie alle anderen.

Takis setzte sich seine Lesebrille auf. »Diese E-Mail hier lag unter den Banknoten, und sie scheint für unser Opfer besonders wichtig gewesen zu sein. Es ist eine Mail von einem gewissen Henrik Speelmann von einer Firma mit dem Namen AquaTop, mit Sitz in den Niederlanden, genauer gesagt in Amsterdam. Aus Januar 2013.«

Takis hatte die volle Aufmerksamkeit des Teams. Ein Kellner, der mit einem Tablett weiterer Mezedes am Tisch stand und seine Speisen unterbringen wollte, wurde schlichtweg ignoriert.

»*Sehr geehrte Damen und Herren …*«, begann Takis den in Englisch verfassten Text vorzulesen, während der Kellner sich mühsam freien Platz auf dem Tisch zu verschafften versuchte. Die Kommissarin unterbrach ihn dabei nach jedem Satz und übersetzte für den Rest der Truppe, da Spyros und Xenia schlecht Englisch sprachen. »*Wir führen Sie als Kunde unserer Meerwasser-Entsalzungsanlage Q4 der Firma OsmoTec in unserer Datei und hoffen, dass Sie mit der Qualität der Module zufrieden sind. Mit diesem Anschreiben möchten wir Sie darauf aufmerksam machen, dass wir in Kürze ein paar Änderungen bei unseren regelmäßigen Wartungsarbeiten vornehmen werden und uns über ein Feedback nach erfolgter Wartung freuen würden. Bitte beachten Sie unbedingt die in der Bedienungsanleitung angegebenen Arbeitsschritte. Mit freundlichen Grüßen Ihr AquaTop Team, Henrik Speelmann.«*

Katharina griff sich an ihre große Brille, was sie immer tat wenn sie nicht weiter wusste. »Was soll das sein? Das ist doch nichts Besonderes, ein ganz normales Kundenanschreiben.«

Ein zustimmendes Nicken ihrer Crew deutete an, dass auch sie sich keinen Reim darauf machen konnten.

»Aber warum packt er diese Mail dann in ein Schließfach? Irgendeine Botschaft muss damit verknüpft sein, die Frage ist nur welche?« Takis fühlte sich unverstanden.

»Lasst uns jetzt erst einmal etwas essen.« Katharina griff nach dem gegrillten Oktopus. »Mit hungrigem Magen überlegt es sich nicht gut.« Geschickt zerquetschte sie mehrere Zitronenspalten über den knusprigen Tentakeln. Die 50.000 € hatten sie noch mit keinem Wort erwähnt, Xenia wunderte sich darüber.

»Was macht ihr euch Gedanken über eine nichtssagende Mail, mich würde viel mehr interessieren, wie der an so viel Geld gekommen ist«

»Es gab doch dieses Gerücht, erinnert ihr euch?« Wieder war es Takis, der das Wort ergriff. »Dass der Tote Geld von einer Bauunternehmung bekommen haben soll«, half er seinen Kollegen auf die Sprünge. »Wegen des Flughafenneubaus. Scheint ja doch was dran zu sein.«

Katharina legte ihr Besteck zur Seite. »Ich selbst habe seine Ehefrau darauf angesprochen. Die hat es aber vehement abgestritten.«

»Vielleicht weiß sie ja tatsächlich nichts von dem Schotter ihres Gatten!«, bemerkte Filippos.

Aus der Küche kamen mehrere Portionen dampfende Moussaká.

»Wir sollten unbedingt noch einmal mit dem Kollegen des Toten reden, Cháris Papadakis, der war der Erste, der uns von dem Gerücht erzählt hat. Der kann uns bestimmt noch mehr dazu sagen.« Takis hatte mit ihm gesprochen und würde an der Sache weiter dran bleiben.

»Gut, bitte versuch noch heute an den Mann heran zu kommen.« Katharina schaufelte sich ein großzügiges Stück Moussaká auf ihren Teller. »Versuch die Namen der Kontaktmänner dieser ominösen Baufirma in Erfahrung zu bringen, damit wir den Herren einen Besuch abstatten können. Und wenn du schon da bist, frage auch nach diesem Analyseprogramm, von dem Angelikí gesprochen hat. Was wollte Aristidis von der Uni?« Während sie genüsslich einen ersten Bissen des Auberginenauflaufs kostete, ergänzte sie noch: »Ich schlage vor, ihr fahrt zu zweit zu Cháris Papadakis und nehmt ihn richtig in die Zange. Macht ihm unmissverständlich klar, dass sich die Situation grundlegend geändert hat. Zwei Tote in so kurzer Zeit! Er muss uns alles sagen, was er weiß.« Ihre Stimme war äußerst energisch und sie zeigte auf Filippos, der das Verhör leiten sollte.

Takis wurde ein wenig mulmig. Hoffentlich fing Cháris nicht im Beisein von Filippos wieder mit dieser alten Geschichte an, ihm wurde ganz heiß.

Ein Teller mit frischer Wassermelone rundete die mittägliche Besprechung ab, und das gesamte Team begab sich zurück zur Dienststelle. Die Kommissarin zog sich mit einem starken Kaffee in ihr Büro zurück. Sie wollte in Ruhe die neue Lage überdenken. Ein beunruhigendes Gefühl beschlich sie. Sehr viel weiter waren sie in dem aktuellen Mordfall noch nicht gekommen und jetzt gab es bereits ein weiteres Opfer, das in unmittelbaren Kontakt zu dem Toten stand. Sie beschloss noch heute den momentanen Stand mit Angelikí abzugleichen.

GEORGIOS APOSTOLÓPOULOS
NÁOUSSA, PAROS

Georgios fühlte sich wie neugeboren, das Bad am Lageri hatte ihm gut getan, der Kater war verflogen, und das ergiebige Frühstück sowie das vorherige Überraschungsgefecht mit Louis hatten seine Energiereserven wieder aktiviert. Mit frischem Schwung startete er in den Tag. Während Sophia schweigend den letzten Rest des Bohnenberges putzte, betrachtete er den Zettel mit der Telefonnummer aus Parikía. Es war kurz nach neun, langsam musste jemand da sein in der Behörde. Er nahm einen letzten Schluck seines Kaffees und griff zum Telefon.

Eine ihm fremde Stimme nahm den Anruf in der Stadtverwaltung von Parikía entgegen: »Parakaló, was kann ich für Sie tun?«, brummte der Beamte ihm entgegen.

»Kalimera«, nuschelte Georgios, verärgert darüber, schon wieder jemand anderes an der Strippe zu haben. »Eigentlich wollte ich Kostas Aristidis sprechen, er hat mir seine Nummer vor einiger Zeit gegeben. Doch er scheint so nicht mehr erreichbar zu sein.« Nach seiner Erfahrung neulich hatte er fast schon damit gerechnet.

»Nein, nein...« Der fremde Gesprächspartner kam ins Stocken. »Sie haben schon den richtigen Anschluss gewählt, aber ...« Der Mann seufzte und tat sich schwer weiter zu sprechen. »Kostas Aristidis ist tot. Haben Sie von dem Verbrechen denn noch nichts gehört?«

Georgios Körper durchlief ein Schauer. »Tot?«, rief er überrascht. »Das ist ja furchtbar!« Von einem Verbrechen hatte er bislang nichts mitbekommen.

»Worum geht es denn? Vielleicht kann ich Ihnen ja weiter helfen.« Der Beamte hatte seine Fassung wieder gewonnen und holte den geschockten Georgios in die Realität zurück. »Das glaube ich kaum, Herr Aristidis hatte uns seinerzeit zum Einbau einer Entsalzungsanlage geraten und da hätte ich noch ein paar Fragen gehabt ... Sagten sie Verbrechen? Was ist denn da genau passiert?«

Der Beamte zeigte sich jedoch wenig auskunftsfreudig und wiegelte geschickt ab. »Da kann ich ihnen leider nicht weiter helfen. Versuchen sie es doch bei der Polizei in Parikía. Kommissarin Katharina Waldmann leitet dort die aktuellen Ermittlungen.«

Das war interessant, aber keine große Überraschung für Georgios. Wer sonst wäre in der Lage ein Verbrechen hier auf Paros aufzuklären? Die Kommissarin war ihm keine Fremde, seit dem Mordfall Jannis Kostatidis im Mai 2011 verband sie eine lockere Freundschaft, aber es war schon wieder eine geraume Zeit her, dass sie miteinander gesprochen hatten. Schnell suchte er die Telefonnummer von Katharina, jetzt wollte er erst recht wissen, um was für ein Verbrechen es sich handelte.

Georgios verabschiedete sich von dem Beamten, legte den Telefonhörer allerdings gar nicht erst aus der Hand. Umgehend wählte er die Nummer vom Kommissariat.

»Das ist ja eine Überraschung!« Die Kommissarin wirkte hektisch und ließ durchblicken, dass sie für Smalltalk überhaupt keine Zeit hätte. Erst als Georgios den Namen Kostas Aristidis nannte, wurde sie zugänglich. »Was hast du mit Aristidis zu tun?«, fragte sie argwöhnisch.

»Ich hätte mit ihm gerne zwei Vorfälle besprochen, die sich bei mir und bei einer Familie in Márpissa ereignet haben, aber jetzt habe ich erfahren, dass dem guten Mann etwas zugestoßen ist und dass du die Ermittlungen leitest. Das ist auch der Grund warum ich anrufe.« Georgios wartete, aber Katharina schien zu überlegen. Dann fragte sie: »Was denn für Vorfälle und was hat Aristidis damit zu tun?« Sie wirkte plötzlich sehr interessiert.

Georgios kam sich fast vor wie bei einem Verhör. Er wurde verlegen, denn was sollte er der Kommissarin daraufhin antworten? Letztendlich waren es ja alles nur Vermutungen, die er hatte. Beweise dafür gab es nicht, nur das sie beide diese Entsalzungsmodule betrieben.

»Ich wollte Aristidis nur fragen, ob es weitere Vorfälle gegeben hat. Wenn dem so wäre, hätte er es bestimmt gewusst.«

»Georgios«, unterbrach ihn die Kommissarin schroff. »Kostas Aristidis ist ermordet worden, ich möchte jetzt alles wissen, was du mit ›Vorfällen‹ meinst. Für uns ist jeder Hinweis nützlich. Bis jetzt tappen wir komplett im Dunkeln.«

Der Besitzer der Villa Lageri berichtete ihr ausführlich von dem Tod des Kanadiers und von den Erkrankungen bei den Sifakias. »Wir haben versucht Gemeinsamkeiten zu entdecken, doch leider vergeblich. Nur das wir beide seit Längerem diese Wasseraufbereitung betreiben. Von einer Firma namens AquaTOP.« »Ich wollte mit Aristidis sprechen, in der Hoffnung der Ursache auf die Spur zu kommen. Bei mir ist ein Mensch gestorben, da hätte ich schon gerne gewusst, warum. Verstehst du das?«

»Was sagtest du? Wie heißt die Firma noch?«

»AquaTop.«

»Den Namen habe ich schon einmal gehört, aber in welchem Zusammenhang? Verdammt!« Sie stöhnte verärgert auf. »Ah! Ich hab's!«, rief sie plötzlich. »Hier steht es, Schwarz auf Weiß, AquaTop AG!« Das konnte kein Zufall sein. »Kennst du zufällig auch einen Henrik Speelmann?« Ihre Stimme vibrierte. »Der muss Aristidis gekannt haben und arbeitet bei der AquaTop!«

Georgios konnte ihr leider keinerlei Angaben zu dem Mann machen. Den Namen hörte er zum ersten Mal. Katharina konnte ihre Enttäuschung darüber nicht verbergen.

»O.K.! Georgios, auch wenn ich noch keine Ahnung habe, wie das alles zusammen hängt, mein Gefühl sagt mir, dass du mir einen wichtigen Hinweis gegeben hast. Ich melde mich bei dir, sobald ich die Informationen sortiert habe. Ich danke dir.« Sie legte auf.

ANGELIKÍ KARAFOULIDOU
ATHEN

Angelikí hatte alle Routinearbeiten an einen Kollegen übertragen, sie wollte sich mit ganzer Kraft auf den mysteriösen Tod ihres Partners konzentrieren. In ihrem Kopf schwirrte ständig die Verbindung zu dem zweiten Opfer, Kostas Aristidis, umher, der bei ihr auf dem Seziertisch gelegen hatte, ohne dass sie wusste, dass er ein alter Schulfreund ihres Lebensgefährten gewesen war. Den Namen hatte Sotírios zuvor noch nie erwähnt. Mehrfach ging sie ihren Besuch in der Uni gedanklich durch, gewissenhaft versuchte sie sich an alle Details zu erinnern, die ihr der Doktorand genannt hatte. Ein Analyseprogramm hatte er erwähnt, aber um was ging es dabei genau? Warum hatte sie das nicht längst hinterfragt? Was sollte da analysiert werden und warum? Sie griff nach einem Stift und machte sich eine Notiz. Und da war noch etwas, dass sie vollkommen außer Acht gelassen hatte in ihrer Aufregung. Als sie in der Uni eintraf, waren Kollegen vom Einbruchsdezernat im Labor. War das Zufall, oder hatte das vielleicht mit dem Mord an ihrem Freund zu tun? Hatte Katharina nicht auch von einem Einbruch bei dem Mordopfer auf Paros berichtet? Einen Laptop hatte man gestohlen. Ihre Hände zitterten, sie musste sofort überprüfen, ob in dem Labor auch ein Computer gestohlen worden war. In was war Sotírios da nur verwickelt? Sie zwang sich zur Ruhe, dann wählte sie die Nummer des Labors.

Sie erkannte die träge Stimme des jungen Chemikers.

»Ich muss unbedingt wissen, was bei dem Einbruch alles gestohlen wurde, gibt es schon eine Übersicht dazu?«, überfiel sie sogleich den behäbigen Mann.

»Das habe ich doch schon alles Ihren Kollegen vom Einbruch erzählt«, klagte er. »Wir haben keinerlei Anhaltspunkt gefunden, dass etwas mitgenommen wurde. Ganz merkwürdig! Aber wir haben das mit mehreren Personen überprüft, die Zugang zu dem Labor haben.« Er machte eine Pause. »Die scheinen etwas gesucht zu haben, so wie es in dem Labor aussah. Alles war durchwühlt.«

Angelikís Enttäuschung war groß, doch so schnell wollte sie noch nicht aufgeben. »Sind sie ganz sicher? Wie sieht es mit dem PC aus? Wurde vielleicht ein Computer gestohlen?« Sie hoffte auf Parallelen zu dem Fall Aristidis. »Nein, wie bereits gesagt, wir haben alles gecheckt und bis auf die Unordnung, die diese Chaoten hinterlassen haben, haben wir nichts gefunden. Die Polizisten meinten, dass es wahrscheinlich Junkies waren, auf der Suche nach speziellen Chemikalien, die man zur Herstellung von Drogen gebrauchen kann.«

Angelikís Hoffnung schwand. Niedergeschlagen wollte sie das Gespräch beenden, da fiel ihr noch etwas ein. »Dann brauche ich noch ein paar Angaben zu dem geplanten Analyseprogramm! Sie haben mir davon berichtet. Es sollte schon länger durchgeführt werden. Handelt es sich dabei um Wasserproben?«

Der Doktorand verlor langsam die Geduld, das hatte sie ihn doch schon bei ihrem letzten Besuch gefragt.

»Kommen sie doch einfach noch einmal vorbei, dann schauen wir uns die Proben gemeinsam an, sie stehen unberührt da.«

Das war ein guter Vorschlag, so konnte sie sich auch noch einmal in dem Büro ihres verstorbenen Freundes umsehen. Heute war ihr Blick klarer, bei ihrem ersten Besuch war sie noch zu stark traumatisiert, so kurz nach dem Unfall.

Der Verlust ihres Partners war zwar allgegenwärtig, aber sie hatte sich mittlerweile wieder gefangen, jetzt ging es ihr nur noch darum, das Verbrechen aufzuklären. Ihre Gedanken schweiften ab zu dem geplanten gemeinsamen Urlaub, den sie im Dezember in Thailand verbringen wollten, und Tränen schossen ihr in die Augen. Sotírios hatte sich so sehr darauf gefreut, mit ihr die ersten Tauchgänge im Golf von Thailand zu unternehmen. Eines der Dinge, um die sie sich zusätzlich noch kümmern musste. Sie musste dringend die Reservierung stornieren, außerdem wusste sie noch gar nicht, wie sie dem befreundeten Hotelmanager die Nachricht von Sotírios' Tod überbringen sollte. Das würde sie am frühen Nachmittag erledigen.

In der Uni ging es turbulent zu, der Tod von Sotirios hatte einiges durcheinander gewirbelt. Der Doktorand musste einige Zusatzaufgaben übernehmen und wirkte ziemlich aufgelöst. Und jetzt kam ihm auch noch Angelikí dazwischen.

»Die Proben stehen unter Sotírios' Schreibtisch, in dem kleinen Karton. Dort hat er sie, kurz bevor er verschwunden ist, verstaut.« Er war gereizt und deutete auf das winzige Büro, das sich innerhalb des großzügigen Labors in einer Ecke hinter einer Glaswand befand.

Angelikí musste sich hinknien, um die unscheinbare Pappschachtel unter dem klobigen Pult hervorzuziehen und schaute auf vier Plastiktüten, in denen zwei Metallteile und zwei Flaschen mit einer gelblichen Flüssigkeit verpackt waren. Sie zog sich vorsichtshalber ein paar Handschuhe über und betrachtete die Proben aus der Nähe. Dem ersten Anschein nach waren es jeweils zweimal die gleichen Muster, aber bei genauerem Betrachten erkannte sie unterschiedliche Bezeichnungen auf den Beuteln. Auf zwei der durchsichtigen Tüten war ein Etikett geklebt, welches ein Firmenlogo und in dicken Lettern den Namen ›AquaTop AG‹ trug. Auf den beiden anderen Beuteln erkannte sie asiatische Schriftzeichen mit unterschiedlichen Angaben. Zuerst holte sie die beiden Metallteile hervor, die auf den ersten Blick vollkommen identisch waren. Ihrem Verständnis nach handelte es sich um eine Art Armatur, wie sie sie aus dem Sanitärfachhandel kannte, aber sicher war sie sich nicht. Die zwei verbleibenden

Verpackungen enthielten jeweils eine circa 100 ml fassende Kunststoffflasche, randvoll gefüllt mit einer klaren, gelblichen Flüssigkeit. Auch hier konnte sie keinerlei Unterschiede feststellen. Sie stand ratlos in dem kleinen Büro.

»Es sollten die beiden Muster miteinander verglichen werden«, rief der Doktorand ihr zu. »So hatte es mir Sotírios erklärt, aber wie schon gesagt, er wollte die Details mit dem Auftraggeber noch besprechen.«

Angelikí nickte stumm, der Auftraggeber war ja nun leider tot und lag seit ein paar Tagen im Kühlfach der Gerichtsmedizin. »Ich werde die Proben in die KTU mitnehmen und versuchen über die Kollegen des Auftraggebers weiter zu kommen«, entgegnete sie. Das war das einzige was ihr im Moment dazu einfiel. Vielleicht hatte Kostas mit ihnen darüber gesprochen und sie konnten etwas Licht ins Dunkel bringen.

Die nächste Stunde verbrachte sie damit das Büro ihres verstorbenen Freundes unter die Lupe zu nehmen. Sie ließ den PC beschlagnahmen, auch damit sollten sich die Mitarbeiter der KTU beschäftigen. Das alles hatte sie im Vorfeld mit Ioannis Karadimas, dem Nachfolger von Katharina in der Athener Mordkommission, besprochen, der ihr jegliche Unterstützung bei der Aufklärung des Falles zugesagt hatte. Nachdem sie noch in der Cafeteria einen Kaffee getrunken hatte, machte sie sich auf den Rückweg zu ihrer Dienststelle.

Es war fast Eins und somit 17.00 Uhr in Thailand. Sie wollte es hinter sich bringen Michael Kober, den Hotelier auf Koh Samui, vom Tode Sotírios in Kenntnis zu setzen und ihren Urlaub absagen. Ihr erster Gedanke war, ihm eine E-Mail zu schreiben, aber nach allem, was ihr Freund ihr von dem Ressortchef erzählt hatte, erschien ihr das zu unpersönlich. So hatte sie sich für das Telefon entschieden.

Eine leise warme Stimme nahm ihren Anruf in Englisch entgegen, im Hintergrund lief sanfte thailändische Musik, die sie augenblicklich an einen Yoga Kurs erinnerte. Die Zentrale verband sie mit dem Chef des Hauses und freudig überrascht über den Anruf aus Athen, plauderte Michael Kober sofort los.

»Dann lerne ich Sie ja endlich kennen, Sotírios hat schon so von Ihnen geschwärmt. Wann kommt ihr denn genau an? Und sind die Flüge mittlerweile gebucht?«

Angelikí kam gar nicht zu Wort, die Begeisterung des Hoteliers sprühte ihr förmlich entgegen.

»Nach den Ereignissen im letzten Jahr hatte ich schon nicht mehr damit gerechnet euch hier begrüßen zu dürfen.« Michael Kober lachte.

Angelikí nahm alle Kraft zusammen und übermittelte dem Hotelbesitzer die furchtbare Botschaft.

»Oh mein Gott! Das ist ja schrecklich!« Tiefe Betroffenheit verschlug dem Hotelchef die Sprache. Es dauerte eine ganze Weile bis er sich wieder gefangen und sein Beileid bekundet hatte.

Die Gerichtsmedizinerin nahm die Worte stumm entgegen, sie hatte sich so sehr auf diesen Urlaub gefreut. Als sie ihm dann noch die Umstände schilderte, unter denen ihr Freund ums Leben gekommen war, war der Hotelier fassungslos und bat sie innständig, ihn über die weiteren Ermittlungen zu informieren. Ein Satz hatte Angelikí aufgeschreckt, so ganz nebenbei war er gefallen und sie hakte nach.

»Was waren das für Ereignisse im letzten Jahr?«

Michale Kober beschrieb ihr den Vorfall an jenem Silvesterabend, den er so schnell nicht vergessen würde. »Mein Vater und ein Gast aus Schweden sind an diesem Abend verstorben, und es gab zahlreiche Gäste, die von dieser Sache ebenfalls betroffen waren. Auch Sotírios hatte es erwischt. Hat er Ihnen nie davon erzählt?« Er wartete ab. »Ich habe lange gebraucht, um wieder Ruhe in die Anlage zu bekommen. Die Ursache konnte leider nie ermittelt werden.«

Die Medizinerin überlegte. Jetzt, wo sie das hörte, erinnerte sie sich vage. »Stimmt, er hat mir erzählt, dass er ein paar Tage Probleme mit seinem Magen hatte, aber ich habe das auf eine Verstimmung wegen des asiatischen Essens geschoben.«

Mehr gab es dazu nicht zu sagen. Thailand war gestorben und nicht nur das. Für den Abend hatte sie sich telefonisch mit Katharina verabredet, sie wollten sich austauschen um beide auf dem aktuellen Stand zu sein.

KATHARINA WALDMANN
PARIKÍA, PAROS

Katharina war hundemüde, der Tag hatte mit so vielen neuen Informationen aufgewartet, die sie jetzt erst einmal ordnen musste. Seit einer Stunde war sie schon damit beschäftigt die neu gewonnenen Erkenntnisse zu Papier zu bringen um mögliche Verbindungen besser erkennen zu können. Ein Anruf von Angelikí riss sie aus ihren Überlegungen.

»Ich habe die besagten Proben aus dem Labor an der Uni«, legte sie los. »Es sind jeweils zwei identische Materialmuster, die laut den Angaben des Labors miteinander verglichen werden sollen.«

»Gut. Das war einer der Fragen, die ich heute mit meinem Team besprochen habe. Die hast du mir soeben beantwortet.« Sie strich einen Punkt auf ihrer To-Do-Liste. »Es sind also keine Wasserproben, so wie wir vermutet haben?«

»Nein, es handelt sich um zwei Metallarmaturen sowie um zwei Flüssigkeiten, die überhaupt nicht nach Wasserproben aussehen.« Sie suchte nach Worten. »Sie ähneln eher einer Urinprobe ...« Sie musste lachen bei der gewählten Beschreibung.

»Ist dir sonst noch etwas aufgefallen?«

»Leider nein, Muster halt ... Da wird sich morgen die KTU drum kümmern, bis auf ...« Sie lief mit dem Telefon zu dem Karton. »... bis auf die unterschiedliche Kennzeichnungen auf den Verpackungen.«

Ein Rascheln war zu hören.

»Jeweils ein Muster scheint von einer Firma namens AquaTop und die beiden anderen von unterschiedlichen asiatischen Lieferanten zu kommen.«

Katharina wäre fast vor Schreck ihre Kaffeetasse aus der Hand gefallen, schon wieder tauchte der Name dieser Firma auf. »Sagtest du AquaTop?«, rief sie laut in den Hörer.

»Ja, genau so steht es auf dem Etikett.«

»Yes!« Die Kommissarin triumphierte. »Dann haben wir einen ersten gemeinsamen Nenner.« Katharina berichtete ihr von der im Schließfach vorgefundenen Mail und dem Telefonat mit Georgios, in beiden Fällen hatte die Firma AquaTop eine Rolle gespielt. Und jetzt kam Angelikí mit diesen beiden Proben. »Ich werde sofort morgen früh ein Amtshilfegesuch nach Amsterdam schicken. Ich muss unbedingt mit dem Mitarbeiter der Firma AquaTop, einem Henrik Speelmann, sprechen.« Ihr Puls beschleunigte sich. »Der muss uns einige Fragen beantworten. Was steckt hinter dieser sonderbaren Mail? Und warum hat Aristidis sie in einem Schließfach versteckt?« Katharina war voller Eifer, keine Spur mehr von Müdigkeit.

Angelikí brauchte einen Moment um die Zusammenhänge richtig zu begreifen, sie konzentrierte sich und ließ das Gesagte auf sich einwirken, ganz besonders hatten die Vorfälle in der Villa Lageri ihr Interesse geweckt. »Beschreib mir, was Georgios dir erzählt hat und zwar ganz genau!« Ihre Stimme war angespannt. »Es gibt, so glaube ich, einen weiteren gemeinsamen Nenner.« Sie atmete tief durch, während die Kommissarin ein zweites Mal Georgios' Schilderungen zusammenfasste. »Genau wie in Thailand! Genauso!«

Die Kommissarin verstand nur Bahnhof.

»Einen solchen Vorfall scheint es auch in dem Hotel gegeben zu haben, wo Sotírios schon öfter zum Tauchen war.« Die Aussage saß wie ein Paukenschlag. »Das kann doch kein Zufall sein!«

»Wir brauchen eine Bestätigung von dem Hotelbesitzer.« Katharinas Hirn arbeitete auf Hochtouren. »Frag ihn nach AquaTop oder besser, ob es irgendeinen Berührungspunkt zu dieser Firma gibt? Kannst du das bitte abklären und zwar ganz schnell?« Sie jauchzte auf. »Das sind doch endlich ein paar Entwicklungen, mit denen wir weiter machen können. Wir sind ein unschlagbares Team! Den Mord an Sotírios werden wir schon klären, da bin ich mir jetzt ganz sicher.« In ihrer Aussage lag äußerste Entschlossenheit. »Und den von Aristidis auch.«

Angelikí seufzte tief. »Das bringt ihn mir zwar nicht zurück, aber das sind wir ihm schuldig«, antwortete sie leise.

»Lass uns morgen telefonieren, wenn du das mit dem Hotel geklärt hast.«

Katharina blieb aufgewühlt zurück, so langsam schienen sich die Puzzleteilchen dieses komplexen Falles zu einem Bild zusammenzufügen. Es gab also eine Verbindung zwischen den beiden Toten und das war die Firma AquaTop. Sie nahm ein blankes Blatt Papier und trug den Namen der Firma in der Mitte ein. Von dort aus zog sie drei Linien zu den bisher ermittelten Kontakten, Kostas Aristidis, Sotírios Koutzounaris und der Villa Lageri. Am Ende des jeweiligen Stranges schrieb sie die bereits bekannten Fakten in Stichworten nieder. Eine weitere Linie folgte, die den Namen »Tauchhotel« bekam, auch dort schien es ja Parallelen zu geben. Damit hatte sie auf einem Blatt Papier alle Ergebnisse der aktuellen Ermittlungen dokumentiert. Morgen würde sie das ihrem Team präsentieren. Nachdem sie alle Daten eingetragen hatte, war sie etwas zufriedener, obwohl immer noch sehr viele Fragen offen blieben. So war bisher ungeklärt, wo die 50.000 Euro her kamen und warum Kostas Aristidis diese in einem Schließfach deponiert hatte, angeblich ohne Mitwissen seiner Frau. Immer noch wussten sie nicht, wer den Wagen von der Zisterne in den Hafen von Parikía gesteuert hatte. Dazu sollten die Hafenbüros noch einmal befragt werden, das hatte sie ganz vergessen in der Hektik des heutigen Tages. Trotz allem waren sie aber ein gutes Stück weiter, und die Dimensionen ihres neuen Falles zeichneten sich jetzt erst richtig ab. Nicht nur, dass es bereits zwei Mordopfer gab, auch die Tatsache, dass mehrere Spuren ins Ausland führten, bereitete der erfahrenen Kriminalistin Kopfschmerzen. Vielleicht gab es ja sogar mehr Opfer, wenn sie an die Toten in dem Hotel in Thailand und in der Villa Lageri denken musste. Das machte die Ermittlungen nicht gerade einfacher, und sie war auf die Hilfe ihrer ausländischen Kollegen angewiesen. Xenia hatte ihr schon den Namen des Kollegen in Amsterdam beschafft, mit dem sie morgen den Fall besprechen wollte. Vorsichtshalber hatte sie ihm schon eine Mail zukommen lassen, nachdem sie im Internet nach der zugehörigen Polizeidienststelle gegoogelt hatte. Es gab sogar ein Foto von dem Kollegen, der Toon De Fries hieß und ihr breit aus dem Notebook entgegen grinste. Sie schätzte den Mann auf Mitte Vierzig und sein fröhliches Lächeln machte ihr Mut, dass es sich bei ihm um einen kooperativen Zeitgenossen handelte. Sie brauchte die Zustimmung und gegebenenfalls auch weitere Unterstützung von der niederländischen Polizei, wenn sie bei der AquaTop vorsprechen wollte. Die Dienststelle befand sich mitten im Herzen von Amsterdam an der Lijnbaansgracht. Sie hatte schon Einiges von der lebendigen Stadt am Meer gehört. Einen Abstecher in den kalten Norden konnte sie sich durchaus vorstellen, wäre da nur nicht dieses miserable Essen, das den Niederländern nachgesagt wurde.

Gespannt, was sie da morgen erwartete, googelte sie weiter und öffnete die offizielle Seite der Firma AquaTop, um wenigstens ein grobes Bild des Unternehmens zu erhalten. Ein weltweit operierender Konzern, las sie auf der ersten Seite, mit Hauptsitz in New York und insgesamt fast 70.000 Mitarbeitern. Das war schon eine Hausnummer. Nach Unternehmen dieses Kalibers würde man in Griechenland lange suchen müssen, und es würde schwierig werden Auskünfte von Mitarbeitern zu erhalten. Das lief bestimmt alles nur über deren Rechtsabteilung, eine normale Angelegenheit bei Betrieben dieser Größenordnung. Die Europazentrale war in Amsterdam, und man unterhielt fast in allen Ländern der Welt Niederlassungen. Es folgte eine Auflistung der beteiligten Tochterfirmen. Sie war froh den Kollegen in Amsterdam schon über ihr Anliegen informiert zu haben, denn dessen Hilfe würde sie benötigen. Die kommenden Tage würden aufregend werden.

FILIPPOS PANOS
PARIKÍA, PAROS

Wie ein Überfallkommando waren die beiden Polizeibeamten Takis und Filippos in das Büro des Kollegen von Kostas Aristidis eingefallen. Sie ließen keinen Zweifel daran, dass es ein längeres Verhör werden würde. Takis, der schon mehrfach mit dem technischen Angestellten gesprochen hatte, stellte Filippos vor, und sie konfrontierten den überraschten Staatsbediensteten ohne Umschweife mit dem spektakulären Fund in dem Schließfach.

»Muss wohl doch was dran sein an den Korruptionsvorwürfen, oder wo könnten die 50.000 Euro sonst noch herkommen?« Filippos legte Cháris ein Foto des Geldbündels vor die Nase. »Nun sagen Sie schon, unter Kollegen hat man doch keine Geheimnisse!«

Die zwei Polizisten hatten sich zu beiden Seiten seines Schreibtisches gesetzt und beobachteten jede Geste. Cháris vermied es seinem alten Schulfreund in die Augen zu schauen, von zwei Beamten verhört zu werden war ihm spürbar unangenehm. Er wurde immer nervöser.

»Ich habe Ihnen alles, was ich dazu weiß, bereits gesagt. Was soll ich denn noch tun?«, fragte er und kleine Schweißperlen säumten seine Stirn.

»Überlegen Sie und zwar ganz intensiv!« Filippos stand auf. »Wir haben zwei Mordopfer und wir brauchen jeden erdenklichen Hinweis. Strengen Sie ihre grauen Zellen an und gehen Sie das Ganze noch einmal durch. Wir machen uns Notizen.«

Die Ansage saß und Cháris' Mundwinkel zuckten nervös. »Hast du denn Rika schon befragt? Rika, deine alte Flamme, die kann dir doch bestimmt weiter helfen«, schleuderte er ohne Vorwarnung Takis an den Kopf. Filippos war augenblicklich hellwach.

Takis' Schläfenader pochte, sein Gesicht hatte eine dunkelrote Farbe angenommen, dann explodierte er. »Du Idiot! Ich habe dir schon mehrfach gesagt, du sollst die alten Geschichten da raus halten! Kriegst du das nicht in deinen Schädel?« Filippos mahnte zur Ruhe, er würde sich seinen Kollegen zu diesem Vorfall später zur Brust nehmen.

Cháris lenkte ein. »Wie ich schon Ihrem Kollegen gesagt habe, kam die Information von Fotis Nikiforos, dem Teilhaber der pleitegegangenen Baufirma. Wo der diese Info her hatte, keine Ahnung.« Er schüttelte energisch den Kopf. »Der war außer sich und hat das auch unserem Chef gemeldet, worauf dann die Untersuchung eingeleitet wurde. Die haben aber nichts gefunden, und Nikiforos hat sich sogar eine Anzeige wegen Verleumdung eingefangen.« Er schlug mit der Faust auf den Tisch. »Ich kann mir nicht vorstellen, dass Kostas Schmiergelder angenommen hat. Er war zwar maßgeblich an der Vergabe des Auftrags beteiligt, aber das hat er nicht alleine entschieden. Da gibt es klare Regeln, und die kann jeder nachprüfen.«

Filippos grinste provozierend. »Er wäre nicht der Erste, der bei einem lukrativen Angebot schwach geworden wäre und woher sonst sollen die 50.000 Euro denn kommen? Und ...« Er beugte sich vor, »... wer weiß, vielleicht haben Sie ja auch noch irgendwo Geld im Keller?«

Der Beamte stieß einen lauten Fluch aus und warf dem Polizisten einen warnenden Blick zu.

»Wie hieß nochmal die Baufirma, die den Zuschlag bekommen hat?«, fragte Filippos weiter und legte dem Beamten ein Blatt Papier auf den Tisch.

Cháris griff wütend nach einem Stift. »Hellenic Building Company, ein Baudienstleister, der in ganz Europa Tochtergesellschaften betreibt und die meisten Flughafenprojekte auf den griechischen Inseln betreut.« Er schrieb die Adresse und eine Telefonnummer auf den Zettel. »Das ist ein Riesenladen mit Sitz in Kifissia. Unser Kontaktmann für Paros ist Andreas Perfakis. Der ist auch regelmäßig auf der Insel, seitdem die Arbeiten wieder aufgenommen wurden. Meine letzter Stand ist, dass der Neubau bis Frühjahr 2016 fertig sein soll.«

Filippos steckte die Notiz kommentarlos ein und wechselte das Thema. Er kam auf die beiden Materialmuster zu sprechen, die in der Uni untersucht werden sollten. Cháris wirkte überrascht, er hörte zum ersten Mal davon, obwohl ihm die Firma AquaTop nicht fremd war. Ganz im Gegenteil, als er den Namen hörte, rastete er fast aus.

»Diese Verbrecher würden am liebsten die gesamte Wasserversorgung in unserem Land übernehmen, aber da ist das letzte Wort noch nicht gesprochen.« Die Firma schien ein rotes Tuch für den technischen Angestellten zu sein, obwohl er versicherte persönlich keinen Kontakt zu dem Unternehmen gehabt zu haben. Aristidis hätte mit denen mehr zu tun gehabt. »Mit so kleinen Lichtern wie mir haben die sich nicht abgegeben, das lief auf einer ganz anderen Ebene.«

Filippos nickte, mehr war wohl im Moment nicht aus dem Beamten heraus zu holen. Er würde dem Kontaktmann von Hellenic Building einen Besuch abstatten und Katharina vorschlagen eine Überprüfung der Kontobewegungen in dem betreffenden Zeitraum vornehmen zu lassen. Von letzterer Aktion machte er sich allerdings wenig Hoffnung auf Erfolg, Fakelaki, wie Schmiergelder in Griechenland genannt wurden, liefen bekanntlich nicht über legale Konten. Aber zur Absicherung des Falles gehörte das mit dazu.

Sie verließen das Verwaltungsgebäude. Viel Neues hatte der Besuch nicht gebracht, bis auf die merkwürdige Andeutung von Cháris. Kannte Takis die Frau des Ermordeten näher? Es hatte sich so angehört, aber das hatte er bisher nie erwähnt. Er nahm sich vor der Sache nachzugehen. Immerhin hatten sie jetzt einen weiteren Kontakt, den es zu überprüfen galt, auch wenn das alles sehr dünn war.

»Wir haben auch immer noch keine Spur von Fotis Nikiforos, geschweige denn ein Alibi, da müsstest du dich dringend drum kümmern«, wies Filippos Takis an, während sie in ihren Dienstwagen einstiegen. »Vielleicht kannst du das morgen erledigen, dazu wirst du noch einmal nach Athen müssen.«

Takis stöhnte, er wusste, dass diese Aufgabe noch erledigt werden musste und nickte mürrisch. »Wir müssen sowieso noch in die Fährbüros wegen der Nachforschung nach dem unbekannten Fahrer von Aristidis' Wagen, da kann ich direkt ein Ticket besorgen.«

Filippos war froh, dass Takis ohne weitere Diskussionen zustimmte und startete den Wagen in Richtung Hafen. Er glaubte nicht wirklich daran, dass der abgetauchte ehemalige Bauunternehmer der Täter war. Warum hätte er erst jetzt, fast zwei Jahre nach dem Zusammenbruch der Firma, Rache nehmen sollen? Ein Alibi würde das klären.

In den Fährbüros rund um den Hafen ging es gemächlich zu, die Hauptreisezeit war vorbei, und es kehrte nach drei Monaten pausenloser Hast langsam wieder Normalität ein. Die Mitarbeiter waren müde, der Touristenansturm der letzten Wochen hatte ihnen einiges abverlangt. Die Nachfrage nach einem großen Mann mit gebrochenem Englisch löste in den meisten Büros Gelächter aus. Paros war ein internationales Urlaubsdomizil, und das bedeutete, dass unzählige große Männer mit gebrochenem Englisch jeden Tag auftauchten. Nachdem sie sich drei Mal den Spott der Angestellten angehört hatten, beschränkten sie sich darauf die Passagierlisten vom Mordtag an Kostas Aristidis sowie einen Tag vorher und nachher ausdrucken zu lassen. Eine reine Vorsichtsmaßnahme, vielleicht tauchte ein Name darauf auf, der auch in dem zweiten Mordfall eine Rolle spielte. Sie machten sich wenig Hoffnung.

»Jetzt brauche ich dringend etwa Kaltes«, bemerkte Filippos, nachdem sie das letzte Fährbüro verlassen hatten und deutete auf ein Café gegenüber der Windmühle. Ein Wink zu dem Kellner genügte und wenige Minuten später saßen sie bei einem erfrischenden Frappé und resümierten ihre neu gewonnenen Informationen.

»Vielleicht hat Aristidis die Hellenic Building ja erpresst«, begann Takis nach einem kräftigen Schluck des eiskalten Kaffees.

Filippos schaute auf. »Wie meinst du das?«

»Na ja, mal angenommen die Baufirma ist schon einmal wegen Schmiergeldzahlungen aufgefallen um an lukrative Aufträge zu kommen, dann können die sich einen weiteren Ausrutscher wohl kaum leisten.« Er rührte in seinem Glas. »Gerade dann nicht, wenn die internationale Projekte haben. Wenn Kostas da mit drin hing und vorsichtig formuliert, die Vergabe des Flughafenprojekts nicht ganz sauber abgelaufen ist, dann ...« »Was dann?« »Dann wollte er vielleicht mehr, mehr als die 50.000 €.« »Du meinst Erpressung als Mordmotiv?« »Wäre doch denkbar, wir sollten schnellstens überprüfen, ob die Hellenic Building schon einmal in die Schlagzeilen gekommen ist.«

»Gute Idee, wir müssen allen Eventualitäten nachgehen, und wenn dem so ist, findet sich auch etwas darüber im Netz«. Filippos nutzte die Gunst der Stunde und wechselte das Thema. Er stellte Takis zur Rede, ihm ging die Aussage von Cháris nicht aus dem Kopf. »Was meinte Papadakis mit ›Rika, deine alte Flamme‹? Wie gut kennt ihr euch?«

Takis wurde ganz ruhig und schaute Filippos durchdringend an. »Wir sind Nachbarn und mehr nicht.« Er bebte innerlich versuchte es aber zu verbergen. »Diese alte Geschichte ist über dreißig Jahre her.« Er setzte sein Glas abrupt auf den Tisch ab. »Und da will ich nichts mehr von hören.«

Filippos spürte Takis enorme Anspannung, kein guter Zeitpunkt weiter nachzubohren. Er nickte resigniert und zahlte die beiden Getränke.

KATHARINA WALDMANN
PARIKÍA, PAROS

Toon de Vries sprach wie viele seiner Landsleute fließend Deutsch mit niederländischem Akzent, was Katharina zwar lustig aber auch als sehr angenehm empfand. So gab es wenigstens keine Verständigungsprobleme. Er hatte schon neugierig auf ihren Anruf gewartet und begrüßte sie mit einem lauten »Kalispera«. Er sei ein eingefleischter Griechenland-Fan, gab er dann auch unverblümt zu verstehen und hätte schon zahlreiche Urlaube auf Kreta verbracht. Keine schlechten Bedingungen für die bevorstehende Zusammenarbeit. Nach diesem kurzen Begrüßungsgeplänkel schwenkte er aber recht schnell auf das tatsächliche Ansinnen Katharinas um und wollte wissen, wie er sie unterstützen könne.

»Ich muss dringend mit einem Mitarbeiter der AquaTop AG sprechen. Henrik Speelmann heißt der Mann, wie ich schon in meiner Mail geschrieben habe. Ich muss wissen, warum er diese Mail an unser Mordopfer geschickt hat und welche Berührungspunkte es sonst noch zu dem Toten gibt«, gab die Kommissarin de Vries zu verstehen, nachdem sie ihm die Einzelheiten geschildert hatte. »Wenn Sie mir bei der Firma einen Termin vereinbaren könnten, dann kann ich meine Flüge buchen. Ich denke, ich kriege das an einem Tag hin.«

Der holländische Kollege schien sich Notizen zu machen. »Soll ich ein Hotel für Sie organisieren? Eine Übernachtung werden Sie bestimmt einplanen müssen«, schlug er vor.

»Das wäre schön, ich habe mich schon erkundigt. Es geht ein Flug spät abends von Athen, dann wäre ich gegen 23:10 Uhr in

Amsterdam und am übernächsten Tag geht einer früh morgens zurück. Das bedeutet, ich brauche sogar zwei Übernachtungen.«

»Das passt doch, dann kann ich Ihnen einen Abend unsere wunderschöne Stadt zeigen. Kennen Sie Amsterdam?«

Katharinas Miene erhellte sich, mit so einem Angebot hatte sie nicht gerechnet. »Nur vom Hören, ich bin selber noch nie da gewesen und schon ganz neugierig. Es soll ja auch bei Ihnen dort oben ganz viel Wasser geben.« Sie lachte. »Ich nehme das Angebot gerne an.«

Das Gespräch hatte einen entspannten Verlauf genommen, keine Spur von Kompetenzgerangel, wie das oft bei länderübergreifenden Einsätzen der Fall war. Der Anfang ihrer Zusammenarbeit klang vielversprechend. Katharina wollte alle weiteren Details der Reise erst festmachen, wenn der Termin mit Speelmann bestätigt wurde. Sie musste sichergehen den Mann auch zu erwischen, darum wollte sich der niederländische Kollege umgehend kümmern.

Sie hatte aufgelegt, aus dem kleinen Besprechungsraum waren schon länger die Stimmen ihrer Mannschaft zu vernehmen, die auf ihre Chefin wartete. Takis war hochkonzentriert und zeigte einen Artikel auf seinem Rechner, als sie den Raum betrat.

»Ich lag nicht so falsch mit meinen Vermutungen.« Er deutete auf dem Bildschirm. »Es gab tatsächlich schon einmal Korruptionsvorwürfe gegen Hellenic Building.« Er grinste stolz. »Und daraufhin wurde die gesamte Chefetage ausgetauscht.«

Das gesamte Team vernahm die Botschaft mit Erstaunen.

»Das heißt, man hat ihnen etwas nachgewiesen, freiwillig haben die das bestimmt nicht gemacht.« Filippos klopfte ihm wohlwollend auf die Schulter.

»Dann könnte Erpressung tatsächlich im Spiel sein«, übernahm die Kommissarin das Gespräch, die schon im Vorfeld von Filippos über Takis' Vermutung unterrichtet worden war. »Nehmen wir an, Kostas hat die Firma tatsächlich erpresst, wollte mehr …« Sie war jetzt voll in ihrem Element. »… und ist denen so richtig auf den Pelz gerückt.«

Filippos spann den Faden weiter: »Und dabei den Herren von der Hellenic Building zu gefährlich geworden. Die wussten, dass ein weiterer Skandal das Aus für die Unternehmung bedeuten würde.«

Takis genoss seinen Erfolg. »Schöne These, nur wie können wir das beweisen?«, stellte er die Frage an alle.

»Ich werde noch heute eine Überprüfung aller Kontobewegungen veranlassen, auch wenn ich mir wenig davon verspreche«, entschied Katharina. »Und Filippos, statte du dem Projektleiter auf Paros einen Besuch ab. Danach sehen wir weiter.«

Takis, der eigentlich nur in die Dienststelle gekommen war um diesen Artikel zu präsentieren, machte sich auf zum Hafen. Bei seinem Besuch in Athen sollte er sich nach dem verschollenen ehemaligen Bauunternehmer umschauen und herausfinden, ob er ein Alibi hatte. Von ihm waren seinerzeit der Korruptionsvorwurf gekommen. Blieben die Ausdrucke der Passagierlisten, mit denen die Kommissarin zum jetzigen Zeitpunkt jedoch nicht recht etwas anzufangen wusste. Dann klingelte das Telefon und sie vernahm die Stimme von Toon de Vries. Er war aufgebracht, seine Stimme verändert, viel ernster als bei ihrem Telefonat noch vor einer guten Stunde.

»Ich fürchte, Ihr geplantes Treffen wird etwas anders verlaufen, als Sie sich das wünschen.« »Warum?« »Henrik Speelmann ist tot und das wohl schon seit Anfang des Jahres, wurde mir soeben gesagt. Was machen wir jetzt?«

Die Kommissarin brauchte einen Moment um sich zu sammeln. »Tot? Wie denn? Wie ist das passiert?« Sie war geschockt.

»Das hat man mir erst gesagt, nachdem ich mich als Hauptkommissar zu erkennen gegeben habe. Er hat sich das Leben genommen, mit Schlaftabletten. Eine Obduktion hat große Mengen eines Hypnotikums in seinem Blut bestätigt.«

»Mist!« Das machte ihren ganzen Plan zunichte. »Das alles ist mir sehr suspekt. Schon wieder ein Toter und ausgerechnet der Kontakt, den es nach Paros gab.« Ihr kam das alles immer verworrener vor.

Toon de Vries machte einen Vorschlag. »Ich habe mich schlau gemacht, wer der Vorgesetzte von Speelmann ist und habe vorsichtshalber dort einen Termin gemacht. Ich hoffe das ist O.K. so.«

Die Kommissarin war erleichtert. »Klar doch, das macht Sinn. Da ist was faul, das sagt mir mein Instinkt.« Sie stimmte der Empfehlung des Kollegen umgehend zu. »Ich werde die Flüge wie besprochen bestätigen. Jetzt bin ich noch neugieriger, was die Recherchen dort bringen. Danke, wir sehen uns in Kürze.«

›Speelmann ist tot! Selbstmord!‹ Die Information von de Vries hatte Katharina aus dem Gleichgewicht gebracht. Sie hatte sich so viel von dem Treffen mit dem Mann versprochen. Und nun war der schon seit dem Jahresbeginn nicht mehr am Leben. Die Mail an Aristidis war im Januar abgesetzt worden, das bedeutete, dass er sich kurz danach umgebracht haben musste. Sie hoffte nur, dass Speelmanns Boss ihr würde weiterhelfen können.

KATHARINA WALDMANN
AMSTERDAM, NIEDERLANDE

Zwei Tage später, pünktlich kurz nach 23:00 Uhr landete der Airbus der Aegian Airlines in Schiphol. Katharina verließ erschöpft den Flieger. Als sie ihr Handy einschaltete, erschien prompt eine SMS auf dem Display, die sie ihre Müdigkeit vergessen ließ. ›*Hole Sie ab, stehe am Ausgang. Toon de Vries.*‹ Sie erkannte ihn sofort, das Bild im Internet musste relativ neu sein. Ein kräftiger Mann, hochgewachsen und mit einem lausbubenhaften Lächeln im Gesicht. Außerdem hielt er einen weißen Zettel in der Hand, auf dem er Katharina Waldmann herzlich willkommen hieß. Was für eine freundliche Geste! Sie hatte sich schon auf eine Zugfahrt in die Innenstadt eingestellt, das machte sie jetzt etwas verlegen.

»Jetzt müssen Sie sich wegen mir die Nacht um die Ohren schlagen«, begrüßte sie den Beamten.

»Mach ich doch gerne. Ich habe in allen meinen Urlauben auf Kreta so viel Gastfreundschaft erlebt, da kann ich Sie doch unmöglich um diese Zeit noch mit dem Zug fahren lassen.« Er lächelte, und Katharina wäre fast rot geworden. Aber sie hätte es genauso gemacht.

Gut dreißig Minuten später hatten sie die Innenstadt erreicht und de Vries setzte sie vor ihrem Hotel ab. Mittlerweile war es nach Mitternacht. Der Termin bei der AquaTop AG war am folgenden Tag um Zehn angesetzt, der Niederländer hatte alles perfekt organisiert. Ein kaltes Bier an der Hotelbar vermittelte Katharina erste Eindrücke der quirligen Stadt. Sie verkniff es sich noch etwas zu essen, obwohl ihr Magen schon längere Zeit feste

Nahrung einforderte. Ein paar Mezedes wären nicht schlecht, doch ein Blick in die Karte ließ sie erschaudern. Außer Burgern und sonstigem Fastfood konnte sie nichts Gescheites entdecken. Was hatte man ihr noch geraten zu essen? Sie überlegte einen Moment. Frikandel. Genau, sie erinnerte sich. Das sei eine Leibspeise der Holländer. Morgen vielleicht, heute war sie nicht bereit sich auf ein kulinarisches Experiment einzulassen, also begnügte sie sich mit einem großen Amstel, dann fiel sie todmüde in ihr Bett.

Am nächsten Morgen ließ Brünner es sich nicht nehmen die Kommissarin und ihren Begleiter persönlich am Empfang der AquaTop AG abzuholen. Ausgestattet mit großen Besucherschildern betraten sie den streng abgesicherten Bereich hinter dem Pförtnerhäuschen. Katharina beobachtete Brünner, wie er da stand, unruhig von einem Fuß auf den anderen wippend und sie beide aus der Ferne musternd. »Scheint ganz schön nervös zu sein, unser Herr Doktor«, flüsterte sie de Vries zu. Der Holländer bestätigte ihre Beobachtung. Der erste Eindruck des Gebäudekomplexes wirkte kalt auf sie. Viel dunkler Granit und Glas waren in der Eingangshalle verbaut worden, was dem gesamten Bereich einen edlen, aber unnahbaren Anstrich verlieh. Brünner trug einen sehr modisch geschnittenen Businessanzug, der seine schlanke Silhouette betonte. Seine markante Nase erinnerte Katharina spontan an das Profil eines Greifvogels, trotz seiner Distanziertheit war er ein attraktiver Mann. Als ihre Blicke sich erstmals trafen, bemerkte Katharina eine verächtliche Arroganz.

»Dr. Alexander Brünner, wir sind verabredet.« Er reichte zuerst Katharina seine Hand. Forsch griff sie zu, hätte aber ihre Hand am liebsten genauso schnell wieder zurückgezogen. Sein Händedruck war kräftig, seine Haut aber ebenso eisig wie sein Blick, was bei der Kommissarin Unbehagen gegen den Manager auslöste. De Vries stellte sie beide vor, nachdem sie ihre Dienstausweise gezückt und Brünner unter die Nase gehalten hatten.

»Schön, dass Sie sich Zeit für uns nehmen«, sagte de Vries, und sie folgten dem Abteilungsleiter durch eine angrenzende Glashalle, in deren hinterem Bereich zahlreiche Besprechungsräume untergebracht waren. Einer davon war bereits für ihr Gespräch vorbereitet, auf dem runden Tisch warteten Kaffee, Gebäck und einige Kaltgetränke darauf, dass man sich ihrer annahm.

Man sprach Deutsch, und die Kommissarin übernahm das Gespräch. Nachdem sie ihr Anliegen geschildert hatte, zeigte sie dem Manager die im Schließfach von Kostas Aristidis deponierte Mail. »Können Sie sich vorstellen, warum diese Mail von unserem Mordopfer in einem Schließfach aufbewahrt wurde?« Brünner nahm den Ausdruck an sich und überflog den Inhalt. Katharina fixierte ihn dabei genau und nahm ein leichtes Zucken seiner Augenlider wahr. Dabei schien er nicht wirklich den Text zu lesen, schon nach ein paar Sekunden reichte er den Zettel zurück, so als käme ihm der Inhalt längst bekannt vor.

»Was soll ich dazu sagen? Es ist eine Mail, eine von vielen, die jeden Tag durchs Internet schwirren.« Seine Stimme hatte einen überheblichen Unterton. »Wir sind stets darum bemüht, unsere Kunden über alle Änderungen und Weiterentwicklungen zu informieren, das scheint so eine Information gewesen zu sein.« Er schaute gelangweilt.

»Und was sind das für Entsalzungsmodule, die hier gewartet werden müssen?«, hakte die Kommissarin nach.

»Das sind weltweit eingesetzte Aufbereitungsmodule unserer Tochterfirma OsmoTec, die aus Meerwasser Trinkwasser machen.« Er schaute genervt auf seine Uhr.

»Ein wenig Zeit müssen Sie sich schon nehmen.« Katharina hatte seine Ungeduld bemerkt. »Ich bin nicht umsonst von Athen aus angereist.«

Er nickte knapp.

»Wenn das, so wie Sie sagen, ein normales Kundenanschreiben ist, hätte ich gerne eine Liste aller Kunden, die unterrichtet wurden.« Die Kommissarin machte eine längere Pause und wartete auf Brünners Reaktion. Sie fixierte den Manager genau. De Vries saß derweil unbewegt in seinem Stuhl und ließ Katharina gewähren, das längere Schweigen, so hoffte er, würde dem Top-Manager über kurz oder lang zusetzen» Es hat da ein paar sonderbare Vorfälle gegeben«, durchbrach die Kommissarin schließlich die Stille. »Und ich würde gerne wissen, ob auch an anderen Standorten etwas Derartiges aufgetreten ist. Können Sie das mit der Kundenliste bitte umgehend veranlassen?« Sie griff nach einer Tasse Kaffee und lehnte sich entspannt zurück.

Brünners Backenmuskulatur bewegte sich unentwegt, er hatte spürbar keine Lust dazu, sich Befehle geben zu lassen. »Die kann Ihnen meine Sekretärin besorgen, kommen Sie, wir erledigen das gleich.«

Er war aufgestanden und wies zur Tür des Besprechungsraums. Die beiden Beamten folgten ihm schnellen Schrittes in einen nahegelegenen Bürotrakt, in dem auch das Büro von Brünner untergebracht war. Ohne seine Sekretärin vorzustellen, gab er ihr kurze Anweisungen in einem Kommandoton, der Katharina unweigerlich ans Militär erinnerte. »Falls Sie mich noch brauchen, Sie wissen ja, wo Sie mich finden«. Dann ließ er sie mit der überrumpelten Büroangestellten zurück.

Seine Sekretärin verzog den Mund. »So ist er halt, unser Herr Dr. Brünner«, versuchte sie den plötzlichen Abgang ihre Chefs zu erklären und strich sich eine Haarsträhne aus dem Gesicht. In Katharina kroch leise Wut hoch. Sie konnte Menschen nicht ausstehen, die mit ihren Angestellten derart umgingen.

»Nicht ganz einfach, Ihr Chef!«

Die Sekretärin schaute in Richtung Brünners geschlossener Bürotür. »Das stimmt«, sagte sie leise. »Der Mann hat ein paar gewaltige Defizite, aber ...« Sie machte eine abwertende Handbewegung.

»Wie meinen Sie das, ›Defizite‹?« Die Kommissarin wollte mehr wissen und Sekretärinnen waren stets eine hervorragende Informationsquelle.

»Um es freundlich auszudrücken ...« Sie blickte wieder ängstlich in Richtung des Büros. »Ihm fehlt ganz einfach Empathie. Ein normaler Umgang mit seinen Mitmenschen ist ihm fremd, und er braucht immer das Gefühl der absolute Boss zu sein.« Ihr ernster Blick verwandelte sich in ein süffisantes Lächeln. »Doch unser Herr Dr. hat auch seine schwachen Seiten ...« Ihre Augen leuchteten bei dem letzten Satz, so als hielte sie einen Trumpf in der Hand.

Dann wechselte sie abrupt das Thema. »Da werden wir wohl die IT fragen müssen, wegen der Liste.« Sie griff zum Hörer ihres Telefons und wählte eine Nummer. Freundlich schilderte sie ihr Anliegen einer Kollegin, die sie mit Moniek begrüßt hatte, so viel hatte die Kommissarin aus dem holländischen Wortschwall verstanden. »Am besten, ich bringe Sie rüber, damit meine Kollegin Ihnen das betreffende Kundenanschreiben heraus suchen kann.« Sie stand auf, um sie in die benachbarte Abteilung zu begleiten.

Die Kommissarin blieb sitzen, de Vries tat es ihr gleich. »Wie war denn Brünners Verhältnis zu Henrik Speelmann?«

Die Büroangestellte drehte sich abrupt um. »Der arme Teufel! Der hatte nichts zu lachen. Den hat er ganz schön getrieben, so wie alle seine Mitarbeiter. Der tat mir richtig leid.«

»Was war er für ein Mensch und wie haben Sie seinen Selbstmord empfunden?«, fasste Katharina nach.

»Er war ein ganz sensibler Mensch, der einige Probleme hatte. Privat, wissen Sie ...«

»Nein, weiß ich nicht, sagen Sie es mir!«

»Na ja, seine Frau war ihm davon gelaufen. Und er hatte wohl auch finanzielle Probleme. Aber Selbstmord, das hätten wir ihm alle nicht zugetraut«. Man sah ihr die Bestürzung an. »Damit hat er uns alle überrascht.« Sie unternahm einen zweiten Anlauf, um die beiden Kommissare zur IT Abteilung zu begleiten. Katharina notierte sich ihren Namen, Isa Bloomkes. Sie schien eine vorzügliche Quelle für weitere interne Auskünfte zu sein.

In dem Büro der IT herrschte ein wildes Durcheinander, überall lagen Notebooks und Computerzubehör, inmitten des Chaos' saßen zwei Mitarbeiter die mit Headphones ausgestattet im Dauergespräch waren. Die Frau musste Moniek sein, dachte sich die Kommissarin, und die Sekretärin stellte sie auch als diese vor, nachdem sie endlich aufgelegt hatte.

»Helpdesk! Das geht den ganzen Tag so, immer mehr Mitarbeiter, mit immer weniger Leuten betreuen ...«, Moniek schaute missmutig drein. Die Begrüßung war reserviert, die Störung schien der Technikerin nicht in den Kram zu passen. Als sie die Mail von Katharina sah, wurde sie hektisch. Irgendetwas hatte der Text bei ihr ausgelöst, bemerkte Katharina instinktiv. Moniek widmete sich ihrem Arbeitsgerät und rief verschiedene Dateien auf, dann kam sie zu einem Ergebnis: »Es ist nur diese eine Mail heraus gegangen, es gibt keine weiteren Kunden.« Sie startete einen Druckauftrag und reichte der Kommissarin den Ausdruck. »Und den Computer von Speelmann haben wir nach dessen Tod komplett neu formatiert.« Sie vermied es dabei Katharina anzuschauen.

De Vries blickte seine Kollegin ungläubig an. Danach hatten sie doch gar nicht gefragt, warum erwähnte Moniek das jetzt? Katharina schien das Gleiche zu denken.

»Das heißt, es gibt keine Daten mehr von Speelmann?«

»Korrekt.«

»Können Sie mir denn sagen, wer den Rechner jetzt benutzt?« Die Kommissarin hatte eine Idee.

»Das kann ich, warten Sie einen Moment!« Wieder suchte sie in einer Datei nach den gewünschten Informationen. Dann stieß sie ein erstauntes »Ach!« aus. »Der Rechner wurde verschrottet, hier steht's. Das ist die Seriennummer von dem ehemaligen Speelmann-Rechner.« Sie wendete sich den beiden Beamten zu.

»Sind Sie ganz sicher?« Bei Katharina schrillten alle Alarmglocken.

»Absolut sicher und jetzt müsste ich dringend wieder an die Hotline.« Sie hatte schon das nächste Telefonat entgegen genommen.

De Vries nahm die Kommissarin zur Seite. »Das sieht fast nach Vernichtung von Beweismitteln aus. Was denken Sie darüber?«

Katharina hatte genau denselben Gedanken. Ohne lange zu überlegen unterbrach sie das Telefongespräch von Moniek, die sie ungläubig anstarrte. Sie hielt ihr ihren Dienstausweis unter die Nase. »So! Und jetzt reden wir! Ihre Hotline muss warten.«

Die Angestellte nickte ihr erschrocken zu.

»Wer hat die Verschrottung veranlasst und warum?« Ihre Stimme klang hart und fordernd.

Moniek wich ihrem Blick aus, als hätte sie etwas zu verbergen. »Das weiß ich nicht. Wenn die Rechner ein gewisses Alter haben, werden die immer ersetzt, weil sie aus der Garantie raus sind und zu anfällig werden.«

»Und warum wurde er dann noch formatiert?«, schaltete sich de Vries ein.

»Das machen wir immer so, damit alle Daten gelöscht werden.« Sie schwitzte und rieb nervös ihre Hände. »Und so war das auch in diesem Fall.«

Katharina schaute ihr fordernd in die Augen. »Wenn Sie uns etwas zu sagen haben, dann tun Sie es besser jetzt, ansonsten können wir auch gerne einen Termin im Präsidium machen. Dort können wir ungestört reden.« Sie übte Druck aus und hatte schnell erkannt, dass die Technikerin leicht zu knacken war.

Moniek druckste herum, ihre Augen schweiften ständig zu der geöffneten Bürotür. »In diesem Fall hat das Dr. Brünner veranlasst.« Ihre Stimme war leiser und vorsichtiger geworden. »Er hat persönlich darauf bestanden, den Rechner zu verschrotten und hat auch mehrfach nachgefragt, ob die Sache schon erledigt ist.« Sie war froh, dass es raus war und drehte sich wieder ihrem Computer zu.

»Haben Sie denn eine Idee, warum er das getan hat?« Wieder war es de Vries, der fragte.

»Nein, da müssen Sie ihn schon selber fragen.« Sie wollte nicht länger darüber reden.

Die zwei Polizisten beließen es dabei. De Vries gab der IT-Frau noch seine Visitenkarte, falls ihr noch etwas einfallen sollte, und sie gingen zurück zu Brünners Büro.

»Das stinkt zum Himmel, da ist was faul«, war sich Katharina sicher. De Vries pflichtete ihr bei. »Wir werden uns diesen Brünner nochmals zur Brust nehmen, der Typ ist mir nicht koscher.« Ohne lange zu überlegen statteten sie dem Manager einen zweiten Besuch ab, doch Brünner war nicht aus der Reserve zu locken, er ließ die Polizisten kalt abblitzen. Ohne auch nur mit der Wimper zu zucken stellte er klar, dass Speelmann viele vertrauliche Dateien auf seinem Rechner gehabt und er diese ungern in fremden Händen gesehen hätte. In solchen Fällen würden die Rechner immer verschrottet, betonte er. Damit mussten sich die beiden Beamten fürs Erste zufrieden geben. Sie hatten keinen Durchsuchungsbeschluss oder dergleichen in der Tasche, der ihnen weitergehende Ermittlungen vor Ort erlaubt hätte. Unzufrieden ob des mauen Ergebnisses verließen sie das Firmengelände.

»Ich glaube unsere Zusammenarbeit wird sich noch etwas länger hin ziehen, ich schlage vor, dass wir uns duzen«, schlug Katharina vor. De Vries war sofort einverstanden, und sie gingen in ein nahegelegenes Café um die nächsten Schritte zu beraten.

ANGELIKÍ KARAFOULIDOU
ATHEN

Angelikí hatte die letzte Nacht kaum geschlafen, das Telefonat mit dem Hotelmanager ließ sie nicht zur Ruhe kommen. Stundenlang hatte sie darüber gebrütet, welche Zusammenhänge es wohl zwischen dem Sun Flower Ressort und den Ereignissen auf Paros geben könnte. Bis auf den entgangenen Schlaf hatte sie nichts erreicht. Jetzt wartete sie nervös auf die Ergebnisse der KTU, mit deren Laborleiter sie nach dem Mittagessen verabredet war. Die beiden Absperrventile sollten in einem Metalllabor mit Hilfe der Röntgenfluoreszenzanalyse verglichen werden, eine Methode, die vielfach zur Materialanalyse benutzt wurde und sehr genau eine qualitative sowie quantitative Bestimmung der elementaren Zusammensetzung einer Feststoffprobe ermöglicht. Dieses Verfahren wird häufig in der metallverarbeitenden Industrie eingesetzt um eine vorgegebene Qualität von Produkten zu überwachen. Das recht teure Analysegerät war schon weit vor der Krise angeschafft worden. Welch ein Glück, heute müsste eine solche Investition bestimmt zunächst von der Troika genehmigt werden. Die beiden Flüssigkeitsproben hatte man in ein nasschemisches Labor gegeben um sie auf ihre Zusammensetzung hin zu untersuchen. Anhand der Bezeichnung auf dem Probenbeutel der AquaTop AG war es gelungen über deren Webseite an ein paar wesentliche Informationen zu gelangen. Das half den Chemikern im Labor die geeigneten Analyseverfahren auszuwählen. Aus dem Sicherheitsdatenblatt ging hervor, dass es sich um eine schlichte Reinigungslösung handelte, die zur Entfernung von Kalkablagerungen eingesetzt wurde. Damit hatte das Labor genügend Anhaltspunkte um einen Vergleich mit der zweiten Probe aus Asien vornehmen zu können. Ständig blickte Angeliki auf die Uhr, voller Spannung, was die Naturwissenschaftler ihr wohl präsentieren würden.

Rastlos lief sie in die Kantine des Polizeipräsidiums und holte sich einen Kaffee, als ihr noch eine weitere Aufgabe einfiel, die sie eiligst erledigen musste. In einem weiteren Telefonat mit dem Hotelmanager auf Koh Samui musste sie klären, ob auch dort die Firma AquaTop bekannt war, und sie hoffte auf ein weiteres Puzzleteilchen in dem immer verflochtener erscheinenden Fall. Michael Kober bestätigte ihr auf Anhieb die Verbindung zu AquaTop, als Angelikí ihn auf die Firma ansprach. Zu gut war ihm noch die Aufregung mit OsmoTec präsent, als es um den Termin zum Einbau der Wasseraufbereitungsanlage Ende des vergangenen Jahres ging. Dabei hatte er erfahren, dass die Firma gerade von AquaTop übernommen worden war.

»Dank dieser Firma habe ich nun eine autarke eigene Trinkwasseraufbereitung und mir bleibt viel Ärger erspart«, lobte er das Unternehmen in den höchsten Tönen. »Warum interessieren Sie sich dafür?«

»Das kann ich Ihnen nicht genau sagen, aber es hängt mit einem aktuellen Mordfall zusammen.«

Eine längere Pause entstand.

»Wie mysteriös«, gab sich der Hotelmanager zufrieden. »Halten Sie mich auf dem Laufenden.«

Angelikí hatte nun also die Bestätigung, dass auch in dem Hotel die Firma AquaTop einen Auftrag ausgeführt hatte. Jetzt mussten sie nur noch die offenen Enden zusammen führen, dabei zählte sie auf ihre Freundin Katharina. Sie beide waren ein erstklassiges Team und das schon seit vielen Jahren.

Ein wenig zufriedener machte sie sich auf den Weg ins Labor der KTU. Der Abteilungsleiter wartete schon auf die Gerichtsmedizinerin, vor sich auf seinem Schreibtisch ein Haufen Tabellen und Ausdrucke mit Ergebnissen, die er in den letzten Stunden zusammen getragen hatte.

»Fangen wir mit den Ventilen an.« Er gab Angelikí die Hand und drehte den Bildschirm seines Rechners zu ihr herüber. »Hier siehst du zwei Spektren, die wir übereinander gelegt haben, um die Metalllegierungen der beiden Ventile miteinander zu vergleichen.« Er deutete auf die zwei bunten Kurven auf seinem Rechner, die in unterschiedlichen Farben fast übereinander lagen.

Angelikí fasste ihren Kollegen an den Arm. »Bitte mach schnell, ich hab nicht den ganzen Tag Zeit. Was habt ihr heraus gefunden?«

»O.K.! Also die einfache Variante! Die Ventile bestehen zum größten Teil aus einer Messinglegierung, auch Rotguss genannt, das ist ein üblicher Werkstoff für solche Armaturen. Dass die beiden Kurven fast vollkommen übereinstimmen, bedeutet, dass die Zusammensetzung der Legierungen so gut wie identisch ist.«

»So gut wie?«

»Es gibt keine nennenswerten Unterschiede. Die beiden Ventile sind, so wie es aussieht, von gleicher Qualität.« Er wandte sich seinem Rechner zu und öffnete eine weitere Datei. »Schauen wir uns jetzt an, was mir die Kollegen aus der Nass-Chemie geschickt haben.« Seine Stimme klang jetzt wesentlich ernster. »Auch bei den zwei Reinigungslösungen haben wir den gleichen Grundstoff gefunden.« Wieder präsentierte er zwei Kurven auf seinem Bildschirm. »Es handelt sich dabei zum größten Teil um eine schlichte Zitronensäure, die in fast allen Reinigungsprodukten zu finden ist. Aber ...« Er machte eine gewichtige Pause.

»Was ›aber‹? Nun sag schon!«

»Bei den übrigen Inhaltsstoffen gibt es erhebliche Differenzen was die Zusammensetzung betrifft.«

»Und?«

»Wir haben bei beiden Reinigern noch Tenside und Phosphonsäuren gefunden, also waschaktive Substanzen und

Stoffe, die Kalk verhindern sollen, alles nichts Besonderes, aber...« Wieder unterbrach er seinen Satz und Angelikí wurde auf eine harte Probe gestellt. »Die Lösung aus Asien hat einen extrem hohen Schwermetallanteil, der auf starke Verunreinigungen bei der Herstellung dieses Produktes hinweist.« Er rief eine Tabelle auf, in der man die Konzentrationen von Blei, Cadmium, Chrom und Quecksilber miteinander verglichen hatte. In seinen Augen spiegelte sich tiefe Besorgnis.

Angelikís Hirn arbeitete auf Hochtouren. Was konnte sie jetzt mit der Erkenntnis anfangen?

»Aber es ist doch nur eine Reinigungslösung...«, versuchte sie einen ersten Ansatz.

»Korrekt! Aber wo wird die eingesetzt? Sagtest du nicht etwas von Trinkwasseraufbereitung? Ich glaube kaum, dass dieses Mittel aus Asien eine Zulassung zum Einsatz im Trinkwasser bekommen würde.«

Angelikí schlug sich vor die Stirn, da hätte sie auch selber drauf kommen können. »Danke, du hast mir sehr geholfen. Bitte schick mir die beiden Dateien zu. Ich werde das mit der Zulassung schleunigst prüfen. Das ist ein super Hinweis.« Sie war aufgesprungen und verspürte den großen Drang Katharina sofort von ihren Nachforschungen zu berichten. Schnellen Schrittes lief sie zurück in ihr Büro. Blei, Cadmium, Chrom und Quecksilber - vier Schwermetalle, die in Lebensmitteln absolut nichts zu suchen hatten. Und vor allem nicht im Trinkwasser, dem Lebensmittel Nummer Eins, hämmerte es die ganze Zeit durch ihren Kopf. Sie war Medizinerin und wusste was eine Vergiftung mit Schwermetallen in einem menschlichen Körper anrichten konnte. War das der entscheidende Hinweis? Konzentriert versuchte sie sich zu erinnern, was Sotírios ihr damals erzählt hatte, als er in Thailand bei seinem letzten Urlaub für ein paar Tage das Bett hüten musste? Er hatte von einer Magen-Darm-Erkrankung gesprochen mit heftigen Brechdurchfällen und furchtbarer Übelkeit und dass zwei Leute aus dem Hotel sogar verstorben waren. Das hatte ihr Michael Kober genauso bestätigt. Einer davon war sein Vater gewesen, die Ursache konnte nie geklärt werden. Sie spürte, dass ihr Atem zu flattern begann, ihr Herzschlag beschleunigte sich. Endlich hatte sie eine Spur aufgetan. Sie brauchte unbedingt den Totenschein von Michael Kobers Vater. Ohne auf ihre Uhr zu schauen wählte sie die Telefonnummer des Sun Flower Ressorts.

FILIPPOS PANOS
PARIKÍA, PAROS

Lautes Stimmengewirr war aus dem Büro-Container zu hören, als Filippos sich dem quaderähnlichen Komplex auf der weitläufigen Baustelle näherte. Er war früh am Morgen nach Alyki, ganz im Süden der Insel, aufgebrochen um dem Bauleiter der Hellenic Building Company einen Besuch abzustatten. Er wollte sich ein Bild von dem Mann machen, der ihm von Cháris Papadakis genannt worden war. Der Container sah neu aus und war wohl erst kürzlich aufgestellt worden, nachdem man nach langen Jahren Stillstand endlich entschieden hatte, den viel zu kleinen Airport auf Paros durch einen größeren abzulösen. Filippos erkannte von außen vier Männer, die sich lebhaft unterhielten und mit einem Bauplan beschäftigt waren. So wie er das durch das kleine Fenster erkennen konnte, war es die Runway, die auf dem Plan zu sehen war. Er hatte seinen Besuch zwar angekündigt, den wahren Grund des Gesprächs jedoch für sich behalten. Er wollte den Überraschungseffekt nutzen, wenn er auf Kostas Aristidis zu sprechen kommen würde. Andreas Perfakis, ein schwergewichtiger Mann um die Vierzig, begrüßte ihn reserviert, als er die Tür zu dem Baustellenbüro öffnete. Die Männer blickten erstaunt auf, und nachdem er ihnen seinen Dienstausweis gezeigt hatte, bat Perfakis die drei Bauarbeiter, ihn mit Filippos alleine zu lassen.

»Was treibt die Polizei zu meiner Baustelle?« Er bot dem Beamten ein Glas Wasser an. »Haben wir irgendwelche Verkehrsregeln bei der Einrichtung der Baustelle missachtet?« Er deutete auf die Baustelleneinfahrt und verschiedene Bulldozer, die draußen einen Höllenlärm verursachten.

»Nein, nein, deswegen bin ich nicht hier. Mir geht es um Ihre Kontakte zu Kostas Aristidis.«

Perfakis blickte auf. »Ach, der... Ja, traurige Geschichte. Ich habe von seinem Tod gehört. Was habe ich damit zu tun?«

»Er wurde ermordet, und da müssen wir alle Kontakte überprüfen. Vielleicht können Sie uns ja dabei helfen.«

Argwöhnisch zuckte der Bauleiter mit den Schultern. »Ich? Wie soll ich Ihnen dabei helfen? Wir haben uns ein paar Mal getroffen, als es um die Absicherung der Baustelle ging, aber das ist schon eine ganze Weile her. Ich kann Ihnen da bestimmt nicht helfen.« Er begann zu schwitzen.

»Wir haben einen größeren Geldbetrag in einem Schließfach von Aristidis gefunden, und wir haben auch von den Korruptionsvorwürfen gegen Ihre Firma vor ein paar Jahren gehört.«

Perfakis Augen blitzten gefährlich auf. »Dann haben Sie bestimmt auch davon gehört, dass es danach einige Umstrukturierungen in unserer Firma gegeben hat«, entgegnete er grimmig. »Wer hat Sie auf uns angesetzt? Fotis Nikiforos? Dieser Idiot!« Der Mann schien gut informiert zu sein.

»Nein, da muss ich Sie enttäuschen. Den Mann suchen wir und würden auch ihm gerne ein paar Fragen stellen.«

Perfakis wurde ungehalten. »Wer war es dann?« Er hämmerte mit der Faust auf den Tisch. »Ja, es gab vor etlichen Jahren einen Vorfall, und dafür hat die Firma auch kräftig gebüßt. Die gesamte Geschäftsführung musste damals gehen, aber das war vor meiner Zeit. Glauben Sie wirklich, wir machen einen solchen Fehler noch einmal?« Er hatte sich in Rage geredet, fehlte nur noch Schaum vor seinem Mund. »Wir halten uns an die Gesetze, und jetzt lassen Sie mich in Ruhe weiter arbeiten.« Filippos ließ sich nicht beeindrucken.

»Kennen Sie eigentlich die AquaTop AG?«

Perfakis war irritiert. »Klar! Die kennt jede große Baufirma, die mit Wasserversorgung zu tun hat, auch die Hellenic hat eine Abteilung, die sich damit beschäftigt. Ein Global Player, der weltweit Trinkwasserversorgungskonzepte anbietet und der mit Baufirmen zusammen arbeitet, wenn es um die Verlegung von Rohrnetzen geht. Warum diese Frage?«

»Vielen Dank für Ihre Zeit, Herr Perfakis, ich muss jetzt los.« Filippos blieb ihm eine Antwort schuldig und verabschiedete sich höflich. Den Besuch hätte er sich sparen können, überlegte er. Wenigstens hatte er sich aber einen Eindruck von dem jähzornigen Bauleiter machen können. Die Überprüfung der Kontobewegungen würde wohl ähnlich verlaufen, und Frustration machte sich breit. Diese verstärkte sich noch, als er einen Anruf aus Athen erhielt. Takis war in der Leitung, er hatte es endlich geschafft den untergetauchten Bauunternehmer aufzuspüren.

»Unser gesuchter Mann liegt seit gut drei Wochen in der Klinik«, begann er seinem Bericht. »Angebrochener Rückenwirbel. Der ist ans Bett gefesselt und darf sich nicht bewegen. Die Kollegen aus Athen waren auch schon da und hätten ihn am liebsten direkt einkassiert.« Auch er war enttäuscht. »Das wollte ich dir direkt weiter geben, damit wir diese Spur nicht länger verfolgen. Katharina ist auch schon informiert.«

Filippos bedankte sich für die gute Arbeit, und sie verabredeten sich für den übernächsten Tag zu einem weiteren Team-Meeting, wenn ihre Chefin zurück aus Amsterdam erwartet wurde. Er war niedergeschlagen, doch das hatte er seinen Mitarbeiter nicht spüren lassen. Takis hatte sein Erfolgserlebnis gehabt, während Filippos eine erneute Niederlage verkraften musste. Fotis Nikiforos konnten sie von der Liste der Verdächtigen streichen, und das verstärkte seinen Eindruck, dass sie nicht vorankamen. Zu diesem Zeitpunkt hatte er noch keine Ahnung, was Angelikí alles ans Tageslicht gebracht hatte.

KATHARINA WALDMANN
AMSTERDAM, NIEDERLANDE

Das Café, in das sich die Kripobeamten zur Beratung zurückgezogen hatten, war gut besucht, und es fiel schwer eine Ecke zu finden, in der sie ungestört reden konnten. Katharina imponierte die laute Fröhlichkeit, die von dem bunten Mix der Besucher ausging. Viele junge Leute trafen auf Touristen aus aller Herren Länder, die sich zwischen ihrem Sightseeing-Programm einen Kaffee zur Entspannung gönnten. Eine Ausgelassenheit, die sie seit Ausbruch der Krise in ihrem Land oft vermisste. De Vries beobachtete sie und schien ihre Gedanken zu lesen.

»Warte auf heute Abend, dann bekommst du einen noch besseren Einblick in unsere Stadt, es wird dir gefallen.«

Katharina lächelte gequält, einerseits war sie gespannt auf die geplante Besichtigungstour mit ihrem neu gewonnen Kollegen, aber in ihrem aktuellen Mordfall war sie noch keinen Schritt vorangekommen.

»Da bin ich mir absolut sicher, nur im Moment beschäftigt mich der Besuch bei der AquaTop weit mehr« »Mir bleibt noch der heutige Nachmittag, das ist nicht viel und wir sollten uns schnell überlegen, wie wir weiter machen.« Ihre Stirn zeigte viele Sorgenfalten.

»Da gebe ich dir Recht, viel erreicht haben wir noch nicht. Und dann dieser Brünner, der gefällt mir überhaupt nicht. Ich habe selten einen so aalglatten Menschen getroffen.« Katharina war ganz seiner Meinung.

»Und nicht nur das.« Die Kommissarin nahm einen Schluck von ihrem Kaffee. »Mir kommt der Tod von Speelmann immer seltsamer vor. Wie werden denn hier in Holland Verstorbene beerdigt?«

De Vries blickte erstaunt auf. »Denkst du etwa an eine Exhumierung? Vergiss es!« Er winkte ab. »Hier werden alle Toten verbrannt, da wirst du nichts mehr finden.«

»Schade.« Katharina seufzte und dachte an einen vergangenen Fall auf Amorgos zurück, bei dem die Gewebeprobe eines Verstorbenen einen entscheidenden Hinweis geliefert hatte. »Was ist mit der Wohnung von Speelmann? Da könnten wir uns einmal umsehen.«

»Darüber habe ich noch gar nicht nachgedacht, aber die ist bestimmt längst wieder vermietet oder verkauft. Sein Tod ist neun Monate her.«

Katharina nickte resigniert.

»Aber das lässt sich schnell klären.« De Vries war aufgestanden und zückte sein Handy. Er ging nach draußen um zu telefonieren. Mit einem Lächeln im Gesicht betrat er wenig später wieder das Lokal. »Wir haben Glück, die Wohnung war sein Eigentum, und es gibt Streitigkeiten unter den Erben. Sie ist seit dem Tod von Speelmann unberührt.«

Katharina klatschte in die Hände. »Ich habe schon ein Team von der Spurensicherung dorthin beordert. Ich schlage vor, wir fahren auch hin, um uns selbst einen Eindruck zu verschaffen.« Er winkte der Kellnerin zu, um zu bezahlen. »Danach können wir zum Revier fahren, die Wohnung von Speelmann liegt auch in Joordan, dem Stadtteil, in dem wir unsere Dienststelle haben.«

Der Verkehr in Amsterdam kurz nach Mittag war buchstäblich zusammengebrochen, aber de Vries manövrierte seinen VW Golf geschickt durch die engen Gassen der Stadt. Katharina zuckte unweigerlich zusammen, wann immer er rechts und links von zahlreichen Fahrrädern überholt wurde.

»Wie kriegt ihr das nur hin ohne größere Unfälle?« Sie war fasziniert. »In Griechenland gäbe es Tote bei dem Verkehr.«

De Vries grinste. »Reine Übungssache und es gibt eine goldene Regel: Unsere Fietsen haben immer Vorfahrt.« Immer wieder kreuzten sie zahlreiche Kanäle, die Amsterdam seinen typischen Charakter gaben. »Die bekanntesten Grachten sind Prinsengracht, Keizergracht, Herengracht und Singel«, gab de Vries den Reiseführer, und Katharina genoss die ausführlichen Erzählungen ihres holländischen Kollegen.

Fast vierzig Minuten brauchten sie bis zur Wohnung von Speelmann, die in einer kleinen Seitenstraße nahe des Leidseplein lag, einer der Hauptvergnügungsstätten am Abend inmitten von Amsterdam. Das Team von der Spurensicherung war schon eingetroffen, de Vries parkte seinen Wagen direkt neben dem Fahrzeug seiner Kollegen. Der Hausmeister hatte ihnen die Tür geöffnet, völlig überrumpelt von dem plötzlichen Auftauchen der Polizei. Ein modriger Geruch strömte ihnen aus der Wohnung entgegen, obwohl die Spurensicherung alle Fenster weit aufgerissen hatte.

»Bis auf einen Besuch von ein paar Angehörigen direkt nach dem Tod des Besitzers, ist niemand dagewesen«, gab der Hausmeister zu verstehen und deklamierte lautstark, dass seitdem die fälligen Hausgelder nicht mehr gezahlt worden seien. Die Wohnung wirkte aufgeräumt, fast penibel, bemerkte Katharina. Speelmann musste ein sehr geordneter Mensch gewesen sein. Im Wohnzimmer lag eine Decke auf dem Sofa, so als hätte er es sich dort noch gemütlich gemacht. Alles schien tatsächlich seit dem Ableben des Mannes nicht mehr angefasst worden zu sein, nur im Schlafzimmer, dort wo man ihn gefunden hatte, zeugten Markierungen davon, dass es eine polizeiliche Untersuchung gegeben hatte. Ein Anruf in der Gerichtsmedizin bestätigte ihnen, dass der Tote erst nach der Obduktion frei gegeben wurde, nachdem man keinerlei Anzeichen für ein Fremdverschulden gefunden hatte. Eine Kollegin von der KTU hatte ihnen einen Mundschutz gereicht, bevor sie die Tür geöffnet hatte. Das milderte etwas den Gestank, der ihnen von dort entgegenschlug, ab. Sie ignorierte den strengen Geruch, denn viel mehr interessierte sie sich für die leeren Packungen eines Medikaments sowie für ein großes Wasserglas mit weißen verkrusteten Rückständen auf dem Nachttisch des Toten. De Vries war ihr gefolgt und ohne große Erläuterungen erkannte auch er, dass hier seine Kollegen von der Spurensicherung besonders gefragt waren.

»Da scheint noch alles so wie vor neun Monaten zu sein«, rief er eine Mitarbeiterin ins Schlafzimmer. »Nehmt reichlich Fingerabdrücke, besonders hier im Schlafzimmer!« Er deutete auf das Wasserglas und die leeren Schachteln. »Wer weiß, wozu wir die noch gebrauchen können.« Sie überließen dem Team von der Spurensicherung das Revier und machten sich auf den Weg ins Präsidium.

Mittlerweile war es kurz nach drei am Nachmittag, entsprechend kurz nach vier auf Paros. De Vries hatte noch schnell für sie beide ein Sandwich organisiert, welches die Kommissarin dankbar entgegen nahm. Essen schien in Holland eine weit weniger wichtige Angelegenheit zu sein, als sie das aus Griechenland kannte, aber sie hatte noch Hoffnung auf den Abend. Katharina ließ sich von de Vries einen Schreibtisch zuweisen, um ein paar Telefonate nach Griechenland zu tätigen, darunter auch mit ihrer Dienststelle, wo Xenia schon ungeduldig auf ein Lebenszeichen ihrer Chefin gewartet hatte.

»Angelikí hat schon mehrfach mit Filippos telefoniert«, berichtete sie, nachdem Katharina ihr einen ersten Eindruck ihrer Dienstreise vermittelt hatte. Es kam ja nicht so häufig vor, dass einer aus dem Team im Ausland unterwegs war. »Sie wird dich wohl auf deinem Handy anrufen, sie scheint ein paar wichtige Neuigkeiten für dich zu haben.« Die Kommissarin vernahm das mit Wohlwollen. De Vries beauftrage einen Kollegen Katharina zum Hotel zurück zu bringen, gegen acht wollten sie gemeinsamen ihren Trip durch das nächtliche Amsterdam starten.

Viel Zeit blieb da nicht, zumal Katharina noch alles für ihre Rückreise vorbereiten musste. Der Rückflug am nächsten Morgen ging um 08:50 Uhr zunächst nach München und von dort aus weiter nach Athen. Sie orderte ein Taxi für 06:00 Uhr, de Vries hatte ihr geraten etwas mehr Zeit bis zum Flughafen einzuplanen, allzu spät durfte es heute Abend nicht werden. Schnell noch unter die Dusche, da kam ihr ein Anruf von Angelikí dazwischen.

»Gut, dass ich dich erreiche.« Sie legte gleich los. »Ich habe gerade noch einmal mit Thailand telefoniert und du glaubst es nicht, es gibt eine weitere Parallele.« Sie war völlig außer Atem, so schnell hatte sie geredet.

»Und die wäre?« Katharina schaute nervös auf ihre Uhr.

»Die beiden Toten in dem Urlaubsressort sowie der tote Kanadier bei deinem Freund Georgios scheinen unter den gleichen Umständen ums Leben gekommen zu sein.«

»Was? Was heißt das?«

»In allen Totenscheinen sind Nierenversagen und Herzrhythmusstörungen mit akutem Kammerflimmern vermerkt. Der Auslöser konnte in keinem der Fälle ermittelt werden, und es muss auf Koh Samui in einem weiteren Hotel noch einen Toten gegeben haben. Das hat mit der Manager gesagt und jetzt halte dich fest ...« Sie zündete sich eine Zigarette an.

»Auch dort gibt es eine Wasseraufbereitung von AquaTop.«

Der Kommissarin verschlug es für einen Augenblick die Sprache. Gut, dass sie sich so schnell für einen Besuch in Amsterdam entschieden hatte. »Großartig, Angelikí! Das hilft ungemein! Ich werde diese Firma weiter ins Visier nehmen. Noch heute werde ich meinen charmanten Kollegen hier in Amsterdam mit diesen brisanten Nachrichten konfrontieren. Morgen Nachmittag bin ich zurück auf Paros, ich melde mich, wenn ich gelandet bin.«

De Vries wartete schon an der Hotelbar auf sie. Gutgelaunt, in der Hand ein Bier, bestellte er sofort ein zweites, als er Katharina aus dem Aufzug kommen sah. »Du siehst fantastisch aus!« Seine

Augen strahlten. »Lass uns auf den Abend anstoßen.« Er reichte ihr ein kaltes Amstel und prostete ihr zu. Katharina nahm es dankend entgegen.

»Auf den Abend! Und vielen Dank für die Einladung.« Sie nahm einen großen Schluck. »Aber bevor wir uns ins Getümmel stürzen, muss ich noch etwas Dienstliches ansprechen. Danach ist Schluss mit Arbeit, versprochen.« Sie berichtete ihm von dem Telefonat mit Angelikí. »Wir müssen uns diesen Brünner nochmal vornehmen. Der ist der Schlüssel zu diesem Fall. Ich weiß nur noch nicht, wie wir das anstellen können.« Sie korrigierte den Sitz ihrer schwarzen Brille.

»Ich kann ihn überwachen lassen. Was hältst du davon?«

»Und wir müssen sein Alibi am Todestag von Speelmann überprüfen«, ergänzte Katharina. De Vries machte sich ein paar Notizen.

Danach hielten sich beide an ihre Abmachung, es wurde kein Wort mehr über ihre Arbeit gesprochen, und de Vries entpuppte sich einmal mehr als gekonnter Reiseleiter. Katharina erfuhr viel über die alte Hafenstadt und genoss den Eifer, den de Vries an den Tag legte. Er schien das nicht zum ersten Mal zu machen. Die Freude erlahmte ein wenig, als der Polizeihauptkommissar sie in ein typisch niederländisches Lokal führte und sie die Speisekarte studiert hatte. Bevor sie überhaupt eine Auswahl treffen konnte, hatte der Kommissar schon eine Entscheidung getroffen.

»Du musst unbedingt unser holländisches Nationalgericht probieren, es wird dir schmecken.« Er orderte eine große Portion Stamppot und vorweg zwei Portionen Matjes. Katharina wollte nicht unfreundlich sein und vertraute de Vries ohne zu wissen, was sich hinter dem so hochgelobten traditionellen Mahl verbarg. Der Matjes war nicht schlecht, aber halt nur ein Snack. Sie war hungrig und freute sich nun auf ein reichliches Hauptgericht mit viel Fleisch und allem, was dazu gehörte. Außer dem kargen Sandwich heute Mittag hat sie noch nichts gegessen. Erwartungsvoll stierte sie auf die beiden Teller mit dem dampfenden Etwas, als der Kellner endlich den groß angekündigten Stamppot servierte. De Vries erhob abermals sein Glas Bier zum Anstoßen, dann begann er das breiige Einerlei in sich hineinzuschaufeln. Katharina stach mit der Gabel beherzt in den gelben Haufen des Gemischs, immer noch voller Hoffnung vielleicht auf ein Stück Fleisch zu stoßen. Doch schnell machte sich Ernüchterung breit, es gab weder Fleisch noch sonstige Überraschungen.

»Das ist unsere Leibspeise«, klärte sie ihr Kollege auf und zählte die spärlichen Zutaten auf, die das holländische Gericht enthielt. »Ist das nicht lecker?« Er stopfte sich wieder eine große Gabel in den Mund und spülte mit reichlich Bier nach.

Die Kommissarin lächelte tapfer zurück. Sie dachte an all die leckeren Mezedes, die sie jetzt auf Paros genießen könnte, ganz vorne an ein große Portion Dolmades und ein gut gemachtes Skordalia, an den sie der lieblose Kartoffelbrei entfernt erinnerte. In einem Zug trank sie ihr Bier aus und widmete sich geschlagen dem unausweichlichen Mahl. Ihr Hunger war zu groß, und ihr Kollege hatte es ja nur gut gemeint. Es folgte etliche Runden Bier und mehrere Genever, der laut de Vries nach keinem Essen in Holland fehlen durfte. Katharina dachte mit Schrecken an den kommenden Morgen, ließ sich aber trotzdem auf den Abend ein. Am Ende überredete sie de Vries sogar einen seiner nächsten Griechenland Urlaube anstatt auf Kreta einmal auf Paros zu verbringen. Er wollte es sich überlegen.

Nur wenige Stunden später saß sie mit einem heftigen Kater in dem Airbus der Aegian, der sie zunächst nach München und später nach Athen bringen sollte.

FILIPPOS PANOS
PARIKÍA, PAROS

Filippos hatte sich diesen Nachmittag frei genommen. Er brauchte eine kleine Auszeit und hatte Irini abgeholt um mit ihr ein wenig auszuspannen. Mit seinem neuen Spielzeug, einem Skooter, waren sie nach Lefkes gefahren um dort eine Kleinigkeit zu essen. Auf dem idyllischen Dorfplatz, inmitten der vielen weißgekalkten Gässchen, den er so sehr liebte und wo sich so langsam auch wieder die Einheimischen hin trauten. Die letzten zwei Monate hatten sie diesen Platz gemieden um der Hektik zu entkommen, wenn Massen von Urlaubern durch ihr Dorf hasteten. Jetzt waren sie beinahe schon wieder in der Überzahl, und es würde nicht mehr lange dauern, dann hätten sie ihr Terrain wieder ganz für sich alleine. Es war Liebe auf den ersten Blick, als er vor zwei Jahren das erste Mal an diesem Örtchen war, damals dienstlich, während seiner Ermittlungen im Mordfall Jannis Kostatidis. Er hatte sofort gespürt, welche besondere Ausstrahlung von diesem Platz ausging, fast meditativ wirkte er auf ihn, so auch heute. Langsam kehrte seine gute Laune zurück. Zum Glück hatte ihm Angelikí gestern noch die aktuelle Entwicklung präsentiert, die den mysteriösen Fall in einem neuen Licht erscheinen ließen. Morgen würde es weitere Neuigkeiten geben, wenn Katharina von ihrem Ausflug nach Amsterdam zurück war. Das hatte sie bereits angekündigt und am Morgen zu einem Meeting geladen. Viel Arbeit käme auf sie zu, waren ihre Worte gewesen, von daher wollte er den heutigen Nachmittag noch nutzen, um ein wenig zu Relaxen. Sie machten sich auf zu seinem Lieblingsstrand, einer winzigen Bucht nahe der Ortschaft Ageria, ganz in der Nähe von Alyki im Süden der Insel, die man als Ortsunkundiger nur schwerlich finden konnte. Irini schlug vor den längeren Weg über den Agii Pantes zu nehmen, es herrschte klare Fernsicht, und sie liebte den faszinierenden Blick von dort oben auf die umliegenden Kykladen Inseln. Mit seinen 770m Höhe war er die höchste Erhebung auf Paros, und stets wehte einem eine kräftige Brise um die Nase.

Die Strecke führte von Lefkes stetig bergauf, teils über eine asphaltierte Straße, aber zum größten Teil über eine Schotterpiste. Für den kleinen Skooter eine große Bewährungsprobe. Irini schmiegte sich eng an Filippos, sie freute sich über ein paar Stunden Rückzug aus ihrem aufreibenden Job in dem zentralen Reisebüro in Náoussa. Sie war ausgepowert und die zurückliegende Saison hatte alle Energie aus ihr herausgepresst. Gehetzte Touristen, denen es nicht schnell genug gehen konnte, waren an der Tagesordnung, und es kam gar nicht selten vor, dass Irini einen Streit zwischen den wartenden Urlaubern schlichten musste. Jetzt würde es wieder ruhiger werden, und im Oktober planten sie ein paar Tage Ferien zu machen um wieder aufzutanken. Endlich Zeit, um ein paar Dinge zu besprechen, was ihre weitere Lebensplanung betraf.

Abwärts ging es leichter für den flinken Motorroller, dafür wurden jetzt die Bremsen auf eine harte Probe gestellt. Das letzte Stück der Piste war eingerahmt von groben Steinmauern, an denen im Sommer unzählige Ginsterbüsche blühten. Eine Ansammlung von Häusern des verschlafenen Ortes Ageria kündigte das Ende ihres Bergausfluges an, und sie erreichten die Küstenstraße. Von hier aus war es nur noch ein Katzensprung bis zu Filippos Lieblingsstrand. Abgehend von der Ringstraße führte eine holprige Piste, die auf dem ersten Stück betoniert war und wie eine Hauszufahrt aussah, steil hinab Richtung Meer, und Irini rutschte noch weiter auf dem engen Beifahrersitz des Skooters an ihren Freund heran. Nach circa 400m endete der Wirtschaftsweg an einem zugewachsenen Pfad, der an einen vertrockneten Bachlauf erinnerte. Von hier aus mussten sie zu Fuß weiter bis sie an ein fein aufbereitetes Gemüsefeld gelangten. Der Strand lag nun in Sichtweite, eine versteckte Bucht, die sich schlank ins Inselinnere hinein zog, eingerahmt von zerklüfteten Felsen. Mehrere Tamarisken spendeten Schatten und sie schlugen ihr Lager unter einem der Bäume auf. Sie waren alleine und nackt und nachdem sie ein abkühlendes Bad im Wasser genommen hatten, genossen sie eng aneinander geschmiegt die wohlige Wärme der Sonne.

Irini streichelte Filippos zärtlich, ihr war seine Anspannung in den letzten Tagen nicht entgangen. Sie waren ungestört, nur das Rauschen der Dünung drang an ihre Ohren, ein idealer Platz für ein heißes Liebesgefecht. Doch Filippos Gedanken kreisten ständig um seinen Besuch bei der Hellenic Building, er glaubte dem Bauleiter nicht, der so emotional reagiert und ihn so barsch abgewiesen hatte. Das wurde untermauert durch einige Presseberichte, auf die er im Internet gestoßen war. In der Tat hatten nach Bekanntwerden des Bestechungsskandals drei von vier Vorständen ihren Hut nehmen müssen, aber einer hatte seinen Hals gerettet, und das, so stellte sich heraus, war der Schwager von Bauleiter Perfakis, der sich bei ihrem Treffen so in Rage geredet hatte. Erschütternd waren die Details, die in den Berichten beschrieben wurden. Mit allen Mitteln waren die Mitarbeiter unter Druck gesetzt worden, um den betreffenden Auftrag für die Hellenic Building zu gewinnen. Das verbliebene Vorstandsmitglied schien dabei eine tragende Rolle gespielt zu haben und aus welchem Grund, so fragte er sich, sollten sie ihre Taktik geändert haben. Der Druck in den Unternehmen war nicht weniger geworden, der Wettbewerb eher härter und Korruption war ein gängiges Mittel in ganz Griechenland. Fakelaki hier, Fakelaki da, vielleicht hatte man die Methode verfeinert um nicht aufzufallen, aber irgendwoher mussten die 50.000€ in Aristidis Schließfach ja gekommen sein.

Er zerbrach sich den Kopf, wie er weiter vorgehen sollte, während Irini ihn sehnsüchtig anschaute. Auf jeden Fall traute er diesen Leuten einen Mord zu, die waren skrupellos, nur wie passten dann die Vorkommnisse in Thailand und der Mord an Sotírios zusammen? Fragen über Fragen, die er heute nicht mehr lösen würde. Er drehte seinen Kopf zu Irini, küsste sie innig, da klingelte sein Handy. Genervt drückte er die Annahmetaste.

»Xenia?«, rief er und ärgerte sich im gleichen Augenblick, dass er den Anruf angenommen hatte.

»Entschuldige Filippos, ich weiß, dass du frei hast...«, druckste sie herum, »aber Katharina ist nicht da und ich brauche jemanden, mit dem ich reden kann.« Die Sekretärin klang verängstigt. »Ich bin mir nicht sicher, was ich machen soll. Hier hat jetzt schon drei Mal einer angerufen und wollte Katharina sprechen.«

Filippos war aufgestanden und ein paar Meter Richtung Meer gegangen. »Und was ist daran so besonders?« Er verstand nicht Recht, was sie von ihm wollte.

»Der Typ legt jedes Mal wieder auf, wenn ich sage, dass sie nicht da ist. Kein Name, keine Telefonnummer die angezeigt wird. Ich finde das seltsam.«

Filippos überlegte einen Moment. »Und keine weiteren Angaben, was er von ihr will?«

»Nein, soweit komme ich erst gar nicht, er legt immer direkt auf.«

»Versuch ihn auf Morgen zu vertrösten, dann sind wir alle wieder im Büro, vielleicht klappt es ja.« Das war alles, was ihm spontan dazu einfiel, mehr konnte er im Moment nicht tun. Dann widmete er sich endlich Irini.

KATHARINA WALDMANN
PARIKÍA, PAROS

Katharina war übel, dieser verdammte Genever, den der holländische Kollege immer wieder bestellt hatte, war ihr nicht gut bekommen, mit Souma war ihr das noch nie passiert. Der ausschweifende Abend mit Toon de Vries hatte Nachwirkungen, aber auch die vielen neuen Eindrücke, die ihr Besuch bei der AquaTop ergeben hatte, bescherten ihr reichliche Kopfschmerzen. Aber was tat man nicht alles für seinen Job, und immerhin hatte sie mit de Vries nun einen emsigen Mitstreiter an ihrer Seite. Er würde sie bei der Aufklärung der Mordfälle tatkräftig unterstützen. Nach einem kurzen Zwischenstopp in München landete der Airbus gegen 14:45 Uhr in Athen. Es war ein ruhiger Flug gewesen, und sie hatte fast die ganze Zeit geschlafen. Gute zwei Stunden später war sie zurück in ihrer Wahlheimat auf Paros, in Gedanken schon bei dem am nächsten Morgen angesetzten Meeting. Sie würde den gesamten Fall in einem völlig neuen Licht darstellen. Irritiert hatte sie eine Nachricht, die sie auf ihrer Mailbox vorgefunden hatte, in der Filippos ihr von einem anonymen Anrufer berichtete. Doch das konnte bis zum nächsten Morgen warten, sie brauchte für den Rest des Tages etwas Zeit für sich, nach dieser aufreibenden Dienstreise nach Amsterdam.

Vollzählig wartete dann auch in der Früh die komplette Besetzung neugierig auf ihre Chefin, um von den neuen Wendungen des Falls zu erfahren. Sogar Konstantinos, der sich bisher um die Routinearbeiten in der Dienststelle gekümmert und dem ermittelnden Team den Rücken frei gehalten hatte, war anwesend. Das immer größer werdende Ausmaß der Ermittlungen hatte ihn neugierig gemacht. Xenia, immer noch aufgewühlt von dem unbekannten Anrufer, nutzte die Gelegenheit auch den anderen im Team davon zu berichten: »Ich habe zuletzt einfach *Tomorrow 10:00 O'Clock* ins Telefon gerufen um den Typen endlich loszuwerden. Und das hat gewirkt. Danach hat der Mann sich nicht mehr gemeldet.«

Eine wichtige Information, die Katharina aufmerksam aufnahm. Es blieb bis dahin noch eine gute Stunde, Zeit genug um alle auf den neusten Stand bringen.

»Der Fall hat eine neue Dimension angenommen, die unsere Möglichkeiten überschreitet.« Der Ernst der Lage war ihr anzusehen. »Kostas Aristidis scheint da in eine Sache verwickelt gewesen zu sein, die wir ohne die Hilfe der holländischen Kollegen nicht lösen können.« Sie war aufgestanden und schrieb in großen Lettern »AQUA TOP« auf die Wandtafel. »Diese Firma spielt eine Schlüsselrolle und taucht überall dort auf, wo es Tote gegeben hat.« Erstaunen machte sich breit, und Xenia zuckte zusammen. »In Thailand, in Athen, bei Georgios in seiner Villa Lageri - überall taucht diese Firma auf, und auch Aristidis hatte mit diesem Unternehmen zu tun«, setzte Katharina nach. Die gesamte Mannschaft war sich einig einen Kriminalfall mit solch internationalen Verwicklungen auf Paros noch nicht erlebt zu haben.

»Das heißt, wir konzentrieren unsere Ermittlungen jetzt auf diese Firma?« Filippos brachte es auf den Punkt.

»Das schlage ich vor, und ich stehe in engem Kontakt mit meinem Kollegen in Amsterdam.« Katharina beschrieb in knappen Worten die Absprache, die sie mit de Vries getroffen hatte. »Auch dort gibt es übrigens ein paar Ungereimtheiten.« Sie rückte ihre Brille zurecht. »Ich hoffe dazu in den nächsten Stunden aktuelle Informationen zu erhalten.«

Takis begrüßte Katharinas Vorschlag. »Gut zu wissen, dass wir eine neue Spur haben, nachdem unser abgetauchter Bauunternehmer ja als Täter ausgeschieden ist.«

»Stimmt! Aber es bleibt auch noch die Hellenic Building, an denen bleibe ich auf jeden Fall dran. Den Brüdern traue ich nicht.« Filippos berichtete von seinen umfangreichen Internetrecherchen. »Somit haben wir dann zwei Eisen im Feuer und...« Er zögerte einen Moment und schaute dann entschlossen zu Takis hinüber. »Wir müssen uns noch einmal über diese Sache... Na, du weißt schon, über Rika, Marika Psará unterhalten. Das machen wir im Anschluss an unser Meeting.«

Takis hatte es eiskalt erwischt, er nickte gequält und warf Filippos einen grimmigen Blick zu. Es blieben also zwei Fährten, die nun die gesamte Aufmerksamkeit bekamen, und gemeinsam legten sie die Arbeitsteilung fest. Die Brisanz dieses Kriminalfalls zog alle in den Bann, und die Kommissarin bemerkte positiv den Teamgeist ihrer Leute. Daran hatte sie beharrlich seit ihrem Amtsantritt in Parikía gearbeitet. So beschloss sie, dass der angekündigte anonyme Anrufer um 10:00 Uhr von allen mit verfolgt werden sollte, sogar Konstantinos sollte bleiben. Sie leitete alle eingehenden Anrufe auf ein zentrales Telefon im Meeting-Raum um und vergab kleine Aufgaben an jedes einzelne Teammitglied, denn sie wollte möglichst viele unterschiedliche Eindrücke einfangen. So sollten sie sich auf den Dialekt, den Tonfall aber auch auf die Hintergrundgeräusche konzentrieren, um ein runderes Profil des Anrufers zu erhalten. Kurz vor Zehn forderte sie äußerste Ruhe ein. Für eine Rückverfolgung des Gesprächs fehlten ihnen die technischen Mittel, das hätte man mit längerer Vorlaufzeit über Athen einfädeln müssen.

So saßen die sechs Beamten mit höchster Konzentration in dem Besprechungsraum und warteten auf den Anruf, der so dringend zu sein schien. Doch vergebens, kein Klingeln durchbrach die angespannte Stille in dem engen Zimmer. Sie warteten noch weitere 15 Minuten, Katharina wollte das Meeting gerade abbrechen, als ein schrilles Läuten dem zähen Warten ein Ende bereitete. »Und nun absolute Ruhe«, zischte sie und drückte den Annahmeknopf.

Deutlich nannte sie ihren Namen, voll konzentriert darauf, wer sie da an der anderen Seite der Leitung erwartete. »Kalispera, gut, dass ich dich erreiche«, vernahm sie die Stimme von de Vries und atmete durch. Ihre Anspannung ließ sogleich nach, aber de Vries wirkte aufgeregt. »Es gibt Neuigkeiten, und nun halt dich fest!« Er schnappte nach Luft, als hätte er sich völlig verausgabt. »Bitte in Englisch«, nutzte Katharina die Atempause, so konnte wenigstens Filippos das Gespräch mit verfolgen. »Wir haben uns in Speelmanns Wohnung umgeschaut, so wie wir das besprochen hatten …«, wechselte er mühelos in die andere Sprache. »Wir haben einige Fingerabdrücke sichergestellt und diese in unseren Zentralrechner eingegeben, leider ohne Erfolg, aber …« De Vries holte nochmals tief Luft. »Der Abgleich mit den Daten bei der EURODAC war ein Volltreffer.«

Die EURODAC war eine europäische Datenbank zur Speicherung von Fingerabdrücken, die Katharina auch in Athen in ihrer alten Funktion bei der Mordkommission häufig genutzt hatte. »Nun sag schon, was hat der Abgleich ergeben?«, drängelte sie.

»Es gibt einen Fingerabdruck in Speelmanns Wohnung, den man auch in einem Fahrzeug sichergestellt hat.« Wieder unterbrach er das Gespräch. »Und nun rate mal wo?«

»In dem Wagen von Kostas Aristidis?«, rief Filippos und sprang auf . »Im Hafen von Náoussa?«

Die restliche Truppe zuckte zusammen, der Gefühlsausbruch von Filippos hatte sie alle aufgeschreckt, nur hatten sie nicht viel verstanden. Katharina übersetzte de Vries' Ausführungen schnell ins Griechische. Sprachlos hörten sie, wie de Vries die von Filippos geäußerte Vermutung bestätigte.

»Dann ist Speelmann auch keines natürlichen Todes gestorben.« Die Kommissarin fand als Erste wieder ihre Stimme. »Dann sollten wir sofort Brünner mit diesen Fakten konfrontieren, Fingerabdrücke, Alibi, das ganze Programm. Das nenne ich eine Sensationsmeldung, danke dir für die gute Arbeit.«

Endlich kamen sie weiter, und Brünner, der dubiose Manager der AquaTop AG, war zum Verdächtigen Nummer Eins aufgestiegen. De Vries versicherte Brünner umgehend unter die Lupe zu nehmen, dazu gehörte auch eine Genehmigung zum Abhören seines Telefons einzuholen. Eine sehr gute Idee, befand Katharina. Sobald weitere Erkenntnisse vorlägen, würde er sich wieder melden. Schon hatte er aufgelegt.

»Wir lagen also richtig damit, dass ein Fremder Aristidis' Wagen in den Hafen gefahren hat. Jetzt müssen wir nur noch die passende Person dazu finden«, fasste Katharina die Ergebnisse zusammen. Es wurden die Aufgaben verteilt, die es jetzt zu erledigen galt, unter anderem sollte sich Takis noch einmal im Hafen umhören. Mit dem Foto von Aristidis' Wagen sollte er die umliegenden Tavernen abklappern. Vielleicht hatte ja doch jemand den rätselhaften Fremden gesehen. Dann löste Katharina die Runde auf und zog sich in den ersten Stock in ihr Büro zurück. Hier war sie ungestört und konnte die letzten Tage einschließlich des heutigen morgens Revue passieren lassen. Es verschaffte ihr Genugtuung, dass es nun dem arroganten Brünner an den Kragen ging. De Vries würde ihm ein paar unangenehme Fragen stellen, da war sie sich ganz sicher. Ihm war der überhebliche Manager genauso unsympathisch wie ihr gewesen. Als erstes würde er bestimmt prüfen, wo der Mann am Todestag von Aristidis und Sotírios Koutzunaris war, das war eines der einfacheren Dinge. Von Amsterdam nach Griechenland, das war kein Katzensprung, und wenn er etwas mit dem Fall zu tun hatte, musste das Spuren hinterlassen haben. Geduldig würde sie die Ergebnisse aus Holland abwarten müssen.

Jetzt brauchte sie erst einmal einen starken Kaffee und ging nach unten in die winzige Teeküche. Bis auf Xenia hatten die übrigen Kollegen die Dienststelle verlassen, und sie gesellte sich zu ihrer Mitarbeiterin, die an ihrem Schreibtisch saß. Plötzlich klingelte das Telefon. Tief im Gespräch mit ihrer Chefin hob die Sekretärin ab und erstarrte. Wortlos reichte sie den Hörer sofort an Katharina weiter. Das konnte nur der anonyme Anrufer sein, war Katharina sofort klar.

»Katharina Waldmann am Apparat, Sie haben schon mehrfach versucht mich zu erreichen«, sagte sie auf Englisch zu dem Mann.

»Korrekt«, hörte sie eine tiefe dumpfe Stimme, die weit weg zu sein schien. »Wir müssen uns treffen und zwar schnell!« Der Mann wirkte gehetzt, fast ängstlich, registrierte die Kommissarin, und ihr kam es vor, als hätte er ein Handtuch um die Sprechmuschel gewickelt. »Ich habe wichtige Informationen zum Mordfall Kostas Aristidis für Sie«, sprach der Mann hektisch weiter. Seine Sprache wirkte ungelenk. »Morgen Nachmittag um 17:00 Uhr. Kommen Sie alleine, und wenn ich sage allein, dann meine ich allein.« Sein Atem ging stoßweise.

»Wer sind Sie, warum so geheimnisvoll? Warum sagen Sie mir nicht ihren Namen?« Katharina versuchte den Mann hinzuhalten.

»Schweigen Sie und tun Sie, was ich sage! Ich möchte nicht selbst auch noch in Gefahr geraten.« Wieder war da dieser ängstliche Unterton. »Morgen gegen 17:00 Uhr an der alten Zisterne oben in Lefkes, ich habe wichtige Unterlagen für Sie.« Dann legte er auf.

Xenia, die an einem Nebenapparat mitgehört hatte, war ganz blass geworden und stotterte: »Da willst du ... doch nicht hin ... oder?«

Katharina reagierte nicht. In Gedanken spielte sie schon den Ablauf eines eventuellen Treffens mit dem geheimnisvollen Fremden durch. Endlich kam Bewegung in die Sache, so einen konkreten Hinweis konnte sie nicht ignorieren. Sie griff zu ihrem Handy und bestellte Filippos und Takis umgehend zurück in die Dienststelle.

TOON DE VRIES
AMSTERDAM, NIEDERLANDE

Toon de Vries hielt endlich die Genehmigung zum Abhören von Alexander Brünners Telefon in der Hand. Es hatte ihn mehrere Anläufe gekostet, vor knapp einer Stunde hatte man sie ihm schließlich zugefaxt. Der Rest war schnell erledigt, ein Kollege aus der IT hatte sich wie schon unzählige Male zuvor mit dem zuständigen Telefonanbieter in Verbindung gesetzt, und innerhalb weniger Minuten war eine Fangschaltung zu Brünners Privatanschluss sowie zu seinem Büro installiert worden. Ab jetzt wurden alle eingehenden und ausgehenden Gespräche aufgezeichnet ohne dass der gute Mann auch nur einen Schimmer davon hatte. Unabhängig davon würde er noch heute dem Manager einen unangekündigten Besuch abstatten. Er war in der Firma, das hatte ihm seine Sekretärin bereits bestätigt und würde sich einigen unangenehmen Fragen stellen müssen. De Vries hatte sich jetzt fest gebissen und freute sich schon darauf seiner sympathischen Kollegin weitere Details nach Griechenland liefern zu können.

So wurde Brünner von einem unvorhergesehenen Verhör überrascht, als ihn seine Sekretärin mitten aus einer Telefonkonferenz herausholte. Einen Wutausbruch gerade noch zurückhaltend, erschien er mit hochrotem Kopf am Empfang, wo de Vries kühl lächelnd auf ihn wartete. Ohne den aufgebrachten Manager zu Wort kommen zu lassen, präsentierte er ihm die Fakten aus Speelmanns Wohnung und gab ihm unmissverständlich zu verstehen, dass er dringend seine Fingerabdrücke brauche. Dabei deutete er auf eine Kollegin, die einen kleinen Metallkoffer mit sich trug.

»Vielleicht sollten wir in Ihr Büro gehen, oder wollen Sie, dass wir hier in der Zentrale Hand anlegen?« De Vries hatte extra laut gesprochen. Brünner zuckte leicht zusammen. »Falls Sie sich weigern, bekomme ich ganz schnell grünes Licht für die Abnahme auch gegen ihren Willen.« Brünner drehte sich auf dem Absatz um und eilte schnellen Schritte in Richtung seines Büros. Die beiden Polizeibeamten folgten ihm schweigend. De Vries zog die Bürotür hinter sich zu, seine Kollegin von der Spurensicherung öffnete ohne zu warten ihren Utensilien-Koffer. Ein Farbkissen sowie mehrere Bögen zur Erfassung von Brünners Fingerabdrücken landeten auf dessen Schreibtisch.

»Bitte machen Sie keine Schwierigkeiten, dann sind wir in wenigen Minuten wieder verschwunden.« De Vries deutete auf die Gerätschaften, die seine Mitarbeiterin in aller Seelenruhe vorbereitete.

»Außerdem müssen wir folgende Termine lückenlos überprüfen.« Er legt einen Zettel mit drei Kalenderdaten auf den Tisch. »Überlegen Sie genau, was Sie an diesen Tagen gemacht haben, mit Orts- und Zeitangabe. Und vergessen Sie nicht Zeugen einzutragen, die das bestätigen können.«

Brünner starrte mit undurchdringlicher Miene auf die Daten der Todestage von Kostas Aristidis, Sotírios Koutzunaris und Henrik Speelmann. Dann sagte er gefährlich leise: »Unterstellen Sie mir etwa einen Zusammenhang mit den Toten? Ich werde mich bei Ihrem Vorgesetzten beschweren.«

De Vries Begleiterin griff routiniert nach Brünners rechter Hand und führte den ersten Finger langsam zu dem Farbkissen. Er ließ es geschehen, obwohl er seine Wut kaum bändigen konnte. Die Abdrücke würden sie später in den Zentralcomputer zwecks Abgleich eingeben.

»Tun Sie das, aber wenn Sie nichts zu verbergen haben, geben Sie uns ganz einfach die Daten, und wir sind weg«, sagte der Kommissar gelassen.

Nachdem alle Finger auf dem Bogen erfasst waren, drehte Brünner sich zu seinem Computer um und suchte in seinem Kalender nach den entsprechenden Terminen. Zwei der drei kritischen Tage konnte er schnell vollständig erklären und machte einen Ausdruck aus seinem e-Kalender. Der Todestag von Aristidis brachte seine Selbstsicherheit jedoch ein wenig ins Wanken. »In dieser Woche hatte ich Urlaub«, erklärte er. »Da habe ich ganz einfach ausgespannt, brauchte ein paar Tage Ruhe«.

De Vries schaute interessiert auf. »Dann stellen Sie uns zusammen, was Sie in der Woche und speziell an diesem Tag gemacht haben, es wird ja wohl Zeugen geben.« Er reichte ihm einen weiteren Zettel.

»Dazu brauche ich Zeit, das muss ich rekonstruieren«, war Brünners ruhige Antwort.

De Vries nickte seiner Begleiterin zu, die mittlerweile ihren Koffer wieder komplett zusammengepackt hatte.

»Sie haben meine Karte, wenn Sie alles beisammen haben, rufen Sie mich einfach an. Ich möchte die Daten innerhalb der nächsten zwei Tage haben, ansonsten lasse sich Sie zum Präsidium bringen. Und noch was ...« Er beugte sich zu Brünner hin. »Sie werden Amsterdam nicht verlassen, bis die Ermittlungen abgeschlossen sind!« Brünner nickte gequält.

Als die Beamten den Bürotrackt der AquaTop AG verließen, glaubte de Vries im Vorbeigehen Genugtuung im Gesicht von Brünners Sekretärin erkannt zu haben. Vielleicht sollte er sie später noch einmal anrufen.

KATHARINA WALDMANN
PARIKÍA, PAROS

»Du sprichst bitte mit keinem darüber, damit das klar ist«, wies Katharina ihre Sekretärin an. Sie war wild entschlossen den anonymen Anrufer zu treffen, auch gegen die Dienstvorschriften. »Wir dürfen dieses Treffen auf keinen Fall gefährden. Wir haben bisher nichts in der Hand, was uns wirklich weiter bringt, und ich werde meine besten Männer mitnehmen.« Das schien Xenia zu beruhigen. »Gemeinsam mit Filippos und Takis werde ich das schon hinkriegen.« Sie schaute ihre Sekretärin eindringlich an. »Aber schön, dass du dir Sorgen um mich machst.« Sie nahm Xenia in den Arm, die Sekretärin rang sich zögerlich eine Zustimmung ab.

Später, nachdem sie mit ihren beiden Mitarbeitern alleine war, stützte sie erschöpft ihren Kopf in die Hände, eine leichte Panik kroch in ihr hoch. So cool, wie sie sich Xenia gegenüber verhalten hatte, war sie nicht. Das geheime Treffen bereitete ihr mehr Bauchschmerzen, als sie sich eingestehen wollte. Besonders die Auswahl des Treffpunkts bei der alten Zisterne, an der es den ersten Toten gegeben hatte, löste ein Frösteln bei ihr aus.

Filippos und Takis erging es nicht anders. »Wir kommen mit, da kannst du machen, was du willst. Diesem Risiko werden wir dich nicht alleine aussetzen.« Filippos stemmte beide Arme in seine Hüfte, um seine Aussage zu untermauern. Takis teilte seine Meinung, obwohl er nicht gerade gut auf Filippos zu sprechen war. Den verbalen Angriff in der Früh wegen Rika hatte er noch nicht verdaut, auch wenn das Thema bislang noch nicht wieder angesprochen worden war. Filippos musste es im Eifer der sich zuspitzenden Ereignisse vergessen haben.

Die Kommissarin beruhigte die beiden Polizisten, es sollte ein gemeinsamer Einsatz werden. »Das wird nicht einfach, ihr kennt die Gegend.« Sie griff nach einem Glas Wasser. »Dort kann man meilenweit schauen, man sieht auf Kilometer, wer sich nähert. Der wird sofort das Weite suchen, wenn er erkennt, dass ich mich nicht an die Abmachung halte.«

»Dann müssen wir halt vorher hoch. Weit vorher, damit wir schon da sind, wenn du kommst.« Filippos sagte das ganz ruhig, so als hätte er bereits einen Plan im Kopf.

Katharina stand auf und ging zum Fenster. Sie war unsicher, aber die Idee von Filippos erschien einleuchtend. Sie brauchte Unterstützung dort oben, da waren sie sich einig. Das Risiko war so schon groß genug, denn keiner konnte einschätzen, was sie dort in der Einöde erwarten würde. Entschlossen setzte sie sich zurück an ihren Schreibtisch.

»So machen wir das. Das Treffen ist für 17:00 Uhr geplant. Nehmen wir einmal an, der unbekannte Informant wird maximal zwei Stunden vorher dort sein, dann müsstet ihr euch schon gegen Mittag in der Nähe der Zisterne verstecken.«

Beide Kollegen waren mit ihrem Vorschlag einverstanden.

»Wir könnten mit meinem Skooter hochfahren, den kann ich mühelos in den umliegenden Büschen unterbringen, und wir selbst finden dort auch ein Plätzchen, von wo aus wir die Lage beobachten können. Du musst nur unbedingt vermeiden, dass er mit dir in dem dunklen Gebäude verschwindet. Dort hätten wir kaum eine Zugriffmöglichkeit. Und noch etwas...« Er hielt inne. »Gibt es eine kugelsichere Weste, in der Dienststelle in Parikía?«

Katharina runzelte die Stirn. »Der Mann wirkte total eingeschüchtert, als hätte er selber Angst, ich glaube nicht, dass er mir etwas antut. Aber wenn du meinst ...«

»Es müsste noch eine im Lager liegen, die gehört zur Grundausstattung des Reviers.« Takis kannte sich eben aus in der Polizeistation.

»Gut!« Filippos war die Erleichterung anzusehen. »Selbst wenn er dir nichts tut, wissen wir nicht, wie er bei Zugriff reagiert. Und wir wollen den Herren doch mitnehmen, oder?«

Katharina nickte energisch. »Auf jeden Fall, das ist die einzige heiße Spur. Der Bursche darf uns nicht entwischen.«

Takis war ganz bleich um die Nase, die Frage nach der schusssicheren Weste hatte ihm den Ernst der Lage nur zu deutlich gemacht. Obschon er die meisten Dienstjahre in Katharinas Team vorweisen konnte, war ihm kein Einsatz bekannt, bei dem man eine schusssichere Weste gebraucht hätte. Die Welt hatte sich verändert, auch auf Paros musste er sich zähneknirschend eingestehen. Das Klingeln des Telefons riss alle aus ihren Überlegungen, de Vries war am Apparat mit der Botschaft, Brünner bereits verhört zu haben.

Eine Mitteilung von ihm ließ Katharina aufhorchen.

»In der Woche, in der Aristidis ums Leben gekommen ist, war unser Mann in Urlaub.« Er wartete ab, bevor er weiter sprach. »Dazu will er uns noch ein lückenloses Alibi zukommen lassen. Hoffen wir mal, dass er eins hat, aber ich wollte dir diese Botschaft unverzüglich weiter geben.«

Die Kommissarin bedankte sich.

»Für die beiden anderen Tage ist er aus dem Schneider, aber wir müssen das noch überprüfen. Den Abgleich seiner Fingerabdrücke werden wir schnellstens durchführen.«

Katharina berichtete von dem geplanten Treffen, ihr war es wichtig de Vries in alle Details mit einzuweihen und erwartete seine Zustimmung. Doch dieser war verstummt, er schien nachzudenken, dann hörte sie seine mahnenden Worte: »Pass auf dich auf, und mach keine Alleingänge!« Die beiden Beamten hatten wortlos zugehört, sie kannten den Niederländer ja nur von den Erzählungen ihrer Chefin.

»In einer freien Woche kann man einiges anstellen«, stellte Takis schließlich fest.

»Sogar von Holland nach Paros fliegen um einen Mord zu begehen«, ergänzte Filippos düster. »Könntest du dir vorstellen, dass dieser Brünner etwas mit Aristidis zu tun hat?« Er schaute Katharina fragend an.

»Wenn ich das wüsste. Aber der Typ ist verdächtig, da bin ich mir mit meinem Kollegen in Holland einig. Und dann die Verbindung zwischen Speelmann und Aristidis.«

Takis hatte nur mit einem Ohr zugehört, in Gedanken war er schon bei ihrem geplanten Einsatz. »Wann wollen dir die Holländer denn das Ergebnis der Fingerabdrücke zusenden? Dann wären wir um einiges schlauer.«

»Nehmen wir einmal an, Brünner war hier auf Paros und hat Aristidis ermordet«, spekulierte Filippos. »Wer hat dann die beiden anderen Opfer auf dem Gewissen?« Katharina trommelte nervös mit einem Stift auf ihre Tischplatte. »Diese Frage stelle ich mir schon die ganze Zeit, aber ob es wirklich zwei Opfer gibt, wissen wir ja noch nicht. Mit Speelmann das ist zunächst nur eine Vermutung. Und ob Brünners Alibis stimmen, wissen wir im Moment auch noch nicht. Da werden wir wohl oder übel die Überprüfung aus Holland abwarten müssen.«

Es war Geduld angesagt, wie so oft, bei ihrer polizeilichen Arbeit. Sie widmeten sich wieder ihrem Plan für den morgigen Einsatz.

Takis kannte das Gelände zwischen Lefkes und dem Agii Pantes wie seine Westentasche, er war in dem Bergdörfchen aufgewachsen und hatte schon als Kind die Gegend unsicher gemacht. Er würde den richtigen Schlupfwinkel für ihre heikle Mission finden, das war der Grund, weshalb die Kommissarin ihn in die schwierige Aktion mit einbezogen hatte. Die beiden anderen

Kollegen, Spiros und Konstantinos, waren zwar wesentlich jünger und für einen beherzten Einsatz wie diesen wesentlich besser geeignet, aber Takis besaß die besseren Ortskenntnisse. Außerdem war er der Besonnenste unter den Dreien. Sie brauchte morgen ein Team mit kühlem Kopf, um für alle Eventualitäten gewappnet zu sein. Ein wesentlicher Punkt war ein geeignetes Versteck für die beiden Kollegen ausfindig zu machen. Einen Platz, von wo aus sie einen guten Überblick über das gesamte Gelände hatten, ohne von dem Fremden erkannt zu werden. Dabei setzte sie auf Takis. So verbrachten sie den Rest des Tages damit mehrere Varianten des geplanten Treffens durchzuspielen und kamen der finalen Umsetzung mit jeder Änderung ein Stückchen näher. Gegen 19:00 stand der Ablauf endlich fest, und sie verabschiedeten sich mit einem beklemmenden Gefühl in den Feierabend. Der nächste Tag würde für alle Beteiligten eine Herausforderung werden.

TOON DE VRIES
AMSTERDAM, NIEDERLANDE

De Vries klatschte in die Hände, nachdem sie das Firmengelände verlassen hatten. »Der war ja fast handzahm,« jubelte er. »Das hatte ich so nicht erwartet.«

»Fehlt nur noch das Alibi für seine Urlaubswoche«, dämpfte seine Kollegin schnell seine Euphorie, während sie ihren Utensilien-Koffer in dem Polizeifahrzeug verstaute. »Ich muss doch wissen, was ich im Urlaub gemacht habe.« Sie schüttelte ungläubig den Kopf. »Er hat zwei Tage Zeit bekommen, die müssen wir abwarten. Danach schnappen wir uns den Kerl. Kläre du das mit dem Abgleich seiner Fingerabdrücke.« Er gab Gas in Richtung des Polizeipräsidiums.

Die ganze Aktion hatte weit weniger Zeit in Anspruch genommen, als er geplant hatte, so konnte er sich noch mit dem Kollegen aus der IT Abteilung treffen, den er auf die Telefonüberwachung von Brünner angesetzt hatte. Ein undankbarer Job, stunden-, manchmal sogar tagelang fremde Gespräche mitzuschneiden und auf einige Schlüsselwörter zu scannen. Entsprechend schlecht gelaunt traf er den Beamten dann auch an. In der Hand hielt er einen Computerausdruck, auf dem jeder eingehende und ausgehende Anruf mit Datum, Uhrzeit und Angabe des jeweiligen Anschlusses gelistet war. De Vries überflog flüchtig das mehrere Seiten umfassende Dokument und ging zu seinem Büro. Dort hatte er die Ruhe, die er brauchte um sich die Datenaufzeichnungen eingehender anzuschauen. Viele Nummern waren mehrfach aufgeführt, meistens Telefonnummern, die zum Imperium der AquaTop gehörten. Diese Vorarbeit hatte der Kollege aus der IT bereits erledigt und sie entsprechend gekennzeichnet. Anschlüsse, die nicht sofort zugeordnet werden konnten, hatte er mit einem Fragezeichen versehen, zum Glück waren es nur ein paar, das ersparte ihnen aufwändige Untersuchungen. Bei genauerem Hinsehen waren es sogar nur zwei Nummern, die auf der langen Liste übrig blieben. Diese erhielten seine volle Aufmerksamkeit. Ein Telefonat war mit dem Anschluss ›Studio Karen‹, drei weitere mit einem Anschluss irgendwo in Osteuropa geführt worden. Das erste Gespräch war schnell abgehakt, zwei Klicks im Internet und schon hatte er die Seite von Madam Karen auf dem Schirm. De Vries konnte sich ein Schmunzeln nicht verkneifen. Der zweite unbekannte Gesprächspartner war dreimal innerhalb eines Tages angerufen worden, stellte der Kommissar fest und legte die Aufzeichnungen beiseite. Zu späterer Stunde würde er sich die dazu gehörenden Mitschnitte anhören, vier an der Zahl, eine überschaubare Aktion. Insgeheim hatte er sich deutlich mehr von der Maßnahme versprochen. Enttäuschung machte sich breit, denn er konnte bislang nichts Auffälliges erkennen. Die AquaTop AG war eine global agierende Firma und unterhielt Geschäftsbeziehungen in der ganzen Welt, so auch in Osteuropa. Je nach Inhalt der Gespräche, würde er Brünner auf diese beiden Nummern ansprechen, aber zunächst wollte er sein lückenloses Alibi abwarten. Damit war seine Amtshilfe im Fall Aristidis für heute erledigt. Es wartete noch genügend weitere Arbeit aus seiner Heimatstadt auf ihn, die ihn für den Rest des Tages voll beschäftigte.

KATHARINA WALDMANN
PARIKÍA, PAROS

Am nächsten Morgen erschienen Katharina sowie ihre beiden Kollegen bedrückt in der Dienststelle, allen war eine unruhige Nacht anzusehen. Der Gedanke an ihren bevorstehenden Einsatz hatte sie um den notwendigen Schlaf gebracht. Takis war als Erster in seinem Büro erschienen und hatte sich direkt daran gemacht, die in Vergessenheit geratene kugelsichere Weste aus dem Lager zu besorgen. Diese lag jetzt bedrohlich auf dem Schreibtisch seiner Chefin und wartete darauf, nach vielen Jahren endlich einmal zum Einsatz zu kommen. Die Kommissarin hatte sich eine extra weite Jacke mitgebracht, um die dick gepolsterte Sicherheitsweste darunter geschickt verbergen zu können.

»Das wird eine verdammt warme Angelegenheit«, bemerkte sie trocken, als sie das lebenswichtige Kleidungsstück zur Anprobe anlegte. »Und ich sehe aus wie eine Wuchtbrumme!« Sie verzog ihr Gesicht.

»Lieber warm als tot«, schallte es ihr von Takis entgegen, der ihr half die Weste eng an ihren Körper anzupassen. Sie stimmte ihm murrend zu, zumindest war ein Teil ihres Körpers dadurch geschützt. Takis war gestern noch spät zu dem geplanten Einsatzort gefahren. Obwohl er sehr gut mit der Gegend vertraut war, wollte er sich im Vorfeld um einen geeigneten Platz für ihr Versteck kümmern. Das hatte sich schwieriger dargestellt, als zunächst angenommen, es mussten immerhin zwei Personen und ein Motorroller uneinsehbar untergebracht werden. Außerdem musste von ihrem Aussichtsposten ein freier Blick auf die Zisterne möglich sein. In einer kleinen Senke circa 100 Meter von dem alten Wasserreservoir entfernt, war er schließlich fündig geworden und hatte den Platz schon auf ihre Anwesenheit vorbereitet.

Es war windig, fast stürmisch an diesem Morgen und schon am gestrigen Abend hatte sich eine Schlechtwetterfront angekündigt. Der Himmel war wolkenverhangen, und für den Nachmittag hatten sie starke Regenschauer vorhergesagt. Nicht gerade die besten Voraussetzungen für einen Einsatz im Freien. Filippos riet eine Regenjacke einzupacken, immerhin würden sie einige Stunden in ihrem Schlupfloch verharren, schutzlos Wind und Wetter ausgesetzt.

Wortkarg verbrachten sie die Zeit bis zum Mittag an ihren Schreibtischen, dann machten sich die beiden Polizisten auf ihren Weg nach Lefkes. Gekonnt manövrierte Filippos den wendigen Skooter von Náoussa in Richtung des Einsatzortes, seinen älteren Kollegen hatte er auf dem schmalen Rücksitz verfrachtet. Für Fremde wirkten sie wie zwei Touristen, die auf einer Besichtigungstour waren. Der Motor des kleinen Rollers heulte laut auf, als sie die stark ansteigende Straße am Ortsausgang des Bergdorfes passierten. Takis war heilfroh in Kürze seine unbequeme Sitzposition verlassen zu können, bis zu ihrem Versteck war es jetzt nicht mehr weit. Sorgsam betrachteten sie die Stelle, an der sie die nächsten Stunden verbringen sollten, von allen Seiten und begannen als erstes den Motorroller in der Mulde zu versenken. Der Blick von der Zisterne aus war gut abgeschirmt durch große Ginsterbüsche, die zum Teil eine Größe von bis zu zwei Metern aufwiesen. Deren Blütezeit war vorbei, und das buschige strauchartige Geäst ließ Lücken um das Geschehen an dem alten Wasserspeicher immer gut im Auge zu behalten. Filippos lobte Takis den besten Platz für ihr Vorhaben gewählt zu haben. Keine Spur mehr von ihrem gestrigen Zwist um Marika Psará, auch wenn das noch nicht aus der Welt war. Die Strategie sah vor, dass Katharina, sobald sie die notwendigen Informationen hatte, sich schnell entfernen und per Handzeichen den Zugriff auslösen sollte. Falls ihnen der Fremde mit einem Fahrzeug entkommen würde, so hatten sie am Ortseingang in Lefkes und auch am Ende der Straße nahe Alyki Spyros und Konstantinos postiert.

Gespannt warteten sie auf das Eintreffen des unbekannten Informanten, die Uhr zeigte kurz vor halb Fünf, der Himmel präsentierte mittlerweile eine bedrohliche Wolkenformation. »Gut, dass wir die Regenjacken eingepackt haben.« Takis zeigte nach oben. »Ich glaube, da kommt gleich richtig was runter.«

Ein dunkles Grollen kündigte nicht nur Regen, sondern ein ausgewachsenes Gewitter an. Aber da war noch ein Geräusch. Neben dem Donner hörten sie erst leise, dann immer lauter das Nahen eines heranfahrenden Wagens. Instinktiv versenkten sie ihre Köpfe noch tiefer in das dichte Buschwerk und beobachteten das Ankommen des mysteriösen Fremden. Ein schwarzer Suzuki SUV erschien in der Ferne und fuhr mit hoher Geschwindigkeit die Straße zu dem ausgewählten Treffpunkt herauf. Kurz vor Erreichen der Zisterne bremste der Fahrer stark ab und lenkte das Geländefahrzeug nun mit gedrosseltem Tempo an dem Speicher vorbei. Die beiden Beamten verweilten regungslos in ihrem Versteck, während der Wagen ihnen immer näher kam.

»Der scheint die Gegend abzusuchen, will wohl wissen, ob niemand sonst hier ist.« Filippos flüsterte und zog mehrere Äste des Ginsters zur Tarnung über ihre Köpfe. Takis wagte kaum zu atmen, so nahe war der Wagen jetzt an ihren Unterschlupf heran gefahren. Ein paar dicke Regentropfen kündigten den ersten Schauer an.

Das Fahrzeug blieb einige Minuten stehen, und der Unbekannte schien sich die Gegend genau anzuschauen, für die beiden Polizisten erschien es wie eine Ewigkeit. Dann wendete der Mann abrupt das Fahrzeug und parkte den Suzuki hinter einem Busch nahe dem Wasserspeicher. Takis atmete durch. »Das ist ein Leihwagen von Panajotis, der Mietwagenstation unten am Fähranleger, ich habe den Aufkleber gesehen«, flüsterte er Filippos zu. »Die müssen dort die Daten des Mannes haben.«

Filippos nickte stumm, den Fremden nicht aus den Augen lassend. Dieser war mittlerweile ausgestiegen, ein schlanker, großgewachsener Mann, der eine schwarze Hose und eine schwarze Jacke trug. Auf dem Kopf hatte er eine Baseballkappe, die er weit ins Gesicht hinein gezogen hatte. Trotz tiefdunklem Himmel hatte er eine Sonnenbrille auf, außerdem trug er schwarze Handschuhe.

»Was hält der denn in der Hand?« Takis versuchte den Gegenstand auf die Entfernung zu identifizieren und nahm ein Fernglas zur Hand. Wenige Sekunden später wussten sie, was es war. Es war ein Bolzenschneider, den er geschickt an dem Schloss des Eingangstores ansetzte, um sich Zugang zu dem Zisternengeländes zu verschaffen.

»Der will in den Bunker!« Takis Stimme bebte, denn das war der Worst-Case, den es unbedingt zu vermeiden galt. »Lass dich auf keinen Fall auf ein Treffen in dem Gebäude ein«, hatten sie ihrer Chefin eingehämmert, damit sie das Geschehen aus ihrem Versteck mitverfolgen konnten. Der unbekannte Informant hatte aber wohl genau das vor, denn er setzte als nächstes sein Werkzeug an der Eingangstür zur Zisterne an. In diesem Moment hörten sie, wie der Wagen von Katharina sich näherte.

TOON DE VRIES
AMSTERDAM, NIEDERLANDE

Toon de Vries war fast schon auf dem Weg zu einem wichtigen Ortstermin, als ihn ein Anruf noch einmal zu seinem Telefon greifen ließ. Es war Brünner, wie er unschwer an der kühlen Stimme erkannte.

»Haben Sie meine Daten bekommen?«, wollte er wissen, in einem Ton, der einem Verhör gleichkam.

De Vries schaute verärgert auf die Uhr, er musste weg, doch der Mann war zu wichtig um ihn einfach so abzuwimmeln. »Welche Daten?«, fragte er genervt.

»Die Aufstellung zu meinem Alibi in meiner Urlaubswoche«

De Vries schaute verblüfft auf. So fix hatte er mit einer Rückantwort des Managers nicht gerechnet. Geschwind schaltete er noch einmal seinen Rechner ein, als Brünner ihn laut anfuhr: »Ich werde rechtlich gegen Sie vorgehen, den Namen Ihres Vorgesetzten habe ich schon erfahren.«

Der Kommissar verkniff sich eine Antwort, öffnete den Anhang und überflog den Inhalt. »Sieht gut aus«, war sein karger Kommentar. »Aber ...« Er machte eine extra lange Pause. »Sie sind erst aus der Schusslinie, wenn wir das alles lückenlos überprüft haben. Solange gilt weiter das Reiseverbot. Nur damit das klar ist.« Bei dem letzten Satz hatte er bewusst seine Stimme angehoben, Brünner schien es bemerkt zu haben.

De Vries legte auf, hatte keine Lust zum jetzigen Zeitpunkt weitere Diskussionen mit dem Abteilungsleiter zu führen. Er schaute sich die Wochenübersicht etwas genauer an, die mit Kommentaren und Namen von Zeugen versehen war. Fein säuberlich war jeder Wochentag beschrieben, von einem Trip nach Griechenland keine Spur. »Verflucht!«, zischte de Vries ungehemmt und schleuderte seinen Kugelschreiber wütend gegen die Wand. »Der ist sauber, der schickt mir doch keine gefakten Daten!« Ihm wurde mehr und mehr klar, dass sie Brünner aus dem Kreis der Verdächtigen ausschließen mussten. Seine Kollegen hatten ihm mittlerweile mitgeteilt, dass sie ohne ihn zu dem Ortstermin fahren würden, somit entspannte er sich ein wenig und beschloss sich einen Eindruck von den Telefonaufzeichnungen zu verschaffen. Ein letzter Strohhalm, vielleicht doch noch etwas Bedeutungsvolles zu entdecken. Mit wenig Hoffnung startete er die Aufnahmen.

Der Anruf im Studio Karen war eine Terminabsprache, die kurz und bündig klang. Anfangs war er sich nicht sicher, ob es tatsächlich Brünner war, der da in einer fast weinerlichen Art um einen Termin bettelte. Aber das ließe sich ja schnell klären, er würde der Dame einen Besuch abstatten, dann hatte er Klarheit. Er klickte weiter, um sich die drei noch offenen Telefonate auf dem Rechner anzuhören. Die Prüfung der Vorwahlnummer hatte ergeben, dass es sich dabei um einen Teilnehmer aus der Ukraine und zwar in Kiew handelte. Der Anschluss war auf eine Firma, die mit Wasseraufbereitungssystemen handelte, gemeldet, darunter auch Produkte der AquaTop AG. Brünner hatte den Anschluss drei Mal kurz hintereinander angewählt. Ein Blick auf den Kalender zeigte, dass es der Tag gewesen war, an dem sie mit der Telefonüberwachung begonnen hatten. Der erste Anruf hatte am Vormittag stattgefunden, die beiden weiteren, so zeigte der Zeitstempel der Aufzeichnung, waren gegen Abend geführt worden. Alle drei Gespräche wurden in Englisch geführt und dauerten nie länger als eine Minute. De Vries hörte sich mehrfach die Tonaufzeichnungen an, der Mann in Kiew nannte jeweils am Anfang kurz seinen Namen. Er spulte immer wieder zurück um diesen richtig zu verstehen, schließlich glaubte er den Namen korrekt erkannt zu haben. »Bronislav Sokolov«, so nannte sich der Unbekannte aus der Ukraine. Fast immer war es nur Brünner der redete, wobei reden ziemlich übertrieben war, eher gab er Anweisungen in seiner gewohnten kalten, arroganten Art. Im dem ersten Call sprach er von einem Paket, das es zusätzlich auszuliefern galt, die Details wären wie immer hinterlegt. Im zweiten Gespräch ging es um den Termin der Auslieferungen, der aber nicht erwähnt wurde. Erst im dritten Telefonat bekam de Vries eine Vorstellung von dem besagten Liefertermin, als Sokolow in gebrochenem Englisch sagte: »Melde mich, wenn Paket ausgeliefert wurde.« Er nannte eine Zeit und ein Datum, dann legt er auf. Der Kommissar war ratlos, was sollte er damit anfangen? Was meinte Brünner mit Paket? Wahrscheinlich hatte der Manager nur Anweisungen an einen Händler erteilt, der nicht auf Spur war, hakte er das verbliebene letzte Stückchen Hoffnung ab. Völlig deprimiert beschloss er für heute Schluss zu machen, notierte sich aber noch den Namen Bronislaw Sokolov auf einem Zettel.

KATHARINA WALDMANN
PARIKÍA, PAROS

Die Kommissarin war gespannt wie eine Feder, als sie ihr Dienstfahrzeug an dem steinigen Pfad abstellte, der zu dem eingezäunten Gelände des Wasserspeichers führte. Sie stieg langsam aus und schaute sich um. Dabei blickte sie mehrfach unauffällig zu der Senke hinüber, in der sich ihre beiden Mitarbeiter verschanzt hatten, ihre Rückversicherung für alle Fälle. Sie schwitzte, und die stickige Luft des anbrechenden Gewitters verstärkte ihre Beklemmungen noch. Automatisch tastete sie nach ihrer Dienstwaffe, die sie verborgen unter der weiten Jacke trug, auch das half bei dieser unheimlichen Mission. Sie ging ein Stück den Pfad entlang und rief zögerlich nach dem Fremden. Er musste da sein, der geparkte Wagen war nicht zu übersehen. All ihre Muskeln waren in höchster Bereitschaft.

»Hallo!«, rief sie laut um sich bemerkbar zu machen. Das Echo ihre Stimme hallte in der Luft. Sie dachte an die Abmachung, unter keinen Umständen in das Reservoir zu gehen. Daran würde sie sich halten, aber genau dorthin schien sich der unbekannte Mann zurückgezogen zu haben.

»Kommen Sie heraus, damit ich Sie sehen kann!«, rief sie jetzt lauter und blieb an dem offenen Gatter der Umzäunung stehen. »Ich bin allein, wie besprochen, kommen Sie zu mir, damit ich Sie sehen kann!« Sie musste fast schreien, denn ein heftiger Regenschauer prasselte jetzt laut auf das steinige Gelände. Binnen weniger Sekunden war sie nass bis auf die Haut, nur die gepolsterte Weste schützte sie ein wenig. Das soeben noch trübe Licht war einer gespenstischen Dunkelheit gewichen, und grelle Blitze zuckten gefährlich nahe über der alten Zisterne. Das Gewitter musste sich jetzt genau über ihnen befinden, jedem Blitz folgte sofort ein grollender Donner. Gerade erhellte wieder ein langgezogener Blitz die Umgebung, als sich an der angelehnten Tür zum Innern des Speichers die fremde Gestalt zeigte.

Die Kommissarin blickte zu ihm hin und wollte gerade einen Schritt auf ihn zugehen, als wieder ein gleißender Blitz die gesamte Umgebung hell erleuchtete. Instinktiv machte sie einen Satz zur Seite, als wolle sie dem Blitz entkommen, da krachte es brachial neben ihr. Unmittelbar verspürte sie einen stechenden Schmerz in ihrem rechten Oberarm. Panik ergriff sie, ihr wurde furchtbar heiß. Was war das? Hatte sie ein Blitz erwischt? Schützend griff sie nach ihrem Arm, und da spürte sie es: Warm quoll Blut aus einer Wunde. Ihre Hand war rot und nass. Ihr Atem stockte, das war kein Blitz, das war eindeutig eine Schussverletzung! Das alles spielte sich in Bruchteilen von Sekunden ab, und die Kommissarin nahm vage zwischen den Nebelschleiern des Gewitterregens wahr, wie der Fremde ein zweites Mal auf sie anlegte. Sie duckte sich intuitiv, und mit einem beherzten Sprung suchte sie Deckung hinter einem Felsen, der in unmittelbarer Nähe des Gatters lag. Alle hatten sie gewarnt, sie hätte es besser wissen müssen. Ihr rechter Arm verlor zunehmend an Kraft. Blut tropfte unaufhaltsam auf den Boden, die starken Schmerzen raubten ihr fast den Verstand. Dann krachte es wieder, Splitter flogen ihr ins Gesicht, der zweite Schuss hatte nur knapp ihren Kopf verfehlt. Sie versuchte den Angreifer auszumachen, lugte vorsichtig hinter dem Felsen hervor und sah voller Entsetzen, dass der Mann jetzt auf sie zukam. Mit aller Kraft versuchte sie mit der linken Hand ihre Waffe aus dem Halfter zu bekommen und schrie vor Wut, weil es ihr nicht gelingen wollte. In Todesangst rutschte sie ein Stück weiter um den Felsen herum, den Angreifer jeden Moment erwartend. Ihre wurde schlecht, das Blut floss drohend aus der offenen Wunde. Sie war verzweifelt, so schnell in eine ausweglose Situation gekommen zu sein. Dann stand er vor ihr, grobschlächtig und mit einem verzerrten Grinsen in seinem Gesicht. Langsam hob er seine Waffe und zielte auf ihren Kopf. Fassungslos, zu keiner Regung fähig, sah Katharina ihrem Lebensende entgegen, ihr Herz schlug so stark, als müsse es jeden Moment auseinander springen. Sie schrie in Todesangst, drückte sich mit letzter Kraft fest an den Felsen. Das musste das Ende sein.

Doch plötzlich ging ein Ruck durch den Fremden. Mit weit aufgerissenen Augen fiel er auf die Knie und dann vornüber. Die Kommissarin rutschte mit letzter Anstrengung zur Seite, fast wäre der Angreifer auf sie gestürzt. Dahinter erschienen vollständig durchnässt Takis und Filippos, rissen den niedergestreckten Mann zur Seite und nahmen ihm die Waffe aus der Hand, an der er selbst im Todeskampf noch krampfhaft festhielt.

»Das war Rettung in letzter Sekunde.« Filippos wandte sich seiner Chefin zu, die mit glasigen Augen vollends in sich zusammen sackte.

Eiligst bestellte Takis einen Krankenwagen, während Filippos seiner ohnmächtigen Chefin einen Druckverband anlegte. Sie hatte viel Blut verloren und brauchte dringend ärztliche Versorgung, er war besorgt und legte sie flach auf den aufgeweichten Boden. Es regnete immer noch in Strömen, die ganze Szenerie hatte gespenstische Züge.

Katharina kam erst wieder zu sich, als sie im Krankenhaus lag. In einer längeren Operation hatte man ihr die Wunde vernäht, und sie konnte von Glück reden nur mit einem Streifschuss davon gekommen zu sein. Dawid saß zu ihrer Rechten und streichelte sanft ihre Hand, er war Hals über Kopf zum Krankenhaus aufgebrochen. Als sie sich ihr Handy geben ließ, sah sie eine SMS ihres holländischen Kollegen und musste lächeln.

»Ruf mich sofort an! Das ist eine Falle. Geh auf keinen Fall zu diesem Treffen!«

Diese Nachricht kam leider etwas zu spät.

TOON DE VRIES
AMSTERDAM, NIEDERLANDE

Toon de Vries erhielt die Nachricht von Katharinas Schussverletzung noch am selben Abend. Er machte sich fürchterliche Vorwürfe, dass er sie nicht von dem Treffen hatte abhalten können. Sie hatte überlebt, das war die Hauptsache, aber es hätte auch anders ausgehen können. Ein Gedanke, den er erst gar nicht zuließ. Er war resigniert und wütend zugleich. Nach seinen letzten Ermittlungen hatten sie nichts in der Hand, das sie weiter brachte, das nagte schwer an seinem Selbstbewusstsein. Er wählte ihre Nummer und erreichte die Kommissarin in ihrem Krankenbett.

»So schnell kriegt man mich nicht unter die Erde«, begrüßte sie ihren holländischen Kollegen. Ihre Stimme klang matt.

»Das hätte ins Augen gehen können, ein Glück dass du schon wieder scherzen kannst.« De Vries atmete erleichtert durch. »Alles auf null. Brünner scheint sauber zu sein«, berichtete er von den Aufzeichnungen die der Manager ihm geschickt hatte.

Katharina nahm es betrübt zur Kenntnis. »So ist da nun einmal in unserem Job, immer wieder von vorne anfangen.« Sie seufzte tief, auch sie konnte ihre Enttäuschung nicht verbergen. »Ich werde Filippos auf unsere letzte verbleibende Spur, die Hellenic Building, verschärft ansetzen. Da gibt es noch einiges abzuklären. Vor allem hätte ich nur zu gerne gewusst, wer es auf mich abgesehen hat?« Trotz ihrer schweren Verletzung war sie schon wieder ganz bei dem Fall. »Ich glaube, ich muss jetzt Schluss machen«.

De Vries hörte, wie jemand etwas zu Katharina sagte

»Mein Arzt hat mir soeben verboten schon wieder zu arbeiten.« Sie klang entkräftet. »Lass uns morgen telefonieren.«

Sie legte auf.

De Vries war froh, dass der riskante Einsatz so glimpflich abgelaufen war und trat endlich seinen Heimweg an.

KATHARINA WALDMANN
PARIKÍA, PAROS

Der Stationsarzt in der Klinik von Parikía hatte sie böse gemustert, als er Katharina so kurz nach ihrer OP schon wieder mit dem Handy in der Hand erwischte. Sie müsse in der nächsten Zeit etwas kürzer treten, hatte er ihr dringend geraten. Ein leichtes Schlafmittel sollte sie besser schlafen lassen, denn die Wunde am rechten Arm schmerzte stark. Kurze Zeit später dämmerte die Kommissarin im Halbschlaf dahin, in der Schusswunde pochte es heftig. Die Ereignisse der vergangenen Stunden ließen sich jedoch so schnell nicht verdrängen, immer wieder wachte sie mit rasendem Puls auf. Der Angriff aus dem Hinterhalt hatte sie aufgewühlt und bestimmte ihre Traumphasen. Dazu kam die bittere Nachricht von de Vries, dass ihr Hauptverdächtiger aus dem Rennen sei. Die guten Ratschläge ihres Arztes ignorierend, hatte sie Filippos für den nächsten Morgen zu sich bestellt, er sollte den korrupten Geschäftsführern der Hellenic Building intensiv auf den Zahn fühlen. Einen Antrag zur Konteneinsicht hatte sie bereits gestellt, die Genehmigung erwartete sie stündlich. Nachdem Brünner nun raus war, dürfte das wohl kein Problem mehr sein. Sorgen machte sie sich darüber, dass der fremde Angreifer ein unbekanntes Phantom war, den sie bislang mit niemandem in Verbindung bringen konnte. Filippos hatte Fotos von dem Erschossenen gemacht und würde diese de Vries schicken. Außerdem sollte er die Herren bei der Hellenic Building damit konfrontieren. Sie wälzte sich schwerfällig in ihrem Bett hin und her. Ihr Bewegungsspielraum war stark eingeschränkt, den verletzten Arm hatte man an einer Aufhängung über dem

Bett eingehängt. Brünner ging ihr nicht aus dem Kopf, zu sehr hatten sie sich auf den skrupellosen Top-Manager eingeschossen. Ihre Gedanken drehten sich im Kreis.

TOON DE VRIES
AMSTERDAM, NIEDERLANDE

Auch Toon de Vries hatte an diesem Abend große Probleme abzuschalten, und erst Stunden später fand er endlich die ersehnte Ruhe. Er lag noch im Tiefschlaf, als er am frühen Morgen von dem Geräusch einer eingehenden SMS aufgeweckt wurde. Schlaftrunken griff er zu seinem Smartphone, Filippos Panos erkannte er als Absender. Im Anhang ein Bild mit der kurzen Notiz, dass es sich dabei um den getöteten Mann aus Lefkes handele. Die bei ihm vorgefundenen Papiere wiesen ihn als Bronislav Sokolov aus.

De Vries erstarrte, hatte er das gerade richtig gelesen? Er erinnerte sich an seine Notizen vom gestrigen Abend. Binnen einer Sekunde waren seine Lebensgeister zurück, ihm wurde ganz heiß, und mit einem Satz sprang er aus seinem Bett. Er lief in die Küche, schaltete seine Kaffeemaschine ein und suchte parallel nach einer Nummer in seiner Dienststelle. Diese war rund um die Uhr besetzt. Ein Kollege wurde beauftragt, den Namen von Bronislav Sokolov unverzüglich in den Fahndungscomputer einzugeben. In einer Viertelstunde würde er selbst im Büro sein und weitere Auswertungen vornehmen. Die Fingerabdrücke des Toten, so hatte Filippos mitgeteilt, würden im Laufe des Vormittags übermittelt werden. Eine kalte Dusche brachte de Vries' Kreislauf vollends auf Hochtouren, und nur fünfzehn Minuten später stand er voller Tatendrang neben dem Kollegen, der schon ein erstes Ergebnis zu Bronislav Sokolov zu vermelden hatte.

»Der Name ist nicht in unserer Datei«, empfing ihn der Beamte und zeigte auf seinen PC. »Aber ...«

»Was ›aber‹?«

»Ich habe das Foto eingescannt und siehe da …« Er wechselte in ein anderes Programm »Der Mann heißt in Wirklichkeit Stanislav Kotenko und jetzt halt dich fest!« De Vries wartete ungeduldig. »Das ist ein langgesuchter Auftragskiller. Da hat deine neue Freundin in Griechenland verdammtes Glück gehabt!

Der Kommissar sprang auf und rief laut zu seinem Mitarbeiter im Nachbarbüro: »Hab ich's doch gewusst! Und der Bursche hat geglaubt, wir kommen nicht dahinter!«

Er schnappte sich seine Jacke. Wenige Augenblicke später war er zusammen mit einem Kollegen der Bereitschaft auf dem Weg zur AquaTop AG.

STUDIO MADAME KAREN
AMSTERDAM, NIEDERLANDE

Miriam van Veen hatte es sich in ihrem Büro bequem gemacht, ihren ersten Kunden erwartete sie erst gegen Eins, und so hatte sie noch genügend Zeit für ein paar dringende Büroarbeiten. Sie zündete sich eine Zigarette an und bereitete sich ein Fußbad zu, die spitzen hochhackigen Lackstiefel forderten ihren Tribut. Ihre Füße brauchten dringend eine Erholung. Ihr Businessdress, die enge, schwarze Lederkorsage, die sie stets erst in ihrem Studio anlegte, hing noch unbenutzt über einem Stuhl. Ihr Handy klingelte jetzt schon länger, genervt blickte sie auf das Display. Eigentlich wollte sie heute keinen weiteren Kunden bedienen, doch die angezeigte Nummer versprach eine so großzügige Einnahme, dass sie einfach nicht ablehnen konnte. Es war einer ihren besten Kunden, und sie hatte bei ihm ihr Honorar in den letzten Monaten drastisch nach oben geschraubt, nachdem sie vorsichtig getestet hatte, wie weit sie gehen konnte. Er war ihr vollkommen gefügig und würde jeden Preis zahlen, da war sie sich mittlerweile sicher. Den hatte sie im Griff, dachte sie.

Mit gekonnt strenger Stimme akzeptierte sie einen Termin noch am heutigen Vormittag, wie immer würde ihr Kunde in der kleinen engen Gasse auf ihr Kommando warten. Die Büroarbeiten konnten warten, und ihr Geldbeutel würde um einige Hundert Euro schwerer sein. So schlüpfte sie widerwillig jetzt schon in die roten Hochglanzstiefel und zog die Schnüre ihrer Korsage stramm, bis ihre Brüste weit nach vorne sprangen. Die schwere Eingangstür lehnte sie an und verweilte mit dem Rücken zur Tür, die Reitgerte in der Hand, wartend auf ihren Jünger. Als sie die

Schritte ihres Kunden im Flur vernahm, setzte sie den ersten Hieb auf die lederne Folterbank, ein Ritual, das sich eingespielt hatte und von diesem Kunden so gewünscht wurde. Miriam van Veen hasste jede Art von Kontrollverlust, und ein kleiner Spiegel in der linken Ecke ihres Studios ließ sie stets erkennen, wer sich ihr von draußen her näherte. So lugte sie auch heute zu dem kleinen Spiegel hoch, als Brünner im Flur des Studios erschien. Er ging schneller als sonst, und irritiert erkannte sie, dass er nicht wie gewohnt mit gesenktem Blick zu ihr herüber kam. Seine Augen waren starr nach oben gerichtet, und – sie fixierte ihn genauer – seinen rechten Arm hielt er hinter seinem Rücken verborgen. Madame Karen erschrak, irgendetwas stimmte hier nicht. Sie wusste nicht, was es war, aber der Blick Brünners ließ sie erschaudern. Jetzt war er nur noch gut zwei Meter von ihr entfernt. Sie reagierte intuitiv, schrie laut »Stopp« und drehte sich abrupt zu ihm um. Dann verlor sie das Bewusstsein.

TOON DE VRIES
AMSTERDAM, NIEDERLANDE

Brünners Sekretärin erwartete de Vries bereits, musste ihm aber leider mitteilen, dass ihr Chef vor wenigen Minuten sein Büro verlassen hatte. Sie druckste zunächst herum, als de Vries von ihr wissen wollte, wohin er verschwunden sei, gab dann aber mit hochrotem Kopf zu, dass sie bei einem Telefonat am heutigen Morgen gelauscht hatte.

»Ich habe das schon Ihrer Kollegin gesagt.« Sie zögerte. »Bei Ihrem ersten Besuch.«.

Der Kommissar schaute sie verständnislos an, der begleitende Polizist runzelte die Stirn.

»Ich sagte damals, unser Herr Dr. Brünner hat da ein paar Defizite und pflegt ein ungewöhnliches Hobby.«

Sie war verlegen, für de Vries sprach die Sekretärin in Rätseln.

»Der hat heute Morgen schon mit einer gewissen Madame Karen telefoniert.« Sie rieb sich nervös ihre Hände. »So eine Domina ...« Sie zog aus ihrer Schreibtischschublade eine Visitenkarte heraus. »Dort geht er regelmäßig hin. Ich bin ihm vor einiger Zeit auf die Schliche gekommen.«

De Vries steckte die Karte ein, die Dame kannte er ja schon von den Telefonaufzeichnungen. »Und sie sind sich ganz sicher?«

»Absolut! Ich habe das Telefonat doch mitgehört. Er hat einen Termin mit ihr vereinbart. Er ist noch nicht lange weg.«

Der Kommissar verkniff sich einen Fluch, bedankte sich bei Isa Bloomkes und begab sich mit seinem Kollegen schnellstens zurück zu ihrem Wagen.

Die Kerkstraat, in der sich das Etablissement befand, war nur wenige Autominuten von der AquaTop AG entfernt. De Vries holte sein Martinshorn heraus, und mit riskanter Geschwindigkeit bahnten sie sich ihren Weg durch die Innenstadt, bis sie schließlich ihr Ziel erreichten. In einer Einfahrt nahe dem Studio parkten sie das Polizeifahrzeug und sprangen aus dem Wagen. De Vries hatte kein gutes Gefühl. Was trieb Brünner zu so ungewöhnlicher Zeit zu der Liebesdame? Im Laufschritt legten sie die kurze Strecke bis zum Haus von Madame Karen zurück, die Eingangstür zu dem Mehrfamilienhaus stand offen. Ein kleines Messingschild am Eingang wies dezent auf den zweiten Stock hin, geschwind sprangen die beiden Beamten die Stufen hinauf. De Vries zückte seine Dienstwaffe, er wusste nicht, was ihn hier oben erwartete. Der Kommissar nickte seinem Kollegen kurz zu, dann drückte er die Klingel an der verschlossenen Eingangstür. Es tat sich nichts, mit Hochspannung warteten sie einige Sekunden ab. Durch die schwere Tür war leise Musik zu hören, es musste also jemand da sein. De Vries schwitzte und drückte erneut die Klingeltaste, parallel klopfte er heftig an der Tür um Einlass zu bekommen. Dann gab er seinem Kollegen ein Signal, und beide Polizeibeamten warfen sich mit voller Wucht gegen die antike Eingangstür. Ein lautes Splittern kündigte das Nachgeben des Holzes an, und die beiden Polizisten stürmten mit gezogener Waffe in den Flur. De Vries' Kollege wich jäh zurück, ein grausiges Bild bot sich den beiden Polizisten.

Direkt hinter dem Flur lag regungslos eine circa dreißigjährige Frau, bekleidet mit einer schwarzen Lederkorsage und hochhackigen Stiefeln. Eine große Blutlache bewegte sich langsam in Richtung Eingangstür. Sein Kollege sicherte ihn ab, während de Vries den Puls der Frau ertastete, seine Augen dabei immer auf die hinteren Räume gerichtet.

»Sie lebt!«, schrie er und holte sein Handy hervor. »Wir brauchen dringend einen Rettungswagen, hoher Blutverlust, vermutlich mehrere Stichverletzungen. Beeilen sie sich!«, gab er kommandoartig durch und nannte die Adresse. Dann winkte er seinem Kollegen zu.

Mit einem Tritt stießen sie die Tür zu dem eigentlichen Studio auf. Das schwarze Interieur mit dem gesamten erotischen Spielzeug stach ihnen sofort ins Auge. Nichts. Von Brünner keine Spur, aber in die dunklen Lederverkleidung war eine weitere Tür eingelassen, die in einen zusätzlichen Raum führte.

»Wir kommen jetzt rein, wir wissen, dass sie da drin sind!«, rief er laut, die Pistole schussbereit auf die zweite Tür gerichtet. Brünner konnte sich nur in diesem Raum aufhalten, da waren sich beide Kriminalbeamte einig und nachdem sich auch nach einer zweiten Aufforderung nichts tat, öffneten sie vorsichtig die Tür. Brünner hockte regungslos auf dem Sockel eines geöffneten Fensters, in seiner Hand ein blutverschmiertes Messer. »Sie wusste einfach zu viel«, murmelte er. »Pech für Sie, dass sie noch lebt!«, antwortete De Vries. Jegliche Spannung wich aus Brünners Körper, er ließ sich widerstandlos festnehmen.

KATHARINA WALDMANN
PARIKÍA, PAROS

Am nächsten Morgen wurde Katharina von Filippos mit einem großen Blumenstrauß überrascht. Grüße aus der Dienststelle, am liebsten wäre ihr gesamtes Team mit in die Klinik gekommen. Die nächsten Schritte zur Hellenic Building sollten besprochen werden, da platzte ein Anruf von de Vries dazwischen.

»Wir haben das Schwein, und er hat auch schon gestanden«, überraschte er die Kommissarin mit Stolz in seiner Stimme. Katharina, völlig überrumpelt, schaute Filippos fragend an. Ohne Kommentar schaltete sie das Handy laut und de Vries gab ihnen einen umfassenden Lagebericht. So waren die übermittelten Fingerabdrücke des Toten aus Lefkes nicht nur in Aristidis Wagen, sondern auch in Speelmanns Wohnung gefunden worden. Das bedeutete, Katharinas Angreifer war sowohl für den Mord an Kostas Aristidis als auch für den an Speelmann verantwortlich. Ein Auftragskiller, der von Brünner engagiert worden war. So viel hatte de Vries schon aus dem gebrochenen Manager in Erfahrung gebracht. Auch auf Sotírios Koutzunaris hatte Brünner den Ukrainer angesetzt.

In den darauffolgenden Tagen kamen schließlich immer mehr Details ans Tageslicht und langsam zeichnete sich die gesamte Tragweite des Falles ab. Drei Menschen waren auf brutale Weise aus dem Weg geräumt worden, vier weitere Opfer gab es in unmittelbarem Zusammenhang mit der Mordserie zu beklagen. Der in Notwehr erschossene Auftragskiller musste außerdem noch mit zu den Toten bei diesem Verbrechen gezählt werden. Und das alles nur, weil ein von Ehrgeiz zerfressener Manager seine Karriere weiter voran bringen wollte. Ein Einsparungsprogramm, welches zum Austausch einer simplen Reinigungslösung führte, hatte verheerende Folgen gehabt. Die wesentlich preiswertere Ersatzchemikalie war so stark mit Schwermetallen kontaminiert, dass es an mehreren Standorten der Meerwasser-Entsalzungsanlagen jeweils nach den Wartungsarbeiten zu akuten Vergiftungen gekommen war. Darunter das Sun Flower Ressort und eine weitere Bungalow-Anlage auf Koh Samui, die Villa Lageri nahe Náoussa sowie der Bauernhof in Márpissa. Nur einem Zufall war es zu verdanken, dass nicht weitere Opfer zu beklagen waren, denn bei allen anderen Anlagen hatte man nach dem Einsatz der Reinigungslösung zunächst umfangreiche Spülungen der Leitungen veranlasst und damit das Schlimmste verhindert. Dort, wo es zu den schwerwiegenden Vergiftungen gekommen war, hatte man es schlichtweg vergessen, was beim Einsatz der Originalchemikalie auch kein größeres Problem gewesen wäre. Lediglich eine Geschmacksbeeinträchtigung hätte der ein oder andere Kunde bemerkt, im Falle der Ersatzlösung hatte es aber tödliche Folgen gehabt.

Speelmann, der von den Verunreinigungen wusste, hatte einen Warnhinweis nach Paros an Kostas Aristidis verschickt, Brünner hatte davon Wind bekommen. Nach den Vorfällen auf Koh Samui ließ Alexander Brünner schnellstens die aus China stammende Chemikalie wieder gegen die alte, wesentlich teurere Reinigungslösung austauschen. Zum Glück waren nur zwei der weltweit bestehenden Logistikzentren betroffen, und Brünner persönlich ließ sich die Verschrottung der noch vorhandenen Alternativlösungen schriftlich bestätigen. Nachdem keine weiteren Vorfälle bekannt wurden, wähnte Brünner sich in Sicherheit. Als aber dann Aristidis, der über alle Arbeiten an bestehenden Trinkwasseraufbereitungsanlagen auf Paros informiert war, im September versuchte Speelmann zu erreichen, schrillten bei ihm alle Alarmglocken. Der Techniker aus Parikía war der Einzige, der die Mail von seinem Mitarbeiter bekommen hatte, bevor er dessen Rechner sperren ließ. Mit einem Schweigegeld von 50.000

Euro versuchte er Aristidis ruhig zu stellen. Das brachte den wiederum, der bis zu diesem Zeitpunkt noch keine Ahnung von den Auswirkungen der Chemikalienumstellung hatte, erst dazu, dem Verteilerzentrum in Mykonos einen Besuch abzustatten. Nur der Schusseligkeit eines Lagerarbeiters war es zu verdanken, dass nicht alle Chemikalien aus China vernichtet worden waren, und als dieser dann noch von der groß angelegten Rücktauschaktion berichtete, wurde Aristidis misstrauisch. Ohne lange zu überlegen hatte er sich die Proben für die Vergleichsanalyse besorgt und in die Uni nach Athen geschickt. Noch am gleichen Tag hatte er von Brünner dreist die doppelte Summe gefordert, endlich einmal einen Puffer vor Augen, mit dem er sein ständig überzogenes Konto ausgleichen konnte. Rika lebte auf großem Fuß, ihre Kosmetik und die ständigen Frisörbesuche sowie ihr Hang zu teurer Kleidung sprengten schon lange sein Budget, mit der Finanzspritze von der AquaTop würde sich die Lage immens entspannen. Dass dies sein Todesurteil war, konnte er nicht wissen. Brünner hatte sofort nach Erhalt der Forderung Bronislav Sokolov auf ihn angesetzt. Auf Aristidis' Rechner befand sich dann der Hinweis zur Uni in Athen und Sotírios Koutzounaris war das nächste Opfer. Speelmanns Exekution stand fest, nachdem die Vorfälle auf Koh Samui Brünner erreicht hatten und die Mail an Aristidis abgesetzt wurde. Katharina sollte als Nächste sterben. Der Tod des Kanadiers in der Villa Lageri hätte verhindert werden können, sofern die Mitarbeiter des Verteilzentrums auf Mykonos den Aufforderungen Brünners nachgekommen wären, eine bittere Erkenntnis, die leider zu spät kam. Aristidis hatte den richtigen Riecher gehabt, konnte aber nicht mehr eingreifen, denn er war bereits tot, als es zu den beiden Vorfällen in Márpissa und der Villa Lageri gekommen war.

Mit Schrecken vernahmen die Kommissarin und ihr Vertreter die ganze Wahrheit zu dem Fall und beide waren froh, dass es vorbei war. Brünner wurde wegen vierfacher Anstiftung zum

Mord angeklagt, ein zweites Verfahren wegen fahrlässiger Tötung sollte folgen. Obendrauf kam der Mordanschlag auf Madame Karen, die zwar überlebt, aber mit weitreichenden Folgeschäden zu kämpfen hatte. Nach ihrer Genesung schloss sie ihr Domina Studio und eröffnete einen Kosmetiksalon, außerdem plante sie in naher Zukunft ein Buch zu veröffentlichen mit dem Titel – Die pikanten Dossiers der Madame Karen. – Die AquaTop AG bedauerte zutiefst die Entgleisung eines ihrer führenden Angestellten und kündigte umfangreiche Untersuchungen an, die einen besseren Einblick in die Profile ihrer Topmanager erlaubten. In einem Kaizen sollten dazu zeitnah die Grundlagen erarbeitet werden. Sonja Roberts, die entgegen aller Warnungen für die Einstellung von Brünner plädiert hatte, wies alle Schuld von sich. De Vries versprach sie alle auf dem Laufenden zu halten und kündigte zu Katharinas Freude seinen Besuch auf Paros an. Die Zusammenarbeit mit seiner griechischen Kollegin hatte ihm so viel Spaß gemacht, dass er seinen nächsten Urlaub auf der Kykladen Insel verbringen wollte. Die Privatisierung der Wasserversorgung auf den Kykladen stand weiter im Raum, auch wenn das Projekt bis auf weiteres gestoppt wurde.

Katharina selbst musste noch gut eine Woche in der Obhut ihrer Ärzte verbringen, danach hatte sie endlich Zeit mit Dawid für zwei Wochen auszuspannen.

Blieb noch das klärende Gespräch mit Takis, das sich nach der Festnahme von Brünner eigentlich erledigt hatte, aber Filippos' Neugier war zu groß, als dass er es dabei hätte bewenden lassen können. Bei einem gemeinsamen Abendessen nach zahlreichen Gläsern Wein entlockte er seinem Kollegen sein wohlgehütetes Geheimnis von der entgangenen Liebe im Sommer 1976. Rika war nun wieder frei, wenn auch ungewollt, stellte Filippos fest. Takis düstere Stimmung hellte sich auf.

PERSONEN & LOKALES

Adrian
Kanadier aus Vancouver und Freund von Mark. Feriengast in der Villa Lageri.
Alipórta, Maria
Sie, Ende dreißig, und ihr Mann Ángelos, sind die Besitzer des Cafés Alipórtas in Náoussa-Paros. Das Ehepaar hat das Geschäft vor vielen Jahren von Ángelos Eltern übernommen. Maria steht gerne an der Front und kümmert sich um das Personal und die Organisation.
Aliportas, Angelos
Betreiber des beliebten Treffpunktes der jährlich wiederkehrenden Touristenfamilie, dem Aliportas.
Aliportas, Café
Der Treffpunkt der jährlich wiederkehrenden Touristenfamilie in Naoussa. Café-Restaurant und kleines Hotel, betrieben von Angelos und Maria Aliportas.
Apostolópoulos, Georgios
38 Jahre, schwuler Sohn der verstorbenen Maroula Apostolópoulos, jetziger Besitzer des elterlichen Anwesens. Betreibt im ersten Jahr ein neues Gäste Haus, die Villa Lageri.
Apostolopoúlou, Maroula
Verstorbene ehemalige Besitzerin des Lageri Anwesens.
AquaTop AG
Globales Unternehmen mit Produkten und Dienstleistungen für die Wasserwirtschaft
Aristidis, Kostas
55 Jahre, Technischer Angestellter bei der Stadtverwaltung in Parikia. Kümmert sich um alle Angelegenheiten zur Trinkwasserversorgung.
Bachl, Dawid
Schreiner aus Österreich, der vor vielen Jahren nach Paros ausgewandert ist. Der neue Mann an Katharinas Seite.

Bloomkes, Isa
Sekretärin von Dr. Alexander Brünner, eine gute Informationsquelle.
Brünner, Dr. Alexander
Ehrgeiziger Top Manager bei der AquaTop AG in Amsterdam, pflegt ein seltsames Hobby.
De Vries, Toon
Kriminalhauptkommissar in Amsterdam, unterstützt Katharina bei ihren Ermittlungen. Reist seit vielen Jahren nach Kreta.
Georgidi, Nektaria
Ehefrau von Adonis und begnadete Köchin.
Georgidis, Adonis
Ehemaliger Polizeichef auf Paros und Vorgänger vorn Katharina Waldmann, mittlerweile im Ruhestand.
Hellenic Building
Internationaler Baukonzern mit Hauptsitz in Kifissia Athen
Irini
Neue Liebschaft von Filippos, es scheint was Ernsteres zu sein. Arbeitet im Reisebüro neben dem Aliportas.
Kapodistrias Universität
Bekannte Universität in Athen
Karafoudis, Konstantinos
Polizist in Parikia und Mitarbeiter von Katharina.
Karafoulidou, Angeliki
Pathologin aus der Gerichtsmedizin in Athen mit markant rauchiger Stimme. Gute Freundin von Katharina Waldmann.
Karis
Ehemaliger Kollege aus Athen, fähigster Mann bei der Spurensicherung.
Karl
Katharinas eifersüchtiger Stadtkater, der lernen musste sich auf Paros zu behaupten.

Khumpai, Dr. Chai
Arzt auf Koh Samui auch im Sun Flower Ressort.
Kiprou, Eleni
Marikas beste Freundin.
Kober, Michael
Hotelchef des Sun Flower Ressort auf Koh Samui, Thailand.
Koutzunaris, Prof. Dr. Sotirios
Chemiker an der Kapodistrias Universität in Athen, neuer Freund von Angeliki.
Mark
Kanadier aus Vancouver und Freund von Adrian. Feriengast in der Villa Lageri.
Matt
Mitglied der Touristenfamilie aus London, wohn mit Ehefrau Patsy in der Villa Lageri.
Mikis
Tavernen Wirt und gleichnamiger Name des Restaurants in Naoussa.
Moniek
Mitarbeiterin in der IT Abteilung bei der AquaTop AG in Amsterdam.
Louis
Ehemaliger Krankenpfleger und Partner von Georgios. Mitinhaber der Villa Lageri.
Nikoforis, Fotis
Ehemaliger Besitzer einer pleite gegangenen Baufirma auf Paros.
OsmoTec GmbH
Neu akquiriertes Unternehmen der AquaTop AG, baut Meerwasser-Entsalzungsanlagen.
Panos, Filippos
34 Jahre, Kommissar-Anwärter. Nun endlich fest im Team von Katharina Waldmann.

Papadakis, Charis
Angestellter bei der Stadtverwaltung in Parikia, Arbeitskollege von Kostas Aristidis.
Papandreou, Takis
Dienstältester Polizist in Katharinas Team.
Patsy
Ehefrau von Matt.
Paul
Ehemann von Seelchen.
Perfakis, Andreas
Projektleiter der Hellenic Building für den Flughafenneubau auf Paros.
Polster, Tom
CEO (Chief Executive Officer) bei der AquaTop AG in New York.
Psara, Marika, genannt Rika
Ehefrau von Kostas Aristidis und Modepüppchen.
Rigby, John
Haustechniker im Sun Flower Ressort.
Seelchen
Mitglied der Touristenfamilie, rüstige Rentnerin aus Zürich, Mitte Siebzig, die mit richtigem Namen Maren Stampfli heißt und mit ihrem Gatten Paul schon halb Griechenland durchwandert hat. Ihre Augen erinnern an Maria Schell, daher hat sie diesen Kosenamen.
Sifaki, Stella
Ehefrau von Stavros.
Sifakis, Stavros
Bauer in Marpissa auf Paros.
Sophia
Ende Sechzig, ehemalige Haushälterin von Maroula und jetzige Köchin der Villa Lageri. Hat lebenslanges Wohnrecht im Haus der Apostolópoulos.

Spanopoulos, Dr.
63 Jahre, der Arzt für alle Fälle. Auf ganz Paros im Einsatz.
Speelmann, Henrik
Mitarbeiter von Dr. Alexander Brünner. Hat sich bei Finanzgeschäften verzockt.
Spyros
Polizist in Parikia und Mitarbeiter von Katharina.
Vasillis
Inhaber der urigen Ouzerie inmitten der quirligen Gassen von Naoussa. Die Gäste haben stets Probleme die leckeren Mezedes auf den kleinen Tischen unterzubringen.
van Veen, Miriam alias Madame Karen
Betreiberin eines Domina-Studios in der Kerkstraat in Amsterdam.
Waldmann, Katharina
56 Jahre, geschieden. Mutter Griechin, Vater Deutscher. Spricht fließend Deutsch und Griechisch. Kriminalhauptkommissarin, war lange Zeit die Chefin der Mordkommission in Athen, leitet nun die Polizeistation in Parikia auf Paros. Sie liebt das Leben und gutes Essen, nur die Pfunde bereiten ihr Sorgen.
Xenia
Mitarbeiterin von Katharina Waldmann. Die gute Seele in der Dienststelle.

PAROS LANDKARTE

Landkarte
der Insel Paros
im Ägäischen Meer
Griechenland

Grafik:
Marti O´Sigma

REZEPTE

Griechische Rezepte:
›Auberginenpüree‹
›Garnelen Saganaki mit Feta und grüner Paprika‹
›Gekochter Oktopus in Vinaigrette‹
›Keftedes in Tomatensoße‹
›Lammfleisch-Keftedes‹
›Nikis Kartoffelsalat‹
›Sophias Fasolakia in Tomatensauce‹
›Vasillis Zucchiniballs‹

Niederländische Rezepte:
›Frikandel‹
›Matjes Holländisch‹
›Stamppot Toon‹

Thailändische Rezepte:
›Curry mit Rindfleisch und Thai Auberginen‹
›Laab Gai‹
›Mai Tai‹
›Papayasalat Sun Flower‹
›Pina Colada‹

S ›Auberginenpüree‹

Zutaten:
3 Auberginen, 1 gehackte Knoblauchzehe, 3 TL Zitronensaft, 1 EL Olivenöl, 2 EL griechischer Sahnejoghurt (10% Fett), ½ EL Thymianblättchen, 2 EL Tahin (Sesampaste), Salz, 1 EL geröstete Sesamsaat

Zubereitung:
Auberginen mehrmals mit einer Gabel einstechen und auf ein Blech legen. Im vorgeheizten Ofen bei 250 °C auf der mittleren Schiene 40 min. backen und kurz abkühlen lassen (Umluft nicht empfehlenswert). Auberginen längs halbieren, das Fruchtfleisch mit einem Löffel heraus kratzen und in ein hohes Gefäß geben. Knoblauchzehe und Tahin zugeben und mit dem Schneidstab pürieren. Olivenöl, Sahnejoghurt und Thymianblättchen unterrühren. Auberginenpüree mit Zitronensaft und Salz würzen. Mit einigen Thymianblättchen und Sesamsaat bestreut servieren.

›Garnelen Saganaki mit Feta und grüner Paprika‹

Zutaten:
4 Tomaten, 2 feingewürfelte Zwiebeln, 1 feingewürfelte grüne Paprikaschote, 1 feingewürfelter Knoblauchzehe, ½ kg große Garnelen, 180 g gewürfelter Fetakäse, 10 EL Olivenöl, glatte Petersilie, Paprikapulver, Salz, Pfeffer

Zubereitung:
Die frischen Tomaten waschen, mit heißem Wasser überbrühen, die Haut abziehen und die Kerne entfernen. Das Fruchtfleisch im Mixer pürieren. Das Öl in einer Pfanne erhitzen, und die Zwiebeln darin anschwitzen. Den Knoblauch und die Paprikastücke zugeben und kurz mitdünsten. Die Tomaten zufügen. Mit Salz, Pfeffer und Paprikapulver würzen. Etwa 30 min. köcheln lassen, bis alles zu Brei verkocht ist.
Die Garnelen am Körper schälen, dabei Kopf und Schwanz dran lassen, aber darauf achten, dass der schwarze Darm entfernt wird. Kurz kalt waschen, abtropfen lassen.
Den Backofen auf 200 °C vorheizen. Die Garnelen in eine Auflaufform legen und mit der Tomatenzubereitung bedecken. Die Petersilie waschen, die Blätter von den Stängeln zupfen und in die Form legen. Den Feta darüber streuen. Die Form in den Backofen stellen, und das Gericht etwa 5 – 10 min. überbacken.

S ›Gekochter Oktopus in Vinaigrette‹

Zutaten:
1 kg Oktopus, 500 g gewürfelte Wurzelgemüse (Möhren, Sellerie, Porree, Petersilie), 2 Knoblauchzehen, 3 gewürfelte Zwiebeln, 3 Lorbeerblätter, 1 EL gekörnte Brühe, 3 EL brauner Zucker, 6 schwarze Pfefferkörner, 4 Pimentkörner, 3 Chilischoten, 1 Tasse Olivenöl, 350 ml trockener Weißwein, 1 l Wasser, 1 TL grobes Meersalz, 200 ml Essig, 1 TL Kümmel, 1 TL Kreuzkümmel, 1 EL schwarzer Pfefferkörner

Zubereitung:
In einem sehr großen Topf Olivenöl erhitzen, Suppengemüse, Zwiebel und Knoblauchknolle anbraten und den Oktopus dazutun. Unter Umrühren, ca. 10 min. köcheln lassen. Mit Weißwein löschen mit Brühe begießen. Pimentkörner, Lorbeerblatt, Zucker, Chilischoten, Meersalz, Kümmel, Kreuzkümmel und Pfefferkörner hinzugeben und aufkochen. Mit heißem Wasser und Essig auffüllen, bis alles bedeckt ist. Nach 30 bis 40 min. testen, ob der Oktopus gar ist. Im Topf abkühlen lassen.

Tipp:
Die Marinade muss süßsauer sein. Oktopus mindestens einen Tag bedeckt stehen lassen. Kann kalt oder auch aufgewärmt genossen werden.

›Keftedes in Tomatensoße‹
(Angelikis Lieblingsgericht)

Zutaten:
Für die Tomatensauce: 500 g gewürfelte kleine reife Tomaten, ½ Tasse heiße Brühe, 1 Knoblauchzehe, 1 Teelöffel geh. Basilikum, 1 Lorbeerblatt, Salz, Pfeffer, etwas Zucker, Öl
für die Hackfleischbällchen: 500 g Hackfleisch (am besten Rinderhack), 1 feingeriebene Zwiebel, 1 Ei, 1 eingeweichte Semmel, 1 EL gehackte Petersilie, 1 feingeriebener Knoblauchzehe, Salz, Pfeffer, 1 EL Oregano, Mehl, ½ Tasse Öl zum braten

Zubereitung:
In einer Pfanne Olivenöl erhitzen, Knoblauch anbraten, Tomaten, Salz, Pfeffer, Lorbeerblatt, Basilikum und Zucker dazu geben, mit Fleischbrühe löschen und für ca. 30 min. schmoren lassen.
Das Hackfleisch in eine Schüssel geben, Eier, Petersilie, Knoblauch und Zwiebel zufügen. Das eingeweichte Brot gut ausdrücken, zum Hackfleisch geben, salzen, pfeffern. Das Ganze gut zu einer einheitlichen Masse vermischen, damit sich die Gewürze verteilen. Kleine runde Klößchen formen, in Mehl wälzen und in heißem Öl braten. Die gebratenen Fleischbällchen die zubereitete Tomatensauce legen und ca. 15 min. darin ziehen lassen.

›Lammfleisch-Keftedes‹

Zutaten:
1 kg Hackfleisch vom Lamm, 2 Zwiebeln, 4 Eier, 1 EL Essig, 2 EL Ouzo, 2 EL kleingeschnittene Minze, 1 EL Oregano, 4 Scheiben eingeweichtes Weißbrot, 2 gepresste Knoblauchzehen, Salz, Pfeffer, Mehl, Öl zum Anbraten

Zubereitung:
Alle Zutaten in einer Schüssel gut vermischen und das Ganze ca. 1-2 Std. durchziehen lassen. Danach kleine Bällchen formen und in Mehl wälzen. In reichlich Öl frittieren.

Tipp:
Diese Lammfleisch-Keftedes werden in Griechenland zwischendurch, als Hauptgericht mit Salat oder als Vorspeise gegessen.

›Moussaka‹

Zutaten:
600 g Kartoffeln in Scheiben, 600 g Auberginen ohne Stiel, in Scheiben geschnitten, 500 g Hackfleisch, 2 feingehackte Zwiebeln, 4 feingehackte Knoblauchzehen, 1 Dose geschälte und gewürfelte Tomaten, 1 Lorbeerblatt, ½ TL Zimt, 4 Eier, 40 g Butter, 40 g Mehl, 375 ml Milch, 100 g geriebener Käse, Salz, Pfeffer, Olivenöl, Muskat

Zubereitung:
Auberginen salzen, 30 min. stehen lassen. Anschließend sorgfältig trocken tupfen.
Öl in einer Pfanne erhitzen. Die Scheiben von jeder Seite ca. 30 sek. anbraten, aus der Pfanne nehmen und auf Küchenpapier abtropfen lassen. Erneut Öl in der Pfanne erhitzen und die Kartoffelscheiben unter mehrmaligem Wenden 10 min. anbraten. In einem Topf etwas Öl erhitzen, Hackfleisch, Zwiebeln und Knoblauch darin anbraten. Tomaten, Lorbeer und Zimt zufügen, mit Salz, Pfeffer und Muskatnuss würzen.
Unter ständigem Rühren bei geöffnetem Topf so lange dünsten, bis sämtliche Flüssigkeit verkocht ist.
Das Lorbeerblatt entfernen, nochmals abschmecken. Den Topf vom Herd nehmen, und 2 Eier unterrühren.
In einem zweiten Topf die Butter zerlassen. Mit Mehl bestäuben und kurz anschwitzen. Nach und nach die Milch zugießen und unter Rühren dicklich einkochen lassen. Mit Salz, Pfeffer und Muskatnuss pikant abschmecken. Den Topf vom Herd nehmen, einen Esslöffel Käse und die restlichen Eier hineinrühren. Eine große flache Auflaufform mit Olivenöl einfetten. Die Hälfte der Kartoffeln und Auberginen schichtweise einfüllen. Mit Salz, Pfeffer und Muskatnuss würzen und mit etwas Käse bestreuen.

Anschließend die Hackfleischmasse gleichmäßig darauf verteilen. Restlichen Kartoffeln und Auberginen darauf schichten und mit der Sauce begießen. Mit Käse bestreuen. Moussaka bei 180°C Umluft im vorgeheizten Backofen 30-40 min. goldbraun backen.

›Nikis Kartoffelsalat‹

Zutaten:
600 g Pellkartoffeln, Essig, Olivenöl, Senf, 1 TL Zucker, 1 Bund glatte Petersilie, Pfeffer und Salz, 200 g Surimi

Zubereitung:
Die Kartoffeln schälen und in Scheiben schneiden. Essig, Öl und Senf für das Dressing verrühren und mit Salz, Pfeffer und Zucker (Es geht auch flüssiger Süßstoff!) abschmecken und über die lauwarmen Kartoffeln geben. Die klein gehackte Petersilie darüber streuen, anschließend das Surimi auf dem Salat verteilen.

›Sophias Fasolakia in Tomatensauce‹
Grüne Bohnen in Tomatensauce

S

Zutaten:
500 g grüne breite Bohnen, 2 kleingeschnittene Schalotten, 1 kleingeschnittener Knoblauchzehe, 1 gewürfelte große reife Fleischtomate, 3 mittelgroße Kartoffeln, 2 EL Olivenöl, 1 EL Tomatenmark, 1 TL edelsüßen Paprika, 1 Lorbeerblatt, Pfeffer und Salz, 1 Bund glatte Petersilie

Zubereitung:
Die Bohnen sorgfältig putzen, gründlich waschen und in der Hälfte durchschneiden. Kartoffeln ebenfalls schälen und in nicht zu kleine Stücke schneiden. In einem Topf das Öl erhitzen, Zwiebeln und Knoblauch andünsten. Bohnen, Kartoffeln, Lorbeerblatt und Tomaten dazugeben. So viel Wasser hinzufügen, bis alles knapp bedeckt ist und das Ganze mit edelsüßem Paprika, Salz, sowie frisch gemahlenem schwarzen Pfeffer würzen. Bei geschlossenem Deckel aufkochen lassen. Danach die Hitze runterschalten und vor sich hin köcheln lassen Nach ca. 20 min. die Konsistenz prüfen. Bei offenem Topf weiterköcheln lassen, bis die Bohnen weich sind. Zuletzt mit Salz abschmecken und mit Petersilie bestreuen. Dazu passt Fetakäse und natürlich ein knuspriges Brot.

S

›Vasillis Zucchiniballs (Kolokithokeftedes)‹

Zutaten:
1 kg Zucchini, 1 kleingewürfelte Zwiebel, 200 g griechischer Hartkäse, 1 Tasse Mehl, 2 EL zerlassene Butter, 2 Eier, Salz, Pfeffer, 1 Bund gehackte Petersilie, Olivenöl zum Ausbacken

Zubereitung:
Zucchini leicht schälen und die Stiel- und Blütenenden abschneiden. In Scheiben schneiden und in kochendem Salzwasser ca. 10 min. ziehen lassen. Zucchinischeiben ausdrücken und in einem Mixer pürieren. Zwiebel in einer Pfanne mit etwas Olivenöl glasig anbraten. Zucchinipürre und Zwiebeln in eine Schüssel geben, Mehl, Gewürze, Butter, Käse, Eier und Petersilie hinzugeben. Alles miteinander verkneten – es soll ein nicht zu weicher Teig entstehen, daher ggf. Mehl nach Bedarf hinzufügen. Den Teig ca. 1 Stunde im Kühlschrank ruhen lassen.
Anschließend aus dem Teig Frikadellen formen, in Mehl wenden und in einer heißen Pfanne mit Olivenöl ca. 3-4 Minuten von jeder Seite braten, bis sie goldbraun sind. Die fertigen Frikadellen abtropfen lassen und heiß servieren.

Tipp:
Dazu passt griechischer Joghurt oder frisch zubereitetes Tzatziki.

›Papayasalat Sun Flower‹
für 4 Portionen

S

Zutaten:
200 g grüne unreife Papaya, 1 kleine grüne Chilischote, 1 Knoblauchzehe, 300 g grüne Bohnen, 1 EL ungesalzene geröstete Erdnüsse, 1TL getrocknete Shrimps, 6 geviertelte Kirschtomaten, 1 EL Limettensaft, 1 EL Palmzucker, 1 EL Sojasauce

Zubereitung:
Papaya schälen und in sehr feine Stifte schneiden. Die Bohnen putzen und in 1 cm große Stücke schneiden. Chili halbieren, entkernen und klein schneiden. Papaya, Chili und Knoblauch jeweils in kleinen Portionen grob zerstoßen, am besten mit einem Mörser oder alternativ in einer Schüssel zerstampfen. Ist alles gemörsert, werden Bohnen, Erdnüsse, getrocknete Shrimps und Tomaten eingerührt und gut vermischt. Mit Limettensaft, gehacktem Palmzucker und Sojasoße würzen.

Tipp:
Statt getrocknete Garnelen können sie getrockneter Shrimps verwenden, diese müssen 5 Minuten in warmem Wasser eingeweicht und gehackt werden. Den Salat erst kurz vor dem Verzehr zubereiten, sonst verliert die Papaya ihre feste Beschaffenheit.

›Pina Colada‹

Zutaten:
3 cl weißer Rum, 3 cl Cream of Coconut, 9 cl frischer Ananassaft, ein Stück Ananas, Eiswürfel

Zubereitung:
Rum, Kokosnusscreme und Ananassaft zusammen in einen Standmixer / Blender füllen und gut mischen. Aufpassen, dass die Creme nicht flockig wird! Die Flüssigkeit mit einigen Eiswürfeln in ein 0,3-Liter-Glas füllen, mit dem Viertel einer Ananasschreibe und einer kandierten Maraschinokirsche verziert, und mit einem Strohhalm serviert.

›Mai Tai‹

Zutaten:
3 cl weißer Rum, 3 cl brauner Rum, 2 cl Triple Sec, 2 cl Limettensirup, 1 cl Mandelsirup, 1 cl Limettensaft, 3 cl Orangensaft, 3 cl Ananassaft, Crushed Ice, Cocktailkirsche und Minze

Zubereitung:
Alle Zutaten im Shaker mit einigen Eiswürfeln kurz durchschütteln und in ein zu einem Drittel mit crushed Ice gefülltes Glas abseihen. Garnieren und mit Trinkhalm servieren.

Zutaten:
300g Hähnchenbrust, 1-2 Limetten, 2 sehr feingeschnittene Stiele Zitronengras, 1 EL Fischsauce, 1 TL Zucker, 1 TL Chiliflocken, 1 feingewürfeltes Stück Ingwer, 3 gewürfelte Schalotten, 4 in Ringen geschnittene Frühlingszwiebel, ½ Bund gehackter Koriandergrün, 2 feingeschnittene Chilischoten, 3 feingewürfelte Stangen Sellerie, ½ Salatgurke, Blattsalat

Zubereitung:
Die Hähnchenbrust entweder sehr fein mit dem Messer würfeln oder in kleine Stücke hacken, ähnlich wie grobes Hackfleisch. Das Fleisch mit Limettensaft mischen und ca. 10 - 15 min. marinieren. Ohne Zugabe von Fett in einer Pfanne scharf anbraten und fertig garen. Die Flüssigkeit in der Pfanne sollte verdampft sein. Mit Fischsauce, Zucker und Chiliflocken würzen. Evtl. nochmals mit Limettensaft nachsäuern und lauwarm abkühlen lassen. In einer großen Schussel Fleisch mit Zitronengras, Ingwer Schalotten, Sellerie, Frühlingszwiebeln, Koriander und Chilischoten mischen und auf Salatblättern anrichten. Die Gurke in Scheiben oder Längsstreifen schneiden und zusammen mit dem Laab servieren. Dazu passt Jasmin Reis

Tipp:
Laab schmeckt am besten, wenn das Fleisch großzügig mit den genannten Kräutern vermischt und lauwarm serviert wird. Die Mengen von Fischsauce, Chiliflocken und Chilis dienen nur als Richtwerte, gleiches gilt für die Menge. Wenn nur Laab serviert wird, reicht die Menge für ca. 2 Personen, falls zusätzliche Gerichte wie Suppen und Currys auf den Tisch kommen, reicht die Menge für ca. 4 - 6 Personen.

›Curry mit Rindfleisch und Thai Auberginen‹

Zutaten:
4 EL rote Currypaste, 750 g Rindfleisch, 750 ml Kokosmilch, 6 – 8 Kaffirblätter, 100 g Thai Erbsen-Auberginen, 4 grüne Auberginen, 2 EL ungesalzene Erdnüsse, 2 EL Fischsauce, 2 EL Limettensaft, 1 EL brauner Zucker, 6 rote Chilischoten, 1 Bund Thai Basilikumblätter, Öl zum Anbraten

Zubereitung:
Rindfleisch in feine Streifen schneiden. Auberginen gut waschen, vom Stiel befreien und die golfballgroßen vierteln. In Salzwasser legen, damit sie nicht braun werden. Öl in einem Wok erhitzen. Rindfleisch portionsweise anbraten, bis es gleichmäßig gebräunt ist, dann zur Seite stellen. Currypaste im Wok bei mittlerer Hitze ca. 1 Minute braten. Vorsicht, damit sie nicht anbrennt, ständig rühren. Dann 500 ml Kokosmilch und die Kaffirblätter zugeben und 10 min. köcheln lassen. Fleisch in den Wok geben, restliche Kokosmilch auch, alles weitere 10 min. köcheln lassen, bis das Fleisch weich ist.
Nun Auberginen, Erbsen-Auberginen und ganze rote Chilischoten zugeben, mit Fischsauce, Limettensaft und Zucker abschmecken und die Auberginen ca. 5 min. weich werden lassen. Zuletzt Thai-Basilikum zugeben, kurz zusammenfallen lassen und dann sofort mit Reis servieren.

Tipp:
Als Hauptgericht nur mit Reis reicht es für 4 Personen.

Zutaten:
150 g Schweinehack, 150 g Rinderhack, 150 g Putenhack, 100 ml Hühnerbrühe, 5 g Salz, 3 Eier, 2 EL Kräuter der Provence, 3 Scheiben Weißbrot

Zubereitung:
Hackfleischsorten in der Küchenmaschine zerkleinern. Weißbrot zerpflücken, Eiern, Gewürzen und Brühe hinzugeben und alles weiter fein vermischen. Es sollte sich eine gut formbare Masse ergeben, ggf. noch etwas Brot hinzufügen. Anschließend die Masse mindestens eine halbe Stunde lang kalt stellen. Nun aus der Fleischmasse kleine lange Rollen (Bratwurstform) formen. Zum Formen Frischhaltefolie benutzen, die zuvor ein paar Stunden im Gefrierschrank gelagert wurde und die an den Enden zusammengezogen wird. Die geformten Rollen mit der Folie in siedendem Wasser für ca. 5 min. kochen und nach dem Abkühlen in den Gefrierschrank legen. Die durchgefrorenen Frikandel-Rollen können nun, nachdem die Folie entfernt wurde, in einer Fritteuse zubereitet werden. Dazu das Fett auf ca. 170 bis 180 ° C erhitzen und die Frikandel für 5 bis 7 min. frittieren. Dabei darauf achten, dass die Frikandel nicht zu braun werden. Aufgeschnitten mit frisch gewürfelten Zwiebeln, Ketchup und Mayon naise servieren. Dazu passen natürlich Pommes.

›Matjes Holländisch‹

Zutaten:
8 frische Matjesdoppelfilets, 8 in feine Ringe geschnittene Schalotten, 800 g mehlig kochende Kartoffeln, 200 g Crème Fraîche, 2 EL Kapern, 200 ml Olivenöl, Salz, Pfeffer, Kresse

Zubereitung:
Matjesfilets in eine möglichst flache Schüssel legen und dabei etwas aufklappen. Schalotten über die Matjesfilets legen. Kräftig salzen und pfeffern. Dann das Olivenöl darüber gießen. Gut abdecken und ca. 1 Std. ziehen lassen.
In der Zwischenzeit die Kartoffeln waschen und mit Schale kochen. Pellen und stampfen, aber nicht mit dem Rührgerät mixen. Die Crème fraîche unterrühren und mit Salz und frischem Pfeffer aus der Mühle abschmecken. Zum Servieren den Kartoffelstampf auf Tellern anrichten. Je zwei Matjesdoppelfilets mit Schalottenringen und den Kapern darauf anrichten, mit Kresse bestreuen. Dazu schmeckt ein gut gekühltes Bier.

›Stamppot Toon‹

Zutaten:
500 g mehlig kochende Kartoffeln, 250 g gewürfelter Schinken, 1 feingehackte große Zwiebel, 1 Endiviensalat nicht zu groß, 250 ml Buttermilch, 30 g Butter, Salz

Zubereitung:
Den Endiviensalat in feine Streifen schneiden und gründlich waschen. Die Kartoffeln schälen, in Salzwasser kochen, abgießen und zu Kartoffelbrei zerstampfen. Anschließend die Buttermilch dazu geben. Zwiebel und Schinkenwürfeln in der Butter anbraten, und unter den Kartoffelbrei rühren. Das Ganze mit Salz abschmecken und erst jetzt den Endiviensalat unterheben.

Danke

Zunächst einmal möchte ich mich bei allen meinen Leserinnen und Lesern bedanken, die meine Bücher bisher gekauft und damit eine Fortsetzung der Paros-Geschichten erst möglich gemacht haben. Bei mehr als 80.000 Neuerscheinungen, die es jedes Jahr in Deutschland gibt, freue ich mich darüber ganz besonders. Mein Dank gilt auch den Menschen, die durch die Paros-Krimis angeregt wurden, meine zweite Heimat einmal zu besuchen und somit zu einer Verbreitung des Kykladen-Feelings beigetragen haben. Wie auch bei meinen beiden Büchern zuvor, wäre GLYKO NERO nicht möglich gewesen, wenn mich nicht einige Personen dabei tatkräftig unterstützt hätten.
Ein ganz herzlicher Dank an meine Lektorin Britta Voß, die mir mit ihren Anregungen und Änderungsvorschlägen wertvolle Tipps zur Verbesserung der Story gegeben hat. Außerdem möchte ich mich noch bei meinem Verleger Sewastos Sampsounis für sein immer offenes Ohr und seinen spezifisch griechischen Blick bedanken, der der Geschichte eine ganz besondere Note gegeben hat. Ich hoffe, der neue Krimi gefällt euch und Ihnen und wir sehen uns demnächst auf einer Lesung oder am Ort des Verbrechens.

BIOGRAPHISCHES

PETER PACHEL

Peter Pachel ist 1957 in Siegburg geboren und im Rheinland aufgewachsen. Nach der Lehre zum Chemielaboranten hat er an der Fachhochschule Köln Umwelttechnik studiert. Seit 28 Jahren arbeitet er in einem internationalen Unternehmen und ist im Sales Support & Sales Development tätig. Durch seinen Beruf ist er viel in Europa unterwegs und seine kommunikative Art setzt er bei Vertriebstrainings und Produktschulungen ein.

Der Autor reiste 1981 zum ersten Mal auf die griechischen Inseln und war von Anfang an begeistert von dem faszinierenden Land und seinen Menschen. Besonders die Kykladen mit ihrem unvergleichbaren Licht haben es ihm angetan.

In Naoussa auf Paros fand er schnell Freunde und Familienanschluss bei Flora & Dimitri, die er bis heute mindestens einmal im Jahr besucht. Dort hat er über die Jahre viele Menschen aus aller Welt kennengelernt, die ähnlich wie er alle dem idyllischen Ort erlegen sind – »Infected by the Paroan Virus« nennen sie das Verlangen, immer wieder auf diese ägäische Insel zu kommen. Somit ist es nicht verwunderlich, dass auch sein dritter Roman über Katharina Waldmanns Fälle auf Paros spielt und er viele unterschiedliche Charaktere der Langzeit-Griechenland-Begeisterten in der Handlung eingefangen hat.

Peter Pachel lebt seit 31 Jahren mit seinem Partner in Köln – der Stadt, die weitaus mehr als Karneval und Kölsch zu bieten hat – und ist ein begnadeter Koch, inspiriert von der ägäischen Küche und den verführerischen Rezepten, die er aus Paros mit nach Deutschland bringt.

Peter Pachel
Griechisches Gift
Kommissarin Waldmann
ermittelt auf Paros
ISBN: 978-3-95771-035-2
eISBN:978-3-95771-036-9

Hellblau leuchtet der Himmel über Paros. Katharina Waldmann bereitet sich auf das Osterfest vor. Auch einige Touristen verbringen bereits die Feiertage auf den Kykladen, so wie Marlene Winter, die sogar ein Grundstück auf der Nachbarinsel Amorgos erwerben will. Ein Treffen mit Makler Frank Felten soll die letzten Einzelheiten abklären. Doch das Abendessen in der traditionellen Taverne im Hafen von Naoussa verläuft tödlich für den Mitarbeiter der Immobilienfirma Dreamroom GmbH. Ein schrecklicher Verdacht kommt auf. Hat hier jemand nachgeholfen und wenn ja, wer hat es auf den unsympathischen deutschen Makler abgesehen?

Peter Pachel

Maroulas Geheimnis

Kommissarin Waldmann ermittelt auf Paros

ISBN: 978-3-942223-76-6
eISBN: 978-3-942223-77-5

Die griechische Insel Paros ist ein beschaulicher Platz, um Urlaub zu machen, und so trifft sich jedes Jahr aufs Neue eine eingeschworene Gemeinschaft, die bestens vertraut ist mit der Insel, ihren Einwohnern und Eigenheiten. Doch dieses Jahr bricht der Sommer in das geruhsame Inselstädtchen Naoussa mit Gewalt ein. Als Katharina Waldmann, die deutsch-griechische Chefin der Mordkommission Athen, zur Amtshilfe auf die Insel gerufen wird, ist jedem klar, dass ein Mord aufgeklärt werden soll. Paros beweist plötzlich allen Beteiligten, dass es voller Geheimnisse steckt.

Peter Pachel inszeniert die beliebte griechische Kulisse aus Urlaub und Gastfreundschaft neu, bettet seine Charaktere zwischen Tradition und Tourismus ein und lässt sie über Homosexualität und Natur stolpern.

Thomas Bäumler

Priester, Neffe, Tod

Gerti Zimmermann recherchiert

ISBN: 978-3-95771-031-4
eISBN:978-3-95771-032-1

Georg Hornberger – geachteter Theologe, Prälat und Ehrenbürger seines oberpfälzer Heimatorts – wird brutal ermordet aufgefunden. Nicht nur die Polizei steht vor einem Rätsel. Die angehende Journalistin Gerti Zimmermann, die ein Volontariat bei der Heimatzeitung absolviert, beginnt zu recherchieren. Ihre Ermittlungen, die sie bis nach Prag führen, lassen ihr keine Ruhe. Im Tagebuch des Junkies Josef, des Neffen des Ermordeten, findet sie einen erstaunlichen Hinweis: Josef wurde als Jugendlicher von seinem Onkel sexuell missbraucht. Gerti erforscht die Familiengeschichte des Ermordeten und entdeckt Geheimnisse, deren Lüftung vielen Beteiligten ein Dorn im Auge zu sein scheinen. Werden ihre Ermittlungsergebnisse Gehör finden? Ist die Redaktion der Zeitung bereit, die Wahrheit zu drucken?

Thomas Bäumler kreiert den ersten Fall der blutjungen Gerti Zimmermann, die noch am Anfang ihre Karriere steht. Auf der Bühne dieses ländlich geprägten nordbayrischen Umfelds durchlebt eine katholische Familie ihre Tragödie. Eine sozialkritische Kriminalgeschichte mitten in Deutschland um Medienmacht, Meinungsfreiheit und Glauben. Und über sexuellen Missbrauch.

Hilda Papadimitriou

Für eine Handvoll Vinyl

Der erste Fall für Charis Nikolópoulos

aus dem Griechischen von Gesa Singer

ISBN: 978-3-95771-043-7

eISBN: 978-3-95771-044-4

Wie spielt sich das Leben im Stadtteil Exarchia in Athen ab, und was hat sich dort seit den 1970ern wirklich kaum verändert? Warum ist es für manche Leute wichtig, sich durch Musik auszudrücken, und warum sind Beziehungen so kompliziert? Was haben all diese Leute zu verbergen, die sich im Plattenladen von Fontas blicken lassen? Man hört Gang of Four, Neil Young, Clash, aber auch Percy Mayfield und Travis in diesem verregneten Februar. Und dann passiert ein Mord. Kommissar Charis Nikolópoulos muss sich beweisen: sein erster eigener Fall! Wie hängen Schallplattensammeln und Verbrechen zusammen? Welches Motiv hat der Mörder? Ist es denn möglich, für eine Handvoll Vinyl zu töten?

»Hilda Papadimitriou stellt sich bewusst in die Tradition der Markaris-Romane, erweitert sie jedoch in bemerkenswerter Weise. Sie erschließt dem aktuellen griechischen Kosmos wieder die Hard Boiled-Tradition der amerikanischen Noir-Pioniere, und zwar ohne die Eigenheiten der mittelmeerischen Kultur in ihrer spezifisch griechischen Variante zu vernachlässigen.« *Agis Sideras*

Antonia Pauly
Himmelfahrt
Kommissarin Myloná ermittelt
auf Zakynthos
ISBN: 978-3-95771-087-1
eISBN: 978-3-942223-37-9

Kommissarin Mylona, geschieden, ein Kind, ist dem brutalen Arbeitsalltag bei der deutschen Polizei entflohen und hat eine Stelle auf der griechischen Ferieninsel Zakynthos angenommen. Doch dann wird ein Hotelier grausam ermordet. Eleni Mylonas erster Fall wird sich als alles andere denn als leichter Einstieg sich erweisen. Täter und Motiv sind weit und breit nicht in Sicht und in der dominierenden griechischen Männerwelt muss sich eine alleinstehende Frau erst mal sich durchkämpfen. Deutsch sprechen und denken ist hier von Vorteil und Verbündete machen das Leben leichter: der Tavernenbesitzer am Hafen plaudert gern über alle Neuigkeiten und der französische Schriftsteller ist bereit, ihr die Sehenswürdigkeiten der Insel zu zeigen. Zwischen modernen Hotelanlagen, smaragdgrünen Stränden und Umweltaktivisten zum Schutz der bedrohte Careta-Careta Schildkröte läuft ein Mörder herum. Die ersten herbstlichen Tage bringen neben Regen auch Erkenntnissen über das harte Leben auf einer Insel. Das Ionische Meer stürmt und Zakynthos wird von der Außenwelt abgeschnitten. Kann ein zweiter Mord Licht in die Sache bringen? Der neue Vermieter kennt sich in der griechischen Mythologie bestens aus. *»Alle Irrungen und Wirrungen der menschlichen Seele, haben in den Mythen ihre Entsprechungen«*, erzählt der Gastgeber und füllt das Glas seiner Untermieterin gut zur Hälfte mit griechischem Wein. Ein spannender Kriminalroman, der gleichzeitig ein schöner Reiseführer der Ionischen Insel Zakynthos ist. Geschichte, Land und Menschen, Bräuche und Alltagsprobleme werden informativ weiter gegeben.

Antonia Pauly
Entspannung
Kommissarin Myloná
und die Gefahren des Yoga
ISBN: 978-3-95771-088-8
eISBN: 978-3-942223-38-6

In Griechenland ist die Finanzkrise längst angekommen, auch die Ferieninsel Zakynthos spürt ihre Wirkung: spärliche Hotelbuchungen und leere Tische in den Tavernen. Ausgerechnet das gestohlene Notebook eines Österreichers, der auf der Insel eine Yoga-Schule betreibt, sorgt für Aufruhr in der Polizeizentrale. Als dann die Leiche der Deutschen Renate Lindenfeld gefunden wird, wächst erst recht die Angst, dass noch die letzten Touristen von der Insel wegbleiben könnten. Die Mordkommission steht unter Druck, es ist erst Mai, und ein Mordfall ist nicht die beste Werbung für die beginnende Ferienzeit.
Kommissarin Eleni Mylona und ihre beiden Inspektoren bekommen es im *Haus Sonnen-gruß* mit seltsamen Esoterikern und einem smarten Yogi zu tun. Im Rahmen ihrer Ermittlungen erhalten sie nicht nur Einblicke in Meditation und Yoga-Stellungen, sondern auch in die Geheimnisse der Urlauberinnen. Aber wer hatte ein Interesse am Tod der bieder und schüchtern wirkenden Yoga-Touristin? Warum ist der immer weiß gekleidete Guru so ruhig?
Und welche Rolle spielt die merkwürdige Kräuterexpertin mit dem exotischen Namen Shankara?
Antonia Pauly führt die Kommissarin Eleni Mylona in ihrem zweiten Fall hinter die Fassade des Wohlfühl-Tourismus. Sie beschreibt die Gefahren der menschlichen Seele, die auf der Suche nach Erleuchtung und Veränderungsdrang, auf falsche Wege gerät. Das in eine idyllische Landschaft eingebettete Yoga-Haus ist jedenfalls keine Garantie für die ersehnte Entspannung. Und für manche wird diese Erkenntnis die letzte sein …

GRÖSSEN
WAHN
VERLAG

www.groessenwahn-verlag.de